PATRICIA WENTWORTH

Der Fingerabdruck

Roman

Aus dem Englischen von
Bodo Baumann

GOLDMANN

Die Originalausgabe erschien 1956 unter dem Titel
»The Fingerprint«

Umwelthinweis:
Alle bedruckten Materialien dieses Taschenbuches
sind chlorfrei und umweltschonend.
Das Papier enthält Recycling-Anteile.

Der Goldmann Verlag
ist ein Unternehmen der Verlagsgruppe Bertelsmann

Neuausgabe 4/98

Umschlaggestaltung: Design Team München
Umschlagfoto: AKG/Lessing, Berlin
Satz: DTP Service Apel, Hannover
Druck: Elsnerdruck, Berlin
Krimi 5958
AB · Herstellung: Heidrun Nawrot
Made in Germany
ISBN 3-442-05958-5

1 3 5 7 9 10 8 6 4 2

1

Frank Abbott war mit Vergnügen dabei, zu vergessen, daß er ein Kriminalinspektor war. Freilich wäre niemand, der ihn zum erstenmal sah, auf den Verdacht gekommen, er sei Beamter bei Scotland Yard oder arbeitete den unerbittlichen Mühlen des Gesetzes zu, obwohl man ihn möglicherweise für einen Anwalt gehalten hätte. Tatsächlich war er für den Anwaltstalar vorgemerkt gewesen, hatte jedoch nach dem jähen Tod seines Vaters umdenken und sich eine Beschäftigung suchen müssen, die ihn erst einmal der Sorge um das tägliche Brot und einer Behausung enthob. Da er über eine größere Verwandtschaft als irgendwer sonst in England verfügte – sein Urgroßvater väterlicherseits hatte dreimal geheiratet und seiner Pflicht für das Vaterland Genüge getan, indem er zwei Dutzend Kinder in die Welt setzte –, fehlte es ihm nie an einem gesellschaftlichen Hintergrund. Auf dem Land konnte er sich fast in jeder Grafschaft aufhalten, ohne eine Hotelrechnung bezahlen zu müssen, und in London bekam er mehr Einladungen ins Haus, als er zu bewältigen vermochte. Als er noch einige Jahre jünger gewesen war, hatte sein unmittelbarer Vorgesetzter, Chefinspektor Lamb, der stets empfindlich auf Symptome von Leichtsinn reagierte, eigens eine Predigt für ihn verfaßt, die von gesellschaftlichen Zerstreuungen und deren unvermeidlichen schlimmen Folgen handelte, die er so oft herbetete, daß Frank sie an jeder beliebigen Stelle auswendig zitieren und fehlerlos bis zum Ende hersagen konnte. Obwohl diese Predigt gegenwärtig kaum noch Verwendung fand, konnte sie doch jederzeit ausgegraben, aufpoliert und mit unverminderter Stimmengewalt vorgetragen werden.

Doch heute abend war es ein harmloses Ereignis. Seine Kusine Cicely Abbott und deren Mann Grant Hathaway waren in London und gaben eine Party, um den außerordentlich vorteilhaften Verkauf eines jungen Zuchtbullen ins Ausland zu feiern. Es war ein kleiner, intimer und sehr amüsanter Kreis von Gästen. Denkwürdig auch, weil Anthony Hallam dazugehörte, mit dem Frank einen Gutteil des Abends verbrachte, nachdem sie sich fünf Jahre nicht gesehen und auch nicht geschrieben hatten. Aus den Augen – aus dem Sinn heißt es doch, was für die beiden jedoch nicht zutraf, denn kaum hatten sie sich angesehen und die Hand gegeben, als die Bindungen so stark waren wie früher. Alte Freundschaften gehen oft zu Bruch, wenn die Charaktere sich auseinanderentwickeln und die Verhältnisse sich ändern; in unserem Fall indes wunderten sich beide heimlich ein wenig, wie rasch die Lücke von fünf Jahren übersprungen war. Als Anthony Frank bestürmte, ihn nach Field End zu begleiten, hätte Frank mit Leichtigkeit Terminschwierigkeiten vorschützen können, fand jedoch, daß er das gar nicht wollte.

»Es ist der Besitz des alten Jonathan Field. Er ist irgendein weitläufiger Vetter von seiten meiner Mutter. Er hat keine Frau, dafür aber zwei Nichten. Die veranstalten einen Tanzabend, und ich wurde gebeten, noch einen Mann mitzubringen. Wir können im Haus übernachten. Ich hoffe doch, daß du gelegentlich ein freies Wochenende haben darfst.«

Frank nickte. Wenn nicht der Name Jonathan Field gefallen wäre, hätte er vielleicht ›nein‹ gesagt. Nein ohne Kommentar. Doch nun sagte er rasch:

»*Der* Jonathan Field – der ›Fingerabdruck‹-Field?«

»Eben der«, sagte Anthony Hallam. »Ungewöhnliches

Hobby. Er hat die Fingerabdrücke von jedem, der bei ihm zu Besuch war – seine Version eines Gästebuchs. Ich fragte ihn, ob manche sich nicht geweigert hätten, doch er drohte mir mit dem Finger und meinte, er könnte nur das Schlimmste vermuten, falls jemand sich sperrte.«

Frank sagte:

»Damit hatte er aber noch nicht deine Frage beantwortet, oder?«

»Oh, das wollte er auch nicht. Und so fragte ich Georgina ...«

»Und wer ist Georgina?«

Anthony lachte. Das Lachen hatte einen warmen, angenehmen Klang.

»Wart es ab, und überzeug dich selbst. Sie ist die Nichte, die bei ihm wohnt – Georgina Grey. Ich möchte nicht versuchen, sie zu beschreiben.«

»Sagtest du nicht, er habe zwei Nichten?«

»Oh, die andere ist eine Art Kusine, gar keine richtige Nichte. Sie heißt Mirrie Field. Eine ziemlich neue Errungenschaft. Schmächtiges Ding mit Wimpern.«

Da kam Cicely auf sie zu, machte ein schmollendes Gesicht und sagte: »Wenn ihr beide glaubt, ihr solltet nur miteinander reden statt zu tanzen ...«

Sie stöhnten beide. Frank sagte:

»Er hat mir nur die Wimpern seiner derzeitigen Freundin beschrieben. Ich kann es kaum erwarten, sie zu besichtigen!«

Cicely war auch nur so ein kleines, braunes schmächtiges Ding; aber lange Wimpern hatte sie, und wenn sie glücklich war, noch andere Vorzüge. Sie war an diesem Abend ohne Frage glücklich. Sie faßte Frank bei der Hand.

»Du kannst mit mir tanzen! Und Anthony kann froh sein, wenn er Vivia Marsden als Partnerin bekommt. Sie wird einmal Ballettstar an der Oper sein.«

Cicely war selbst wie eine Feder im Wind. Frank sah mit einer Wärme auf sie hinunter, die seine kühle Eleganz Lügen strafte. Sein spiegelglattes blondes Haar, seine Augen, die an blaues Gletschereis erinnerten, seine Züge, die er von seiner Großmutter Lady Evelyn Abbott geerbt hatte, einer ehrfurchtgebietenden Persönlichkeit –, das alles summierte sich zu einem respekteinflößenden Gesamteindruck. Doch seine Kusine Cicely hatte nie Respekt vor ihm gehabt. Sie sah zu ihm hoch und zeigte die Spitze ihrer scharlachroten Zunge.

»War das nicht klug von Grant, sich so viel für Deepside Diggory bezahlen zu lassen? Ich hoffe, sie behandeln ihn gut. Er ist sanft wie ein Osterlamm.«

»Er wird auf Samt gebettet. Du bist klug, Grant ist klug, und wir wollen hoffen, daß Diggory sich eine Scheibe davon abschneidet. Und nun wollen wir nicht mehr von Bullen reden. In dieser Hinsicht ist mein Bedarf mehr als gedeckt.«

Cicely erlaubte sich, ihm mit leichtem Stirnrunzeln Unmut zu zeigen. Dann sagte sie:

»Ich komme nie ganz dahinter, ob du nicht gern über solche Dinge sprichst, weil du das Landleben haßt oder weil du schrecklich gern auf dem Land leben und Vieh züchten würdest wie Grant, aber leider nicht kannst.«

»Gott bewahre!« erwiderte Frank lachend. »Ich komme mit Anthony in der nächsten Woche nach Field End. Werde ich Gelegenheit haben, dich ebenfalls zu sehen?«

»Am nächsten Wochenende? Zu Georginas Geburtstagsparty? Selbstverständlich kommen wir auch. Allerdings scheint dieser Geburtstag nun eher zu einem Debütantenball für Mirrie Field zu werden. Sie ist eine Verwandte von Field, von der bisher noch niemand etwas gehört hat.«

»Bisher?«

»Bis vor einigen Monaten nicht. Old Jonathan ist irgendwo auf sie gestoßen, stellte fest, daß sie eine Nichte sechzehnten oder siebzehnten Grades ist, und brachte sie mit ins Haus. Sie hat weder Eltern noch Geld; aber sie ist sehr anhänglich, und wenn du mich fragst, werden sie diese Nichte wohl für immer im Haus behalten müssen.«

Frank war nicht an Mirrie Field interessiert – noch nicht. Und als er die Rede auf die andere Nichte brachte, kniff sie ihn in den Arm.

»Georgina? Vermutlich wirst du dich in sie verlieben. Aber ich warne dich. Wenn sie nicht Anthony nimmt, wird es ganz bestimmt Johnny Fabian sein.«

»Oh – was treibt der denn so in eurer Gegend?«

»Macht vermutlich Georgina den Hof. Oder Mirrie. Oder beiden – doch wahrscheinlich mehr Georgina des Geldes wegen. Er besitzt keine Bohne, und Georgina Grey wird vermutlich Jonathans Erbin sein. Mein persönlicher Eindruck ist, daß Mirrie den zweiten Platz hinter ihr einnimmt, doch Johnny kann kein Risiko eingehen. Geld oder kein Geld – Georgina wäre blöd, wenn sie ihn nähme. Ich vermute, sie wird ihn sowieso nicht nehmen. Dazu kennt sie ihn viel zu gut. Seine Stiefmutter, Mrs. Fabian, wohnt in Field End, weißt du?«

Franks Gedächtnis begann zu erwachen.

»O ja, ich erinnere mich. Sie ist auch irgendeine Verwandte und überwacht den Haushalt, nicht wahr?«

»Darling, sie könnte nicht mal einen Kaninchenstall managen. Sie ist eine Kusine von Jonathan um tausend Ecken herum, und jeder atmete auf, als der alte Jonathan Georgina ins Haus brachte, damit sie den Laden schmeißt. Ich glaube, er klammerte sich an Mrs. Fabian, damit sie ihn vor Krankenschwestern und Gouvernanten schützte, die ihn entweder herumkommandieren oder heiraten wollten. Versuche dieser Art hat es zur Genüge gegeben, meint Miss Vinnie; also begann Mrs. Fabian ihre Karriere eigentlich als Anstandsdame von Jonathan. Natürlich ist sie auch so beharrlich wie eine Klette, aber vollkommen harmlos. Nur leider schrecklich untüchtig; aber das sind sie wohl inzwischen gewöhnt. Das ist ja auch alles in Ordnung, solange sich Georgina nicht so sehr an Johnny gewöhnt, daß sie eines Morgens aufwacht und Johnny als Ehemann neben sich im Bett findet.«

»Und warum wäre das ein Drama?«

Unter Cicelys brünetter Haut wurde es lebhaft rot.

»Als ob du das nicht wüßtest! Er flirtet mit jedem Mädchen, das ihm über den Weg läuft, und wenn Georgina ihn heiratete, wäre sie für den Rest ihres Lebens damit beschäftigt, auf ihn aufzupassen – und dafür ist sie nicht der Typ, weißt du?«

»Was für ein Typ ist sie?«

Cicelys wirklich schöne sherryfarbenen Augen sahen ihn merkwürdig an.

»Sie ist« – sie suchte nach einem Wort – »verletzlich. Die meisten Leute würden dir das nicht sagen. Sie würden sagen, sie hat das Aussehen – alles, was man sich wünschen kann. Aber sie wissen nicht Bescheid. Und sie weiß es selbst nicht. Sie glaubt, jeder wäre wie sie. Sie – sie – oh, sie würde eine Schlange nicht erkennen, wenn sie ihr vor der Nase säße.«

»Ist das nicht ein bißchen hart, was du da sagst? Wäre Johnny Fabian etwa diese Schlange?«

Cicely reckte das Kinn in die Höhe.

»Oh, ich weiß nicht – könnte sein.«

Sie biß sich auf die Lippen, und jegliche Farbe wich aus ihrem Gesicht. Er hatte den Eindruck, daß sie mit dem Fuß aufgestampft hätte, wenn sie nicht auf der Tanzfläche gewesen wären. So riß sie nur an seinem Arm und stieß hervor:

»Der Jammer ist, daß sie viel zuviel Geld haben wird.«

Cicely hatte ebenfalls viel zuviel Geld. Lady Evelyn Abbots beträchtliches Vermögen war an ihrem Vater und Frank vorbeigelaufen und bei ihrer fünfzehnjährigen Enkelin gelandet, mit der zu streiten ihr nicht gelungen war, und Cicelys erstes Ehejahr wäre fast an den Vorurteilen und Verdächtigungen gescheitert, die ihr die Großmutter eingepflanzt hatte. Die Erinnerung an diese unglücklichen Monate schwang in ihrer Stimme mit, als sie sagte:

»Das ist die Krux.«

Frank antwortete leichthin:

»Die meisten Leute könnten sich mit dieser Krux abfinden.«

Sie sagte scharf:

»Aber Anthony nicht.«

»Anthony nicht? Aber ich bitte dich!«

Sie blieb hartnäckig:

»Ich glaube nicht, daß ihm eine sehr reiche Frau zusagen würde. Manche Leute mögen so etwas nicht.«

»Manche Leute denken mehr an die Frau als an das Geld, das sie hat. Ich persönlich warte noch auf eine Supererbin.«

»Und wenn du sie gefunden hast?«

»Werde ich die schmutzige Beschäftigung mit Verbrechern aufgeben, nach Sussex Downs zurückkehren und Bienen züchten wie Sherlock Holmes.«

»Ich denke, du hättest inzwischen deine Erbin längst gefunden, wenn du ernsthaft gesucht hättest.«

Er lachte.

»Vielleicht hast du recht.«

»Frank, warum nicht? Vielleicht wegen Susan ... – wie heißt sie doch gleich? – nicht. Jemand hat Mama mal erzählt, das wäre die einzige Frau gewesen, die du wirklich geliebt hättest.«

»Und du glaubst immer alles, was man deiner Mutter erzählt?«

Cicely blieb hartnäckig.

»Gab es wirklich eine Susan in deinem Leben?«

»Eine ganze Menge Susans. Es ist ein weitverbreiteter Name.«

Sie machte ein verdrossenes Gesicht.

»Du willst es mir also nicht sagen. Nun, eines Tages wirst du ja heiraten müssen. Aber ich glaube nicht, daß Georgina die Richtige für dich wäre. Sie ist genauso blond wie du. Du solltest ein dunkles Mädchen heiraten, zumindest eine Brünette.«

»Jemand wie dich?«

Cicely ließ ihre Zungenspitze wieder sehen.

»Genauso eine wie mich. Schade, daß ich nicht als Zwilling auf die Welt gekommen bin.«

2

Frank Abbott fuhr am nächsten Samstagabend mit Anthony Hallam nach Field End. Sie kamen unterwegs in einen Nebel und trafen deshalb viel später ein, als sie geplant hatten, so daß sie direkt zu ihren Zimmern gebracht wurden und sich beeilen mußten mit dem Umziehen. Der Nebel hatte sich zwar kurz vor dem Ziel gelichtet, doch als sie die Einfahrt heraufkamen, hatten sie von dem Haus nur die rechteckige georgianische Silhouette und die Lichter hinter zugezogenen Vorhängen sehen können, die verrieten, daß in allen Zimmern Lampen brannten.

Die Erinnerung lieferte das übrige – zwei kunstvoll geschmiedete Torflügel, die weit offenstanden; ein Vorhof, der den vergangenen Zeiten nachtrauerte, als Kutschen und Kaleschen vor dem Haus parkten; und der wilde Wein, der die ganze Fassade bedeckte. Frank hatte nicht weit entfernt davon in Deeping seine Ferien verbracht, als noch die alte

Lady Evelyn auf Abbotsleigh das Regiment führte und ehe sie sich unwiderruflich mit ihm überworfen hatte. Er kannte diesen Teil des Landes also wie seine Westentasche. In Deeping war er noch heute als Mr. Frank bekannt, und er entsann sich nun lebhaft der Fassade von Field End, die vierschrötig im frühen Frost eines Septembermorgens neben der Straße aufragte, behangen mit einem Wandteppich aus Karmesin-, Purpur- und Scharlachrot. Nun würde er keine Blätter mehr haben, nur winterbraune, schlanke Stengel. Er konnte sich nicht erinnern, das Haus jemals betreten zu haben, obwohl er Jonathan Field vom Sehen her kannte: groß und hager mit ziemlich langen grauen Haaren, die hinter ihm herflatterten, da er selbst bei stürmischem Wetter keine Kopfbedeckung zu tragen pflegte.

Als Frank Abbott mit Anthony im Abendanzug herunterkam, trafen sie Jonathan in der Halle. Frank wußte nicht, was er erwartet hatte, doch die Überraschung war heftig wie ein Nadelstich, als ihm klar wurde, wie wenig der alte Knabe sich verändert hatte. Die schlanke, hagere Gestalt war immer noch kerzengerade, die grauen Haare kein bißchen grauer, Pose und Erscheinung so exakt das Bild, das er von ihm in Erinnerung hatte, daß er fast vermeinte, seine Großmutter würde angekündigt und hielte nun im schwarzen Samt und Diamantdiadem ihren Einzug.

Das Bild war momentan so lebendig, daß das Hinzutreten von Mrs. Fabian wie ein greller, störender Farbklecks wirkte. Sie kam vom Speisezimmer her, und er erinnerte sich, daß sie stets in Eile gewesen war. Das war sie selbst jetzt – ganz außer Puste sogar, mit wild flatternden Haaren hinter einem Band aus purpurfarbenem Chiffon, die Strähnen nicht mehr ganz braun, aber auch noch nicht wild entschlossen, grau zu werden. Die Diamantbrosche auf ihrer Schulter hing nur noch an einem Fädchen und fiel zu Boden, als sie Anthony die Hand schüttelte. Sie bückte sich danach und heftete sie wieder an ihre Schulter, während Frank ihr vorgestellt wurde. Sie versicherte, sie erinnerte sich ganz genau an ihn, weil er immer die Schulferien bei Lady Evelyn in Abbottsleigh verbracht habe.

»Ich dachte immer, wie groß und mager der Junge doch ist – und heruntergerissen seiner Großmutter ähnlich.«

Das war, wie Frank Abbott meinte, nicht die taktvollste Art, einen ehemaligen Nachbarn zu begrüßen, zumal er sich seiner Ähnlichkeit mit dieser furchtgebietenden Dame durchaus bewußt war, jedoch nicht gern daran erinnert werden mochte. Denn jeder in Abbottsleigh wurde daran erinnert, weil das Porträt seiner Großmutter bis heute mit ihrem langen blassen Gesicht, ihrer knochigen Nase, ihren farblosen Augen und ihren hellblonden glatten Haaren den Salon beherrschte.

»Das sagt jeder«, erwiderte er, und sie fuhr auf ihre fahrige, sprunghafte Art fort:

»Aber Georgina war damals erst ein kleines Mädchen – Sie werden sich kaum an sie erinnern, aber bestimmt an meinen Stiefsohn, Johnny Fabian – der war damals oft hier; oder kam das erst später, nachdem Sie diesen schrecklichen Familienkrach gehabt hatten und Ihre Ferien woanders verbrachten? Familienzwistigkeiten sind etwas Schreckliches, nicht wahr? Jeder war froh, daß der Krach zwischen Ihrer Kusine Cicely und deren Mann wieder beigelegt werden konnte, und ich nehme an, die beiden kommen auch heute abend.« Sie legte den Kopf schief. »Ich glaube, da kommt ein Auto. Hat es noch jemand gehört?«

Jonathan Field sah auf seine Uhr und sagte:

»Georgina sollte längst hier unten sein. Wo steckt sie? Sie und Mirrie – sie sollten beide hier unten sein.«

Eine sehr kleine Stimme sagte: »Oh, Onkel Jonathan . . .«,

und neben ihm war ein zierliches Wesen in einem weißen Kleid. Es hatte dunkle Locken, und das Kleid bestand ganz aus weichen, flaumigen Rüschen. Sie hing an seinem Arm und sah mit stiefmütterchenbraunen Augen zu ihm hoch.

»Oh – bitte –, reg dich nicht auf! Sie muß jeden Moment herunterkommen – ganz bestimmt. Ich glaube, es war meine Schuld – sie half mir beim Anziehen. Und es wird eine so wunderschöne Party werden. Du darfst dich nicht ärgern.« Sie zog an seinem Arm wie ein Kind, aber so sachte, daß es wie eine Liebkosung aussah.

Jonathan Field lächelte nachsichtig. Anthony sagte: »Hallo, Mirrie!« Und Frank Abbott fand sich vorgestellt. Die braunen Augen verlagerten ihren nach oben gerichteten Blick auf Frank Abbotts Gesicht. Sie hatten exakt die gleiche Farbe wie die Ringellocken; doch die Wimpern waren eine Idee dunkler, ob von Natur oder mit Hilfe von Tusche, war schwer zu sagen. Sie wurde mit den Worten vorgestellt: »Meine Nichte, Mirrie Field!« Das Lächeln des alten Jonathan war ausgesprochen liebevoll. Tochter eines weitläufigen Vetters – ach, du liebe Güte! Wenn sie nicht als Miterbin der echten Nichte ihre Karriere beendete, wollte er der Fliegende Holländer sein! Schon die Augen mit diesem treuherzigen Hundeblick hätten genügt, dieses Ziel zu erreichen; aber diese Augen plus Locken, die ein kleines, sanftes Gesicht umrahmten, dazu dieser kindliche Schmollmund – das mußte ja so enden!

Er fragte sich, wonach dieser Mund so schmollte – nach Süßigkeiten, Küssen oder höheren Weihen?

Anthony Hallam sagte neben ihm:

»Ist das das neue Ballkleid? Sehr erfolgreich. Ich vermute, Georgina hat dabei Hilfestellung geleistet.«

Sie funkelte ihn kurz an, senkte dann die Wimpern und zog mit einem sehr kleinen Fuß Kreise über den Boden.

»Nun – nein, ich war sehr beschäftigt, wurde nicht fertig und mußte Georgina um Hilfe bitten. Sie ist so gut, aber ich fürchte, es kam ihr nicht ganz gelegen. Ich meine, sie ist so tüchtig in allen Dingen, und mir fehlt es noch an Erfahrung. Aber ich wollte nicht – wollte wirklich nicht, daß sie sich verspätet.« Ihre Stimme schwankte ein wenig, und sie schlug wieder die Augen auf.

Inzwischen hatte sich Anthony Hallam umgedreht und sah an ihr vorbei. Er sagte: »Oh, da kommt sie ja.« Und während sich die Tür zur Lobby öffnete und die ersten Gäste hereinkamen, erschien Georgina Grey am Kopfende der Treppe und begann die Stufen herunterzugehen.

Ein später Aufzug ist fast immer ein sehr eindrucksvoller Auftritt. Frank fragte sich ein wenig zynisch, ob es nicht so beabsichtigt war. Wenn ja, hatte sie den Zeitpunkt nicht richtig berechnet. Die Gäste strömten nur so in die Halle und wurden vom alten Jonathan begrüßt, der, die Hand auf der Schulter seiner vor kurzem entdeckten Nichte, diese auf höchst liebevolle Weise den Ankömmlingen präsentierte. Nur Frank und Anthony Hallam hatten das Vergnügen, Georginas Auftritt zu beobachten.

Es lohnte sich, sie zu beobachten, und daß es sich lohnte, konnte man Anthony vom Gesicht ablesen. Frank sah ein schlankes Mädchen von hohem Wuchs und herrlicher Figur in einem silbernen Kleid mit blaßgoldenen Haaren. Sie hatte eine weiße Haut, einen roten Mund und seltsam dunkelgraue Augen. Augenbrauen und Wimpern waren nur eine Idee dunkler als die Haare; doch die Augen hatten einen schwarzen Ring um die Iris, und die Iris hatte die Farbe eines tiefen Wassers unter bewölktem Himmel. Sie konnte grau aussehen oder grün, aber in jedem Licht wirkte sie bezaubernd. Frank, der so etwas wie ein Experte war, dachte, sie müßte sich solche Augen bestellt haben. Wären sie blau gewesen, wäre der ganze Effekt zu blaß gewesen. Wenn sie braun gewesen wären – aber das konnten sie ja nicht sein, nicht bei diesen Haaren, und er hätte wetten mögen, die waren nicht gefärbt. Sie hatte die richtige Haut dazu und ein leichtes Make-up, das Mädchen für dezent hielten. Sie kam ohne spürbare Eile die Treppe herunter, ging mit einem Lächeln für Anthony an ihnen vorbei und sah sich dann von allen Seiten von den Gästen bestürmt.

Da wurde eine Kette von Namen heruntergebetet, die nicht leicht zuzuordnen waren – Lord und Lady Pondesbury, Mr. und Mrs. Shotterleigh, Miss Mary Shotterleigh, Miss Deborah Shotterleigh, Mr. Vincent, Mr. und Mrs. Warrender. Frank erkannte Lord Pondesbury wieder und erinnerte sich an die Shotterleigh-Zwillinge – zwei vorwitzige Mädchen, die man nicht auseinanderhalten konnte und die so taten, als könnten sie nicht Buh zu einer Gans sagen. Die eine war in Rosa, die andere in Blau gekommen, und vorwitzig sahen sie immer noch beide aus.

Johnny Fabian, der letzte von den Hausgästen, kam hinter Georgina die Treppe herunter. Er war wie stets bester Laune, mißachtete das kurze Stirnrunzeln, das ihm Jonathan schenkte, und begann mit jedermann zu lachen und zu scherzen. Die Shotterleigh-Zwillinge bekamen sofort glänzende Augen. Auch Mirrie Field errötete sichtlich. Sie sprach kein Wort mit ihm, stand nur da als Stilleben brauner Locken, weißer Rüschen, kleiner Perlenkette um schlanken weißen Hals und dunkler Wimpern über sanftbraunen Augen.

Nachdem Georgina mit allen anderen gesprochen hatte, kam sie zu Anthony und Frank herüber. Sie legte eine Hand auf Anthonys Arm, schenkte ihm abermals ein Lächeln und nahm Franks Vorstellung mit Charme und Liebenswürdigkeit entgegen. Frank hatte darüber nachgedacht, daß Johnny Fabian sich wirklich nicht verändert hatte – sich nie ändern würde. Die dunklen Haare, die sich partout ringeln wollten, egal, wie kurz sie geschoren waren, würden sich wohl mit der Zeit etwas lichten; doch die tanzenden blauen Augen würden nie ihr lustiges Blinzeln und das gewinnende Lächeln verlieren, das so ansteckend wirkte wie selten bei einem Menschen. Dieses Lächeln hatte ihm zu Hause, in der Schule und bei der Armee aus so mancher Patsche geholfen und würde ihm auch in Zukunft in dieser Hinsicht von Nutzen sein. Er bediente sich seiner bei hübschen Mädchen, bei hausbackenen, bei ältlichen, bei gerissenen, dummen und enttäuschten Mädchen. Frank kannte ihn nur flüchtig – hatte ihn mal hier, mal dort bei einer Party gesehen –, doch er bekam einen herzhaften Schlag auf die Schulter und wurde begrüßt wie ein alter Freund.

»Hallo – hallo! Haben uns ja eine Ewigkeit nicht mehr gesehen. Wie sieht es denn in der Unterwelt aus?«

»So wie immer«, sagte Frank.

Johnny wandte sich Georgina zu.

»Unser berühmter Detektiv, falls du ihn noch nicht kennen solltest. Ein Stern unter den Funzeln, die sich mit der Jagd auf Schwerverbrecher beschäftigen. Was man in Amerika als Lieutenant vom Homicide Squad bezeichnen würde. Hört sich viel imposanter an als Inspektor von Scotland Yard.«

Frank lachte.

»Und was treibst du selbst so?« fragte er. »Habe ich nicht mal gehört, daß du ins Transportgewerbe übergewechselt bist?«

Johnny schüttelte den Kopf.

»Das habe ich hinter mir. Schrecklich langweilig, und ich bin da nie so ganz durchgestiegen. Da war ein Vetter zweiten Grades von meinem Großvater stiller Teilhaber, der mich zu diesem Geschäft überredete, und nach einem halben Jahr warf mich ein Teilhaber, der nicht so still war, wieder hinaus. Das mußte einfach so kommen, denn wenn ich jemals in einem Laden gearbeitet habe, der stinkt, dann war es dieser.«

»Und was treibst du jetzt?«

»Nun, eine schlechtberatene Tante hat mir vor ein paar Monaten ihr kleines Vermögen vermacht, und ich schaue mich gerade um, wo ich das anlegen könnte. Das ist gar nicht so einfach, denn was ich suche, ist ein amüsanter Job, wo es keinen Boß gibt und ich nichts zu arbeiten brauche. Inzwischen handle ich ein bißchen mit Autos – kaufe sie so billig wie möglich und verscheuere sie so teuer, wie's geht – nachlackiert und was man eben so nachbessern muß, damit die Käufer auch anbeißen.«

Jonathan Field rief ihnen von der anderen Seite der Halle zu:

»Nun, es scheint, daß alle da sind. Georgina, sind alle Gäste gekommen?«

Ihre Hand fiel von Anthonys Arm und sie ging zu ihm hinüber.

»Ja, ich denke schon, Darling. Und Stokes sagt gerade, daß wir hineingehen können. Würdest du Lady Pondesbury übernehmen?«

Jonathan Field reichte seinen Arm einer muskulösen Lady, die aussah, als wäre sie mit einer ziegelroten Gesichtsmaske und ziegelroten Handschuhen zur Party gekommen. Zwischen diesen beiden extrem von Höhensonne bestrahlten Körperpartien und dem schwarzen Satinkleid, das ihren Leib umschloß, sah man beachtliche Flächen milchweißer Haut auf Rücken, Schultern, Brust und Armen. Sie trug, was sie freimütig als Imitation eines kostbaren Familienschmucks aus Rubinen und Brillanten bezeichnete, den sie vor fünfzehn Jahren hatte veräußern müssen, um die Erbschaftssteuer beim Ableben ihres Schwiegervaters bezahlen zu können. Ihr

Gatte, Lord Pondesbury – eine schmächtige Erscheinung mit Pferdegesicht und Schielauge –, ging auf Georgina zu. Jonathan Field hielt noch am Zeremoniell seiner Jugendzeit fest. In seinem Haus ging man stets paarweise und in geziemender Ordnung zu Tisch. Frank fand sich mit Mary Shotterleigh zusammengespannt und sah, daß Anthony Mirrie Field zu Tisch führte.

3

Als Frank später daran zurückdachte, bot sich ihm eine Anzahl unzusammenhängender Stücke und Enden dar. Und dabei hatte das ganze Bild vor ihm gelegen wie eines jener großen Puzzlespiele, für die man einen ganzen Tisch braucht. Er hatte es mit Muße betrachten können, und wenn es wahr ist, daß in unserem Gedächtnis nichts verlorengeht oder gelöscht wird, war das Bild dort immer noch gespeichert. Aber als er sich später darauf besinnen wollte, war ihm, als habe jemand hier und dort eine Handvoll Stücke herausgenommen und ihm in den Schoß geworfen. Einige fielen zu Gruppen zusammen, andere nicht. Einige fielen richtig, andere verkehrt. Einige ergaben keinen Sinn. Er mußte sie wieder auseinanderstöpseln und versuchen, sie richtig zusammenzupassen. Einer dieser gelungeneren Versuche brachte ihm die Szene in Jonathans Arbeitszimmer zurück. Sie hatten das Dinner hinter sich gebracht, und mußten die Zeit, bis die Tanzgäste eintrafen, überbrücken. Wie viele genau waren dort nun versammelt? Er selbst und Anthony. Es war Anthony, der gefragt hatte, ob Jonathan ihnen seine Sammlung zeigen wolle, und Lord Pondesbury hatte gesagt: »Nichts für mich, alter Junge. Ich kann das eine Ende eines Fingerabdrucks nicht vom anderen unterscheiden und will es auch nicht. Ich unterhalte mich so lange mit Marcia Warrender über ihren zweijährigen Sohn.«

Mr. und Mrs. Shotterleigh hatten sich ebenfalls wenig interessiert gezeigt; aber die Mädchen kamen mit in das Arbeitszimmer, desgleichen Mirrie Field und Mr. Vincent; aber nicht Lady Pondesbury oder Georgina, die als Gastgeberin im Salon bleiben mußte.

Er sah die übrigen nun durch die große, quadratische Halle gehen und das Arbeitszimmer betreten mit den Büchern in den Wandregalen und den hübschen rostbraunen Vorhängen, die vor die Fenster gezogen waren. Bei Tag mußte es ein ziemlich düsterer Raum sein, doch nicht im künstlichen Licht mit seinen bequemen Sesseln und dem Teppich mit seinen roten und grünen Mustern. Mirrie Fields weiße Rüschen und das Rosa und Blau der Shotterleigh-Zwillinge hoben sich kräftig von den dunklen Möbeln ab.

Als sie sich alle dort versammelt hatten und die Tür geschlossen war, holte Jonathan seine schweren Alben und machte auf seinem Schreibtisch für sie Platz. Niemand dachte daran, sich zu setzen. Johnny Fabian stand an der Tür, bereit zu flüchten, wenn ihm die Sache keinen Spaß mehr machte. Mary Shotterleigh stand neben ihm. Sie hatte sich zu einem recht hübschen Mädchen gemausert, warf einen Seitenblick auf Johnny, und er sagte etwas zu ihr, was ihre Wangen mit einer lebhaften Röte überzog. Das Erröten stand ihr gut zu Gesicht. Der andere Zwilling, Deborah, kam bis an eine Ecke des Schreibtisches und blieb scheu dort stehen. Mirrie Field war bei Anthony Hallam, so dicht an ihn geschmiegt, wie es nur ging, und klammerte sich an seinen Arm, als fürchte sie, etwas könnte aus einem der Alben herausspringen und sie beißen. Frank selbst stand vor dem Kamin, und bei ihm ein Mann namens Vincent, ein Neuling in der Nachbarschaft, der einige Jahre in Südamerika verbracht hatte. Laut Anthony hatte er eine Menge Geld, doch weder Frau noch Familie. Während sie beieinanderstanden, meinte Vincent, er könne nicht begreifen, wie jemand auf die Idee käme, Fingerabdrükke sammeln zu wollen, worauf Frank antwortete, ihn persönlich würde das auch nicht reizen, aber Mr. Fields Sammlung sei anerkanntermaßen einmalig. Mr. Vincent fixierte ihn mit stumpfem Blick und fragte:

»Was meinen Sie mit einmalig? Ich hätte geglaubt, die Polizei habe so eine Sammlung.«

»Oh, die Polizei sammelt nur die Versager. Sie bemüht sich nicht um die potentiellen Verbrecher oder die Erfolgreichen, denen man nie auf die Schliche kommt. Und hier ist Mr. Field natürlich als Sammler ohne Beispiel. Er sammelt nun schon seit über vierzig Jahren und hat sich einen so großen Ruf verschafft, daß man es als Kompliment betrachten darf, wenn man gebeten wird, zu seiner Sammlung beizusteuern. Tatsächlich würde jeder, der sich weigert, zu der Sammlung beizutragen, sogar riskieren, in den Geruch verbrecherischer Machenschaften zu kommen.«

Mr. Vincent sagte, er könne an den Sammlerobjekten wenig Geschmack finden, aber seine Sammlerleidenschaft läge ja auch auf einem völlig anderen Gebiet, den Briefmarken, und er erging sich dann in einer Schilderung, wie er eine Zwei-Cent-British-Guayana – 1851, von denen es vorher bekanntermaßen nur zehn Exemplare auf der Welt gegeben, gefunden und danach durch Diebstahl wieder verloren habe. Es war eine tragische Geschichte, auf die denkbar langweiligste Weise erzählt. Mr. Vincent war ein lauer Mensch, der nicht einmal einen Funken von Sammlerleidenschaft in sich hatte.

»Er flüchtete über die Niagarafälle mit der Briefmarke in der Tasche, und niemand mochte nach der Leiche suchen, weil die Strömung so reißend war. Also haben wir jetzt wieder nur zehn bekannte Exemplare.« Er schüttelte mit lauem Bedauern den Kopf und fügte das Wort »schade« hinzu.

Inzwischen legte Jonathan Field zwei sehr voluminöse Alben auf der flachen Platte seines Schreibtisches aus und neigte sich über einen Index oder Katalog oder was er darunter verstehen wollte.

»Und was soll ich euch jetzt zeigen? Hitlers Daumen und Zeigefinger? Die meisten wollen das sehen. Ich habe eine recht hübsche kleine Kollektion von Nazigrößen – Göring, Goebbels, Bormann und auch von dem bedauernswerten alten Rommel.«

Das Album öffnete sich wie von selbst an dieser Stelle. Alles drängte sich um den Tisch, und da waren sie, exakt so, wie die Fingerabdrücke der im Raum Anwesenden ausgesehen hätten. Diese Männer hatten nach der Welt gegriffen, und sie war ihnen durch die Finger geschlüpft. Sie waren tot. Da war nichts von ihnen hinterblieben als ein ruiniertes Land, ein ruiniertes Volk und ein paar schwarze Abdrücke in Jonathan Fields Sammlung.

Die Abdrücke waren durchweg sauber mit Klebefalz und Schutzhülle versehen, unter jedem war die dazugehörige Person eingetragen und zuweilen auch das Datum. Was für ein ungewöhnliches Hobby, und mit welchem Eifer betrieben! Jonathan war so scharf auf Abdrücke wie Mr. Vincent auf Briefmarken, daran bestand kein Zweifel. Er stand hinter seinem Schreibtisch und sprudelte nur so über von Anekdoten, wie er zu seinen Stücken gekommen war. Einige davon waren amüsant, einige makaber; aber erzählt wurden sie blendend. Niemand schien mehr besonderes Interesse für die Sammlerobjekte zu haben, doch seinen Geschichten lauschten sie alle.

Als so eine halbe Stunde hingegangen war, kam Georgina herein und sagte, die Gäste für den Ball kämen nun schubweise, und Jonathan nahm das unwillig zur Kenntnis. Er sagte mit quengeliger Stimme:

»Schon gut, schon gut, ich komme ja gleich.«

Er nahm das linke Album hoch und legte es wieder auf den Tisch zurück.

»Die interessantesten Abdrücke befinden sich in diesem Band; aber ich zeige sie nie jemandem.«

Im Rückblick konnte Frank seine Bewunderung für Jonathans Showtalent nicht verhehlen. Er würde die Vorstellung mit einem Paukenschlag beenden.

»Ich kenne den Namen dieses Mannes nicht und werde ihn vermutlich nie erfahren. Doch ich habe seine Fingerabdrücke und meine, daß ich auch seine Stimme wiedererkennen würde.«

Georgina stand in ihrem silbernen Kleid unter der Tür. Sie sah zu ihm herüber und sagte vorwurfsvoll: »Darling!« Doch Mirrie krampfte die Hände ineinander und meinte beschwörend:

»Oh, Onkel Jonathan, *bitte*! Du kannst jetzt nicht aufhören – du mußt weitermachen!«

Es stand außer Frage, wer in diesem Moment die populärere Nichte war. Jonathan warf Georgina einen befremdeten Blick zu, Mirrie einen zärtlichen und sagte:

»Oh, ein andermal vielleicht. Die Zeit reicht nicht mehr für diese Geschichte. Sie ist zu lang – aber sehr dramatisch!«

Er öffnete das Album zur Hälfte und ließ es wieder zuklappen. Die Blätter legten sich nicht glatt aufeinander. Da klemmte ein Umschlag dazwischen. Frank konnte nur einen kurzen Blick über Mirries Kopf hinweg darauf erhaschen. Und dann rückte Jonathan doch noch mit der Geschichte heraus:

»O ja, sehr dramatisch! Wir waren damals von einem Blitz unter einer Schutthalde begraben, kannten uns nicht und hatten auch keine Lust, uns vorzustellen, da wir glaubten, wir würden das Tageslicht nicht mehr wiedersehen. Seltsam, wie manche davon berührt werden. Ich fühlte mich nie lebendiger in meinem Leben als in diesem Augenblick – nahm alles viel deutlicher wahr, rascher und intensiver. Da war ein Schmerz; aber er schien nicht zu mir zu gehören. Der andere Bursche lag eine Armlänge von mir entfernt. Er war nicht verletzt, nur eingeklemmt und vor Angst wie von Sinnen – was man als Klaustrophobie bezeichnet. Ich reichte ihm mein Zigarettenetui und meine Streichhölzer hinüber – so kam ich an seine Fingerabdrücke –, und bei der dritten Zigarette fing er an, mir von dem Mord zu erzählen, den er begangen hatte. Tatsächlich zwei Morde, weil er, wie er sagte, einen möglichen Zeugen beseitigen mußte, um sich bei dem ersten Mord abzusichern. Er hatte sich alles so zurechtgelegt, daß der zweite eigentlich gar nicht zählte. Er meinte, der wäre nur Notwehr gewesen, weil die Dame sonst zur Polizei gegangen wäre, wenn er sie nicht daran gehindert hätte. Und die einzige Möglichkeit, sie nachhaltig zu hindern, sei ihre Beseitigung gewesen. Das war für ihn so klar, daß er sich daran nicht zu stören schien. Aber der erste, der belastete ihn doch ein wenig. Den hatte er begangen, um ein wenig Geld in die Hände zu kriegen. Er sagte, das hätte ihm eigentlich zugestanden, und der Mann, den er ermordet hätte, habe es auf unsaubere Weise an sich gebracht. Er schien zu glauben, das würde den Mord rechtfertigen. Wenigstens hoffte er das. Aber als ein paar Bomben in ziemlicher Nähe explodierten, war er sich dessen doch nicht mehr so sicher. Er mag sich das Ganze zwar ausgedacht haben, aber das glaubte ich damals nicht – und heute auch nicht. Deshalb wickelte ich ein Taschentuch um das Etui, als er es mir zurückgab, und steckte es in meine Brusttasche.«

Anthony sagte: »Und was geschah dann?«

Jonathan blickte zu ihm hinüber, amüsiert, aber ohne Lächeln.

»Soweit es mich betrifft, war es zu Ende. Da war wieder eine Bombe, und ich kam erst im Krankenhaus mit einem gebrochenen Bein zu mir. Tatsächlich war diese letzte Bombe ein Segen; denn sie räumte das Zeug weg, unter dem wir lagen, und so konnten die Leute vom Roten Kreuz mich bergen.«

»Und Ihr Mörder?« fragte Anthony.

»Von dem habe ich kein Härchen oder Zipfelchen zu sehen bekommen. Der muß herausgekrochen und entkommen sein, denn da lagen keine Leichen herum. Also spaziert er vermutlich irgendwo herum und versucht sich immer noch darüber klarzuwerden, ob er ein Doppelmörder ist oder nicht.«

Georgina vollführte eine kleine resignierende Handbewegung. Dann drehte sie sich um und ließ die Tür hinter sich offen. Hatte das nun eine Bedeutung, oder hatte es keine? Es mochte eine haben. Denn jeder in der Halle hätte nun so nahe an die Tür herankommen können, daß er hörte, was Jonathan gesagt hatte. Georgina hatte unter der offenen Tür gestanden. Jeder hätte Jonathan zuhören können.

4

Der Ball verlief recht amüsant. Frank traf viele Leute wieder, die er kannte. Er tanzte mit Cicely Hathaway. Sie trug ein flammenfarbiges Kleid und amüsierte sich prächtig. Sie sagte ihm, daß Mr. Vincent auf Brautschau wäre und sie die Braut nicht beneiden würde.

»Wenn es nach Mrs. Shotterleigh ginge, kämen Mary oder Deb dafür in Frage, doch beide würden lieber Johnny haben. Zudem muß dieser Mister Vincent mindestens zwanzig Jahre älter sein als die Zwillinge, und er ist der größte Langweiler, der mir in meinem Leben begegnet ist. Hat er dir erzählt, wie ihm seine British Guayana abhanden gekommen ist?«

»Ja, das hat er!«

Sie lachte.

»Er erzählt es jedem. Bist du dabei eingeschlafen, oder hast du nur aus Langeweile Nägel gekaut? Im Grunde wäre es eine aufregende Geschichte, weißt du.«

»Ja, er ist eben so. Wir brauchen nicht weiter darüber zu reden.«

Nachdem er mit seiner Tante Monica getanzt hatte, einer bezaubernd unkonventionellen Person, die er sehr mochte, ging er zu Miss Mirrie Field, die ihn mit flatternden Wimpern empfing und auf eine erschrockene Art »Oh!« sagte. Wenn das ein Spiel sein sollte, ging er gern darauf ein.

»Ich besuche nicht unbedingt einen Ball, um dort Leute zu verhaften.«

Sie gewährte ihm einen tiefen Einblick in ihre Augen. Sie hatten einen ungewöhnlichen braunen Farbton und waren sehr hübsch.

»Aber Sie verhaften doch manchmal, nicht wahr?« Ihre Worte waren gehaucht.

»Wenn es sein muß, ja.«

»Das muß schrecklich sein – für Sie.«

Er erlaubte sich zu lachen.

»Ich glaube, es ist scheußlicher für sie als für mich.« Er legte den Arm um sie, und sie glitten zwischen die Tanzpaare.

Jemand hatte an der Rückseite des Hauses einen Ballsaal angehängt. Jonathans Großmutter war Erbin eines großen Vermögens gewesen und hatte sechs Töchter. Der Ballsaal hatte ihr zweifellos bei ihrer Entschlossenheit geholfen, sie mit passenden Ehemännern zu versorgen. Er stand im rechten Winkel zum Hauptgebäude, und dank der vielen Kletterpflanzen und des bezaubernden Blumengartens, der einen harmonischen Übergang zur Terrasse vor den Fenstern des Salons herstellte, war er nicht länger der Schandfleck, der er bei seiner Erbauung gewesen sein mußte.

Das Parkett war in bestem Zustand, die Musik entzükkend, und ihre Schritte fügten sich harmonisch ineinander. Sie war ein kleines, weiches, leichtes Ding, und sie konnte tanzen. Er dachte flüchtig daran, ob sie sich mit Georgina Grey messen konnte. Sie kam in diesem Moment an ihnen vorbei, sich mit Lord Pondesbury abmühend, der jeden Tanz mit einer Polka eigener Erfindung zu verwechseln schien. Unter diesen Umständen rechnete Frank Georgina ihr gütiges Lächeln hoch an.

Mirrie blickte zu ihm auf und sagte:

»Wie gut Sie tanzen!«

»Vielen Dank, Miss Field.«

Sie schenkte ihm ein Lächeln mit Grübchen.

»Oh, Sie müssen mich nicht Miss Field nennen – ich bin nur Mirrie. Und das ist mein allererster Ball.«

»Das merkt keiner. Sie sind wirklich sehr gut.«

Sie sagte: »Ich tanze liebend gern.« Sie sagte es im ehrfürchtigen Ton. »Ich wollte eigentlich zum Ballett; aber da muß man ganz jung anfangen, und wir hatten nicht genügend Geld, um die Ballettstunden bezahlen zu können. Haben Sie schon mal etwas schrecklich, schrecklich gern tun wollen und mußten darauf verzichten, weil nicht genug Geld da war und Sie sich auch nirgendwo hinwenden konnten, um sich das Geld vielleicht beschaffen zu können? Das ist Ihnen vermutlich nie passiert, und so können Sie auch nicht wissen, wie das tut.«

Frank wußte es sehr wohl, aber das würde er ihr nicht sagen. Er wollte Anwalt werden und mußte das Studium aufgeben, als sein Vater starb. Er sagte:

»Das ist aber sehr bedauerlich. Und was werden Sie anfangen statt dessen?«

Sie errötete allerliebst. Die dunklen Wimpern senkten sich und bedeckten ihre Augen. Sie sagte mit murmelnder Stimme:

»Onkel Jonathan ist so gut zu mir.« Und dann: »Oh, tanzen *Sie* denn nicht leidenschaftlich gern?«

Sie tanzten.

Später, als sie eine Pause machten, hielt sie mitten in einem arglosen Geplauder über dieses und jenes inne, um eine Falte ihres weißen Rüschenrocks anzuheben, der sich über den niedrigen Stuhl hinausblähte, und sagte:

»Wissen Sie, das ist mein erstes, allererstes eigenes Kleid.«

Diese Worte erregten Heiterkeit bei ihm. Und noch etwas. »Und wem gehörten die anderen?«

Sie erwiderte: »Das waren abgelegte Sachen.«

»Sie meinen damit, Sie hatten eine ältere Schwester?«

»O nein. Sie gehörten Leuten, von denen ich noch nie etwas gehört hatte – Leuten, die Pakete an arme Verwandte schicken. Sie wissen gar nicht, wie schrecklich das ist, wenn man solche Pakete bekommt.«

»Es hätte noch viel schrecklicher sein können, wenn Sie gar keine Kleider bekommen hätten.«

»Hätte es nicht.« Sie machte ein betrübtes und vorwurfsvolles Gesicht. »Sie *ahnen* ja nicht, wie scheußlich es war. Einige Sachen waren so häßlich, und sie paßten auch nicht. Ich vermute, einige Sachen gehörten Georgina. Sie sagt zwar nein, aber vermutlich nicht die Wahrheit. Sie ist älter als ich, wissen Sie, und ein gutes Stück größer, also mußten mir ihre Sachen viel zu weit sein. Sie nähten überall Falten ein und sagten, ich würde in ein, zwei Jahren hineinwachsen; aber das tat ich nie. Ich glaube, deswegen bin ich so klein geblieben. Glauben Sie nicht, daß der Haß auf Sachen, die man nicht mag, einen daran hindern könnte, hineinzuwachsen?

Da war ein absolut scheußliches Kleid mit gelben Streifen darunter, in dem ich aussah wie eine Wespe, und ich mußte es tragen, ob es mir paßte oder nicht.« Sie seufzte aus tiefstem Herzen und fügte hinzu: »Ich *haßte* meine Verwandten.«

Frank lehnte sich lässig zurück. Es war nicht das erstemal, daß Mädchen ihn als Beichtvater benützten. Nach einer langen Lehrzeit mit zahllosen Kusinen konnte ihn nichts mehr in Verlegenheit bringen.

»Ich weiß nicht, ob ich mich Ihrem Standpunkt anschließen könnte. Ich habe Hunderte von Kusinen, und sie meinen es alle gut.«

Er überlegte, wenn sie nicht wußte, auf welcher Seite ihr Butterbrot geschmiert war, sollte sie das möglichst rasch herausfinden. Und dann wurde er sich mit leisem Zynismus bewußt, daß ihr das schon lange klar war. Da war ein leichtes Beben in ihrer Stimme, als sie sagte:

»Oh, Sie denken doch nicht, daß ich Onkel Jonathan damit meinte – das *dürfen* Sie nicht! Von ihm nähme ich alles dankbar an. Er ist anders.«

»Tatsächlich?«

»Natürlich ist er das! Er gibt mir keine abgelegten Sachen. Er schenkt mir herrliche neue Kleider. Er gab mir einen Scheck, daß ich mir alles kaufen konnte, was ich mir wünschte. Und diese Perlenkette bekam ich von ihm zum Geburtstag! Schauen Sie – ist sie nicht herrlich? Und er sagte, das wäre genausogut meine wie Georginas Party.«

Es sah wirklich so aus, als wüchse Onkel Jonathan über sich hinaus. Frank fragte obenhin:

»Und Georgina – ist sie auch gut zu Ihnen?«

Mirrie zupfte an ihren Perlen und sah auf die weißen Rüschen hinunter. Sie sagte mit einer kindlichen Stimme:

»Sie ist sehr freundlich.«

Erst beträchtlich später fand er sich zu einem Tanz mit

Georgina Grey zusammen. Sie war eine bezaubernde Gastgeberin, und er hatte Mühe, sich gegen die zahlreichen Konkurrenten durchzusetzen, doch am Ende bekam er seinen Tanz und genoß ihn. Stimme, Manieren und Schritt waren beschwingt, anmutig und bezaubernd. Er erinnerte sich an den Ausspruch von Cively Abbotts alter Amme, daß alles, was sie tat, formvollendet war. Damit mußte sie Georgina Grey gemeint haben.

Er sah sich veranlaßt, das Gespräch auf Mirrie zu lenken.

»Anthony sagte mir, sie würde seit kurzem bei Ihnen wohnen.«

Georgina sagte: »Für immer.« Und nach einer Weile: »Vermutlich für immer.«

»Sie sagte mir, daß sie gern zum Ballett gegangen wäre.«

»Ja, aber dazu ist es zu spät.«

»Sie tanzt sehr gut.«

»O ja. Aber Ballett, das ist eine ganz andere Sache. Sie müssen spätestens im Alter von sieben Jahren damit anfangen, und es bedeutet über Jahre hinaus stundenlanges Training.«

»Ja, wahrscheinlich.«

Er war überrascht von dem nachdenklichen, ernsten Ton, mit dem sie darüber sprach. Und dann redeten sie von etwas anderem. Das Thema Mirrie Field wurde nicht noch einmal angetippt.

Da war noch etwas, woran er sich später erinnern sollte.

Alle strömten zu einem Imbiß in den Speisesaal. Er führte Cicely Hathaway zum Büfett, und als er ihr auflegen wollte, sagte sie, sie habe ihr Spitzentuch verloren. Sie wußte, wo.

»In der Bibliothek, Frank! Grant und ich waren dort, und ich habe mir das Gesicht nachgepudert. Es ist ein Geschenk von Grant – echte Spitzen.«

Er fand es auf Anhieb, und als er es aufhob, hörte er ein

leises Klopfen vom Fenster her. Er schob das Spitzentuch in die Tasche und zog den nächsten Vorhang zurück. Es war der Vorhang, der die Glastür zur Terrasse abschirmte. Die Tür war offen, und was er für ein Klopfen gehalten hatte, war das Pochen des Rahmens gegen die Türfüllung. Aber nicht der Wind hatte die Tür aufgerissen. Mirrie Field stand in ihrem weißen Kleid vor ihm und starrte ihn mit großen, furchtgeweiteten Augen an.

Sie sagte: »Oh!« und preßte eine Hand gegen den Hals.

Nun, Mädchen pflegen sich bei Bällen zuweilen zu verdrücken, obwohl es eine ziemlich kalte Nacht war für so ein federleichtes weißes Kleid. Aber wo steckte der Mann? Man geht nicht allein in einen eiskalten Garten hinaus. Falls ja, ist das purer Wahnsinn.

Er sagte: »Tut mir leid, daß ich Sie erschreckt habe. Kommen Sie herein, und trinken Sie eine heiße Brühe. Sie müssen halb erfroren sein.«

Mirrie fuhr fort, ihn anzustarren.

»Mir – mir war so heiß, deshalb ging ich nach draußen.«

Sie gingen gemeinsam in den Speisesaal zurück. Er erinnerte sich erst viel später an diesen Vorfall.

5

Es war ein angenehmes Wochenende. Frank und Anthony gingen nachmittags hinüber nach Abbottsleigh und tranken dort Tee mit Grant und Cicely Hathaway, worauf Anthony wieder nach Field End zurückkehrte, während Frank Abbott den Zug nach London bestieg. Am nächsten Tag begann dieser schreckliche Fall Cressington, der ihn dermaßen beschäftigte, daß er weder Zeit noch Gedanken für etwas anderes hatte. Chefinspektor Lamb verlor darüber fünfzehn

Pfund an Gewicht, was er sehr bedauerte, obwohl er sie gut entbehren konnte. Was ihn mehr ärgerte, war der Verlust an Schlaf, ein für ihn so neues Phänomen, daß sich das sehr ungünstig auf seine Laune auswirkte. Frank verdiente sich eine Menge Meriten bei diesem Fall, obwohl er vermutlich dem Tod so nahe gewesen war, wie man das vor seinem tatsächlichen Ableben überhaupt sein kann.

Es ist seltsam, wenn man darüber nachdenkt, daß ein Akteur auf der Bühne sich immer der Grenzen seines Spieles bewußt ist und stets weiß, um was für ein Drama es sich handelt – Komödie, Tragödie, Melodrama oder Farce –, während im wirklichen Leben ihm diese Übersicht mangelt und er sich stets von einem Stück ins andere hinübergleiten sieht, bei ständig wechselnder Besetzung, ungewissen Stichworten und einem nur schwer verfolgbaren Plot. Nach einem angenehmen Prolog in Field End zu einer vermutlichen Salonkomödie war der Fall Cressington stark melodramatisch. Frank hatte ein Theater verlassen, um sich hastig auf die Bretter eines anderen zu begeben. Doch das Field-End-Stück ging ohne ihn weiter.

Maggie Bell rückt an dieser Stelle ins Bild. Sie war ein Krüppel, seit sie kurz vor ihrem zwölften Geburtstag in Deeping auf der Straße von einem Wagen überfahren worden war. Sie war nun ein, zwei Jahre über die Dreißig hinaus, und sie war seit jenem Ereignis, das sie stolz »meinen Unfall« nannte, weder gewachsen noch hatte sie sich in nennenswerter Weise weiterentwickelt. Sie konnte keinen Fuß auf den Boden setzen und ging nie aus. Das will jedoch nicht heißen, daß sie nicht alles wußte, was in Deeping und dessen Umgebung passierte. Sie bezog ihre Kenntnis aus drei Informationsquellen: Erstens lag sie den ganzen Tag auf einer Couch, die an das Fenster des Vorderzimmers über Mr. Bissets Laden geschoben war. Mr. Bisset war ein ehrgeiziger kleiner Mann, der mit Gemischtwaren angefangen hatte und neben Overalls für Knaben und Männer, Frischobst und Gemüse auch selbstgemachtes Konfekt und Bärendreck verkaufte, den Mrs. Bisset nach einem uralten Familienrezept herstellte, das sie nur den engsten Blutsverwandten mitteilte. An den Tagen, wo sie diese Köstlichkeit aus Lakritze zusammenbraute, erfüllte deren Duft nicht nur die beiden Stuben, die Mrs. Bell zur Miete hatte, sondern auch die Dorfstraßen fünfzig Meter im Umkreis, was, wie Mrs. Bisset meinte, eine Werbekraft besaß, wie man sie besser nicht bekommen kann.

Früher oder später kaufte die ganze Grafschaft bei ihr ein, wie Mrs. Bell meinte, denn jedem gehen ja mal irgendwann die Haarspangen, die Sicherheitsnadeln und die Gummibänder aus, ganz zu schweigen von Tomaten, Zwiebeln, Äpfeln und dem Universal-Frühstücksbrei. Wenn das Klima es irgend zuließ, hatte Maggie ihr Fenster offen und konnte alles hören, was auf dem Bürgersteig unter ihr gesprochen wurde, wo die Kundschaft sich vor oder nach dem Einkauf zu einem Tratsch aufzuhalten pflegte. Sie besaß die schärfsten Ohren in der Grafschaft und war stolz darauf. An schönen Tagen winkte sie aus dem Fenster, und fast jeder winkte zurück. Mrs. Abbott aus Abbottsleigh versäumte nie, zu winken und dazu noch freundlich zu lächeln. Doch Miss Cicely, inzwischen Mrs. Grant Hathaway, pflegte immer die Stiege mit ihrem kleinen Bramble-Hund und einem halben Dutzend Magazinen und Büchern für Maggie heraufzueilen. Das war ein putziges Tier, dieser Bramble-Hund. Was die anderen einen Dachshund nannten – mit langem Körper, kurzen Beinen und so einen wissenden Blick in den Augen. Begleitete Miss Cicely auf Schritt und Tritt, und sie redete sogar mit ihm, als würde er jedes Wort verstehen.

Maggies zweite Informationsquelle leitete sich aus der Tatsache ab, daß ihre Mutter Schneiderarbeiten übernahm.

Sie war eine gute Schneiderin, und das war auch nötig, denn die Einkünfte aus dieser Arbeit waren alles, was sie und Maggie zum Leben hatten, neben dem Schmerzensgeld für den Unfall. Sehr kluge Damen brachten Sachen zum Anfertigen oder Ändern. Mrs. Abbott hatte ihr das Hochzeitskleid der alten Lady Evelyn Abbott gebracht, damit sie es für Miss Cicely anläßlich deren Trauung ändern sollte. Es war der schönste Stoff, den Maggie je in ihrem Leben gesehen hatte – mußte eine unvorstellbare Menge Geld gekostet haben. Und eigentlich vergeudet für so ein schmächtiges braunes Ding wie Miss Cicely – obwohl sie das natürlich niemandem sagte außer ihrer Mutter, und die hätte ihr fast die Nase dabei abgekniffen.

Die dritte und wichtigste Informationsquelle, die Maggie über alles auf dem laufenden hielt, lag buchstäblich in ihrer Hand: das Telefon. Das hatte eine besonders lange Schnur, damit sie es tagsüber auf das Tischchen neben ihrem Sofa stellen konnte und abends auf den Nachttisch neben ihrem Bett. Man darf allerdings nicht annehmen, daß viele Leute sie anriefen oder daß Mrs. Bell sich die Telefongebühren für unnötige Gespräche hätte leisten können. Da kamen natürlich Anrufe, die sich nach den Fortschritten der Arbeit erkundigten oder Termine zur Anprobe ausmachen wollten, doch die Stärke von Maggies Position beruhte darauf, daß Deeping mit jener wertvollen Informationshilfe, einer Sammelleitung, ausgestattet war. Als der Fall »Hathaway« die Nachbarschaft in Atem hielt, hatte Maggie die Entwicklung vom ersten geheimnisvollen Anruf bei Mr. Grant Hathaway – die Teilnehmerin hatte einen französischen Akzent und wollte ihren Namen nicht nennen – über die beiden Mordfälle, der drohenden Verhaftung von Mr. Hathaway bis zur überraschenden Aufklärung am Apparat verfolgen können.

Sie war natürlich auch sehr an dem Ballabend interessiert

gewesen. Viele Ballgäste hatten sich dafür ein neues Kleid gekauft, doch einige der Damen ließen ändern, was sie schon hatten, und dazu gehörte Lady Pondesbury. Man hätte eigentlich erwarten dürfen, daß sie das alte schwarze Satinkleid satt hatte; aber sie kam jedesmal wieder her damit, immer mit der gleichen Geschichte, daß es hier oder dort herausgelassen werden müsse. Was sie an Geld hatte, ging für Pferde drauf – und warum auch nicht, wenn sie es so ausgeben wollte? Mrs. Abbott, die hatte ihr schwarzes Spitzenkleid gebracht, und ein hübsches Stück obendrein, das kaum geändert werden mußte – nur ein bißchen modernisiert sozusagen.

Miss Georgina hatte sich ein neues Kleid angeschafft, ein herrliches aus silbernem Stoff. Maggie hätte es gern betrachtet. Sie hörte, wie Miss Mirrie Field am Telefon darüber redete. Das war am Tag vor dem Ball. Sie hatte ein Gespräch nach London angemeldet und redete mit einem Mann, dem sie alles von der bevorstehenden Party erzählte und wie aufgeregt sie schon sei. Sie sagte, ihr Onkel habe ihr einen Scheck gegeben, damit sie sich ein hübsches Kleid kaufen sollte, was sie getan hatte; aber es sei nicht so hübsch wie Georginas Kleid. – »Ihres ist aus Silverlamé und steht ihr ausgezeichnet, meines aber ist weiß mit einer Menge Rüschen – willst du mich nicht darin sehen?« Und er antwortete: »Vielleicht werde ich das«, und Miss Mirrie antwortete: »O nein, du darfst nicht so etwas Dummes machen.«

Er sagte darauf: »Ich möchte dich nur an meine Briefe erinnern. Denke immer daran, sonst könntest du im hohen Bogen hinausfliegen« und legte auf. Nicht gerade die feine Art, dachte Maggie. Sie wunderte sich, daß Miss Mirrie sich das gefallen ließ. Sie hatte von da an auf der Lauer gelegen; doch es folgten keine Gespräche mehr dieser Art. Oder sollte ihr das eine oder andere durch die Lappen gegangen sein?

Der Ball war vorüber. Danach kam nur die übliche Zahl

von Anrufen mit der gegenseitigen Versicherung, wie nett es gewesen sei, aber es war nichts wirklich Interessantes darunter. Nicht in dieser Woche.

Es war am Montag die Woche darauf, daß Georgina Grey ihren ersten anonymen Brief erhielt. Er lag neben ihrem Teller auf dem Frühstückstisch, und da sie die erste war, die herunterkam, war sie allein im Zimmer, als sie ihn öffnete. Als sie später darüber nachdachte, war sie froh, daß niemand sonst zugegen war. Groß und blond in einem grauen Rock und einem Twinset aus blaßgelber Wolle stand sie am Tisch und wollte einen Moment gar nicht fassen, was da geschah. Sie hatte einen billigen Umschlag aufgerissen und auf ihren Teller fallen lassen. Sie hielt ein Blatt billigen Briefpapiers in der Hand. Liniertes Briefpapier. Trotz der Linien war die Handschrift sehr schlecht. Bis dahin kam sie, und dann schien ihr plötzlich der Verstand stillzustehen. Da standen zwar Worte auf dem Papier, doch ihr Bewußtsein weigerte sich, sie aufzunehmen. Unwillkürlich drehte sie das Blatt um und suchte nach einer Unterschrift. Doch der Text lief bis zur letzten Zeile hinunter. Da war keine Unterschrift.

Sie drehte das Blatt wieder um und begann dort zu lesen, wo der Brief anzufangen schien. Da war weder eine Adresse noch ein Datum. Da war strenggenommen nicht die Spur einer Einleitung. Der Brief ging einfach los:

»Sie kommen sich wohl sehr bedeutend vor, nicht wahr, Miss Georgina Grey? Sie sind auf Rosen gebettet aufgewachsen und meinen, so wird es auch bis zum Ende des Kapitels bleiben. Das wird aber nicht der Fall sein. Da kommen Sachen auf Sie zu, die Ihnen gar nicht gefallen werden. Leute, die jetzt unter Ihnen stehen, werden erhöht, und Sie werden erniedrigt werden. Wenn man nie etwas Nennenswertes gehabt hat, vermißt man nichts; aber wenn man immer alles gehabt hat und plötzlich nichts mehr, hat man verdammt daran zu knabbern. Hoch mit der Rakete und herunter mit dem Stock – das sind Sie. Vermutlich glauben Sie, die Leute wüßten nicht, wie Sie Ihre Kusine behandeln – von oben herab, immer die Gönnerin spielend, wenn Sie ihr eines Ihrer abgetragenen Kleider schenken. Sie glauben doch hoffentlich nicht, daß die Leute nicht darüber reden oder daß es nicht eine Menge Leute gäbe, die sich darüber *sehr* aufregen. Und alles nur, weil Sie erstens nichts abgeben wollen und weil zweitens Ihre Kusine hübscher ist als Sie und einnehmender, was A. H. und andere bereits bemerkt haben. Und das trifft Sie, wo es schmerzt, nicht wahr? Keine Bange, da kommt noch mehr auf Sie zu. Den Leuten gefällt das nicht, wenn sie zusehen müssen, wie Sie ein anderes Mädchen schikanieren und hinabzustoßen versuchen, bloß weil es schöner und jünger ist und weil Sie denken, J. F. und A. H. könnten sie zu gern haben.«

Georgina las das Geschreibsel bis zur letzten Zeile und steckte es dann in den Umschlag zurück. Ihre erste Reaktion war Verwirrung. Man hörte zwar von anonymen Briefen, aber selbst bekam man nie welche. Sie gehörten zu den Dingen, von denen man in der Zeitung las. Sie widerfuhren anderen Leuten, aber nicht einem selbst. Es dauerte einige Zeit, bis sie die Tatsache verdaut hatte, daß ihr das widerfuhr. Es war so unerwartet und so unglaublich wie eine Ohrfeige von einem wildfremden Menschen auf der Straße.

Von da mußte sie zu der Frage fortschreiten, warum ihr jemand so etwas antat, und dann zu der Frage, wer ihr das angetan haben mochte. Wer könnte ihr möglicherweise einen solchen Brief geschrieben haben? Es mußte jemand sein, der von ihr und Mirrie wußte; doch ihr fiel niemand ein, der zu einer solchen Gemeinheit fähig war. Sie stand mit dem Brief in der Hand am Frühstückstisch und hatte das Gefühl, in der Dunkelheit eine Stufe übersehen zu haben.

Als Georgina Stimmen in der Halle hörte, lief sie rasch durch den Eingang für die Dienerschaft hinaus und die Treppe hinauf in ihr Zimmer, wo sie den Brief in eine Schublade legte. Dann kam sie wieder herunter und fand Mirrie und Anthony im Eßzimmer. Sie standen sehr nahe beieinander. Nein, so etwas zu denken, duldete sie nicht – es war Mirrie, die sehr nahe bei Anthony stand. Es war eben ihre Art, an jemanden heranzutreten – an ihn, an Johnny oder an Jonathan Field – mit zurückgelegtem Kopf, einen Ärmel streichelnd und den Blick nach oben gerichtet. Es war ein argloser, unbewußter Trick und sehr beeindruckend; doch in diesem Moment hätte Georgina gern auf ihn verzichten können.

Anthony drehte sich um und kam auf sie zu. Mirrie strahlte und sagte:

»Es ist ein wunderschöner Morgen. Und Anthony will mir einen Dachsbau im Wald zeigen. Nur sagt er, wir würden den Dachs nicht sehen können, weil er nur nachts aus seinem Bau herauskommt. Warum tut er das? Ich möchte im Finstern nicht allein aus dem Haus gehen – du vielleicht?«

»Aber du bist ja auch kein Dachs«, neckte Anthony.

Nach dem Frühstück brachte Georgina den anonymen Brief zu Jonathan Field in die Bibliothek. Er blickte ungeduldig auf, als sie an seinen Schreibtisch trat und den Umschlag vor ihn hinlegte.

»Das kam mit der Morgenpost. Ich dachte, ich sollte es dir lieber zeigen.«

Als er sprach, war die Ungeduld auch aus seiner Stimme zu hören.

»Was ist das?« fragte er.

»Ein anonymer Brief.«

»Ein anonymer . . . was für ein Unsinn!«

»Ich denke, du solltest ihn lieber lesen.«

Er nahm den Umschlag zur Hand. Seine Brauen zogen sich eng zusammen und bildeten einen schwarzen Strich über seinen tiefliegenden Augen. Er zog den Brief heraus und runzelte die Stirn beim Lesen. Als er damit fertig war, drehte er ihn wieder um und las ihn ein zweites Mal. Dann sah er sie scharf an.

»Hast du eine Ahnung, wer das geschrieben hat?«

»Nicht die geringste.«

Er ließ das Blatt auf die Löschunterlage flattern.

»Schlechtes Papier, schlechte Handschrift. Was hat das zu bedeuten?«

»Das weiß ich nicht.«

Er lehnte sich zurück und schwang den Stuhl herum, daß er sie von vorn ansehen konnte.

»Ein billiger, böser Brief. Aber warum wurde er geschrieben?«

Sie wiederholte noch einmal: »Ich weiß es nicht.«

Seine Stimme klang plötzlich scharf.

»Es bedeutet, daß es Gerede gegeben hat. Über dich und Mirrie! Die Leute reden über euch! Warum? Etwas muß vorgefallen sein, daß die Leute anfangen zu reden! Warum hat man mir das nicht gesagt?«

»Da gab es nichts zu sagen.«

Er hieb mit der flachen Hand auf den Brief.

»Kein Rauch ohne Feuer! Niemand schreibt so einen Brief, wenn es keinen Anlaß dazu gibt! Geschwätz und *Gefühl*! Wenn du dich nicht mit Mirrie verträgst, hättest du mir das sagen müssen! Du hättest wissen müssen, daß sie mir nichts sagen würde. Sie denkt immer daran, was sie dir Gutes tun könnte. Das hätte mir eigentlich die Augen öffnen müssen. Ich kann nicht verstehen, warum das nicht geschah. Sie hatte sich nie sicher gefühlt – sie war sich nicht mal ihrer selbst vor dir sicher.«

Georgina wich einen Schritt zurück.

»Onkel Jonathan!«

»Ich dachte, du würdest dich freuen, sie um dich zu haben – so, wie ich mich gefreut habe. Sie ist so dankbar für alles – so eifrig darin, Freude zu machen. Ich kann einfach nicht verstehen, weshalb du so voreingenommen bist.«

»Wie kommst du auf die Idee, daß ich voreingenommen bin?«

Er war schon immer reizbar gewesen, doch er hatte sich nie über sie erzürnt. Sie hatte keine Angst, aber sie spürte, wie verletzbar sie war. Das Ganze kam so plötzlich, verleugnete so total die Beziehung, die immer zwischen ihnen bestanden hatte. Seine Hand klatschte wieder auf den Brief auf der Löschunterlage.

»Ich kann das mit den Kleidern nicht begreifen – daß du ihr abgetragene Sachen gegeben hast. Das wäre so würdelos – so demütigend. Für sie – und für mich, da es die Leute offensichtlich bemerkt haben. Ich kann nicht begreifen, wie du auf so eine Idee kommen konntest!«

Georginas Augen hatten sein Gesicht nicht losgelassen. Sie sah, daß es hart war und verändert. Sie zwang sich, im ruhigen Ton zu sprechen:

»Du hast gar nicht erst abgewartet, was ich dazu zu sagen habe.«

»Nun, was hast du zu sagen?«

Sie kam einen Schritt näher und stützte eine Hand auf den Rand des Schreibtisches.

»Erlaubst du, daß ich dir sage, was und wie es geschehen ist? Du hast Mirrie hierhergebracht, und sie besaß nichts. Du sagtest, sie wäre zu Besuch gekommen. Du hast nicht gesagt, für wie lange. Du hast nicht gesagt, daß du dich für sie verantwortlich fühlst ...«

»Ich hatte keine Pläne.«

»Onkel Jonathan, sie hatte wirklich nichts anzuziehen. Ich brachte ein, zwei Sachen von mir zu Mrs. Bell in Deeping. Sie ist eine sehr gute Änderungsschneiderin, und sie nähte sie so, daß sie paßten. Wenn Mirrie etwas dagegen hatte, daß diese Sachen schon getragen waren, hat sie mir das nicht gesagt. Sie schien mir eher sehr froh darüber zu sein. Sie sagte, sie habe noch nie so hübsche Kleider getragen, und ich vermute, das stimmt auch. Es waren sehr gute Sachen von mir.«

Sein Gesicht blieb verschlossen. Er sagte:

»Das hättest du nicht tun sollen. Das hat sie in ein schiefes Licht gebracht. Du hättest zu mir kommen sollen.«

»Ich mochte damit nicht zu dir kommen.«

Sie konnte ihm nicht sagen – das steckte nicht in ihr –, daß da ein Instinkt gewesen war, dieses herrenlose Kätzchen, das er mit nach Hause gebracht hatte, zu beschützen. Da war ein Koffer voll Plunder – buchstäblich Lumpen –, alte, muffige Kleider von vorwiegend schwarzer Farbe, zerfledderte Bücher und eine alte fadenscheinige Steppdecke obenauf, damit der Plunder beisammenblieb. Da war nichts dabei, was Mirrie in Field End hätte tragen können. Da war überhaupt nichts, was sie anziehen konnte. Georgina konnte ihm doch nicht sagen, daß Mirrie weder Unterwäsche zum Wechseln hatte noch ein Nachthemd zum Schlafen. Sie hatte praktisch nur das billige Fähnchen, in dem sie gekommen war, und den verschossenen Mantel darüber.

Jonathan echote ihre letzten Worte:

»Du mochtest damit nicht zu mir kommen? Warum nicht?«

Georgina hatte das beunruhigende Gefühl, daß sie beide eine steile Rampe hinunterrutschten und sich rasch einer Katastrophe näherten. Sie kannte ihn schon viel zu lange, um nicht zu verstehen, was da geschah. Sie hatte ihn in zu vielen Kontroversen, Streitgesprächen und Zerwürfnissen erlebt, die sich aus einem mikroskopisch kleinen, winzigen Samen entwickelten und in bitterer Entfremdung endeten. Und immer blieb er im Verlauf dieses Prozesses Argumenten unzugänglich. Doch das war das erste Mal, daß das mit ihr passierte. Sie lebte nun siebzehn Jahre mit ihm unter einem Dach, und noch nie war ihr das vorher widerfahren. Sie konnte nicht glauben, daß er sich so weit von ihr entfernt hatte, daß er für sie unerreichbar war. Sie wußte nur, daß sie versuchen mußte, ihn zu erreichen.

»Das ist schwierig . . .«

»Ich habe nur gefragt, warum du nicht zu mir gekommen bist!«

»Ich wußte nicht, was du wolltest – was du vorhattest mit ihr. Ich wollte dir wirklich nicht gern – niemandem! – sagen, wie wenig sie besaß. Ich wußte nicht, daß du vorhattest, sie für dauernd hierzubehalten. Siehst du nicht, daß ich nur nett zu ihr sein wollte? Ich dachte, das wäre ausschließlich eine Sache zwischen uns beiden – zwischen zwei Mädchen. Das ist etwas, was in allen Familien tagtäglich passiert – daß Mädchen Sachen weitergeben, weil sie ihnen zu klein geworden sind oder sie nicht mehr tragen wollen aus Gründen des veränderten Geschmacks . . .«

Jonathan unterbrach sie mit heftiger, sarkastischer Stimme:

»Ah – jetzt kommen wir der Sache schon näher! Du wolltest die Sachen nicht mehr tragen! Sie waren dir nicht mehr gut genug, aber gut genug für Mirrie! Und sie war so unschuldig und unerfahren, daß sie gar nicht merkte, wie sie gedemütigt wurde. Weißt du, was sie erst neulich zu mir sagte? Ich glaube, das war der erschütterndste Satz, den ich mir in meinem Leben bisher anhören mußte. Ich hatte ihr einen Scheck gegeben, damit sie sich ausstaffieren sollte, und sie kam vor dem Abendessen hier herein, um mir ihr neues

Kleid zu zeigen. Sie stand da wie auf einem Gemälde, den Rock ein wenig angehoben, und sagte: ›Weißt du, daß das das erste gekaufte Kleid in meinem Leben ist?‹ Abgelegte Sachen – das war alles, was sie bisher im Leben besessen hatte – die weggeworfenen Sachen anderer Leute! Wohlfahrtspakete! Und dann, nachdem ich sie hierhergebracht hatte, als ich glaubte, sie davon erlöst zu haben, muß ihr das wieder passieren! Du suchst ein paar alte Kleider aus, die du nicht mehr tragen willst, läßt die Dorfschneiderin ein bißchen daran herumschnipseln und redest dem armen Kind ein, du möchtest ihm eine Freude damit machen, indem du ihm das Zeug andrehst!«

Sie waren nun weit weg von dem anonymen Brief und weit weg von jeder Einsicht, daß er begriff, was sie ihm zu sagen versuchte. Sie kam ihm weder nahe, noch konnte sie ihn erreichen. Der Brief lag noch dort, wo er ihn auf der Löschunterlage abgelegt hatte. Georgina trat neben Jonathan, um ihn wieder an sich zu nehmen. Als sie sich mit dem Brief von ihm abwandte, sagte er:

»Warte! Da ist noch etwas, was ich dir sagen wollte.«

Er schob seinen Sessel zurück und trommelte auf die Lehne. Dann sah er zu ihr hinüber und sagte:

»Es betrifft mein Testament.«

Sie war blaß geworden im Gesicht. Die dunkelgrauen Augen sahen dabei nur noch dunkler aus. Als er sagte: ›Es betrifft mein Testament‹, kam etwas Röte auf und verlief sich sogleich wieder.

»Onkel Jonathan . . .«

Er hob eine Hand von seinen Knien.

»Ich rede jetzt, und ich möchte, daß du mir zuhörst. Ich nehme an, du hast es wie jedermann sonst für selbstverständlich gehalten, ich würde dir alles vermachen?«

»Onkel Jonathan, *bitte* . . .«

Er polterte los: »Ich habe eben gesagt, daß ich jetzt rede! Ich möchte, daß du mir zuhörst! Es gibt nichts Widerlicheres als Gefühlsausbrüche in geschäftlichen Angelegenheiten. Das ist eine geschäftliche Angelegenheit. Sie betrifft mein Testament. Ich möchte nicht, daß du dich in falschen Vorstellungen wiegst, was seine Klauseln betrifft. Ich habe dich oder mich nie der Peinlichkeit ausgesetzt, darüber zu diskutieren; aber da ich kürzlich entschieden habe, gewisse Änderungen vorzunehmen, halte ich es für angebracht, dich darüber zu informieren. Ich möchte nicht, daß du den Eindruck gewinnst, ich hätte überstürzt gehandelt oder aus einer Empörung heraus, die ich vielleicht im Augenblick empfinde. Ich kam vor einiger Zeit zu der Überzeugung, daß mein derzeit gültiges Testament nicht länger meinen Wünschen entspricht. Ich habe deshalb vor, einiges umzustoßen. Die Legate für die Bediensteten und Wohlfahrtseinrichtungen bleiben im wesentlichen unangetastet; aber es wird wichtige Veränderungen in anderen Richtungen geben. Ich habe vor, für Mirrie eine Klausel einzusetzen.«

Georgina holte tief Luft. Sie sagte rasch und mit Wärme:

»Aber selbstverständlich, Onkel Jonathan.«

Da war ein leichtes, sarkastisches Zucken der dunklen Brauen, die einen so dekorativen Kontrast zu seinen dichten grauen Haaren bildeten. Er sagte:

»Sehr freundlich von dir, davon bin ich überzeugt; aber ich beabsichtige, für Mirrie in der Weise zu sorgen, daß sie finanziell gesichert und unabhängig ist. Das wird allerdings den Anteil, den ich dir in meinem derzeitig gültigen Testament vermacht habe, wesentlich beeinträchtigen.«

»Onkel Jonathan ...«

»Man kann Interesselosigkeit auch übertreiben, meine Liebe. Wäre es dir wirklich egal, wenn ich dir nicht einen Penny von meinem Vermögen hinterließe?«

Sie sagte rasch mit ungehaltener Stimme:

»Natürlich wäre mir das nicht egal! Es würde bedeuten, daß du schrecklich wütend auf mich wärest oder dir nichts aus mir machst – und das kann mir nicht egal sein! Doch das hat nichts mit Mirrie zu tun. Ich wäre sehr froh, wenn du für Mirrie vorsorgtest. Oh, Darling, bitte, wach auf und höre endlich auf, so schreckliche Sachen von mir zu denken! Ich verstehe nicht, wie wir so miteinander umspringen können. Es ist wie ein schrecklicher Traum – wahrhaftig! Wer hat dir nur solche scheußlichen Gedanken in den Kopf gesetzt?«

Er sagte:

»Das sind Tatsachen, und Tatsachen sind stets unbequem. Du kannst sie nicht dadurch beseitigen, daß du sie Träume nennst. Wenn eine Sache so klar ist, daß du deswegen bereits anonyme Briefe bekommt, wird es höchste Zeit, daß etwas dagegen unternommen wird. Du bist von Anfang an auf dieses bedauernswerte Kind eifersüchtig gewesen, und ich war ein Narr, daß ich das nicht bemerkt habe.«

Georgina fragte leise:

»Wer hat dir diese Flausen in den Kopf gesetzt, Onkel Jonathan? War es Mirrie?«

In seinen Augen glühte Zorn auf.

»Mirrie? Nein, es war nicht Mirrie, das arme Kind. Sie glaubt, du hättest es nur gut mit ihr gemeint. Sie sagte nur immer: ›Schau mal, wie nett Georgina zu mir ist! Sie hat mir ein Kleid von sich gegeben – so eine hübsche Farbe!‹ oder ›Ist sie nicht die Freundlichkeit in Person? Sie sagt, ich soll sie auf einen Spaziergang mit Anthony begleiten, aber natürlich weiß ich, daß sie lieber allein mit ihm wäre, deshalb bin ich nicht mitgegangen.‹

Da stand doch etwas darüber in diesem Brief, nicht wahr? Etwas von A. H., daß er sie zu gern haben könnte. Nun, meine Liebe, will ich dir einen Rat geben. Und wenn du vernünftig bist, nimmst du ihn an: Nichts ist einem Mann verhaßter als eine eifersüchtige, neidische Frau. Wenn du also an Anthony Hallam interessiert bist, möchte ich dir nahelegen, deine Eifersucht auf Mirrie nicht so offen zu zeigen.«

Sie wußte nicht, wie sie sich verhalten oder was sie dazu sagen sollte. Jedes Wort und jeder Blick von ihr schienen diesen seltsamen unnatürlichen Zorn nur noch mehr zu entfachen. Es hatte keinen Sinn, mit ihm zu reden, solange er in diesem Zustand war. Doch wenn sie schwieg, war das ein Einverständnis einer Schuld. Sie überwand sich also und beteuerte:

»Ich habe nicht mal im Traum daran gedacht, eifersüchtig zu sein.«

»Eifersucht ist ein schweres Laster, gegen das du unbedingt ankämpfen mußt. Wenn du heiratest, könnte sie dein Leben zerstören. Ich sage dir ganz ehrlich, daß es nichts gibt, was einen Mann mehr aufbringen kann als Eifersucht.«

Es hatte keinen Zweck. Er hatte sich in einen Zustand hineingesteigert, gegen den sie machtlos war. Kapitulierend sagte sie:

»Es hat wohl nicht viel Sinn, wenn ich das sage; aber ich habe nie so von Mirrie gedacht, wie du mir zu unterstellen versuchst. Ich weiß nicht, was zwischen uns passiert ist. Ich weiß nicht, was du von mir verlangst. Ich glaube, ich sollte jetzt lieber gehen.«

Ihre Stimme war immer leiser geworden. Nun verstummte sie völlig. Sie ging mit dem Brief zur Tür. Sie hatte ihm dabei den Rücken zugewandt, und plötzlich hatte sie das Gefühl, daß da etwas hinter ihr wäre, was ihr feindlich war. Da war dieser uralte Instinkt, daß es nicht ratsam ist, einem Feind den Rücken zuzukehren. Sie kam zur Tür, fand sie offen und ging hindurch. Sie glaubte, die Tür zugemacht zu haben, als sie in die Bibliothek ging. Doch nun stand sie einen Spalt offen.

6

Anthony Hallam kam gerade die Treppe herunter. Da er Georgina stets ansah, wenn sie ihm so nahe war, daß er sie anblicken konnte, schaute er auch diesmal zu ihr hin und bemerkte sofort, daß etwas passiert sein mußte. Denn sie hatte nicht einen Hauch von Farbe mehr im Gesicht, absolut keinen, und überdies kam sie auf eine Weise auf ihn zu, als wäre sie blind. Er rannte die Stufen hinunter und fing sie am Fuß der Treppe ab.

»Georgina – was ist los? Hast du eine schlechte Nachricht bekommen?«

Er stand eine Stufe über ihr. Sie sah zu ihm hoch, als würde sie ihn jetzt erst bemerken, und sagte: »Ja.« Er konnte bis auf den Grund ihrer Augen sehen, und sie wirkten wie verloren.

»Was ist passiert?«

Die linke Hand, die sie etwas vorgestreckt hielt, klammerte sich an den Geländerpfosten. Die andere, die den Brief festhielt, gab ihm ein Zeichen, sie vorbeizulassen. Er trat zur Seite, und sie ging die Treppe hinauf, ohne sich noch einmal umzusehen. Er ging ihr hinterher, doch sie schien nicht zu wissen, daß er ihr folgte. Sie hatte ihr eigenes Wohnzimmer im ersten Stock. Es ging von einem Flur linker Hand ab – ein helles Zimmer an der Südostseite, das hinaussah auf den Garten mit seinen leicht abschüssigen Rasenflächen und der großen Zeder, die schon dastand, als das Haus gebaut wurde. Er trat mit ihr ins Zimmer, und sie bemerkte ihn erst, als sie die Hand ausstreckte, um die Tür zu schließen. Dabei kam sie mit seiner Hand in Berührung. Sie zog die ihre zurück und sagte:

»Ich möchte allein sein.«

»Ich gehe, wenn du das wünschst. Aber kannst du mir nicht sagen, was los ist? Du siehst ...«

Sie ging zum Tisch und legte den Brief darauf, den sie in der Rechten hielt. Dann nahm sie ein leinenes Taschentuch aus der Strickweste und rieb sich die Hand damit ab. Er hatte den Eindruck, sie wolle etwas abwischen. Er sagte rasch:

»Ist es dieser Brief?«

Da war eine Bewegung, die das bestätigte.

»Von wem ist er?«

»Ich weiß nicht. Anthony ...«

»Schick mich nicht weg. Ich würde nicht gehorchen – ich will dir helfen. Willst du mir nicht sagen, was passiert ist?«

Sie deutete mit dem Kopf auf den Brief.

»Willst du, daß ich ihn lese?«

Sie war einen Augenblick unentschlossen. Sie hatte ihre Türen geschlossen. Einesteils war sie versucht, sie vor ihm zu verriegeln, doch da war zugleich der Impuls, das Gegenteil zu tun und sie weit aufzustoßen für ihn. Da stand keine bewußte Absicht hinter den beiden widerstreitenden Regungen. Jede wirkte zwanghaft, aus eigener Kraft. Und dann, ganz plötzlich, überließ sie sich dem zweiten Impuls. Sie hatte nicht gewußt, was sie tun würde, bis sie es tat. Sie hörte sich sagen:

»Ja, lies ihn.«

Während er las, beobachtete Georgina ihn. Sie war groß, aber er überragte sie um einen halben Kopf. Er hatte eine von der Sonne gebräunte Haut und sympathische unregelmäßige Züge, Augen zwischen Blau und Grau, dunkle Augenbrauen mit einer Art von Schnörkel darin, eine energische Kinnpartie und einen entschlossenen Mund. An der Oberfläche ihres Bewußtseins rührte sich vage ein ihr nicht neuer und beruhigender Eindruck, daß er nicht so aussah, als würde er Menschen, die ihm vertrauten, enttäuschen.

Er las mit gerunzelter Stirn. Als er am Ende der zweiten Seite angelangt war, sagte er:

»Der richtige Platz für anonyme Briefe ist das Feuer. Laß ihn uns verbrennen.«

»Nein, ich bin anderer Meinung.«

»Weitaus besser, ihn loszuwerden, falls nicht . . . Hast du eine Ahnung, wo er herkommt?«

»Nein.«

»Dann ist er wirklich im Feuer am besten aufgehoben.«

Sie besann sich nun darauf, was ihr gleich hätte einfallen sollen, daß er selbst in diesem Brief vorkam. Einer dieser besonders unverschämten Sätze kam an die Oberfläche – »weil Sie nichts abgeben wollen und weil sie hübscher ist als Sie und einnehmender, was A. H. und andere bereits bemerkt haben« – ›sie‹ war Mirrie, und A. H. war Anthony Hallam. Das konnte ihm nicht verborgen bleiben, und auch die Anspielung am Ende nicht: »Weil Sie denken, J. F. und A. H. könnten sie zu gern haben.« Sie sagte:

»Ich hätte nicht erlauben sollen, daß du ihn liest.«

»Ich bin sehr froh, daß du mir erlaubt hast, ihn zu lesen.«

Sie holte tief Luft.

»Ich hätte es keinem erlauben dürfen. Ich – ich hätte nie gedacht, daß jemand solche Sachen glauben würde.«

»Natürlich glaubt sie keiner!«

»Onkel Jonathan doch.«

Als sie das sagte, wußte er, wo dieser verlorene Blick herkam. Nicht dieser anonyme Brief hatte sie erschüttert, sondern Jonathan Field.

»Unmöglich!«

»Doch. Ich dachte, ich sollte ihm den Brief zeigen. Ich kam nie auf den Gedanken, daß er etwas davon glauben würde. Doch er tut es. Er hat Mirrie sehr lieb gewonnen und meint, ich sei auf sie eifersüchtig. Ich glaube nicht, daß ich das bin –

glaube das wirklich nicht. Aber er glaubt es. Ich kam sogar auf den Gedanken, er könnte diesen Brief selbst geschrieben haben. Nicht eigentlich, weißt du; aber er schien allem zuzustimmen, was darin stand.«

»Das ist doch Unsinn!«

Der Zorn in seiner Stimme wärmte sie. Da war eine tödliche innere Kälte gewesen, als berührte sie mit bloßen Händen Metall bei hartem Frost. Das hatte sie einmal getan und sich die Hand verbrannt. Anthonys Zorn brannte nicht, er erwärmte die Dinge, die unter Jonathan Fields Wut zu Frost erstarrt waren. Ihre Gedanken begannen sich wieder zu regen und zu ordnen.

»Anthony, willst du mir ehrlich sagen, ob ich Mirrie auf eine Weise behandelt habe, daß jemand daran Anstoß nehmen konnte. Falls ja, war mir das nicht bewußt – ehrlich nicht.«

»Du bist wie ein Engel zu ihr gewesen. Jonathan muß den Verstand verloren haben. Bist du sicher, daß du ihn auch richtig verstanden hast?«

Georgina ging von ihm weg zum Fenster. Der Garten lag unter einem grauen Himmel, der zuweilen aufriß und ein winteriges Blau zum Vorschein kommen ließ. Der Rasen erstreckte sich bis zu den Bäumen hinunter, die einen Fluß säumten. Die Bäume waren ohne Blätter, und die nackten Zweige hoben sich dunkel von dem dahinströmenden Wasser ab. Das Wetter war mild und der Rasen noch grün. Die Zeder wechselte im Winter nicht ihr Kleid. Einige Zapfen vom Vorjahr standen auf den schunkelnden Ästen wie eine Schar kleiner brauner Eulen. Field End war seit ihrem dritten Lebensjahr ihr Heim gewesen. Sie hatte sich geborgen und geliebt gefühlt. Es war Mirrie, die als herrenloses Wesen hierhergekommen war. Es kam ihr plötzlich zu Bewußtsein, daß der anonyme Brief die Wahrheit auf den Kopf stellte.

»Sie kommen sich wohl sehr bedeutend vor . . . Sie sind auf Rosen gebettet aufgewachsen . . . Da kommen Sachen auf Sie zu, die Ihnen gar nicht gefallen werden. Leute, die jetzt unter Ihnen stehen, werden erhöht, und Sie werden erniedrigt werden.« Die Worte kamen aus den Verstecken ihres Bewußtseins, wie Ratten in der Nacht aus ihren Löchern hervorkommen. Es war alles zu phantastisch, um wahr zu sein. Sie hätte den Brief ins Feuer werfen können und – nein, sie hätte ihn nicht vergessen können. Es war aber genaugenommen nicht der Brief, sondern Jonathans Reaktion darauf, was ihre Welt auf den Kopf stellte. Sie hatte erwartet, daß er zornig werden würde, aber auf den Verfasser des anonymen Briefes. Statt dessen hatte sich seine Wut gegen sie gerichtet. Seine ganze Sorge, seine beschützende Wärme galten Mirrie, die er gerade sechs Wochen kannte. Da war nichts mehr übrig für das Mädchen, die sich wie seine Tochter gefühlt hatte, soweit ihre Erinnerung zurückreichte.

Anthony war an ihre Seite getreten. Er legte seinen Arm um ihre Schultern, sagte jedoch nichts. Sie war es, die schließlich das Schweigen brach:

»Ich glaube, ich werde fortmüssen von hier.«

»Es wird vorbeigehen«, sagte er.

Sie berührten sich nicht mehr, waren sich aber sehr nahe. Sie schüttelte den Kopf.

»Er hat sich verändert. Er empfindet nicht mehr dasselbe für mich. Ich dachte, er würde sich über den Brief ärgern. Ich hätte nie geglaubt, daß er sich über mich ärgern würde. So ist er noch nie zu mir gewesen. Aber ich habe ihn schon so bei anderen erlebt, selbst wenn er mit ihnen jahrelang befreundet gewesen war. Es begann mit irgend etwas, mit einer Kleinigkeit, einer Sache, die kaum der Erwähnung wert war; und er benutzte sie als Vorwand, sich immer mehr in Wut zu reden, bis da nichts mehr war, was des Erhaltens wert gewesen wäre. Ich habe das ein halbes dutzendmal miterlebt, und niemand kann etwas daran ändern. Es geht nicht vorüber, und er nimmt nichts zurück. der andere wird für immer gelöscht wie ein Name von einer Tafel.«

»Georgina!«

Als hätte sie ihn nicht gehört, sagte sie:

»Und nun ist das mir passiert.«

Er nahm ihre Hand und fand sie kalt.

»So wird es mit dir nicht passieren – das kann es gar nicht! Du darfst nichts überstürzen.«

Da blitzte es flüchtig auf in den dunkelgrauen Augen.

»Ich glaube nicht, daß ich so lange warte, bis er mir sagt, daß ich gehen soll.«

»Das wird er nicht machen.«

»Ich denke doch, wenn ich ihm die Gelegenheit dazu gebe. Nur habe ich keinen Beruf erlernt. Ausbildung dauert ihre Zeit, und man muß schließlich von etwas leben.«

Er wartete eine Weile, ehe er sagte:

»Du machst es schlimmer, als es ist, weißt du.«

Sie schüttelte den Kopf.

»Nein – nein, der Brief war nur der Anlaß. Aber was er zu mir sagte, Anthony, hatte er bereits vorher im Kopf. Ich glaube, das hat er schon lange ausgebrütet – vielleicht schon wenige Tage, nachdem er Mirrie hierhergebracht hatte. Er sagte mir, daß er sein Testament ändern wird.«

»Das hat er dir vorhin gesagt?«

»Ja, eben erst. Aber er hatte schon vorher daran gedacht. Er sagte, ich solle nicht denken, daß seine Entscheidung überstürzt sei oder weil er sich in diesem Moment über mich ärgerte. Und dann eröffnete er mir, daß er für Mirrie sorgen werde. Und ich sagte: ›selbstverständlich‹, und er verbot mir, ihn zu unterbrechen, und fragte mich, ob es mir gleichgültig wäre, wenn er mir keinen Penny hinterließe.«

»Und was hast du darauf geantwortet?«

Die Röte stieg ihr in die Wangen.

»Natürlich wäre mir das nicht gleichgültig, sagte ich ihm, denn das bedeutete, daß er für mich nichts mehr übrighätte. Doch was Mirrie beträfe, wäre ich froh, wenn er für sie sorgte. Und ich fragte ihn, wer ihm so schreckliche Gedanken über mich in den Kopf gesetzt hätte.«

»Was sagte er dazu?«

Ihre Stimme wurde wieder tonlos.

»Es war sinnlos. Er nannte Mirrie ein bedauernswertes Kind und sagte, ich sei vom ersten Tag eifersüchtig auf sie gewesen, und er wäre ein Narr, daß er das nicht gleich bemerkt habe. Es hatte keinen Zweck, das Gespräch mit ihm fortzusetzen. Ich versuchte es, aber es hatte keinen Sinn. Ich glaube, alles war weg, und ich glaube nicht, daß irgend etwas es zurückbringen kann. Also werde ich gehen müssen. Ich kann nicht hierbleiben, wenn er mich nicht länger haben will. Ich würde kein Wort davon gesagt haben. Ich wollte eigentlich nicht darüber sprechen, aber du warst da, und so kam es heraus. Ich möchte auch nicht mehr darüber sprechen. Ich möchte, daß du jetzt gehst.«

Er ging bis zur Tür, drehte sich mit einem Ruck wieder um und kam zurück.

»Georgina ...«

Sie schüttelte den Kopf.

»Ich bat dich zu gehen.«

»Ja, ich gehe. Ich wollte dir nur sagen – dir sagen ...«

»Sag es nicht.«

»Es hat keinen Zweck, daß du versuchst, mich daran zu hindern. Es ist nur, daß ich dich sehr lieb habe.« Er stockte und wiederholte dann mit anderer Betonung: »Ich liebe dich *sehr*. Aber vermutlich weißt du das längst. Ich liebe dich schon lange, und ich werde dich immer lieben. Wirst du daran denken und mich gewähren lassen, wenn ich etwas für dich tun kann? Das ist alles, mein Liebes.«

Er ging aus dem Zimmer und schloß die Tür hinter sich.

7

Mirrie Field hatte Georgina und Anthony die Treppe hinauf und in Georginas Zimmer gehen sehen. Ihr Zimmer lag Georginas Salon fast gegenüber. Sie war auf den Korridor hinausgetreten, als Anthony noch oben auf dem Treppenabsatz stand. Sie rannte ein Stück durch den Korridor, weil niemand in der Nähe war, der sie beobachtete. Sie wollte ihn einholen, ehe er weiter die Treppe hinunterging und in einem der Zimmer im Erdgeschoß verschwand. Es sollte aussehen wie ein Zufall. Doch dann sah sie, daß Georgina unten an der Treppe stand, eine Hand auf dem Geländerpfosten. Und Mirrie konnte ihr ansehen, daß etwas passiert war. Da ging sie rasch wieder zu ihrem Zimmer zurück, weil sie von Georgina nicht gesehen werden wollte. Sie sollte nicht denken, daß sie hinter Anthony Hallam her war. Sie wartete, bis die beiden den Korridor herunterkamen. Sie stand hinter ihrer Tür, die einen Spalt offenstand, doch die beiden sagten kein Wort. Sie hörte, wie sie in Georginas Salon gingen und die Tür hinter sich schlossen. Dann kam sie wieder aus ihrem Zimmer, stieg die Treppe zum Erdgeschoß hinunter und ging quer durch die Halle zur Bibliothek.

Jonathan Field saß an seinem Schreibtisch, und die Feder kratzte nur so über das Papier. Er blickte scharf auf, als Mirrie hereinkam, aber sobald er ihrer ansichtig wurde, wechselte sein Gesichtsausdruck. Sie sah ängstlich aus, stand bei der Tür, die Hand auf der Klinke, als wäre sie unschlüssig, ob sie gehen oder bleiben sollte. Er legte den Federhalter beiseite und sagte:

»Komm nur herein, Mirrie.«

Sie schloß die Tür und ging ein paar Schritte auf ihn zu.

»Ich wollte nicht stören ...«

»Du störst nicht – ich wollte sowieso mit dir sprechen. Komm hier herüber und setz dich.«

Er stand auf, holte einen Stuhl und legte ihr eine Hand auf die Schulter, ehe er selbst wieder Platz nahm. Georgina war während ihrer Auseinandersetzung kein Stuhl angeboten worden, doch Mirrie mußte sitzen, noch dazu bequem sitzen. Sein Blick wurde weich, während er auf ihr ruhte. Sie trug etwas von den Sachen, die sie mit seinem Scheck eingekauft hatte – einen grünen Tweedrock und Sweater. Und eine dazu passende Strickweste. Die Farbe stand ihr. Er sagte:

»Nun, mein Liebes, ich will gleich in die Stadt, um mit Maudsley zu sprechen. Er ist mein Anwalt. Ich möchte mit ihm die Angelegenheit durchgehen, die ich dir neulich angedeutet habe. Was man sofort tut, kann nicht verderben.«

»Oh – Georgina sagte mir nichts ...«

»Georgina wußte nichts. Ich meine, ich habe ihr zwar gesagt, daß ich einige Klauseln in meinem Testament ändern möchte; aber sie weiß nicht, daß ich das schon heute besorgen werde. Tatsächlich habe ich mich eben erst dazu entschlossen. Ein Testament ist ein düsteres Geschäft, und ich bin froh, wenn ich das hinter mir habe. Obendrein möchte ich dich versorgt wissen. Jeder soll erfahren, wie ich von dir denke. Es ist nur gerecht, daß jeder das weiß. Von jetzt an soll es so sein, als wärst du meine Tochter. Du trägst bereits meinen Namen, also wird es nicht nötig sein, ihn zu ändern. Und nach meinem Letzten Willen wirst du genau das haben, was ich einer Tochter vermachen würde.«

Ihre Hände waren in ihrem Schoß gefaltet, ihre Augen blickten zu ihm auf.

»Oh, du *bist* sehr gut zu mir!«

»Mein liebes Kind . . .«

»Niemand ist jemals so gut zu mir gewesen wie du! Das ist so wunderbar, daß ich es gar nicht glauben kann! Als du mich hierherbrachtest, dachte ich, wie wunderbar das ist. Und dann dachte ich, wie furchtbar es wäre, wenn ich wieder zurückmüßte. Ich bin nachts oft aufgewacht und habe weinen müssen. Und dann fragtest du mich, ob ich hier glücklich wäre, und du sagtest – du sagtest, wenn es so wäre, könnte ich bleiben – für immer. Oh, du ahnst ja gar nicht, was ich da empfand – du ahnst es nicht!«

Jonathan Field war sichtlich gerührt. Er holte ein altmodisches Leinentaschentuch heraus und schneuzte sich, und mit einer raschen, anmutigen Bewegung war Mirrie aus ihrem Sessel heraus und kniete sich neben seinen Stuhl nieder.

»Oh, Darling – Darling – *Darling*! Du kannst unmöglich wissen, wie dankbar ich dir bin!«

Er schob sein Taschentuch in die Brusttasche und legte den Arm um sie.

»Dankbar, ja? Nun, das haben wir beide doch nicht nötig zwischen uns. Aber du bist froh, mein kleines Mädchen zu sein? Das ist alles, was ich von dir will, weißt du – dich glücklich zu sehen und deines Lebens froh. Und zu wissen, daß du einen alten Knaben ein bißchen liebhast, so wie er dich ganz närrisch liebhat.«

Sie sah durch ihre Wimpern zu ihm auf.

»Ist es so dumm, wenn man mich liebhat? Niemand hat mich bisher richtig liebgehabt.«

»Mein liebes Kind!«

»Das ist wunderbar für mich«, sagte sie. »Du weißt gar nicht, wie wundervoll das ist.« Und dann drückte sie einen

Kuß auf seine Hand und schlüpfte zurück in ihren Sessel. Und als sie wieder Platz genommen hatte, holte sie ein kleines grünes Taschentuch aus ihrer Strickweste hervor und betupfte sich damit die Augen.

8

Erst als die übrigen sich zum Mittagessen trafen, wurde allgemein bekannt, daß Jonathan Field in die Stadt gefahren war. Mrs. Fabian war ihm offensichtlich in der Halle in die Quere gekommen und hatte seine Geduld aufs ärgste strapaziert, indem sie lang und breit darüber nachdachte, ob er sich vielleicht in der Stadt in einigen Supermärkten umsehen könnte nach einer bestimmten Sorte Reis, und wenn er sie nicht in den Regalen fände, sich zu erkundigen, weshalb nicht. Während sie sich nun an den Eßtisch setzten, referierte sie über dieses Gespräch in der Halle.

»Vor dem Krieg hatte jeder Laden diese Sorte auf Lager, und deshalb dachte ich mir, es wäre gut, wenn er wenigstens danach fragte. Die andere Sorte eignet sich nicht für Milchpuddings – jedenfalls behauptet das Mrs. Stokes, obwohl ich eigentlich nicht weiß, weshalb nicht. Leider habe ich nie behalten können, welche nun welche ist. Da gibt es den indischen und den amerikanischen Reis, und der eine ist gut für Milchpuddings, der andere nicht. Ich hatte keine Zeit mehr, Mrs. Stokes danach zu fragen. Männer können ja schrecklich ungeduldig sein, wenn sie irgendwohin müssen, und ich sehe wirklich nicht ein, daß er dafür keine Zeit haben könnte, wo er doch mit dem Wagen fährt. Ich finde, er hätte wenigstens fragen können, welche Sorte sich nun für Milchpuddings eignet, denn so was muß ein Supermarkt doch wissen. Aber er schien es ja *so* eilig zu haben, obwohl um diese Zeit ein halbes Dutzend Züge fährt, mit denen er viel schneller in der Stadt ist als mit seinem bequemen Wagen. Und deshalb dachte ich, der Klügere gibt nach – besonders dann, wenn er sagt, er sei mit Mr. Maudsley verabredet. Natürlich sind Anwälte vielbeschäftigte Leute und verdienen eine Menge Geld – jedenfalls hat das mein Onkel James immer behauptet, was ein Bruder von meinem Vater gewesen ist. Die beiden haben sich nicht vertragen und ständig miteinander prozessiert, und als mein Vater starb, war das Geld alle. Er hat sich immer schrecklich aufgeregt, wenn er eine Rechnung vom Anwalt bekam, als er mit James um ein Grundstück an der Grenze von Wales prozessierte, das er von seiner Großmutter geerbt hatte. Ich weiß noch, daß er dann einen Vers zu zitieren pflegte, über den sich meine Mutter, die eine Pfarrerstochter war, schrecklich aufregte. Mal sehen, ob ich ihn noch zusammenkriege:

Bring mir einen Pfarrer, der nicht lügt.
Einen Kaufmann, der nicht betrügt.
Einen Anwalt, der dir nicht das Geld
aus der Tasche stiehlt.
Und füge den dreien eine Leiche hinzu:
Bei diesem Wunder erwacht sie im Nu.

Ich weiß allerdings nicht, ob ich die Zeilen nun in der richtigen Reihenfolge aufgesagt habe; denn das alles ist ja schon so lange her.«

Johnny Fabian lachte und sagte, in dem Originalvers käme kein Kaufmann vor, sondern ein Weber, und das wäre nun doch wohl eine sehr ehrliche und daher arme Zunft gewesen. Und dann:

»Jonathan ist also zu seinem Anwalt gefahren, wie? Wen schmeißt er denn diesmal aus seinem Testament?«

Zum Glück war Stokes gerade nicht im Zimmer, obwohl jeder, der Johnny kannte, wußte, daß er sich auch in Gegenwart eines Butlers nicht in seiner Meinungsäußerung einschränken ließ. Mrs. Fabian wies ihn zurecht: »Mein lieber Junge!«, aber in einem sehr nachsichtigen Ton, während Georgina über den Tisch zu ihm hinblickte. Doch Johnny meinte unbeirrt:

»Huch – nur kein Wort! Was für verklemmte Leute wir doch sind. Je leidenschaftlicher wir uns für ein Thema interessieren, desto verpönter ist es, darüber zu sprechen.«

»Vorsicht, Johnny!« sagte Anthony, und Stokes kam mit einer zugedeckten silbernen Schüssel ins Zimmer zurück. Mit einer Leichtigkeit, die lange Praxis verriet, schlug Johnny geschickt einen verbalen Haken:

»Wer sich nicht für dieses Thema interessiert, ist entweder ein Tor oder ein Schurke. Wenn man Geld hat, muß man es brüten lassen. Denn wenn man es nicht brüten läßt, wacht man eines Tages auf und stellt fest, daß man keines mehr hat. Wenn man kein Geld hat, muß man sich schrecklich abrakkern, um welches zu bekommen; doch zum Brüten reicht es nie. Es ist schon ein erbärmliches Los, arm zu sein.«

Mrs. Fabian bediente sich aus der Schüssel mit Brathuhn und Pilzen. Sie sagte:

»Georgina, meine Liebe – das ist immer so gut zubereitet. Mirrie – Anthony, ihr seid gewiß sehr hungrig, und bei Johnny brauche ich gar nicht erst zu fragen.«

Sie hatte eine seltsam wedelnde Art beim Auflegen mit Löffel und Gabel. Stokes, bereits stark indigniert, daß er nicht selbst vorlegen durfte, beobachtete mit düsterer Miene, wie Soßenspritzer allmählich zu einem dichten feuchten Niederschlag auf der blankgewienerten Tischplatte wurden. Nachdem sie auch noch Artischocken und Kartoffeln ausgeteilt hatte, durfte er wieder gehen.

»Vielen Dank, Stokes – stellen Sie das Gemüse nur vor Mr. Anthonys Teller.«

Dann, als Stokes das Zimmer wieder verlassen hatte, beteiligte sie sich an der allgemeinen Diskussion mit einem herzhaften: »O ja, das ist so wahr – was Johnny über die Armen gesagt hat. Mein Vater lebte zwar gut, aber Geld hatte er nie, und als dann mein Vater und meine Mutter im selben Jahr starben, war für mich nichts mehr da, und ich mußte bei den Tanten meines Vaters wohnen. Sie hatten ja selbst nichts, und ich muß es ihnen hoch anrechnen, daß sie mich trotzdem aufnahmen. Man sagt zwar immer: Über Geld spricht man nicht; aber wie soll man das, wenn einem die Leute laufend Rechnungen ins Haus schicken und man nichts hat, womit man sie bezahlen kann.«

Johnny, der neben ihr saß, beugte sich zu ihr, tätschelte ihren Arm und sagte:

»Hör auf, Liebling. Sonst kommen uns alle noch die Tränen.«

Sie gab seinen lachenden Blick erstaunt zurück.

»O nein, mein Lieber, das wäre töricht – und auch gar nicht nötig, weil sich alles zum Guten gewendet hat. Dein Vater war Witwer und du erst vier, also brauchte er jemand, der ihm den Haushalt besorgte. Doch nach einer Weile engagierte er eine Haushälterin und bat mich, ihn zu heiraten, weil er meinte, so würde es besser funktionieren. Und so war es auch, wir waren alle glücklich miteinander, bis er starb. Und selbst dann wäre es uns nicht schlechtgegangen, wenn er nicht so viel von seinem Geld in eine südamerikanische Mine gesteckt hätte. O du meine Güte, ich lasse euch alle warten, und mein Huhn wird inzwischen kalt. Will jemand noch davon? Es schmeckt so gut.«

Anthony und Johnny ließen sich noch einen Nachschlag geben, und dann dachte Mrs. Fabian, daß sie sich auch noch ein bißchen vom Huhn nehmen sollte und vielleicht eine kleine Kartoffel dazu.

Bei formellen Anlässen pflegte Georgina die Gastgeberin zu spielen; aber wenn nur die Familie am Tisch saß, war es üblich, Mrs. Fabian den Ehrenplatz zu überlassen. Heute saß Anthony Hallam auf Jonathans Platz, Georgina zu seiner Rechten, mit dem Rücken zu den Fenstern, Mirrie und Johnny links von ihm. Er lehnte sich zu Georgina hinüber:

»Du bist jetzt gewarnt! Kaufe keine südamerikanischen Minenaktien, und höre nie auf einen Fremden mit einem Goldbarren oder einem vergrabenen Schatz. Besser man geht mit dem Gedanken durchs Leben, was für eine wunderbare Chance man doch versäumt hat, statt sich dauernd die vielerlei Dummheiten vorhalten zu müssen, die man begangen hat.«

Sie sah hoch und dann wieder auf ihren Teller zurück. Da hatte er etwas in ihren Augen gesehen, er wußte nur nicht, was. Warum, zum Kuckuck, hatte er so etwas sagen müssen? Wenn er sie verletzt hatte ...

Sie erwiderte: »Ich glaube nicht, daß dieser Fall, was mich betrifft, jemals eintritt«, und er wußte, daß sie ihn und sich selbst daran erinnerte, wie unwahrscheinlich ihr die Aussicht auf ein Vermögen zu sein schien, das sie vermehren oder vergeuden könne. Was er in ihren Augen gelesen hatte, war Stolz und Tadel.

Zu seiner Linken sagte Mirrie mit ihrer kleinen, niedlichen Stimme:

»Was ist ein Goldbarren?«

Während Johnny sie aufklärte, kam Stokes mit einer Apfeltorte ins Zimmer zurück.

9

Johnny Fabian, der in das Zimmer kam, das sie den kleinen Salon nannten – ein bequemer Versammlungsort für die Familie, wenn der eigentliche Salon, der eher für formelle Anlässe geeignet war, zugesperrt war –, fand Mirrie dort. Sie saß an einem altmodischen Sekretär und war damit beschäftigt, einen Brief zu schreiben. Sie hob eine gefurchte Braue, als er hereinkam, streckte ihm tintenbekleckste Finger hin und sagte aus tiefstem Herzen:

»Oh, wie ich das Schreiben hasse. Du auch?«

Er setzte sich auf die Lehne des nächstbesten Sessels.

»Das kommt darauf an, wem ich schreibe.«

Mirrie seufzte.

»Ich hasse es immer.«

»Das würdest du nicht, wenn du jemand schriebest, den du leidenschaftlich verehrst.«

»Würde ich nicht?«

»Bestimmt nicht. Denk an deinen Lieblingsfilmstar, und bilde dir ein, er hätte dir soeben ein signiertes Foto von sich und einen flammenden Liebesbrief geschickt. Würden dir da die Worte nicht nur so aus der Feder fließen?«

Ihre braunen Augen wurden ganz groß.

»Glaubst du?«

»Du vielleicht nicht?«

»Ich weiß nicht – ich habe keinen Lieblingsfilmstar.«

»Seltsames Kind!«

Sie sah ihn immer noch mit ihren großen Augen an.

»Ich bin doch praktisch nie im Kino gewesen, verstehst du? Die Verwandten, bei denen ich wohnte, gingen nur in Filme mit Professoren und Fachleuten, die zeigten, wie man Kohle fördert oder Rüben in Zucker verwandelt; und wenn mir einer von denen Liebesbriefe geschrieben hätte, würde ich sie ins Feuer geworfen haben.«

Johnny lachte.

»Das geschieht dieser Bande von Filmstars recht! Die können nicht mit Briefen bei dir landen! Wer ist denn nun der Glückliche, der von dir einen Brief bekommt? Laß uns kollaborieren, und dann bring' ich dich nach Lenton, und wir gehen dort ins Kino. Vielleicht änderst du dann deine Meinung.«

»Was bedeutet das – kol-la-bo-rie-ren?« Sie sprach das Wort langsam und unterteilte es in Silben.

»Darling, haben sie dir in der Schule denn gar nichts beigebracht?«

Mirries Wimpern senkten sich.

»Oh, ich bin nicht gut in Fremdwörtern.«

»Nun, es bedeutet, daß zwei Menschen zusammenarbeiten, hier also gemeinsam deinen Brief schreiben.«

»Ich wüßte nicht, wie.«

»Ich werde es dir zeigen. Du wirst sehen, wir sind so rasch damit fertig wie Feuer mit einem Haus. Für wen ist der Brief?«

Sie zögerte eine Weile, ehe sie antwortete:

»Nun, er ist für Miss Brown.«

»Und wer ist Miss Brown?«

»Sie war an der Schule.«

»Du meinst, sie war eine deiner Lehrerinnen?«

Mirrie starrte in seine Richtung.

»Es gab dort zwei Miss Browns. Der Brief ist für Miss Ethel Brown, weil ich ihr versprochen habe zu schreiben, wie ich hier vorankomme.«

»Schön, das werden wir gleich erledigt haben. Wie weit bist du bis jetzt?«

Sie nahm das Blatt hoch und las:

»Liebe Miss Brown,

ich habe Ihnen versprochen zu schreiben, also tue ich es. Ich hoffe, es geht Ihnen gut. Das ist ein sehr schönes Haus. Es hat siebzehn Zimmer, dazu noch Kellerräume. Manche davon sind riesengroß. Aus einigen Schlafzimmern haben sie Badezimmer gemacht, weil die Leute, als das Haus gebaut wurde, sich noch nichts aus Bädern gemacht haben. Sie nennen das Haus georgianisch. Es sind herrliche Sachen in den Zimmern, und das Essen kommt in silbernen, zugedeckten Schüsseln auf den Tisch. Jeder ist sehr nett zu mir, sogar Georgina. Sie sagten, sie würde nicht nett zu mir sein, aber sie ist es sogar *sehr*. Onkel Jonathan ist wie ein Vater zu mir. Er hat mir einen Scheck über hundert Pfund gegeben, damit ich mir ein Kleid für den Ball und noch andere Sachen kaufen konnte. Es war das Kleid mit den weißen Rüschen. Er hat mir auch viele Sachen geschenkt. Ich glaube, er hat sehr viel Geld. Er sagt, ich bin für ihn wie eine Tochter, und das will er in sein Testament schreiben. Das ist sehr nett von ihm.«

Sie sah auf und sagte: »Bis hierher bin ich gekommen.«

Es mußte schon einiges zusammenkommen, damit Johnny Fabian sich wunderte, doch diese kunstlose Epistel erschreckte ihn sogar. Er spürte ein starkes Verlangen, mehr zu erfahren, insbesondere, warum Miss Ethel Brown die Empfängerin dieser hochinteressanten Vertraulichkeiten werden sollte. Als Mirrie, das Thema vertiefend, mit dem Brief endete, sagte: »Das ist doch schrecklich nett von Onkel Jonathan, nicht wahr?« stimmte er zu und fragte:

»Aber warum muß das gleich Miss Brown erfahren?«

»Ich habe ihr das versprochen.«

Johnnys Augenbrauen zogen sich in die Höhe.

»Das von Jonathan?«

»Wie ich vorankomme.«

Er lachte.

»Nun, ich würde sagen, du bist ganz schön vorangekommen. Bei Jonathan jedenfalls.«

Sie wiederholte, was sie schon einmal gesagt hatte:

»Das ist *sehr* nett von ihm.«

»Hat er tatsächlich gesagt, daß er dich adoptieren will?«

»O nein, das hat er nicht gesagt. Er sagte, er würde mich behandeln wie eine Tochter. Und daß ich in seinem Testament bekommen würde, was einer Tochter zusteht. Und daß jeder erfahren soll, wie er über mich denkt.«

Johnny ließ einen Pfiff hören.

»Das hat er gesagt?«

»Ja – nach dem Frühstück in der Bibliothek. Ich glaube, er hatte das gerade Georgina mitgeteilt. Ich sah sie die Treppe heraufkommen. Sie sah aus, als wäre etwas passiert.«

»Wie sah sie aus?«

Mirrie Field sagte: »Als hätte sie jemand geschlagen.«

Dafür hatte er ein rasches Stirnrunzeln. Ein Gedanke blitzte kurz auf: Woher weiß sie, wie ein Mädchen aussieht, wenn jemand es geschlagen hat? Aber er ließ diesen Gedanken wieder fallen.

»Hör zu, Mirrie: Ich glaube nicht, daß du Miss Brown so einen Brief schicken solltest.«

»Nein?«

»Nein. Ich glaube nämlich nicht, daß Jonathan das gefallen würde.«

»Aber er sagte doch, jeder sollte wissen, wie er über mich denkt.«

»Das mag schön und gut sein. Aber damit meint er bestimmt nicht, jeder solle wissen, daß er sein Testament ändern will. Das könnte er in den falschen Hals bekommen. Es könnte ihm mißfallen, daß Leute sich ausrechnen, was sie bekommen, wenn er tot ist.«

»Leute?« wiederholte Mirrie mit ihrer niedlichen Stimme.

»Du, mein Kind«, sagte Johnny Fabian und lachte.

»Ich?«

»Ja, Darling. Ich denke, du solltest deinen Brief an Miss Brown lieber zerreißen und die Schnipsel ins Feuer werfen.«

Mirrie sagte: »Oh!« Und dann: »Oh, das könnte ich nicht! Ich habe so lange dafür gebraucht, ihn zu schreiben – und ich habe es ihr versprochen.«

Johnny überlegte, daß Miss Ethel Brown vermutlich in beträchtlicher Entfernung von diesem Haus wohnte, doch er sollte lieber herausfinden, wo. Da hier Taktgefühl wohl verschwendet war, fragte er geradeheraus:

»Wo ist denn diese Schule, auf der du gewesen bist?«

Zu seiner Überraschung wurde sie ganz rot.

»Das war die Höhere Töchterschule. In Pigeon Hill.«

»Und da haben deine beiden Miss Browns unterrichtet?«

»Nicht genau da. Ich kannte sie nur. Sie – sie waren eine Art Verwandtschaft von Tante Grace. Sie haben auf einer anderen Schule unterrichtet.«

Er dachte: Sie lügt sich was zusammen. Aber weshalb? Das Ganze ist doch eine Lappalie. Er sah sie neugierig an.

»Ist es deine Schule, über die du nicht reden möchtest, oder deren Schule? Und warum nicht?«

Sie sagte hastig:

»Es gefiel mir dort nicht. Ich möchte nicht daran denken oder darüber reden – nie.«

Aber sie schrieb an Miss Brown – eine völlig überflüssige Fleißarbeit!

»Wenn das so ist, würde ich das Ganze einschlafen lassen. Die Leute versprechen doch alle, Briefe zu schreiben, die dann nie geschrieben werden. Warum spülst du ihn nicht die Toilette hinunter?«

Tränen schimmerten in den stiefmütterchenbraunen Augen. Sie sagte mit einer hartnäckigen Stimme:

»Das kann ich nicht.«

Johnny erhob sich achselzuckend von der Sessellehne. »Nun, es ist deine Beerdigung.« Er kam bis zur Tür, als sie ihn anhielt:

»Johnny ...«

Er drehte sich um.

»Was ist?«

»Das gefiel mir nicht. Was du da eben von der Beerdigung gesagt hast.«

»Ich bin zerknirscht!«

»Bist du nicht – du sagtest es, weil du häßlich sein wolltest! Ich werde diesen Brief wegschicken und dann nie wieder schreiben.«

»Ich würde gar keinen Brief wegschicken«, sagte er und ging aus dem Zimmer.

Eine halbe Stunde später sah er aus dem Fenster und erblickte eine zierliche grüne Gestalt auf der Straße. Miss Mirrie Field, die Luft schnappen wollte? Oder einen Brief aufgeben? Er rannte ihr nach und holte sie ein.

»Frischluft tanken – Kreislauf in Trab halten – oder geschäftlich?«

Sie hatte sich einen warmen Mantel angezogen, der zu ihrem Tweedrock paßte, und eine grüne Baskenmütze über die Locken gestülpt.

»Ich wollte nur ein bißchen spazierengehen.«

»Das wollte ich auch. Und nach dem Tee fahren wir nach Lenton ins Kino.«

Sie strahlte ihn an.

»Du *bist* nett!«

Der Gemischtwarenladen, der auch als Poststelle diente, war nur ein paar hundert Meter entfernt. Er fragte sich gerade, ob sie Miss Browns Brief in der Tasche hatte und ob sie ihm erlaubte dabeizusein, wenn sie ihn aufgab, als sie sagte:

»Ich will nur einen Sprung zu Mrs. Holt hinein, um mir Sicherheitsnadeln zu kaufen. Ich finde den Laden so amüsant – du nicht auch? Süßigkeiten und Blumenkohl, Schnürsenkel und Nagelbürsten, Sicherheitsnadeln und Knoblauchringe – alles in einem Regal. Ist das nicht putzig?«

Der Laden stand an der Ecke, wo die Straße nach Deeping abzweigte. Es war ein altes, windschiefes Bauernhaus, dem eine neue Ladenfront angepappt worden war. Links hing eine Tankstelle daran und rechts ein schreckliches neues Backsteinhaus, das an die Stelle einer malerischen, aber durch Bombensplitter sehr mitgenommenen Kate getreten war. Die Bombe war 1944 auf das Feld dahinter gefallen.

Als sie zu Mrs. Holts Laden hinüberwechselten, kamen gerade die Zwillinge Mary und Deborah Shotterleigh mit zwei Bullterriern, einem Airedale und einem Pekinesen aus der Gemischtwarenhandlung. Die Hunde bellten freudig und hüpften an den Beinen hoch. Mary und Deborah erhoben erfolglos ihre Stimmen, denn die Hunde bellten nur noch mehr. Als der größere der beiden Bullterrier hochschnellte, in der Absicht, Mirrie das Kinn abzuschlecken, stieß sie einen kleinen Schrei aus und klammerte sich an Johnny.

»Laßt das, Jasper, Jane! Herunter mit dir, Pingpong! Nein, Leo!« kreischten die Shotterleigh-Mädchen.

Mirrie klammerte sich immer noch fest, und der Brief, der ihr aus der Tasche gefallen war, geriet unter die Beine der Hunde. Während sie in den Laden flüchtete und Mary und Deborah Johnny erklärten, daß Jasper und Jane erst Welpen seien und im Grunde die sanftmütigsten Wesen der Welt, gelang es Johnny den Brief zu bergen. Da der Brief schon frankiert war, brauchte er ihn nur noch in den Briefkastenschlitz zu stecken, der in der Mauer des alten Bauernhauses eingelassen war. Doch ehe er ihn durch die Öffnung in die Poststelle beförderte, warf er noch einen Blick auf die Adresse.

Das mochte eine von diesen instinktiven Handlungen gewesen sein, oder er war ganz einfach neugierig, wo Mirrie zur Schule gegangen war. Sehr entschieden und auffällig war sie dieser Frage ausgewichen, als er sie gestellt hatte, und wenn jemand nicht bereit ist, eine so harmlose Frage zu beantworten, fordert das stets die Neugierde heraus.

Er blickte auf die Adresse, ließ einen lautlosen Pfiff los und schob den Brief durch den Schlitz. Er hörte ihn in die Kiste unter der Mauer plumpsen und drehte sich um, damit er den Shotterleigh-Zwillingen zum Abschied zuwinken konnte. Sie schleiften die Bullterrier an den Taschentüchern weg, die sie durch die Hundehalsbänder gezogen hatten. Der Airedaleterrier kam freiwillig mit, während der Pekinese durch seine Mimik andeutete, daß er sich von dem vulgären Benehmen der Bullterrier entschieden distanzierte.

Die Hunde waren längst auf der anderen Straßenseite, ehe sich Mirrie wieder aus dem Laden wagte. Sie sagte: »Was für schreckliche Hunde!« Worauf sie die Hand in ihre Manteltasche steckte und rot anlief.

»Mein Brief – o Johnny, mein Brief! Er ist weg!«

Er sah sie mit lachenden Augen an.

»Schon gut – er ist bereits aufgegeben.«

»Oh!« sagte sie. Sie gingen zusammen über die Straße. Als sie auf der anderen Seite angelangt waren, rückte sie mit einer Frage heraus.

»Hast du ihn dir angesehen? Ist er schmutzig geworden?«

»Ich sah ihn mir an. Er hatte einen Pfotenabdruck in einer Ecke – von Jane, glaube ich.«

Sie war noch immer ziemlich rot und blickte ihn nicht an. Das Rot stand ihr allerliebst. Johnny sagte:

»Vielleicht hätte ich dich erst fragen sollen, ehe ich ihn in den Briefkasten warf. Es kam mir vor, als stimme etwas mit der Adresse nicht.«

»Oh . . .«

»Dein Brief war doch für Miss Brown bestimmt, nicht wahr? *Oder war er das nicht?*«

»Natürlich war er das!«

»Aber er war nicht an sie adressiert, sondern an einen Mr. E. C. Brown, Marracott Street Nummer 10, Pigeon Hill, S. E. Das ist ein Vorort von London, nicht wahr?«

Sie sah ihn schräg von unten herauf an, wie eine Kreatur, die eine Falle wittert. Ein Eichhörnchen vielleicht? Nein, ein Kätzchen, das mit einem Blatt spielt – es spielend fängt – spielend eingefangen wird. Nur war er nicht so sicher, daß es ein Spiel war. Sie sah ihn plötzlich mit einem strahlenden Lächeln an und sagte:

»Habe ich nicht Miss Browns Namen daraufgeschrieben?«

»Nein.«

Sie holte seufzend Luft.

»Ich *bin* dumm. Aber es ist nicht schlimm – sie bekommt ihn trotzdem. Sie wohnt bei ihrem Bruder.«

»Mr. E. C. Brown?«

»O ja.«

»Und sie wohnt bei ihm, obwohl sie im Internat unterrichtet?«

Sie sagte mit leisem Tadel in der Stimme: »Sie ist noch nicht wieder gesund.«

Er lachte auf eine Weise, die keinen Zweifel an seiner Skepsis ließ. Dann meinte er: »Also gut, Darling. Ich will mich nicht weiter einmischen – Mister oder Miss, mir ist das verdammt egal.«

Ihre Wimpern senkten sich.

»Du solltest keine so harten Worte gebrauchen.«

»Und du solltest keine Briefe an Mr. Brown schreiben und Lügen erzählen, mein Püppchen. Schon gar keine Lügen, die nicht mal ein argloses Kind täuschen können.«

Sie gingen durch das Tor, als er das zu ihr sagte. Da stampfte sie mit dem Fuß auf und rannte von ihm weg. Sie erreichte vor ihm die Eingangstür und warf sie ihm vor der Nase zu. Sie war schon halb die Treppe hinauf, als er durch die Halle ging. Doch sie blieb stehen, als sie ihn lachen hörte, und drehte ihm das Gesicht zu. Ihre Wangen waren rot, ihre Augen feucht.

»Ich will nicht mehr mit dir reden.«

Er warf ihr eine Kußhand hinauf.

»Das ist auch nicht nötig, Darling.« Als sie abermals mit dem Fuß aufstampfte und die restlichen Stufen hinaufstürmte, rief er ihr nach:

»Es ist schon gut – ich werde es nicht verraten. Vergiß nicht, daß wir ins Kino wollen.«

Er fragte sich, ob sie wirklich mitkommen würde. Und auch noch andere Dinge beschäftigten ihn. Warum hatte sie ihm den Brief an Miss oder Mr. Brown vorgelesen? Und aus welchem Grund mußte sie ihn wissen lassen, daß Jonathan sie wie eine Tochter behandeln wollte? Sollte ihm bedeutet werden, daß sie nun kein herrenloser Mensch mehr war, sondern Jonathan Fields Erbin? Legte sie nun einen Köder aus – nicht nur für ihn, sondern auch für diesen etwas zwielichtigen Mr. Brown? Und was bedeutete das alles für Georgina? Hatte Jonathan nun zwei Erbinnen – oder nur eine?

Mirrie kam lächelnd herunter, als der Gong zum Tee rief, und sie fuhren zu viert nach Lenton ins Kino.

10

Während sie sich den Film ansahen, rief Jonathan Field zu Hause an und ließ wissen, daß er über Nacht in London bliebe. Mrs. Fabian kam mit schleppendem Saum die Treppe herunter und informierte die vier, als sie aus Lenton zurückkamen. Sie trug ihren roten Hausmantel mit einer langen schwarzen Chiffonschärpe, was ihr etwas Begräbnishaftes verlieh. Da sie ihr Stirnband abgelegt hatte, mit dem sie tagsüber ihr Haar zu bändigen versuchte, mußte sie nun dauernd mit der Hand nachhelfen, um sich die Strähnen aus den Augen zu halten.

»Jonathan will die Nacht in der Stadt verbringen. Ich dachte, ich komme lieber runter und sage es euch. Ich weiß jedoch nicht, ob er von Mr. Maudsleys Kanzlei aus angerufen hat. Jedenfalls war die Verbindung sehr schlecht, und ich konnte ihn kaum verstehen.«

Johnny lachte.

»Darling, ich hoffe, du hast richtig gehört. Wenn du es durcheinandergebracht hast und er mitten in der Nacht vor verriegelten Türen und Fenstern steht, wird ihm das gar nicht gefallen.«

Mrs. Fabians anfängliche Verblüffung verwandelte sich rasch in Ratlosigkeit.

»Oh, meine Lieben, ihr glaubt doch nicht – oh, ich kann nicht glauben ... aber die Verbindung war so schlecht. Vielleicht sparen sie abends am Strom, dachte ich mir ...«

»Darling«, erwiderte Johnny mit einem Lächeln, »das ist nicht der Fall. Und das tut auch nichts zur Sache. Was genau hat Jonathan am Telefon gesagt?«

Sie stand jetzt unten am Geländerpfosten und preßte die Hand gegen die Stirn, als schwirre ihr der Kopf.

»Die Verbindung war so schlecht.«

»Darling, du weichst mir aus. Sag alles der Reihe nach.«

»Also er fragte: ›Sind Sie das?‹, und als ich sagte, daß ich es wäre, fragte er, wo ihr denn stecktet, und ich sagte, ihr wärt nach Lenton ins Kino gefahren. Da schnalzte er mit der Zunge, als würde ihm das gar nicht gefallen und sagte ›verdammt!‹«

»Nur weiter! Du machst deine Sache großartig.«

»Also, ich weiß nicht, ob er wirklich ›verdammt‹ gesagt hat; aber verärgert war er schon. Er sagte, er habe sein Geschäft mit Mr. Maudsley noch nicht zu Ende gebracht. Und ich war mir die ganze Zeit sicher, daß er sagte, er könne deshalb heute abend noch nicht zurückkommen, bis du mich fragtest, ob ich auch richtig gehört hätte.«

In schweigender Übereinkunft überließen die anderen drei Johnny das Wort. Wenn jemand aus Mrs. Fabian klug werden konnte, dann Johnny. Mirrie hatte eine Hand auf Anthonys Arm. Georgina saß in einem hohen geschnitzten Lehnstuhl direkt neben der Tür. Sie war mitgekommen, weil niemand merken sollte, nicht einmal Anthony, wie schlimm der Schock war, den Jonathan ihr zugefügt hatte. Da ging es nicht um mehr oder weniger Geld. Es war, als hätte sich plötzlich ein Abgrund vor ihr aufgetan und habe das Fundament verschlungen, auf dem ihr Leben aufgebaut war. Niemand durfte wissen, wie betäubt und zerbrochen sie sich vorkam. Anthony beteuerte, daß er sie liebe; doch sie hatte geglaubt, daß Jonathan sie ins Herz geschlossen hätte, und nun schien er sie überhaupt nicht zu mögen. Sie hatte doch nichts dagegen, daß er für Mirrie sorgte – hätte niemals etwas dagegen gehabt, daß er sie sehr mochte. Aber muß man dem einen gleich seine ganze Liebe entziehen, um sie einem anderen zuwenden zu können? Das hätte sie niemals geglaubt, doch es war geschehen, und nichts und niemand vermochte daran etwas zu ändern. Niemand sollte sie bemitleiden oder ihr beim Aufsammeln der Scherben behilflich sein. Das würde sie schon selbst tun, nur brauchte sie Zeit, ein bißchen Zeit, denn im Augenblick war sie einfach zu müde, um ihre Situation zu überdenken. Sie saß kerzengerade, den Kopf gegen die Rückenlehne gepreßt, und hörte vage zu, was Johnny und Kusine Anna miteinander redeten. Georgina hatte Mrs. Fabian Kusine Anna genannt, als sie drei Jahre alt gewesen war. Das erinnerte sie daran, wie tief die Wurzeln waren, die Jonathan Field nun mit Gewalt herausriß.

Jonathan Field kam diese Nacht nicht nach Hause. Am nächsten Morgen beim Frühstück konnte sich Mrs. Fabian wieder genau daran erinnern, daß er ihr gesagt hatte, er wolle in seinem Klub übernachten. Im Verlauf des Vormittags rief er dann auch an und sagte, er würde rechtzeitig zum Dinner zurücksein.

Er brachte ein eisiges Gesicht mit nach Hause. Mr. Maudsley, der ein alter Freund von ihm war, hatte sich sehr deutlich geäußert.

»Nicht ganz fair, zuerst ein Mädchen als deine Erbin einzusetzen, um sie dann plötzlich aus dem Testament zu schmeißen. Du könntest sehr wohl in angemessener Weise für Mirrie Field sorgen, ohne so zu verfahren.«

»Ich habe nicht gesagt, daß ich beabsichtige, Georgina zu enterben.«

»Was du vorschlägst, läuft praktisch darauf hinaus. Und sie ist doch die nähere Blutsverwandte, nicht wahr?«

Jonathan nickte finster.

»Die Tochter meiner Schwester Ina, und ich wiederhole noch einmal, ich will sie nicht enterben.«

»Und Mirrie Field – welche verwandtschaftliche Beziehung besteht bei ihr?«

»Sie ist die Tochter einer Kusine. Ich war mit beiden Elternteilen eng befreundet. Es gab – einen sehr unglücklichen Streit, der nie bereinigt wurde. Sie kamen im Krieg bei einem Bombenangriff ums Leben, und das Kind blieb ohne Freunde und ohne einen Penny zurück. Ich wußte nicht einmal von seiner Existenz. Ich erfuhr erst vor ein paar Monaten davon und begann mit meinen Nachforschungen. Ich fand sie« – er hielt inne und biß sich auf die Lippen – »in einem Heim. Zum Glück war sie dort noch nicht lange.«

Mr. Maudsley hatte auf seine Löschunterlage hinabgeblickt. Er hatte da einiges in Jonathans Geschichte entdeckt, was ihn zutiefst beunruhigte. Er überlegte, ob er sich dazu äußern sollte. Schließlich fragte er:

»Wo ist sie denn seit dem Tod ihrer Eltern gewesen?«

Zunächst fürchtete er, Jonathan würde aus der Haut fahren, doch der beherrschte sich und erwiderte schroff:

»Verwandte ihrer Mutter nahmen sie zu sich. Sie lebten unter sehr beengten Verhältnissen. Sie war noch keine Heiminsassin, als ich sie fand – sie arbeitete nur dort.« Nach einer Weile fuhr er fort: »Sie hat bisher ein sehr bedrückendes Leben führen müssen. Daher bin ich bemüht, alles für sie zu tun, was in meinen Kräften steht. Wäre es nicht zu dem Streit mit ihren Eltern gekommen, hätte sie niemals unter solchen Entbehrungen aufwachsen müssen.«

Er fuhr mit der starrsinnigen Überzeugung nach Field End zurück, daß sich eine Verschwörung gegen ihn gebildet habe, um ihn daran zu hindern, mit seinem Besitz zu verfahren, wie er das wünschte. Sie waren alle gegen ihn bis auf Mirrie. Aber er würde es ihnen zeigen!

Als Jonathan Field mit seinem Hauptschlüssel aufsperrte und in die Halle trat, kam Mirrie die Treppe heruntergerannt, um ihn zu begrüßen. Sie trug ein weißes Kleid mit blauer Schärpe. Das Kleid hatte einen kindlich runden Halsausschnitt und Puffärmel. Sie sah sehr jung und eifrig darin aus, als sie ihn beim Ärmel packte und das Gesicht zum Kuß entgegenhob.

»Oh, du bist wieder da! Wie herrlich!«

Die Runzeln glätteten sich auf seiner Stirn.

»Du freust dich, mich wiederzusehen?«

Sie drückte seinen Arm.

»O *ja*. Das ist *herrlich*! Hast du nun dieses garstige Testament unterschrieben und alles erledigt, daß du nicht noch einmal in die Stadt mußt?«

Er lachte.

»Es ist ganz und gar kein garstiges Testament, was dich betrifft, mein Kind – das weißt du doch.«

Sie sah andächtig zu ihm auf.

»Ich weiß, wie schrecklich lieb du zu mir bist! Aber ich kann es nicht leiden, wenn man über Testamente spricht – das geht dir doch auch so, nicht wahr? Ich hoffe nur, es ist alles unterschrieben und erledigt, so daß du nicht mehr daran denken mußt.«

Er legte einen Arm um sie und küßte sie abermals. Es war diesmal eher ein feierlicher Kuß. Niemand hatte sie jemals auf die Stirn geküßt. Es gab ihr ein etwas banges Gefühl, das jedoch gleich wieder verschwand. Und dann sagte er:

»O ja, es ist alles unterschrieben, zwei von Mr. Maudsleys Kanzleigehilfen fungierten als Zeugen. Um das Testament brauchen wir uns also keine Sorgen mehr zu machen.«

Die Worte waren mehr für ihn selbst als für sie bestimmt. Sie wiederholten sich in seinem Kopf: ›. . . keine Sorgen mehr zu machen . . .‹ Doch da blieben Zweifel, und die Falten auf seiner Stirn kehrten wieder.

Das Dinner wäre eine trübsinnige Angelegenheit geworden, wenn Mirrie nicht so von dem Film geschwärmt hätte, den sie in Lenton gesehen hatten.

»Es war herrlich, Onkel Jonathan, mein erster richtiger Film, weißt du? Onkel Albert und Tante Grace mißbilligten solche Filme. Sie haben überhaupt sehr viel mißbilligt.«

Die vier anderen Leute am Tisch nahmen das zur Kenntnis. Es war das erste Mal, daß Mirrie einen Hinweis auf ihren früheren Familienkreis gab. Johnny wollte sofort Näheres wissen:

»Darling, wer sind Onkel Albert und Tante Grace?« Worauf Mirrie einen flehenden Blick auf Jonathan warf.

»Oh, Entschuldigung – das ist mir so herausgerutscht!«

Es war vielleicht eine glückliche Fügung, daß Stokes nicht im Zimmer war. Jonathan lehnte sich über den Tisch, tätschelte Mirries Schulter und murmelte: »Keine Angst, mein Kind!« Dann richtete er sich auf und sah streng in die Runde. »Das waren Verwandte von Mirries Mutter. Sie war unglücklich bei ihnen. Ich bin bemüht, sie die Zeit vergessen zu lassen, die sie unter deren Dach verbringen mußte. Ich habe sie gebeten, so wenig wie möglich an diese Leute zu denken oder von ihnen zu sprechen. Es liegen, wie ich hoffe, viele glücklichere Jahre vor ihr, in denen sie keine Veranlassung haben wird, sich an ihre Vergangenheit zu erinnern.«

Johnny hauchte Georgina ins Ohr:

»Jetzt werden wir wohl auf das Vergessen von Onkel Albert und Tante Grace anstoßen. Glaubst du, es wird für Champagner reichen?«

Mrs. Fabian lächelte vage über den Tisch.

»Lieber Jonathan, wie gut Sie das ausgedrückt haben! Wie der Dichter, dessen Name ich vergessen habe, zu sagen pflegte:

›Morgen die Maienwiesen mit Blüten prangen,
der Schnee von gestern ist vergessen und vergangen.‹

Also denken wir auch nicht mehr an sie.«

Georgina hatte eigentlich gar nichts sagen wollen. Aber sie hörte sich Anthony zuraunen:

»Zuweilen ist es umgekehrt.«

Er sagte: »Nein – das ist unmöglich.«

Sie sah ihn betroffen an.

»Ich – ich wollte gar nicht davon reden.«

Er legte kurz seine Hand auf die ihre.

»Es ist nicht wichtig, was du zu mir sagst – das weißt du.«

Mirrie fuhr fort, Jonathan von dem Film zu erzählen.

11

Die Ereignisse des nun kommenden Abends mußten erzählt, wiedererzählt, gewichtet, bewertet und abgeklopft werden, ob sie nun zu dieser oder zu jener Theorie paßten. Freilich, oberflächlich betrachtet und zu der Zeit, als sie passierten, waren sie nichts Außergewöhnliches.

Mrs. Fabians Bemerkung, als sie das Wohnzimmer betrat, war eine stereotype Redensart – immer dieselben Worte, wenn Jonathan nach einem kurzen Ausflug in die Hauptstadt in den Kreis der Familie zurückkehrte: »Nun, ich hoffe, Sie konnten Ihre Geschäfte zufriedenstellend besorgen.«

Worauf Jonathan antwortete: »Ja, vielen Dank.«

Und dann rief der Gong sie zum Dinner.

Nach dem Essen kehrten sie in das Wohnzimmer zurück. Stokes brachte das Tablett mit dem Kaffee herein und setzte es auf einem kleinen Tisch vor Georgina ab – alles in Übereinstimmung mit einer Routine, die bis auf ihren sechzehnten Geburtstag zurückging. Sie schenkte den Kaffee ein. Jonathan wollte seinen schwarz und süß. Er stand neben ihr, nahm ihr die Tasse aus der Hand und blieb dort stehen, ohne sich von ihr abzuwenden oder etwas zu sagen.

Georgina fuhr fort, den Kaffee auszuschenken. Mirrie mochte ihn mit viel Milch und Zucker. Johnny trank ihn schwarz. Anthony wollte ein Drittel Milch und zwei Drittel Kaffee. Mrs. Fabian erläuterte, wie Kaffee richtig zubereitet werden soll, schüttelte den Kopf über Mrs. Stokes' hervorragendem Aufguß und trank drei Tassen davon. Als Jonathan seine zweite Tasse geleert hatte, zog er sich mit der altbewährten Ausrede, er habe noch Briefe zu schreiben, in die Bibliothek zurück.

Ein, zwei Minuten später verließ auch Georgina das Zimmer. Stokes sah sie in die Bibliothek gehen. Als sie in das Wohnzimmer zurückkehrte, hatte sie ein Buch in der Hand. Anthony kam mit der Abendzeitung herüber und setzte sich neben sie. Er fragte leise:

»Warum gehst du nicht zu Bett? Du siehst völlig erschöpft aus.«

Georgina blätterte eine Seite um.

»Nein, ich fühle mich ganz gut. Wir werden wohl bald alle schlafen gehen.«

Zur selben Zeit versuchte Johnny, Mirrie Picquet beizubringen. Man konnte hören, wie er zu ihr sagte, sie habe keinen Kartenverstand, worauf sie antwortete, sie wüßte nicht, was das sei, und Mrs. Fabian bemerkte, ernsthafte Kartenspiele wären sehr langweilig.

»Aber wir haben immer Old Maid gespielt, meine drei Tanten und ich, manchmal war auch eine Kusine dabei, die auf Besuch kam, und das Spiel hat mir sehr gefallen. Ich habe mich nur geärgert, daß ich fast immer die ›Alte Jungfer‹ gewesen bin.«

Johnny sah von seinem Spiel auf, hauchte ihr einen Kuß zu und sagte:

»Darling, das sieht mir nach einer Verschwörung aus. Das beweist nur, daß Gegensätze sich anziehen; denn die Tanten blieben unverheiratet, was du nicht bleibst.«

Jonathan war immer noch in der Bibliothek, als sie zu den Schlafräumen hinaufgingen.

Er saß oft bis weit nach Mitternacht dort, las oder döste in seinem Sessel. Um zehn Uhr pflegte ihm Stokes ein Tablett mit einer Karaffe und dem Siphon zu bringen, doch meist blieb beides unberührt. Der Zutritt anderer wurde weder erwartet noch erbeten.

Die übrigen Hausbewohner begaben sich in den ersten Stock hinauf, wo links und rechts ein Korridor abzweigte. Hier sagten sie sich gute Nacht. Mrs. Fabian zitierte:

»›Early to bed and early to rise
makes a man healthy and wealthy and wise.‹

So wörtlich dürft ihr das nicht nehmen«, scherzte sie, »denn ich war nie reich und werde es wohl nie sein.«

Johnny küßte sie auf die Wange und sagte:

»Vielleicht stehst du nicht zeitig genug auf.«

Und dann gingen sie auseinander: Mirrie, Georgina und Mrs. Fabian nach links, Anthony und Johnny nach rechts. Eine Weile hörte man das Klappern von Türen und das Plätschern von Wasser; doch alles klang gedämpft dank der soliden Bauweise der Mauern und der Dicke von Vorhängen und Teppichen. Mr. und Mrs. Stokes stiegen auf der Hintertreppe zu ihren Zimmern im zweiten Stock hinauf, ohne daß Wände und Decken auch nur das leiseste Geräusch ihrer Bewegungen an die übrigen Räume weitergaben. Niemand in den beiden Stockwerken würde hören, wenn sich die Tür der Bibliothek öffnete und der Hausherr die Halle durchquerte, um die Vordertreppe zu seinem Schlafzimmer hinauf zu nehmen. Ob er zu Bett ging oder nicht, konnte niemand wissen, es sei denn er lauschte auf dem Korridor.

Georgina machte das Licht aus, schob die Vorhänge zurück und öffnete weit das Fenster. Sie stand dort in ihrem Nachthemd und blickte hinaus. Zunächst war da nichts als Dunkelheit. Dann, als sich ihre Augen angepaßt hatten, vermochte sie am Himmel ein diffuses Licht hinter Wolken zu erkennen. Ein leichter Wind wehte, und die Wolken bewegten sich. Der Garten war eine schwarze Fläche ohne Konturen. Da waren keine Sterne, da war kein Mond, und da war kein Geräusch, bis auf das Flüstern des Windes.

Ganz plötzlich lösten diese Stille und diese Dunkelheit ein Überströmen von Gefühlen aus. Tränen füllten ihre Augen und rannen die Wangen hinab. Es war das erstemal in diesen zwei Tagen, daß ihr die Tränen kamen. Alles in ihr war geschockt und versiegt gewesen. Nun flossen die Tränen wie ein unaufhörlicher Strom. Als sie endlich versiegten, fühlte sie sich wunderbar erleichtert. Sie wusch sich das Gesicht und trocknete es mit einem weichen Handtuch ab. Dann begab sie sich ins Bett und fiel in einen tiefen, traumlosen Schlaf.

Mrs. Fabian hatte einen besonders lebhaften Traum. Sie träumte immer, noch meist konnte sie sich an die Einzelheiten ihrer Träume nicht mehr erinnern, wenn sie morgens aufwachte und Doris, eines der beiden Tagesmädchen, die aus dem Dorf ins Haus kamen, ihr den Tee ans Bett brachte. Da hatte sie nur noch einen vagen Eindruck, daß da etwas gewesen war. Doch nun – solange sie schlief jedenfalls – war alles in ihrem Traum wunderbar klar und deutlich. Sie befand sich mit James, ihrem teuren Gatten, und dessen kleinem, ungefähr vier Jahre alten Jungen Johnny in einem sonnigen Garten. Woran sie sich nicht erinnern konnte und was sie sowohl im Traum wie am nächsten Tag bedrückte, als sie daran zurückdachte, war ihr Familienstand: War sie nun mit James verheiratet, oder wußte sie nur, daß sie bald heiraten würde? Wenn nicht diese Ungewißheit gewesen wäre, die einen Schatten der Ungehörigkeit über einen sonst so angenehmen Zustand warf, wäre dieser Traum überaus erfreulich gewesen. Doch dieser Gedanke war bedrückend: Der Himmel bewölkte sich, und alles wurde dunkel. Sie wachte plötzlich auf, und die Dunkelheit war in ihrem Zimmer. Einen Augenblick lang war sie richtig erschrocken. Denn eben noch war sie mit James und dem kleinen Johnny in einem leuchtend bunten Garten gewesen, und nun war sie allein in undurchdringlicher Finsternis.

Ihre Angst währte nur so lange, bis sie ein paarmal tief Luft geholt und sich mit einem Ellbogen hochgestemmt hatte. Nun konnte sie ein bißchen Licht durch das Fenster einsikkern sehen. Sie schaltete die Nachttischlampe ein und blickte auf den Wecker. Es war Mitternacht. Sie fragte sich, was sie geweckt haben konnte. Nach ein paar Sekunden machte sie das Licht wieder aus und schlief ein.

Mirrie träumte nichts – sie träumte sehr selten. Sobald sie in ihr Bett gekrochen und den Kopf auf das Kissen legte, schlief sie auch schon und verharrte so lange wie möglich in diesem Zustand. Was ihr das Leben mit Onkel Albert und Tante Grace so verleidet hatte, war dieser Zwang gewesen, um sechs Uhr morgens aufstehen zu müssen. Sie mußte die Treppe und das Wohnzimmer kehren, ihr Bett machen und vor dem Frühstück ihr Zimmer aufräumen. Frühstück gab es um halb acht. Danach mußte sie das Frühstücksgeschirr abwaschen, die Kartoffeln schälen und noch ein Kapitel im Lesebuch durchgehen, ehe sie zur Schule aufbrach. Der Schulweg dauerte eine halbe Stunde. Als sie dann in diesem Heim wohnte, war es noch schlimmer, weil sie noch mehr in noch kürzerer Zeit erledigen mußte. Wie sie das alles gehaßt hatte! Onkel Albert mit seinem feierlichen Bart und seinem muffigen Buchladen, wo er seine Tage verbrachte. Wenn die

Bücher wenigstens neu gewesen wären; aber das waren sie weiß Gott nicht. Er ging zu Auktionen und kaufte alten Plunder, von dem man sich kaum vorstellen konnte, daß jemand noch Verwendung dafür hätte! Und Tante Grace, knausernd und knapsend und alles zusammenkratzend, die ihr immer sagte, was für eine Ausgabe sie doch darstelle und daß sie in der Schule vorankommen müsse, damit sie so bald wie möglich ihr Brot selbst verdienen könne. Wenn Sid nicht gewesen wäre . . .

Sie hatte eigentlich nicht an Sid denken wollen. Mit vollem Namen hieß er Sid Turner und war Tante Graces Stiefbruder. Onkel Albert und Tante Graces konnten ihn nicht leiden. Ein Stiefbruder war schließlich überhaupt kein Verwandter. Sid hatte nicht gutgetan. Er hatte ein Jahr gesessen, weil er in einen Geldraub verwickelt gewesen war. Damals war er achtzehn gewesen. Mirrie hielt es für abscheulich, daß man ihm das noch nach Jahren ankreidete; aber Onkel Albert und Tante Grace waren eben so. Das hatte damit begonnen, daß Sid ihr leid tat, und als er sie aufforderte, sich mit ihm zu treffen und mit ihm ins Kino zu gehen, tat sie so, als gingen sie als Babysitter zu Hilda Lambtons Schwester, die mit siebzehn geheiratet und Zwillinge hatte. Sie hieß Floss und würde sie nicht verpetzen, weil sie selbst solche Sachen gemacht hatte.

Mirrie hatte die Lambtons in der Schule kennengelernt. Hilda und sie waren im gleichen Alter, Floss war zwei Jahre älter. Sie gingen alle drei ins Lyzeum. Da gab es ein paar recht nette Mädchen. Einige davon trugen hübsche Kleider, wie sie sie gern selbst getragen hätte. Die trugen sie natürlich nicht im Lyzeum, denn da war eine Uniform vorgeschrieben; doch einige von ihnen gingen in dieselbe Kirche wie Onkel Albert und Tante Grace, und da konnte sie deren Sonntagskleider bewundern. Mirrie mußte mit ihrer scheußlichen Schuluniform in die Kirche. Als sie siebzehn war und diese verdammten Prüfungen nicht bestand, steckte Tante Grace sie in dieses Heim. Man nannte sie dort stellvertretende Erzieherin, aber in Wirklichkeit hatte sie dort nur die Hausarbeit zu erledigen. Und sie mußte immer noch um sechs Uhr aufstehen. Während sie sich unter den warmen Daunen in ihrem Bett in Field End räkelte, erinnerte sie sich daran, wie eisig kalt es gewesen war, als sie um sechs Uhr im Heim aus den Federn mußte. Um keinen Preis der Welt würde sie in dieses Heim zurückgehen – um gar keinen Preis.

Sie erinnerte sich an den Tag, als Jonathan Field in das Heim gekommen war und sie zu sehen verlangte. Sie hatte gerade Fußböden gescheuert, und ihre Hände waren rot. Die Heimleiterin hatte ihr schnell eine saubere Schürze umgebunden und sie hineingeschickt. Mirrie erinnerte sich, daß sie fast geheult hätte, weil man ihr nicht die Zeit ließ, sich die Haare zu bürsten, bis sie glänzten, und ihr Sonntagskleid anzuziehen. Sie hatte ein Sonntagskleid, denn sie konnte ja keine Schuluniform mehr tragen, nachdem sie vom Lyzeum abgegangen war. Das Sonntagskleid stammte aus diesen Wohlfahrtspaketen. Es war zwar häßlich, aber immer noch besser als dieser bedruckte Kattun. Aber die Heimleiterin sagte, sie sähe sauber genug aus, und schickte sie hinein. Mirrie hatte keine Ahnung, wieviel besser ihr dieses bedruckte Kattunkleid stand oder wie sehr diese zierlichen roten Hände und diese tränenfeuchten braunen Augen Jonathan Fields Herz rührten. Sie wußte, daß sie wie ihre Mutter aussah, weil Onkel Albert und Tante Grace ihr das gesagt hatten. Sie sagten ihr auch, daß ihre Mutter leichtsinnig gewesen sei und ihre Chancen verspielt habe. Sie hatte keine Ahnung, daß Jonathan Field eine dieser verspielten Chancen war.

Mirrie ging also in das Besuchszimmer – und damit in ein anderes Leben. Es gab Gespräche mit Onkel Albert und

Tante Grace, und mit den Behörden des Heims. Dann wurde aus Mr. Jonathan Field Onkel Jonathan, und sie fuhr mit ihm nach Field End. Es war wie im Märchen. Das Tor, das in ihr altes Leben zurückführte, war verriegelt und verrammelt. Sie würde nie mehr hindurchgehen, egal, was andere sagten oder taten. Niemals, niemals, *niemals*! Sie war warm, und es war kuschelig. Sie würde nie mehr dahin zurückgehen. Mit diesem Vorsatz sank sie in einen tiefen traumlosen Schlaf.

12

Georgina wachte auf und wußte, daß etwas sie geweckt hatte. Es war ein Geräusch, aber sie wußte nicht, was für eines. Da war der Widerhall davon in der Luft und in ihrem Kopf. Wäre es ein gewöhnliches Geräusch gewesen, hätte sie keinen Gedanken daran verschwendet. Ein Käuzchen, ein bellender Hund, ein heulender Windstoß – das alles hätte sie wecken können, aber nicht mit diesem Gefühl, daß etwas passiert war.

Sie schob das Plumeau zurück und setzte sich auf. Das Geräusch wiederholte sich nicht. Sie stieg aus dem Bett und ging zum Fenster. Der Himmel war so dunkel, wie sie ihn noch von vor dem Einschlafen in Erinnerung hatte. Da mochte vielleicht der Mond hinter den Wolken versteckt sein. Sie konnte die Umrisse der Terrasse ausmachen mit den steinernen Urnen an den Ecken. Im Sommer blühten leuchtendrote Geranien darin, aber im Winter waren sie leer. Auch die Terrasse war leer. Nichts störte die Stille oder dieses einförmige düstere Grau. Wenn sich dort etwas bewegt hatte, war es fort. Während sie nun hinuntersah, lag die Bibliothek links unter ihr. In den neunziger Jahren des vergangenen Jahrhunderts hatte ihr Großvater eines der Schiebefenster durch eine Glastür ersetzt, die über zwei Stufen zur Terrasse hinunterführte. Er hatte sich dabei über alle Fragen des Stils hinweggesetzt, weil er in den Garten hinausgehen wollte, wie und wann ihm das paßte, und wenn er nach etwas verlangte, erfüllte er sich den Wunsch.

Als Georgina sich aus dem Fenster lehnte, sah sie, daß diese Glastür sich bewegte. Der Wind hatte an Stärke zugenommen. Er strich in kleinen Schüben ums Haus, und in so einem Schub bewegte sich die Tür nach außen und wieder zurück. Jemand mußte die Tür hinter den Vorhängen geöffnet haben. Es war Stokes Aufgabe, darauf zu achten, daß alle Türen und Fenster im Erdgeschoß verschlossen waren. Also mußte Jonathan selbst die Terrassentür aufgemacht haben. Da war weiter nichts Ungewöhnliches daran. Sie hatte oft so aus dem Fenster gesehen und ihn drunten beobachtet, wie er auf der Terrasse auf und ab ging oder zum Himmel hinaufschaute, ehe er sich nach oben in sein Schlafzimmer begab. Aber sie hatte nie beobachtet, daß er auch nur ein einziges Mal vergessen hätte, die Terrassentür zu schließen. Stokes wäre sehr ungehalten gewesen, wenn Jonathan das vergessen hätte, denn er glaubte fest daran, unverschlossene Türen und Fenster würden Einbrecher magnetisch anziehen. Es wäre wirklich besser, wenn Stokes erst gar nicht erführe, daß die Terrassentür die halbe Nacht im Wind hin- und hergependelt war.

Sie zog sich vom Fenster zurück, um in ihren Morgenmantel und ihre Pantoffel zu schlüpfen. Sie durfte die Tür nicht dem Spiel des Windes überlassen, sonst ging vielleicht noch eine Scheibe zu Bruch. Dann öffnete sie die Tür ihres Zimmers und ging durch den Korridor bis zum Treppenabsatz. Oben brannte kein Licht; aber unten in der Halle blieb eine Notbeleuchtung die ganze Nacht über eingeschaltet. Das war, als stiege sie in ein klares, helles Wasser hinein, während sie in die beleuchtete Halle hinunterging – in ein helles, sehr stilles Wasser. Als sie die Halle erreichte, schlug die Standuhr neben der Tür zum Eßzimmer einmal schnarrend an. Sie schlug alle Viertelstunden, doch das Schnarren weckte niemand im Haus, weil es ein altvertrauter Klang war.

Georgina ging weiter, bis sie das Zifferblatt erkennen konnte. Die beiden Zeiger standen auf der Eins, was bedeutete, daß es zwölf Minuten vor ein Uhr morgens war; denn man konnte machen, was man wollte: Die alte Uhr ging immer vor.

Georgina durchquerte die Halle und öffnete die Tür zur Bibliothek. Dort war es dunkel, sehr dunkel, und ein leichter Wind wehte. Sie schaltete das Oberlicht ein, und plötzlich blähte der Luftzug zwischen den beiden Türen die roten Vorhänge in den Raum hinein und sog sie dann zwischen Türfüllung und Rahmen. Sie schloß die Tür hinter sich, und als sie die Terrassentür ebenfalls schließen wollte, sah sie Jonathan Field quer über seinem Schreibtisch. Sie hätte ihn gewiß schon früher bemerkt, wenn sie nicht durch die bauschenden Vorhänge abgelenkt worden wäre.

Georgina hatte jetzt weder Augen noch Gedanken für Vorhänge. Er mußte über seinem Schreibtisch eingeschlafen sein. Aber dann hätte ihn doch das Klappern der Terrassentür wecken müssen. Wenn sie davon im ersten Stock aufgewacht war, müßte es ihn eigentlich geweckt haben. Sie erinnerte sich, daß er zuweilen in seinem Sessel eingenickt war, doch nie auf seinem Schreibtisch. Er mußte sich seine Fingerabdruck-Alben angesehen haben. Eines lag rechts von ihm auf dem Tisch. Wie seltsam, daß er beim Betrachten seiner Sammlung eingeschlafen war!

Sie ging zu ihm, sehr zögerlich, bis sie zu dem Stuhl kam, auf dem sie gestern abend gesessen und mit ihm geredet hatte. Sie war dort angelangt, ehe sie begriff, warum er nicht aufgewacht war. Sein rechter Arm hing schlaff herunter. Ein Revolver war ihm aus der Hand gefallen und lag auf dem Teppich.

Georgina klammerte sich an die Rückenlehne des Stuhls, unfähig, sich von der Stelle zu rühren. Es war das Zimmer, das sich zu bewegen schien, unter ihren Füßen nachgab, als tue sich die Erde auf, auf der das Haus stand. Aber sie bewegte sich nicht, und Jonathan bewegte sich auch nicht. Mit einem Mal wurde ihr bewußt, daß er sich nie mehr bewegen würde.

Georgina wußte nicht, wie lange sie so stand, aber allmählich kam der Raum wieder zur Ruhe. Sie ließ die Rückenlehne los und rückte bis zur Ecke des Schreibtisches vor. Sie stemmte eine Hand auf den Tisch, um das Gleichgewicht nicht zu verlieren, als sie sich nach dem Revolver bückte. Sie tat es nicht vorsätzlich oder mit einer bestimmten Absicht. Es war wahrscheinlich der Instinkt, der jede Frau bewegt, wenn sie etwas auf dem Boden sieht, was nicht da hingehört. Sie hob den Revolver auf und legte ihn auf den Schreibtisch. Dann legte sie ihre Hand auf die von Jonathan und fand sie schlaff und kalt.

Anthony erwachte von dem Geräusch einer aufgehenden Tür. Georgina stand auf der Schwelle und rief:

»Anthony – Anthony – Anthony!«

Beim dritten Mal war er vollends wach und sprang aus dem Bett.

»Georgina! Was ist los?«

»Jonathan – etwas ist passiert – ich glaube, er ist tot.«

Er kam zur Tür, schaltete das Licht ein, warf sich einen Bademantel über, schlüpfte in seine Pantoffel, folgte Georgina durch den Flur und hinunter in die Halle. Sie kamen in die Bibliothek und wurden wieder von sich bauschenden

Vorhängen empfangen. Sie hatten nicht ein Wort gesagt. Jetzt fragte er:

»Wer hat die Glastür geöffnet?«

»Ich weiß es nicht.«

»Weshalb bist du heruntergekommen?«

»Ich habe sie zuschlagen hören.«

Es waren rasche Fragen und Antworten. Und dann beugte er sich über den Schreibtisch, fühlte nach dem Puls, der nicht vorhanden war, sah das Loch in dem Dinnerjackett und drehte sich um:

»Er ist tot! Wir müssen die Polizei verständigen!«

Georgina war an der Tür stehengeblieben, die sie hinter sich zugemacht hatte. Sie lehnte sich nun dagegen. Ihr volles Haar hing ihr in Locken über die Schultern. Ihre Augen waren groß und dunkel, und ihr Gesicht war kalkweiß. Da war nicht ein Hauch von Farbe darauf. Ihr blauer Morgenmantel hing offen über einem weißen Nachthemd. Ihre bloßen Füße steckten in Pantoffeln, die mit weißem Fell gefüttert waren. Sie hatte einen so starren, auf eine bestimmte Stelle fixierten Blick, daß Anthony von jäher Angst ergriffen wurde. Er sagte barsch:

»Um Himmels willen, wach auf! Ich sagte dir, daß wir die Polizei in Lenton anrufen müssen!«

»Ein Arzt ...«

»Die bringen einen mit. Aber der nützt nichts mehr – er ist tot. Die Polizei wird sagen, daß nichts angefaßt werden darf. Du hast doch hoffentlich nichts angefaßt?«

Georgina öffnete die steifen Lippen und sagte:

»Nur den Revolver ...«

13

Kriminalinspektor Frank Abbott, der mit Sergeant Hubbard unterwegs nach Lenton war, unterbrach ein längeres Schweigen mit der Bemerkung, es wäre wohl zuviel verlangt von der Provinzpolizei, den Yard schon vor einem Mord zu verständigen, falls sie dessen Hilfe bräuchte; aber es wäre doch ein großes Entgegenkommen, wenn sie das täte.

»Die Spur ist immer schon kalt, wenn wir eintreffen. Wir werden erst gerufen, nachdem jeder sich in Ruhe hatte überlegen können, was er sagen will und daß er bestimmt nicht zuviel sagen wird. Würden sie uns indes vorher eine kurze Aktennotiz zuschicken mit ein paar Zeilen wie ›Ein Mord ist geplant und wird am 13. des folgenden Monats um zwölf Uhr da und dort stattfinden‹, wären wir rechtzeitig zur Stelle und könnten unverzüglich mit der Aufnahme unverfälschter krimineller Reaktionen beginnen.«

Sergeant Hubbard erlaubte sich zu lachen. Sein unmittelbares Ziel im Leben war das Kopieren seines Begleiters bis hinunter zu den Socken, Taschentüchern – und was nicht noch alles. Da er ein dunkler, untersetzter Typ war, erreichte er mit seinen Bemühungen nur eine Herausforderung des Originals. Frank Abbott konnte äffisches Verhalten nur schwer ertragen. Da Hubbard ein munterer und sorgloser junger Mann war, folgte er unbekümmert seinem Nachahmungstrieb, ohne auf die Idee zu kommen, er könne sich dadurch nur unbeliebt machen. Es war ein schöner Morgen, und er war ein guter Fahrer, der auch noch kräftig aufs Gas treten durfte. Deshalb lachte er nur und meinte, das wäre zwar schade, aber daran ließe sich wohl nichts ändern.

Sie trafen kurz vor elf vor der Polizeistation in Lenton ein, hatten einen kurzen Meinungsaustausch mit dem Superintendenten und fuhren dann nach Field End weiter, wo Inspektor Smith die Spurensicherung leitete. Da Frank Abbott schon früher mit Smith zusammengearbeitet hatte, war er auf eine gewissenhafte Erledigung aller Vorarbeiten eingerichtet. Smith gehörte in der Tat zu den ehrgeizigsten und gewissenhaftesten Beamten. Man kann Gewissenhaftigkeit natürlich auch übertreiben. Man kann aber auch eine übertriebene Phantasie haben. Jedoch nicht einmal die schärfsten Kritiker von Inspektor Smith hätten ihm das vorgeworfen. Er war ein gutaussehender, gutgebauter Mann mit gesunder Gesichtsfarbe und hölzernen Zügen, die zuweilen förderlich waren für die Ermittlungsarbeit. Er führte Frank und Sergeant Hubbard in die Bibliothek und beschrieb, wie er sie bei seiner Ankunft in den frühen Morgenstunden vorgefunden hatte.

»Die Leiche ist bereits im Leichenschauhaus; doch wir haben Fotos von ihr gemacht, die Sie sich ansehen können. Daß es Mord war, steht außer Frage, obwohl zweifellos der Versuch gemacht wurde, es als Selbstmord hinzustellen. Die Waffe wurde dem Toten in die Hand gelegt, damit seine Fingerabdrücke darauf erschienen – ein heikles Geschäft, das allerdings nicht gelungen ist. Niemand hätte sich erschießen können, wenn er den Revolver so gehalten hätte, wie die Leiche ihn hielt. Zudem fanden wir auf dem Jackett keine Schmauchspuren und Brandränder. Nichts im Raum ist angefaßt worden. Nur die Vorhänge wurden zurückgezogen; aber ich kann Ihnen zeigen, wie wir sie vorgefunden haben.«

Frank Abbott stand in der Mitte des Raumes und sah sich um. Ihm fielen sogleich eine Reihe von Dingen auf: das schwere Album auf dem Schreibtisch – die Asche im Kamin – die ungewöhnliche Menge verbrannten Papiers auf dem Kaminrost. Seine hellen Augen schweiften hierhin und dorthin, sein Gehirn speicherte, was seine Augen sahen. Es dauerte eine Weile, ehe er fragte:

»In welcher Lage fanden Sie ihn?«

»Mit dem Kopf nach unten und dem Oberkörper auf dem Schreibtisch, Einschußloch in der linken Seite seines Dinnerjacketts, linke Hand über dem Boden hängend. Miss Grey, die den Toten fand, gab an, die Waffe habe auf dem Teppich gelegen, als sei sie ihm aus der Hand gefallen. Sie gibt weiter an, sie habe die Waffe aufgehoben und sie dorthin gelegt, wo sie nun liegt. Es sind zwei Arten von Fingerabdrücken drauf.«

Frank zog die Augenbrauen hoch.

»Ich kann mich nicht erinnern, daß er Linkshänder war.«

»Sie kannten ihn?«

»Ich war vor ungefähr zwei Wochen Gast des Hauses. Ich kam mit Captain Hallam hierher. Ist Captain Hallam noch hier?«

»Ja. Er hat uns ja verständigt von dem Mord. Miss Grey gibt an, sie sei kurz vor ein Uhr morgens aufgewacht. Die Terrassentür sei im Wind zugefallen, und sie meint, es sei entweder das Zuschlagen der Tür gewesen oder der Schuß, was sie geweckt habe. Sie sah aus dem Fenster und bemerkte, daß die Terrassentür sich bewegte. Deshalb ging sie nach unten. Die Bibliothek war dunkel, und die Terrassentür stand offen. Sie gibt an, sie habe zuerst geglaubt, Mr. Field sei auf dem Schreibtisch eingeschlafen. Als sie den Revolver erblickte, hob sie ihn auf und weckte anschließend Captain Hallam.«

Frank Abbott ging dichter an den Schreibtisch heran.

»Dieses Album lag dort?«

»An der Stelle, wo es jetzt liegt. Es wurde nichts verändert.«

»Aber auf Fingerabdrücke hin untersucht?«

Smith nickte.

Das Album lag aufgeschlagen auf dem Schreibtisch. Frank kam um den Schreibtisch herum und betrachtete es. Es war das Album, das Jonathan Field zur Hand genommen hatte, als er die Anekdote von dem Mörder erzählte, der in einem zerbombten Gebäude seine Tat beichtete. Als Geschichte hatte die Sache großen Eindruck gemacht. Frank hatte sich damals gefragt, wie oft der alte Jonathan diese Story bereits erzählt haben mochte. Vielleicht oft, vielleicht zum erstenmal an jenem Abend. Irgendwo im Hinterstübchen seines Gehirns war ihm auch flüchtig der Gedanke gekommen, wie groß die Wahrscheinlichkeit war, daß die beiden Akteure der Geschichte sich wiederbegegnen könnten. Er hatte sie damals für sehr gering gehalten, soweit er überhaupt darüber nachgedacht hatte. Er runzelte leicht die Stirn, legte beide Hände auf den Folianten, um ihn zu schließen, und öffnete ihn dann wieder.

Als Jonathan Field seine Anekdote erzählt hatte, hatte er das Album auch so aufgeschlagen, jedoch nicht ganz. Er hatte gesagt: »Es ist eine sehr lange Geschichte; dafür reicht jetzt die Zeit nicht – aber sehr dramatisch.« Und er hatte die Hände auf das Album gelegt, es halb geöffnet und dann wieder zugeklappt. Was nun in Franks Erinnerung aufblitzte, war der braune Umschlag. Das Buch hatte sich an dieser Stelle geöffnet, und als er es wieder schloß, legten sich die Seiten nicht glatt aufeinander, weil der Umschlag sie daran hinderte. Es hätte eine Art von Lesezeichen sein können. Es befand sich noch im Album. Er nahm es heraus, und es wog leicht in seiner Hand. Der Umschlag war so leicht, weil er leer war. Aber Frank war bereit zu beschwören, daß er nicht leer gewesen war, als Jonathan die Geschichte von dem beichtlustigen Mörder erzählte. Da war etwas in dem Umschlag gewesen. Er hätte nur gern gewußt, was das war und ob es einen Bezug zu Jonathans Geschichte hatte. Als er den Umschlag umdrehte, sah er entlang einer Schmalseite des Kuverts dünne Bleistiftlinien. Er bewegte den Umschlag so lange unter der Lampe, bis er erkennen konnte, was da einmal hingeschrieben und später offenbar wieder ausradiert worden war: »Notizen zu der Blitz-Geschichte. J. F.« Die Notizen waren am vorletzten Wochenende noch dagewesen, und nun waren sie verschwunden. Jemand hatte sie aus dem Kuvert herausgenommen. Dieser Jemand konnte Jonathan selbst oder ein anderer gewesen sein. Die Notizen waren weg, aber der Umschlag war im Album geblieben. Ob voll oder leer, er erfüllte immer noch seine Funktion als Merkzeichen, denn sooft man das Album auch schließen mochte, es öffnete sich immer an derselben Stelle. Und an dieser Stelle war eine ganze Seite herausgerissen.

Inspektor Smith, der mit hölzernem Gesicht neben ihm stand, sagte:

»Es scheint, als habe hier jemand eine Seite entfernt.«

14

Georgina Grey kam in die Bibliothek. Sie hatte sich einen schwarzen Rock angezogen und dazu einen hochgeschlossenen Pullover aus weißer Wolle. Sie war sehr blaß. Frank Abbott bemerkte, daß es sie einige Überwindung kostete, den Raum zu betreten, wo sie vor knapp zwölf Stunden ihren Onkel tot aufgefunden hatte. Nun saß er an Jonathan Fields Schreibtisch, und er war hier, um die Umstände seines Todes aufzuklären. Er erhob sich, begrüßte Georgina per Handschlag und sprach ihr sein Beileid aus.

»Inspektor Smith wird Ihnen bereits mitgeteilt haben, daß Scotland Yard um Amtshilfe gebeten wurde. Ich weiß, wie sehr Sie das alles belasten muß; doch ich bin sicher, daß Sie uns so weit wie möglich bei unseren Ermittlungen unterstützen wollen.«

Sie sagte »Ja« und setzte sich.

Da Frank Abbott am Schreibtisch saß, war nur noch ein Sessel vorhanden, und es war derselbe Sessel, in dem sie bei ihrer letzten Aussprache mit Jonathan Field Platz genommen hatte. Georgina legte die Hände in den Schoß und wartete. Sie hatte eine kurze Aussage zu Protokoll gegeben, und Frank Abbott ging sie noch einmal mit ihr durch. Die Ereignisse des vergangenen Abends – ruhig und häuslich –, das frühe Zubettgehen, Jonathan Field ausgenommen.

»Es war seine Gewohnheit, noch spätabends in der Bibliothek zu sitzen?«

»O ja. Zuweilen blieb er dort bis in die frühen Morgenstunden.«

»Was verstehen Sie unter frühen Morgenstunden?«

»Wenn er in seinem Sessel eindöste, konnte es zwei Uhr morgens werden.«

»Ging jemand in die Bibliothek und sagte ihm gute Nacht?«

»Nein – er wollte nicht gestört werden.« Sie zögerte und fuhr dann ein wenig atemlos fort: »Ich besuchte ihn am frühen Abend hier in der Bibliothek. Ich – hatte ein Gespräch mit ihm. Dabei wünschte ich ihm gute Nacht.«

Er ging nicht darauf ein, sondern weiter das Protokoll durch.

»Etwas weckte Sie – glauben Sie, es könnte der Schuß gewesen sein?«

»Ich weiß nicht. Vielleicht. Ich glaubte, es sei die Tür gewesen.«

»Diese Glastür?«

»Ja. Sie stand offen. Ich sah aus dem Fenster, und sie bewegte sich. Deshalb kam ich herunter – um sie zu schließen.«

Er blickte in das Protokoll.

»Sie kamen in diesen Raum, schalteten das Licht ein und

sahen Ihren Onkel am Schreibtisch. Wann wurde Ihnen bewußt, daß er tot war?«

»Ich weiß nicht. Ich sah ihn, und es fiel mir auf, daß er in dieser Stellung nicht eingenickt sein konnte – und dann kam ich hierher und entdeckte den Revolver.«

»Sie hoben ihn auf, nicht wahr? Warum haben Sie das getan?«

»Ich weiß nicht, Mr. Abbott – ich weiß es wirklich nicht. Ich dachte, er ist tot, und dann dachte ich gar nichts mehr. Ich hob den Revolver auf und legte ihn auf den Tisch.«

»Gehörte der Revolver Mr. Field?«

»Ich weiß es nicht. Ich wußte jedenfalls nicht, daß er einen hatte.«

»Sie haben ihn noch nie zuvor gesehen?«

»Nein.«

»Ich verstehe. War Ihr Onkel Linkshänder?«

Sie sah ihn betroffen an.

»Ich weiß nicht. Ich meine, ich weiß nicht, ob Sie ihn als Linkshänder bezeichnet hätten. Er benutzte die rechte Hand für die alltäglichen Arbeiten. Aber ich glaube, er kegelte mit der linken Hand.«

Frank drehte sich ein wenig mit dem Sessel und blickte zum Kamin.

»Mr. Field scheint Papiere im Kamin verbrannt zu haben. Wissen Sie, was für Papiere?«

Ihre Wangen färbten sich ein wenig rot, als sie sagte:

»Es waren – private Papiere.«

»Hatten sie etwas mit seiner Fingerabdrucksammlung zu tun?«

Sie sagte mit ehrlicher Überraschung:

»O nein, nichts dergleichen.«

»Miss Grey, als Sie hier waren und mit Ihrem Onkel sprachen – lag da dieses Album auf dem Tisch?«

»O nein, es lag nicht hier.«

»Sind Sie sicher?«

»Ganz sicher. Es ist ein so dicker Foliant – ich hätte ihn kaum übersehen können.«

»Aber er lag hier, als Sie die Leiche von Mr. Field fanden und den Revolver aufhoben?«

»Vermutlich.«

»Da sind Sie sich nicht sicher?«

Sie schloß einen Moment die Augen.

»Ja, er lag auf dem Tisch. Ich dachte nicht daran, als ich ihn fand; aber ich sah das Album auf dem Schreibtisch.«

»War es aufgeschlagen oder zu?«

»Es war aufgeschlagen.«

»Und Mr. Field hat keine Seite aus dem Album gerissen und verbrannt, als Sie bei ihm waren?«

Sie sah ihn unverwandt an und sagte:

»Warum fragen Sie mich das?«

»Weil eine Seite aus dem Album gerissen und Papier verbrannt wurde.«

Er öffnete das Album an der Stelle, wo das Kuvert zwischen den Seiten steckte, und entfernte den Umschlag, damit sie den rauhen Rand der fehlenden Seite sehen konnte.

»Sehen Sie das?«

»Ja.«

»Wann wurde die Seite entfernt und warum?«

»Ich weiß nichts über diese herausgerissene Seite – das geschah nicht, während ich mit meinem Onkel sprach. Aber mein Onkel verbrannte etwas.«

»Ich fürchte, ich muß Sie danach fragen, was er verbrannt hat.«

Sie zögerte.

»Mr. Abbott . . .«

»Sie sind nicht verpflichtet, meine Fragen zu beantworten;

aber wenn Sie nichts zu verbergen haben, wäre es klüger, mir die Wahrheit nicht vorzuenthalten.«

Er sah, wie sie zusammenzuckte und dann steif wurde.

»Nein, natürlich habe ich nichts zu verbergen. Nur – es war eine reine Privatsache.«

Ein kleiner zynischer Funke glomm in seinen Augen auf, als er sagte:

»Wenn es sich um einen Mord handelt, gibt es keine privaten Angelegenheiten mehr.« Er hätte nicht geglaubt, daß sie noch blasser werden könnte. Doch das war nun der Fall.

»Mord?«

»Dachten Sie an Freitod?«

Sie sagte langsam und überlegt:

»Wenn so etwas passiert, denkt man nicht nach. Es ist geschehen, man sieht es vor sich – und man denkt nicht darüber nach.« Nach einer Pause kamen ihre Worte noch langsamer: »Es ist – zu schrecklich.«

Er nickte.

»Miss Grey, in mehreren Aussagen, die mir vorliegen, heißt es, daß Mr. Field nicht gestört werden durfte, wenn er sich in der Bibliothek befand. Sie bestätigten mir das, als ich Sie anfangs fragte, ob Sie in die Bibliothek gegangen seien, um Ihrem Onkel gute Nacht zu sagen. Doch am frühen Abend waren Sie bei ihm hier in der Bibliothek. Sie kamen erst nach einer Dreiviertelstunde wieder heraus.«

»Ich wollte mit ihm sprechen.«

»Ein ziemlich langes Gespräch. Papiere wurden verbrannt, entweder von ihm in Ihrem Beisein oder später von Ihnen.«

Sie sagte rasch: »Er verbrannte es.«

Er zog die Augenbrauen in die Höhe und wiederholte ihr letztes Wort:

»Es?« Es dauerte eine Weile, ehe er fortfuhr: »Die Hälfte der Papiere, die verbrannt wurden, mußten Dokumente gewesen sein. Ein paar Fragmente wurden sichergestellt, die nicht ganz zerstört waren. Könnte es sich um ein Testament gehandelt haben?«

Es dauerte sehr lange, ehe sie mit »Ja« antwortete.

»Sie kamen hier herein und redeten mit ihm. Und dabei wurde ein Testament verbrannt. Sie stellen das als Tatsache hin?«

»Ja.«

Er hakte sofort nach:

»Wer verbrannte es?«

»Mein Onkel.«

»Warum?«

»Er wollte ein neues aufsetzen.«

»Dann kamen Sie also zu ihm, um mit ihm über sein Testament zu sprechen?«

»So war es nicht.«

»Glauben Sie nicht, es wäre besser, mir zu sagen, was Sie mit ihm besprechen wollten?«

Er sah, wie sich ihre Brauen zusammenzogen. Darunter waren ihre Augen dunkel und wachsam. Nach ein, zwei Sekunden sagte sie:

»Ja, ich sollte es Ihnen wohl besser sagen. Jeder hier im Haus weiß etwas davon, also sollten auch Sie die ganze Geschichte erfahren. Sie haben Mirrie kennengelernt, als Sie vor vierzehn Tagen hier waren. Ich weiß nicht, inwieweit Anthony Sie über Mirrie informiert hat.«

»Er sagte lediglich, sie sei eine entfernte Kusine und Mr. Field habe sie sehr in sein Herz geschlossen.«

Sie senkte den Kopf.

»Ich glaube, er liebte ihre Mutter, die jedoch dann einen anderen heiratete. Es hat einen Streit gegeben. Er wußte nicht, daß die beiden ein Kind hatten. Hätte er das gewußt, hätte er etwas für das Kind getan, als Mirries Eltern im Krieg ums Leben kamen. Sie wurde zu entfernten Verwandten gegeben, und die Umstände waren ziemlich bedrückend. Sie wollten das Kind nicht haben und lebten in sehr bescheidenen finanziellen Verhältnissen. Sie besuchte das Lyzeum, bestand aber das Examen nicht, und mit siebzehn übernahm sie einen Job als stellvertretende Erzieherin in einem Waisenhaus. Es war nur ein beschönigender Name für eine Hausangestellte. Am Ende erfuhr Onkel Jonathan ihre Adresse und holte sie von dort weg. Das meiste davon hat er mir gestern abend erzählt. Ich hatte vorher keine Kenntnis davon.«

»Ja – bitte, fahren Sie fort.«

Es ging jetzt leichter, nachdem sie einmal angefangen hatte. Sie fühlte sich sogar ein wenig befreiter. Sie sagte:

»Onkel Jonathan gewann sie sehr lieb. Sie hat – sie kann recht gut mit Leuten umgehen, wissen Sie. Und dann erzählte er mir gestern nacht, daß sie ihrer Mutter sehr ähnlich sähe. Wir konnten alle miterleben, wie sehr sie ihm ans Herz wuchs. Und dann – dann bekam ich eines Tages einen anonymen Brief. Er – er war schrecklich.«

Er nickte.

»Das sind die meistens. Was stand drin?«

Ihr Gesicht sah nun ziemlich fahl aus.

»Jeder würde darüber reden, daß ich Mirrie schlecht behandelte. Er – er wollte mir unterstellen, daß ich eifersüchtig auf Mirrie wäre, weil sie hübscher sei als ich und weil die Leute sie lieber möchten – solche Dinge.« Die grauen Augen sahen ehrlich entrüstet aus.

»Haben Sie diesen Brief noch?«

Sie schüttelte den Kopf.

»Ich zeigte ihn Onkel Jonathan, und dann verbrannte ich ihn. Ich hätte ihn sofort verbrennen sollen.«

»Weshalb sagen Sie das?«

Ein eigenartiger Zorn stieg in ihr hoch – jetzt, wo alles der

Vergangenheit angehörte und nicht mehr wiederbelebt werden konnte. Der Zorn verlieh ihrer Stimme Wärme:

»Weil Onkel Jonathan so wütend war – nicht auf die Person, die diesen Brief verfaßt hatte, sondern auf mich!«

»Warum?«

»Ich weiß nicht. Ich grübelte und grübelte, kam aber nicht dahinter. Er hatte ein sehr aufbrausendes Temperament, und es war so, als habe dieser Brief wie ein Zündholz gewirkt, der seine Wut entflammte. Er stellte sich auf die Seite jener Person, die mir diesen Brief geschickt hatte. Er glaubte offensichtlich, ich sei eifersüchtig auf Mirrie gewesen und wollte sie demütigen, als ich ihr einiges von meinen Kleidern schenkte. Und das stimmte nicht, Mr. Abbott – das stimmte wirklich nicht! Wenn Sie Schwestern oder Kusinen haben, werden Sie wissen, daß Mädchen ihre Sachen untereinander austauschen und sich nichts dabei denken. Es geschieht, weil sie die Abwechslung lieben und anderen eine Freude machen wollen. Jedenfalls geschah es nicht in böser Absicht. Ich glaube, in Onkel Jonathans Jugend war man in dieser Hinsicht strenger; denn er schien noch nie von solchen Kleiderzuwendungen gehört zu haben.«

»Mit einem Wort – Sie haben ernsthaft gestritten. An welchem Tag war das?«

Sie widersprach nicht, sondern erwiderte mit verwirrter Stimme:

»Montag – es scheint schon eine Ewigkeit zurückzuliegen; aber heute haben wir erst Mittwoch.« Ihre Augen waren plötzlich naß. »Entschuldigung, Mr. Abbott – aber es will mir noch gar nicht in den Kopf, daß so etwas passieren konnte.«

Sie hatte eine große aufgenähte Tasche an ihrem Rock. Sie holte ein Taschentuch daraus hervor und preßte es gegen die Augen. Dann wandte sie sich wieder ihm zu und sagte: »Ja?«

»Sie haben also am Montag mit Ihrem Onkel gestritten. Und dann fuhr er nach London. Sagte er Ihnen, daß er nach London fahren würde?«

»Nein. Mrs. Fabian sagte uns beim Lunch, daß er weggefahren sei.«

»Und er blieb über Nacht in London?«

»Ja.«

»Und weshalb fuhr er nach London?«

»Ich wußte ja nicht, daß er überhaupt dorthin gefahren war.«

»Aber ich glaube, Sie wußten, weshalb er nach London gefahren ist. Miss Grey, wenn Sie schon darüber sprechen, sollten Sie mir lieber alles sagen. Es kommt ja sowieso heraus, wissen Sie?«

Sie sagte: »Ja, Sie haben recht. Ich wollte Ihnen ja nur das sagen, was ich wirklich weiß.«

»Ja, fahren Sie fort.«

»Mein Onkel sprach mit mir über sein Testament. Er hatte Mirrie sehr liebgewonnen und war sehr besorgt um sie. Er sagte, er habe schon lange mit mir über eine Testamentsänderung sprechen wollen, damit sie in Zukunft abgesichert sei.«

»Und darüber kam es zum Streit?«

Ihre Wangen färbten sich rot.

»O nein – nein! Ich war damit einverstanden – hielt das für richtig. Ich wollte nur nicht, daß er mir zürnte, weil ich auf Mirrie eifersüchtig sei – denn das stimmte nicht, stimmte absolut nicht!«

»Also haben Sie sich mit ihm versöhnt?«

Ihr Gesicht wurde wieder fahl.

»Nein, nicht damals. Er verharrte in seiner Wut. Er sagte ein paar sehr grausame Dinge.«

»Zum Beispiel?«

»Man könne Interesselosigkeit auch übertreiben, und er fragte mich, ob ich so täte, als wäre es mir egal, wenn er mir keinen Penny hinterließe.«

»Und was erwiderten Sie darauf?«

»Ich sagte, daß es mir natürlich nicht egal wäre, weil es bedeuten würde, daß er mir schrecklich zürnen oder keinen Funken Gefühl mehr für mich haben würde. Aber daß ich sehr froh wäre, wenn er für Mirrie vorsorgte. Ich sagte noch einiges in diesem Sinn, aber es war zwecklos. Er hatte eine jener kalten Zornesanwandlungen, in die er sich zu verrennen pflegte. Es hatte keinen Zweck, es mit Vernunft zu versuchen. Ich ließ ihn allein.«

»Und als Sie dann hörten, er sei geschäftlich nach London gereist, nahmen Sie an, daß er seinen Anwalt aufsuchen wollte?«

»Ja, so etwas sagte er zu Mrs. Fabian.«

Frank dachte: Da kamen allerlei Verdachtsmomente gegen Georgina Grey zusammen. Streit wegen der anderen Nichte – Streit wegen des Testaments. Ich frage mich, ob er so weit gegangen ist, sein neues Testament zu unterschreiben. Diese Papierreste, die wir aus dem Kamin geborgen haben, scheinen zu belegen, daß dort ein Testament verbrannt wurde. Fragt sich nur, welches? Und von wem? Er sagte:

»Sie wußten also, daß Mr. Field in London seinen Anwalt aufsuchen wollte. Was geschah nach seiner Rückkehr? Erwähnte er, daß er das Geschäft erledigt hatte, das er in London regeln wollte?«

»Ja, Mrs. Fabian fragte ihn, ob er sein Geschäft erledigt habe. Das ist eher ein Familienspaß gewesen, denn sie pflegte ihn immer danach zu fragen, wenn er aus London zurückkehrte. Und fast immer mit den gleichen Worten.«

»Was sagte er?«

»Er sagte ›ja‹.«

»Haben Sie das als Bestätigung aufgefaßt, daß er sein Testament geändert hat?«

»Ja«, sagte Georgina.

Frank hatte von Zeit zu Zeit Eintragungen in sein Notizbuch gemacht. Das tat er auch jetzt. Dann sah er hoch.

»Wären Sie bereit, Miss Grey, mir zu verraten, weshalb Sie gestern abend Ihrem Onkel in die Bibliothek folgten und was da zwischen Ihnen beiden vorging?«

Ihre Haltung hatte sich entkrampft, ihre Stimme war nicht mehr spröde. Sie entgegnete ruhig und traurig:

»Ja, das will ich Ihnen gern verraten. Onkel Jonathan trank erst seinen Kaffee im Wohnzimmer, ehe er hierherging. Je länger ich über alles nachdachte, um so dringender wünschte ich mir eine Aussprache mit ihm. Ich war überzeugt, daß er sein Testament geändert hatte. Mirrie kam die Treppe heruntergelaufen, als er von London zurückkehrte. Ich glaube, da sagte er ihr, daß er es geändert hätte. Sie freute sich schrecklich, und er legte den Arm um sie. Ich stand oben auf dem Treppenabsatz und konnte die beiden sehen. Und nach dem Essen sah er sie im Wohnzimmer dauernd an, und Mirrie – man konnte ihr ansehen, daß er ihr etwas gesagt hatte. Sie war bester Laune, aufgekratzt. Da dachte ich mir: Wenn das erledigt ist, liegt auch kein Grund mehr vor, mir böse zu sein. Ich kann zu ihm gehen und mit ihm reden, ohne daß er argwöhnen muß, ich wolle ihn beeinflussen oder gar dazu überreden, seinen Vorsatz umzustoßen. Ich kann zu ihm gehen und ihm sagen, daß ich froh bin für Mirrie – wirklich froh. Und daß mich nur etwas stört, nämlich sein Zürnen gegen mich oder seine Annahme, ich hätte ihr übelgewollt. Ich dachte, vielleicht hört er jetzt zu, wo er doch getan hatte, was er wollte. So kam ich zu ihm in die Bibliothek und redete mit ihm.«

»Was haben Sie mit ihm geredet?«

Sie sah ihm jetzt nicht in die Augen, sondern auf ihre Hände in ihrem Schoß, die das Taschentuch hielten. Da war ein besinnlicher Ton in ihrer Stimme, als spräche sie mehr zu sich selbst als zu ihm.

»Ich fragte ihn zunächst, ob er getan hätte, was er für Mirrie tun wollte. Er bejahte es und sagte, er wünschte nicht darüber zu diskutieren. Ich sagte, nein, das würde ich auch nicht wollen. Ich wollte ihm nur sagen, daß ich froh sei – froh darüber, daß er sie so gern habe, denn sie habe ja sonst niemand, und ich wisse, das mache sie beide glücklich. Bis dahin hatte er mir gar nicht zugehört; doch jetzt begann er mir zuzuhören. Wir sprachen über Mirrie, und er gestand mir, daß er ihre Mutter sehr geliebt, sie aber einen Vetter von ihm geheiratet habe. Es habe sich bei ihm, sagte er, ein Gefühl entwickelt, als sei Mirrie ebenso seine wie seiner ehemaligen Geliebten Tochter. Er war ganz und gar nicht mehr böse auf mich. Wir sprachen nicht mehr davon – das war überwunden. Er war wieder ganz der alte. Nur hatte ich das Gefühl, er zog mich in sein Vertrauen wie nie zuvor. Und danach versicherte er mir, wie glücklich er sei, daß ich zu ihm gekommen sei und um diese Aussprache gebeten hätte. Er sei ungerecht gewesen und habe sich von seinem ungerechten Zorn hinreißen lassen. Er sagte: ›Maudsley hat mir vorgehalten, ich täte Unrecht. Ich war ihm deshalb böse. Doch er hatte recht. Ich habe mich von sehr starken Gefühlen überwältigen lassen.‹ Er sei gerührt, daß ich zu ihm gekommen wäre, versicherte er mir, zog einen Umschlag aus seiner obersten Schreibtischschublade und sagte: ›Ich habe heute morgen ein ungerechtes Testament unterschrieben. Ich werde es jetzt zerreißen und verbrennen!‹ Ich sagte: ›Tu das nicht!‹ Aber er lachte und meinte, er könne mit seinem Eigentum machen, was er wollte. Hierauf nahm er die Papiere aus dem Umschlag, zerriß sie und verbrannte die einzelnen Schnipsel.«

Frank Abbott hatte sich im Verlauf seiner langen Dienstzeit schon so manche plausible Geschichte anhören müssen, doch seiner Meinung nach gehörte diese nicht zu dieser Kategorie. Seine unmittelbare, oberflächliche Reaktion auf Georgina Greys Bericht von ihrer letzten entscheidenden Aussprache mit Jonathan Field war unverhüllter Skeptizismus: Sie erschoß ihn und warf das Testament ins Feuer, das sie zugunsten von Mirrie Field enterbte. Und dann meldete sich in ihm eine Stimme, die ihm heftig widersprach. Aufrichtigkeit ist ein Verhalten, das sich nur schwer vortäuschen läßt. Er bedauerte sehr, daß Miss Silver nicht zugegegen war. Sie hätte ihm sagen können, ob Georgina nur eine Schau abzog. Die menschliche Rasse war seiner Meinung nach für Miss Maud Silver ein Gebäude mit einer gläsernen Fassade. Sie konnte durch ein Ladenfenster bis zu den hinteren Räumen sehen. Er überließ sich dem ironischen Gedanken, daß Miss Georgina Grey so viel ins Schaufenster gestellt hatte, daß es ihn nicht wundern würde, wenn nichts mehr übrigblieb für die Ausstattung der übrigen Räume.

Das Schaufenster jedenfalls war tadellos. Selbst für seinen anspruchsvollen Geschmack ließ es nichts zu wünschen übrig. In diesem Augenblick war sie natürlich zu blaß, und er bemerkte noch andere Anzeichen seelischer Belastung. Aber er war sich gar nicht so sicher, ob das ihren Reiz nicht noch erhöhte. Er sagte:

»Mr. Field bedeutete Ihnen also, daß er am Morgen dieses Tages ein neues Testament unterschrieben habe?«

»Ja.«

Sie saß still da und sah ihn an. Auch ihre Stimme war ganz ruhig.

»Ein Testament, das er als ungerecht charakterisierte – wie würden Sie seine Worte auslegen? Was hat er Ihrer Meinung nach damit gemeint?«

»Ich dachte . . .« Sie hielt inne. »Ich vermute, er meinte damit, daß er das meiste von dem, was er besaß, Mirrie vermacht hat.«

»Glauben Sie, daß er Sie in dem besagten Testament überhaupt nicht mehr berücksichtigt hat?«

Diesmal ließ sie ihn länger warten, bis sie den Kopf wieder hob und antwortete:

»Ich weiß nicht, was ich dachte oder glaubte. Ich war mit meinen Gedanken doch gar nicht bei diesem Geld. Ich dachte nicht daran, sondern nur an den Zorn, den er auf mich hatte. Er war noch nie zornig auf mich gewesen – nicht auf diese Weise. Ich wollte, daß wir wieder Freunde sind.«

Frank sagte:

»Es wäre Ihnen gleichgültig gewesen, wenn er Sie enterbt hätte?«

»Ich dachte nicht an sein Geld.«

15

Als Georgina Grey die Bibliothek verlassen hatte und Mirrie Field ihren Platz einnahm, war sich Frank Abbott eines krassen Unterschiedes sehr deutlich bewußt. Während das ältere Mädchen sehr gefaßt und beherrscht vor ihm gesessen hatte, brachte dieses kleine Wesen mit seinen zerzausten Haaren und tränennassem Gesicht eine Atmosphäre seelischer Zerrissenheit in den Raum. Sie hatte sich, wie man in der Umgangssprache zu sagen pflegt, die Augen aus dem Kopf geweint. Wie Georgina trug sie einen dunklen Rock und einen Pullover aus weißer Wolle. Mit der rechten Hand umklammerte sie ein Taschentuch und schniefte wie ein Kind, während es sich die Augen wischt. Frank sah sich genötigt, mit ihr auch wie mit einem Kind zu reden.

»Ich werde Sie nicht länger als nötig aufhalten. Ich möchte lediglich Ihre Aussage noch einmal mit Ihnen durchgehen. Vielleicht fällt Ihnen dabei noch etwas ein, was Sie vorhin vergessen haben.«

Mirrie starrte ihn mit großen Augen an. Ihre Lippen zuckten, ihr kleines weiches Kinn bebte. Sie sagte mit mickriger verzweifelter Stimme:

»Es ist alles so schrecklich – er war so gut ...«

Er nahm das Protokoll und las ihr noch einmal ihre Aussage vor. Sie hätte kaum dürftiger an Informationen sein können. Sie hatten alle zusammen Abendbrot gegessen und waren anschließend in das Wohnzimmer gegangen. Auch Jonathan war mitgekommen, hatte eine Tasse Kaffee getrunken und war dann wieder gegangen. Sie hatte ihn danach nicht mehr gesehen. Sie war mit den anderen zu Bett gegangen und hatte geschlafen, bis es Lärm im Haus gab und Georgina gekommen war, um ihr zu sagen, daß Onkel Jonathan tot sei. Mirrie unterstrich einige Sätze mit Seufzern und Schluchzern. Sie hatte das Taschentuch gegen die Augen gepreßt, als er das Protokoll wieder auf den Tisch legte und fragte:

»Mr. Field war also vierundzwanzig Stunden aus dem Haus gewesen?«

»Er fuhr am Montagvormittag weg.«

»Wußten Sie, daß er seinen Anwalt aufsuchen wollte?«

»Er sagte – er sagte, daß er zu ihm wollte.«

»Hat er Ihnen auch gesagt, weshalb?«

Die Hand mit dem Taschentuch sank in den Schoß hinunter.

»Er sagte, er wolle – für mich sorgen.« Hier schluchzte sie zweimal. »Er war so *gut*.«

»Er sagte Ihnen, daß er sein Testament zu ändern beabsichtigte und zu diesem Zweck nach London führe?«

Die Tränen schwappten über.

»Ja, das sagte er.«

»Als er dann am Dienstagabend wieder zurückkam, liefen Sie die Treppe hinunter, um ihn in der Halle zu begrüßen.«

»Oh – woher wissen Sie das?«

Er schenkte ihr ein kühles Lächeln.

»Das war kein großes Geheimnis, oder? Eine Halle ist ja nicht gerade als verschwiegener Ort zu bezeichnen.«

Sie machte ein ziemlich betroffenes Gesicht.

»Hat mich jemand gesehen?«

»Es hat Sie jemand gesehen.«

»Es war doch nur die Freude, daß er wieder zu Hause ist. Ich hatte mich frühzeitig umgezogen.«

Er lächelte abermals.

»Nun, ein Verbrechen war das wirklich nicht. Ich vermute, er hat sich gefreut, als er Sie sah.«

»O ja, *sehr*!«

»Was ich eigentlich von Ihnen wissen wollte: Hat er Ihnen etwas von seinen Geschäften mit Mr. Maudsley erzählt?«

Mirries Miene klarte ein wenig auf.

»O ja, das *hat* er. Er sagte, er hoffe, er habe alle seine schrecklichen Geschäfte erledigt, damit er nicht noch einmal nach London fahren müßte. Und er sagte, für mich wäre es kein schreckliches Geschäft gewesen, und daß alles unterschrieben wäre und von zwei Kanzleiangestellten von Mr. Maudsley als Zeugen gegengezeichnet. Und daß er sich nun deswegen keine Sorgen mehr zu machen bräuchte.«

»Er sprach von seinem Testament?«

»O ja.«

Frank Abbott dachte: Sie wußte, daß er Georgina aus dem Testament geworfen und sie an deren Stelle gesetzt hatte. Ich frage mich, ob sie nachgeholfen hat. Oder war alles nur Fügung? Hatte er es sich dann wieder anders überlegt und das Testament selbst verbrannt. Oder ist es überhaupt nicht verbrannt worden? Georgina hatte zweifellos ein Motiv, das Testament zu vernichten. Mirrie hatte allen Grund, das zu verhindern. Ich frage mich, ob Mirrie überhaupt weiß, daß es verbrannt sein könnte. Ich frage mich, ob Georgina die Wahrheit gesagt hat. Wenn nicht – dann . . .

Mirrie sagte mit erstickter Stimme, das Taschentuch an den Augen:

»Er war so *unbegreiflich* gut zu mit. Ich kann es eigentlich immer noch nicht glauben.«

Da ließ er sie wieder gehen und rief Mrs. Fabian herein, die auf eine für sie typische Art durch die Ereignisse der letzten beiden Tage wanderte. Sie war außerordentlich informativ; nur war es schwer, ihre Informationen in Zusammenhang mit Jonathan Fields Tod zu bringen. Frank mußte sich zum Beispiel eine Reihe von Anekdoten aus Georginas Kindheit anhören und einige Exkursionen über Kochrezepte und Krawatten, die dem teuren Jonathan besonders zugesagt hatten. Er gestattete ihr diese Abweichungen vom Thema in der Hoffnung, daß sich unter so viel Spreu auch ein Weizenkorn finden lasse; aber als sie sich schließlich in den Erinnerungen an Johnnys Schulzeit festbiß, hielt er den Augenblick für gekommen, das Interview zu beenden.

Weder Anthony noch Johnny Fabian hatten ihren dürftigen Aussagen etwas hinzuzufügen. Sie waren mit den anderen in den ersten Stock hinaufgegangen und nicht mehr heruntergekommen. Anthony hatte in seinem Zimmer geschlafen, bis Georgina ihn weckte, und Johnny, bis er seinerseits von Anthony geweckt wurde.

Es war Stokes, der ihm einen wichtigen Beitrag lieferte. Stokes war um zehn Uhr mit einem Tablett voller Getränke in die Bibliothek gegangen. Er hatte das Tablett auf einen kleinen achteckigen Tisch neben dem Ledersessel abgestellt, der in der Regel von Mr. Field als Sitzmöbel am Schreibtisch verwendet wurde. Der Sessel war in diesem Moment nicht besetzt, da Mr. Field sich am entlegenen Ende des Raumes vor einem Regal befand. Er bückte sich, als suche er etwas in den unteren Fächern. Befragt, welches Fach er meine, deutete Stokes auf jenes, dem das Album mit den Fingerabdrücken entnommen worden war. Es versicherte ausdrücklich, daß zum Zeitpunkt seines Auftritts beide Alben noch an ihrem Platz gewesen seien.

Franks nächste Fragen förderten Antworten von großer Wichtigkeit zu Tage.

»Haben Sie im Kamin nachgelegt, als Sie in der Bibliothek waren?«

»Das hatte ich vor, Sir; aber Mr. Field hinderte mich daran. Er sagte, er wollte sich später selbst darum kümmern.«

»War das ungewöhnlich?«

»Ja, Sir.«

»Gab er einen besonderen Grund dafür an?«

»Nun ja, Sir. Er sagte, er habe Papiere verbrannt, und er wolle nicht den Rost verstopfen, ehe sie alle zu Asche geworden seien.«

Also hatte Jonathan tatsächlich etwas verbrannt. Frank fuhr fort:

»Schauen Sie sich jetzt mal den Kamin an, Stokes. Bemerken Sie einen Unterschied zwischen seinem jetzigen Zustand und dem Zustand, in dem Sie ihn um zehn Uhr gestern abend vorgefunden haben?«

»Da ist noch ein Kloben Holz hinzugekommen – der da rechts mit dem Ast darin. Der lag ganz oben auf dem Holzkorb, und ich hätte ihn mir nicht ausgesucht, falls ich um zehn nachgeschürt hätte, weil das Feuer schon so weit heruntergebrannt war und Scheite mit Ästen nur kokeln, wenn die Glut zu schwach ist. Nein, ich hätte das genommen, was jetzt obenauf liegt – ein gut brennbares trockenes Dünnholz, welches das Feuer rasch wieder aufflackern läßt.«

»Ich sehe, Sie sind Experte. Ich bin auch kein schlechter Kaminheizer und ganz Ihrer Meinung. Lassen wir nun das Holz beiseite und wenden uns den Papieren zu, die Mr. Field hatte verbrennen wollen. Würden Sie sagen, er habe später noch welche hinzugefügt, oder kommt Ihnen der Rost, was die Menge des verbrannten Papiers betrifft, noch genauso vor wie gestern abend?«

Stokes war ein angenehmer kleiner Mann mit rötlicher bis kupferroter Hautfarbe und sehr dichtem grauem Haar, das er etwas länger trug als jüngere Männer. Er sagte mit seiner weichen, gefälligen Stimme:

»Das ist schwer zu sagen, Sir; aber ich würde meinen, alles ist ziemlich so, wie es war – ein bißchen verschmorter gewissermaßen, doch nicht mehr, als man unter den genannten Umständen erwarten darf.«

Frank überlegte, daß ein Testament in der Regel aus mehreren Blättern eines außerordentlich widerstandsfähigen und steifen Papiers bestand. Es würde nicht so leicht reißen und auch nicht so leicht brennen. Wenn Jonathan es selbst verbrannte, als das Feuer noch einen mittleren Hitzegrad hatte, würde sich der Rost wahrscheinlich in einem Zustand präsentieren, wie er ihn nun vor Augen hatte. Wenn Georgina das Testament gegen ein Uhr morgens verbrannt hatte, mußte sie wohl noch etwas Holz zugelegt haben. Laut Stokes war von dem Brennholzvorrat nur der Kloben mit dem Ast verbraucht worden, der zu drei Vierteln unverbrannt auf dem Rost lag. Dieser konnte durchaus von Jonathan ins Feuer gelegt worden sein. Er trat rasch an den Kamin heran und hob das verkohlte Stück am Ast hoch. Darunter befand sich ein Bett aus kalter Asche. Da war auch noch ein beträchtlicher Schnipsel von diesem zähen Papier erhalten geblieben, etwa drei bis vier Zoll lang und einen Zoll breit, das nur am Rand angesengt war. Die Worte ›die besagte Miriam Field‹ waren deutlich zu erkennen. Er konnte sich nicht vorstellen, daß eine solche Formulierung in gewöhnlichen Texten Verwendung fand. Es mußte sich demnach um ein Testament gehandelt haben. Und Mirries Name, bis vor wenigen Wochen in diesem Hause unbekannt, konnte logischerweise erst in Jonathans jüngstem Testament auftauchen, was Georginas Aussage bestätigte, ihr Onkel habe sein letztes Testament verbrannt. Blieb jedoch noch ungeklärt, wer es verbrannt hatte. Wenn, wie Georgina behauptete, der Verfasser selbst es ins Feuer geworfen hatte, fand auch der mit dem Ast behaftete Kloben auf dem Rost seine Erklärung. Der Raum wurde allmählich kühler, und Field hatte noch nicht die Absicht gehabt, sich zu Bett zu begeben, da laut Stokes das Album, das später auf dem Schreibtisch gefunden wurde, sich um zehn Uhr abends noch im Regal befunden hatte, als er mit den Getränken in die Bibliothek kam. Wenn Jonathan vorhatte, noch eine Weile in der Bibliothek zu bleiben, konnte er Stokes durchaus daran gehindert haben, sich mit dem Kaminfeuer zu befassen – eine Vorbeugungsmaßnahme gegen Hausklatsch, er habe sein Testament verbrannt, denn mit Sicherheit waren zu dieser Zeit noch zahlreiche Schnipsel desselben deutlich lesbar. Sobald der Butler aber aus dem Weg war, konnte Jonathan selbst einen Kloben auf das Feuer geworfen haben.

Falls jedoch Georgina kurz vor ein Uhr morgens das Testament verbrannt haben sollte, ließ sich dieser schwer brennbare Kloben theoretisch kaum unterbringen. Welches Motiv konnte Georgina gehabt haben, ausgerechnet diesen Kloben in den Kamin zu werfen, wo doch das Feuer um diese Zeit fast abgebrannt gewesen sein mußte? Wenn er nun bedachte, was von dem Kloben verbrannt war und was nicht, schien es zweifelhaft, daß die um ein Uhr morgens noch vorhandene Glut imstande gewesen war, ein Viertel von diesem zähen Spundholz zu verzehren.

Er stand da und betrachtete die graue Asche, das versengte Papierschnipselchen und den Kloben. Wenn Georgina Jonathan Field erschossen und das Testament vernichtet hatte, das sie praktisch enterbte – wie stand es da mit der seelischen Komponente? Ihre Bindung an diesen Mann war so eng wie bei einem Vater. Sie erschoß ihn, weil er sie in seinem Testament nicht mehr berücksichtigte. Dann liegt er tot vor ihr auf dem Schreibtisch, und sie muß seine Fingerabdrücke auf die Mordwaffe übertragen, das Testament suchen und vernichten, und eine Erklärung parat haben, wie das Testament in den Kamin gekommen ist. Das alles, während das Echo des Schusses noch im Raum hängt, und Gefahr laufend, daß jeden Moment die Tür aufgehen und ein Tatzeuge das Zimmer betreten kann.

Gehörte sie zu den Leuten, die sich in einer extremen Situation eisern in der Gewalt haben, Gedanken und Aktion in einem kaum vorstellbaren Grad koordinieren können? Oder war sie eine Affekttäterin, die das alles mit bebenden Händen und jagendem Puls erledigte, verzweifelt suchte, mit blinder Wut zerstörte? Oder stimmte es doch, daß Jonathan selbst das Testament zerrissen und ins Feuer geworfen hatte, wie es in ihrer Aussage stand?

Frank Abbott drehte sich zu Stokes um, der ihn mit geduldigen, traurigen Augen ansah und ihn an einen alten Hund erinnerte, der wartete, bis man ihn beachtete. Er ging zum Schreibtisch zurück und fragte den Butler, was er jeden fragte, der zum Haushalt gehörte:

»Wußten Sie, daß Mr. Field einen Revolver besaß?«

Er bekam die gleiche Antwort wie von den anderen:

»O nein, Sir, das wußte ich nicht.«

Frank stand am Schreibtisch, eine Hand auf den Rand gestützt.

»Hat er Schubladen regelmäßig verschlossen, und welche?«

»Die unteren beiden rechts, Sir.«

Jonathans Schlüssel, die ihm von Inspektor Smith überreicht worden waren, lagen griffbereit neben ihm. Die eine der beiden Schubladen enthielt gebündelte Briefe, die durch eine verschlossene kleine Kassette beschwert waren. Da war kein Platz für einen Revolver.

In der anderen Schublade fanden sich stapelweise Notizbücher mit Listen von Wertpapieren und Einzelheiten über angelegtes Kapital. Unter den Notizbüchern lag ein langes Kuvert mit der Aufschrift »Mein letzter Wille. J. F.« und versehen mit einem Datum, das zwei Jahre zurücklag.

Dann war es vermutlich das neue Testament, das verbrannt worden war, wie Georgina ausgesagt hatte. Nur war der Grund, der Jonathan angeblich veranlaßt hatte, das neue Testament zu verbrennen, für ihn schwer verdaulich. Schon die Tatsache, daß er es überhaupt verbrannt hatte, wollte ihm nicht einleuchten. Das ältere Testament, das er hier entdeckt hatte, war verfaßt worden, als Georgina einundzwanzig Jahre alt war. Frank legte es in die Schublade zurück und wandte sich wieder der Frage zu, ob Jonathan in dieser Schublade neben dem Testament auch einen Revolver aufbewahrt hatte. Platz war genug dafür. Aber wenn Jonathan sich selbst erschießen oder Georgina ihn erschießen wollte – warum dann die Schublade wieder zusperren? Aber jemand hatte sie zugesperrt.

Das alles ergab keinen Sinn.

Frank entließ Stokes wieder und wandte sich dem Telefon zu. Er hatte die Nummer von Mr. Maudsleys Kanzlei auf einem Zettel gefunden, der zwischen den Löschblättern der

Schreibunterlage gesteckt hatte. Zwei frühere Versuche, den Anwalt zu erreichen, waren fehlgeschlagen. Doch diesmal kam er durch, und eine Kanzleiangestellte meldete sich.

»Ich hätte gern mit Mr. Maudsley gesprochen.«

Die Stimme am anderen Ende der Leitung sagte: »Nun – ich fürchte . . .«

»Ist er in seinem Büro?«

»Nein, leider nicht. Er hat auswärts einen Termin und kommt heute nicht in die Kanzlei.«

»Könnte ich dann Ihren Bürovorsteher sprechen?«

Es folgte eine Pause, die mit allerlei ärgerlichen kleinen Geräuschen ausgefüllt war – mit Papierrascheln, Schritten und unverständlichem Flüstern. Schließlich meldete sich eine ruhige und kompetente Frauenstimme:

»Hier spricht Miss Cummins. Es tut mir leid; aber Mr. Maudsley kommt heute nicht ins Büro. Soll ich für Sie einen Termin mit ihm ausmachen?«

Frank sagte: »Nein, das ist eine polizeiliche Angelegenheit. Ich bin Inspektor Abbott von Scotland Yard und befinde mich zur Zeit in Field End wegen einer Mordsache, die einen von Mr. Maudsleys Klienten betrifft – Mr. Jonathan Field.«

Miss Cummins war fassungslos. Sie sagte erschrocken:

»Mr. Field? Aber das kann doch nicht sein, Inspektor! Er war doch erst gestern nachmittag hier. Gütiger Himmel!«

»Er wurde heute nacht ermordet. Es ist wichtig für mich, so rasch wie möglich Kontakt mit Mr. Maudsley aufzunehmen.«

»Nun – ich weiß fast nicht, was ich sagen soll. Mr. Maudsley sah sich nämlich gezwungen, einen kurzen Urlaub anzutreten. Er war total überarbeitet, und sein Arzt sagte . . .«

»Können Sie mir seine Privatadresse geben?«

»Ich fürchte, die wird Ihnen nicht viel helfen. Er wollte

heute morgen den Frühzug nach Schottland nehmen. Er war noch unentschlossen, wo er absteigen würde; aber da gibt es zwei Hotels in Edinburgh . . .«

Frank notierte sich die beiden Namen.

»Legen Sie noch nicht auf! Sie sagten, Mr. Field wäre gestern nachmittag bei Ihnen gewesen. Hatten Sie ein neues Testament für ihn vorbereitet?«

Eine schwache Note der Mißbilligung schwang in ihrer Stimme mit.

»Das ist richtig.«

»Mr. Field hat das Testament unterschrieben?«

»Ja.«

»Befindet sich dieses Testament in Ihrem Gewahrsam, oder hat er es mitgenommen?«

Die Mißbilligung wurde penetrant.

»Er nahm es mit.«

»Vielleicht können Sie mir noch sagen, was mit dem Testament geschah, das durch das gestern unterzeichnete ersetzt wurde.«

»Ich fürchte, darüber kann ich Ihnen nichts sagen. Das sollte eigentlich im Besitz von Mr. Field sein.«

Mehr war aus Miss Cummins nicht herauszuholen. Er sammelte Sergeant Hubbard ein und fuhr mit ihm zum Mittagessen.

16

Maggie Bell hatte einen sehr interessanten Vormittag erlebt. Er folgte auf einen ihrer »schlimmen Nächte«, wie sie sich ausgedrückt hätte. Sie hatte kaum geschlafen, und sobald sie eindöste, befielen sie böse Träume. Die Ironie des Schicksals wollte es, daß sie ausgerechnet in den frühen Morgenstunden tief und fest schlief, als das Telefon am interessantesten gewesen wäre.

Sie war abgeschlagen und müde, als ihre Mutter ihr beim Anziehen auf das Sofa unter dem Fenster half. In der Regel verbrachte sie dann ein, zwei Stunden mit dem Versäumen von Nähten und dem Annähen von Knöpfen, Haken und Ösen. Sie konnte sich natürlich nicht so lange konzentrieren; aber es war doch verblüffend, was sie jeden Tag in dieser Zeit wegschaffte. Mrs. Bell betrachtete das als große Hilfe. Doch an diesem Morgen sah sich Maggie außerstande, eine Nadel anzufassen. Und dadurch wurde die Aussicht auf den Tag um so betrüblicher, der sich vermutlich endlos in die Länge ziehen würde. Denn so gerne man auch lesen mag – man ist nicht immer zum Lesen aufgelegt. Wenn sich doch wenigstens was Interessantes in der Leitung täte, dem sie zuhören konnte – das würde eine kleine Entschädigung für die schlechte Nacht sein. Aber natürlich passierten die Dinge nie so, wie man sie haben wollte. Was, wie Mrs. Bell später sagte, mal wieder beweist, daß man nie weiß, wie es kommt.

Maggie lag auf dem Sofa, einen Schal um die Schultern, eine Decke über den Beinen, das Fenster über ihr war offen, damit sie nichts versäumte, was draußen auf der Straße passierte. Sie hatte kaum eine Viertelstunde so auf dem Sofa verbracht, als sie Mr. Magthorpe draußen auf der Straße hörte, der Mr. Bisset im Laden etwas zurief. Mr. Magthorpe war einer der besten Nachrichtensammler in der Grafschaft, und da er Bäcker von Beruf war und montags, mittwochs und samstags Brötchen ausfuhr, hatte er auch reichlich Gelegenheit dazu. Er war ein kleiner Mann mit einer großen Stimme, der die Baß-Solos im Kirchenchor sang, und deshalb konnte man selten ein Wort überhören, das er sagte. Und er sagte jetzt: »Morgen, Harry, ich nehme an, du weißt bereits, was in Field End passiert ist?«

Mr. Bisset wußte gar nichts. Er kam an die Ladentür und versicherte laut, daß er nichts wisse. Und Mr. Magthorpes langes Gesicht wurde noch um die Hälfte länger, als er sich seitlich an seinen Lieferwagen lehnte.

»Mord! Das ist passiert. Und dazu einem feinen alten Gentleman, wie es keinen besseren gab.«

»Doch nicht Mr. Field!« Mr. Bisset war völlig außer Atem vor Staunen.

Aber Magthorpe nickte feierlich.

»Ermordet in seiner eigenen Bibliothek, ermordet an seinem eigenen Schreibtisch!«

»Was du nicht sagst!«

Mr. Magthorpe schilderte es nun ganz ausführlich. Maggie, die gebannt zuhörte, erfuhr nun alles haarklein, angefangen bei den Geräuschen, die Miss Georgina weckten – was ein Schuß oder eine im Wind klappernde Terrassentür gewesen sein konnte – bis herunter zum Verhör, mit vielen Details angereichert von Doris Miller, einem der Tagesmädchen von Field End und entfernten Kusine von Mrs. Magthorpe. Die hatte es Mr. Magthorpe an der Hintertür erzählt, also mußte alles stimmen. Was für eine grauenhafte Geschichte!

Fiebernd vor Interesse und abwechselnd dem Telefon lauschend, ob sich ein Klicken vernehmen ließ, was bedeutete, daß jemand in der Leitung war, und sich aus dem Fenster beugend, damit ihr ja nicht entging, was draußen auf der Straße gesprochen wurde, hatte Maggie keine langweilige Sekunde mehr. Da Field End an einer Sammelleitung von Deeping hing, konnte sie mithören, wie Inspektor Smith mit dem Revier in Lenton sprach und das Revier in Lenton mit Inspektor Smith. Auf diese Weise erfuhr sie, daß Scotland Yard eingeschaltet war und es sich dabei um einen gewissen Detektivinspektor Abbott handelte. Obwohl Inspektor Abbott in Deeping zur Schule gegangen war, war der Inspektor für das Revier kein Begriff, denn in Deeping war er immer noch Mr. Frank.

Maggie, die leidenschaftlich gern zuhörte, vernahm nun Miss Cicelys Stimme, inzwischen Mrs. Grant Hathaway, die ihre Mutter in Abbottsleigh anrief.

»Darling, bist du das? Ist das nicht schrecklich? Du hast es gewiß schon gehört ...«

Mrs. Abbott bestätigte am anderen Ende der Leitung, daß sie bereits gehört habe, weil der Milchmann die Neuigkeit mit der Milch geliefert hätte. Dann war Miss Cicely wieder dran:

»Der Yard wurde um Amtshilfe gebeten. Glaubst du, sie werden Frank hierherschicken?«

»Könnte sein.«

»Das haben sie schon einmal getan. Sag mal, hast du nicht zufällig an einem der kommenden Wochenenden Miss Silver zu Besuch?«

»Ja; aber sie weiß noch nicht, welches Wochenende, weil eine ihrer Nichten – die mit dem Anwalt in Blackheath verheiratet ist – sie ebenfalls bei sich zu sehen wünscht ... Darling, wo bin ich stehengeblieben?«

»Bei Maudie. Kommt sie nun, oder kommt sie nicht?«

»Hör mal, Cicely, daß du ihr so was nicht ins Gesicht sagst!«

»Oh – Frank hat das mal getan, glaube ich ...«

Für Maggie Bell war es Bedauern und Schmerz zugleich, daß sie das Gespräch nicht unterbrechen und den beiden mitteilen konnte, daß in der Tat Mr. Frank den Mordfall übernommen hatte. Sie hätte das natürlich tun können, aber sie wußte es besser. Denn theoretisch hatte jeder in Deeping Kenntnis davon, daß sie auf der Sammelleitung mithörte, nur hatte sie das schon so viele Jahre getan, daß man es praktisch schon wieder vergessen hatte. Wenn man in seinem Zimmer sitzt und mit einer Freundin telefoniert, die ebenfalls in ihrem Zimmer sitzt, ist die Illusion der Vertraulichkeit geradezu überwältigend. Zudem galt für die meisten Telefonteilnehmer in Deeping, was einmal Mrs. Abbott zu Miss Cicely am Apparat gesagt hatte: »Wenn es Maggie Spaß macht, zuzuhören, wie ich Kabeljau in Deeping bestelle, so ist sie herzlich willkommen.« Und deshalb fuhren die Inhaber von Telefonanschlüssen in Deeping auch ungeniert fort, sich über alles mögliche am Apparat miteinander zu unterhalten, was Maggie Bell sehr tröstlich fand.

Maggie war nun ununterbrochen am Lauschen. Nicht weniger als drei Gespräche von Field End mit einem Anwaltsbüro in London, anschließend zwei für den Anwalt persönlich nach Schottland. Es schien Maggie, daß es die Polizei sehr eilig hatte, sich über den Nachlaß des armen Mr. Field zu informieren. Denn alle diese Gespräche drehten sich nur um Mr. Fields Testament.

Später hörte sie wieder Miss Cicely, die in Field End anrief. Sie wollte mit Miss Georgina Grey sprechen, mußte aber zunächst mit einem Polizeibeamten vorlieb nehmen, ehe man die gewünschte Dame sprechen ließ. Die machten ja ein großes Gewese mit dem Anschluß in Field End, und als Miss Georgina endlich in der Leitung war, sagte sie nicht viel mehr als ja oder nein. Doch Miss Cicely war, wie stets, die Wärme und Herzlichkeit in Person.

»Georgina, *Darling* – das Ganze tut mir ja so *schrecklich* leid.«

»Ja.«

»Darling, ist dir nicht gut?«

»Oh, doch.«

»Kann ich etwas für dich tun? Du weißt, du brauchst nur ein Wort zu sagen, und ich komme zu dir.«

»Nein.« Es folgte eine Pause, und dann wie ein Nachgedanke: »Das ist sehr lieb von dir. Dein Vetter ist hier. Er glaubt ...« Die Stimme festigte sich und fuhr dann in einer fremden Sprache fort: »Er glaubt, ich bin es gewesen.«

Maggie fühlte sich gröblich beleidigt; Cicely am anderen Ende der Leitung hingegen war entsetzt. Was Georgina ihr da auf deutsch mitteilte, war nicht zu fassen! Sie antwortete ebenfalls auf deutsch:

»Aber das kann er doch gar nicht!«

»Er tut es aber.«

»Er darf nicht! Es ist mir egal, was du sagst – ich komme sofort zu dir!«

Georgina sprach vom Nebenapparat in ihrem Wohnzimmer. Sie wollte Cicely nicht sehen. Sie wollte niemanden sehen. Sie wollte allein gelassen werden, um ihre Gedanken, ihren Willen und ihre Taten besser in die Gewalt zu bekommen. Sie hörte sich »nein« sagen und darauf Cicelys Antwort:

»Darling – es hat keinen Zweck, ich komme.«

Damit war die Leitung tot, und sie hielt nur noch einen stummen Hörer in der Hand.

Lediglich der letzte Satz wurde für die empörte Maggie wieder verständlich, da er in einem energischen und schlichten Englisch gesprochen wurde. Und als Maggie auflegte, rätselte sie darüber, was Miss Cicely und Miss Georgina wohl für Geheimnisse haben mochten. Die beiden waren eng befreundet, obwohl sie vier oder fünf Jahre auseinanderlagen. Miss Georgina hatte erst vor kurzem ein paar Kleider gebracht, die für ihre Kusine geändert werden sollten. Maggie hatte sie sehr bewundert. Georgina hatte eine herrliche Figur, wunderschöne blaßgoldene Haare und so einen beseelten Blick. Miss Cicely war ein Nichts dagegen, was das Aussehen betraf. Diese Kusine freilich, diese Miss Mirrie Field, war ein wirklich hübsches kleines Ding. Besaß auch eine so niedliche, nette Art. Sie hatte sich überaus artig bei ihrer Mama bedankt: »Oh, Mrs. Bell, wie hübsch Sie das alles gemacht haben! Niemand würde glauben, die Sachen wären nicht eigens für mich angefertigt worden, nicht wahr?« Und hübsch waren sie in der Tat, denn Georginas Sachen waren immer sehr hübsch. Kein Wunder, daß Mirrie sich so darüber gefreut hatte. Was Mirrie getragen hatte, paßte absolut nicht zu einem Mädchen, das in Field End wohnte. Billig und häßlich, hatte Maggie zu ihrer Mama gesagt, und wenn ihre Mutter noch so oft sagte, so was behielte man lieber für sich. Denn wenn man eines lernte im Schneidereiwesen, dann war es der Unterschied zwischen schlechtem und gutem Material. Mit schlechtem Material mochte man noch so viel anstellen, es wurde nichts Besseres draus. Aber ein gutes Stück blieb bis zum Ende ein gutes Stück.

17

Frank Abbott lud Sergeant Hubbard in seinen Dienstwagen und fuhr mit ihm zum »Hammel«. Man hatte ihnen zwar die Gastfreundschaft von Field End angeboten, doch Frank hatte höflich, aber entschieden abgelehnt. Der »Hammel« bot ihnen eine einfache, aber solide Kost. Danach durfte Hubbard mit dem Bus nach London zurückkehren, während Frank nach Abbottsleigh fuhr, um seine Verwandten zu besuchen. Ein Gespräch mit Monica war bestimmt nicht verkehrt.

Ruth, das Hausmädchen, begrüßte ihn mit einem strahlenden Lächeln, als sie ihm die Tür öffnete. Die Lunchzeit wäre leider vorbei, meinte sie bedauernd, und die Herrschaften hielten sich im kleinen Salon auf. Worauf sie ihm voranlief und ihn als »Mr. Frank« anmeldete. Er kam in den gemütlichen kleinen Raum, der von jedermann dem großen, steifen Salon vorgezogen wurde, welcher von Lady Evelyn Abbotts Porträt beherrscht war und Möbeln, die nach ihrem Geschmack ausgewählt worden waren. Monica hatte den kleinen Salon von Brokat und vergoldeten Sesseln befreit und ihn von Grund auf renoviert. Das einzige Familienbild, das hier hing, stammte von Cicely – ein bezauberndes Aquarell, das sie als Kind angefertigt hatte. Frank betrat den Raum stets in dem Gefühl, als ob er nach Hause käme. Das war auch jetzt der Fall.

Doch er hatte den Fuß kaum über die Schwelle gesetzt, als ihn der Anblick von Miss Maud Silver mitten im Schritt innehalten ließ. Sie saß sehr behaglich auf einem niedrigen, lehnenlosen Polsterstuhl, den sie aus ihrer Wohnung in Montague Mansions mitgebracht zu haben schien. Abbott stand wie angewurzelt da und hörte Monicas Lachen, die auf ihn zuging, ihren Arm durch seinen schob und sich emporreckte, um ihn zu küssen.

»Frank, ich hatte sehr gehofft, daß du dir die Zeit nimmst, bei uns vorbeizuschauen. Und sieh mal, wer da ist!«

Er erwiderte: »Ich sehe es. Und war auch schon darauf gefaßt, daß sie sich wieder in Luft auflöst. Wie in aller Welt ...«

Miss Silver lächelte. Ihr geblümter Strickbeutel lag auf dem Boden neben ihr. Sie trug ein langes Kleid aus dunkelgrüner Wolle in dem für Frank altvertrauten Stil – nicht ganz der neuesten Mode entsprechend, mit einem kleinen Netz vorn, der Kragen mit Walfischbein versteift, damit der V-Ausschnitt die Fasson behielt. Da es sich um einen offiziellen Besuch handelte, hatte sie ihren besten Schmuck angelegt: eine Goldkette und eine Brosche – eine aus Mooreiche geschnitzte Rose mit einer irischen Perle im Zentrum. Die Kaffeetasse in der linken Hand haltend, streckte sie ihm die andere entgegen, ohne sich von ihrem Platz zu erheben.

»Mein lieber Frank – wie angenehm.«

Er nahm Platz. Ruth brachte eine frische Tasse. Colonel Abbott war, wie Frank bedeutet wurde, zum Vikar gegangen, um mit ihm über die Finanzen des Sprengels zu reden.

Frank sagte: »Ich kann nicht lange bleiben.«

Er sah Monica, wie stets, mit freudiger Andacht an. Cicely hatte die brünette Hautfarbe und die sherryfarbenen Augen ihrer Mutter, doch nicht deren Charme, Wärme und symmetrische Züge. Und schon gar nicht deren Ausgeglichenheit. Frank hatte ihr einmal gesagt, sie strahle eine Ruhe aus, wie er das bei noch keiner Frau erlebt habe; sie hatte darüber gelacht und gemeint, er habe eigentlich damit ausdrücken wollen, daß sie eine faule Frau sei. Sie goß ihm eine zweite Tasse Kaffee ein, tadelte ihn, weil er nicht zum Lunch gekommen war, und kam dann auf die Tragödie in Field End zu sprechen.

»Der Milchmann hat es den Mädchen erzählt. Fast zu schrecklich, um wahr zu sein! Und vor vierzehn Tagen wart ihr noch dort zum Tanzen eingeladen! Hast du schon etwas herausfinden können? War es Raubmord? Stokes sagt, die Terrassentür wäre offen gewesen, und die arme Georgina sei vom Lärm der schlagenden Tür aufgewacht. Als sie herunterkam, hat sie ihn gefunden. Sie hing so sehr an ihm. Es muß ein schrecklicher Schock für sie sein.«

Er sagte mit unbeteiligter Stimme:

»Ich habe den Eindruck, daß Mr. Field besonders an dem anderen Mädchen hing.«

Monica stellte ihre Tasse ab.

»Oh, nun, die hat so ein nettes, einnehmendes Wesen. Eine, die Wellen schlägt, weißt du.«

Miss Silver lächelte und meinte:

»Wie ausdrucksvoll! Das erinnert mich an Lord Tennysons bezauberndes Gedicht über den Bach:

Ich murmle auf den Steinen
und plappre an den Rainen
beginne im Sand zu rieseln
und schwätze auf den Kieseln.«

Frank lachte.

»Genau das tut sie. Schlägt Wellen, wo's flach ist.«

Monica Abbott sah unglücklich zu Frank hinüber.

»So habe ich das nicht gemeint, und das weißt du auch. Miss Silver hat lediglich einen Vers über einen Bach zitiert. Mirrie ist ein liebes, hübsches, kleines Ding und war ihrem Onkel sehr zugetan. Ich glaube nicht, daß sie in irgendeiner Beziehung verwöhnt wurde, ehe sie nach Field End kam. Und mit scheint, sie wollte nur zeigen, wie dankbar sie für alles ist.«

Er hauchte einen Kuß zu ihr hinüber.

»Beruhige dich, Darling. Ich stimme dir voll zu. Ich habe mich nur gefragt, wie tief das alles bei ihr geht. Vielleicht kannst du mir nun verraten, wie sie mit Georgina zurechtkam.«

Monica sagte mit Wärme: »Georgina ist das gütigste Wesen der Welt.«

Im selben Moment waren Schritte zu hören, und Cicely Hathaway stürmte ins Zimmer. »Mami!« rief sie im schmollenden Ton eines Kindes, und dann sah sie plötzlich Frank und wandte sich ihm zu. »Oh, du bist hier! Nun, das freut mich ...«

Aber das hörte sich ganz und gar nicht so an.

»Cicely, Liebling, du hast Miss Silver übersehen!«

Cicely schwang mit hochrotem Kopf herum und streckte beide Arme aus.

»Nein, das habe ich ganz und gar nicht! Ich bin nur so furchtbar wütend, daß ich sogar meinen Anstand vergesse.

Sie werden mir doch hoffentlich dieses eine Mal verzeihen, nicht wahr?« Sie beugte sich vor, küßte Miss Silver rasch auf die Wange und richtete sich wieder auf, um über Frank herzufallen.

»Ich weiß gar nicht, wie du so dastehen und mich so ansehen kannst! Das ist mir unbegreiflich!«

Er erwiderte ihren Blick mit empörender Gelassenheit.

»Es steht dir, wenn du dich so ereiferst. Aber ist das nicht ein bißchen anstrengend so kurz nach dem Essen? Und darf ich fragen, warum du so wütend bist?«

»Als ob du das nicht wüßtest!«

»*Cicely* . . .«, sagte Monica vorwurfsvoll.

Cicely stampfte mit dem Fuß auf.

»Wenn es nun jemand anders gewesen wäre! Aber ausgerechnet Georgina! Was Blöderes, Idiotischeres und Hirnverbrannteres konnte dir wohl nicht einfallen, wie?«

In seinen blassen, kühlen Augen blitzte es auf, als er sie scherzhaft zurechtwies:

»Eines Tages könnte es passieren, daß dir die Worte ausgehen, wenn du so verschwenderisch mit deinen Adjektiven umgehst.«

»Nun, mir fehlen schon jetzt die Worte.«

»Das habe ich bemerkt, Darling.«

»Untersteh dich, mich Darling zu nennen!«

»*Cicely* . . .« Monica Abbotts Stimme wurde schärfer. Sie hatte seit Jahren keine so unbeherrschte Tochter mehr erlebt, und unter Franks kühler Gelassenheit regte sich ebenfalls Ärger. Sie machte eine schwache, hilflose Bewegung mit der Hand und ging zum Kamin, wo sie mit halb abgewandtem Gesicht unter dem Aquarell stehenblieb, das Cicely mit fünf Jahren von sich gemalt hatte. Es stellte eine Cis mit wild entschlossener Miene dar. Sie war damals kaum zu bändigen gewesen. Sie hörte Frank hinter ihrem Rücken sagen:

»Dürfte ich vielleicht erfahren, was ich verbrochen habe? Oder was ich Miss Georgina getan haben soll?«

Cicely funkelte ihn an.

»Du glaubst, sie hat ihren Onkel erschossen!«

»Wer behauptet das?«

»Sie sagt das!«

»Du kannst mich doch nicht für das verantwortlich machen, was sie glaubt.«

»Sie würde es niemals sagen, wenn es nicht wahr wäre!«

»Du meinst, sie wäre wie George Washington nie der Lüge fähig? Vielleicht darf ich dich daran erinnern, daß diese Geschichte inzwischen als eine schöne Legende entlarvt wurde.«

Sie ließ ein wütendes »So?« hören und fuhr dann in einem jähen Gemütsumschwung fort:

»Frank, das kannst du doch nicht wirklich von ihr denken – nicht von Georgina! Und wenn du sie auch nur einmal vorher getroffen hast! Dazu ist sie nicht fähig! So etwas steckt nicht in ihr drin!«

Sie klammerte sich nun an Franks Ärmel und sah bittend zu ihm hoch. Ihre Wangen waren gerötet und ihre Augen voller Tränen. Miss Silver hatte ihre Strickarbeit wieder aufgenommen – etwas Weißes und Flauschiges.

Frank ließ sich von ihrer Aufregung nicht anstecken, sondern fragte ganz ruhig:

»Wozu ist sie nicht fähig, Cis?«

Die Antwort kam mit einer stockenden Flüsterstimme:

»Neid – Haß – Böswilligkeit – und jede Art von Eigensucht . . .«

Frank strich ihr sanft über den Kopf und sagte:

»Du bist eine gute Freundin, Cis.« Dann ging er von ihr fort zu Monica hinüber.

»Nun, ich muß leider wieder an die Arbeit. Richte Onkel

Reg einen schönen Gruß von mir aus. Ich denke, wir werden uns bald wiedersehen; aber im Augenblick stecke ich bis über beide Ohren in Arbeit.«

»Können wir dir nicht ein Bett richten lassen?«

»Ich glaube nicht – vielleicht muß ich nach London.«

Cicely stellte sich zwischen ihn und die Tür.

»Frank ...«

»Hat keinen Sinn, Cis. Ich kann mit dir nicht darüber diskutieren.« Und damit ging er aus dem Zimmer.

Cicely rannte zu Miss Silver und ließ sich neben ihr auf die Knie nieder.

»Sie werden – Sie werden Georgina doch helfen, nicht wahr?«

Miss Silver sah sie freundlich an.

»Sie sind so rührend um Ihre Freundin besorgt, meine Liebe.«

»Ja, das bin ich. Verstehen Sie ...«, sie scheute sich, das folgende auszusprechen, »wenn man sich nach *Beweisen* richtet, wie es diese beschränkten Polizisten tun ...«

Miss Silver ließ die Stricknadeln ruhen. Sie hatte einen weißen Schal in Arbeit für das Baby, das Valentine Leigh in ungefähr einem Monat erwartete. Die Wolle war sehr weich und zart, das Muster neu und kompliziert. Ein seidenes Taschentuch verhinderte, daß die Wolle mit ihrem Rock in Berührung kam. Sie sagte:

»Wollen Sie sich nicht setzen, mein Liebes, und mir ein bißchen mehr über diese Sache erzählen? Beweisstücke, die anfangs sehr überzeugend wirken, können im Verlauf einer Ermittlung eine harmlose Erklärung finden. Vielleicht würde es Sie erleichtern, wenn Sie mir berichten, weshalb Frank Ihre Freundin so sehr verdächtigt.«

Cicely setzte sich auf die Fersen zurück.

»Nun, ich glaube, jeder würde sie verdächtigen – oder

wenigstens jeder, der sie nicht kennt. Sie wuchs als Mr. Fields Erbin auf, wissen Sie? Jedenfalls hielt es jeder für eine ausgemachte Sache, daß sie ihn beerben würde. Und dann fuhr er plötzlich vor sechs Wochen nach London und kam mit Mirrie Field hierher zurück. Ihr Vater war ein entfernter Vetter von ihm, und ich habe so einen Verdacht, daß er in ihre Mutter verliebt war. Ich erinnere mich, daß Großmama vor Urzeiten mal so was erwähnte. Jedenfalls nahm er Mirrie in sein Haus wie ein Kätzchen, das ihm um die Beine schnurrt, und er gewann sie von Tag zu Tag lieber. Und Georgina war wie ein Engel zu ihr. Mirrie hatte praktisch nur das, was sie auf dem Leib hatte, und Georgina ließ einige Sachen von sich für sie ändern – wirklich *bezaubernde* Sachen. Aber Georgina hat mir kein Wort davon gesagt, sondern Maggie Bell hat es mir erzählt. Vielleicht erinnern Sie sich noch an Maggie. Sie ist ein Krüppel, und ihre Mutter betreibt eine Änderungsschneiderei. Daher wußte Maggie von den Kleidern, weil Mrs. Bell sie für Mirrie ändern mußte. Aber Maggie wäre bestimmt auch so dahintergekommen, denn sie hat sich immer in die Sammelleitung eingeschaltet und weiß über alles bestens Bescheid.«

Monica Abbott bückte sich und legte ein Scheit Holz aufs Feuer.

»Jeder weiß das, doch niemand stört sich daran, bis mal etwas passiert. Und dann sagen wir alle, wir sollten vorsichtiger sein wegen Maggie; doch in Wirklichkeit hält sich niemand daran, und so bleibt alles beim alten.« Sie schenkte Miss Silver ihr bezauberndstes Lächeln und fügte hinzu: »Sie hat solchen Spaß daran, und warum soll man ihr den verderben?«

»Aber bei einem Mord hört der Spaß auf«, sagte Cicely.

»Cis!«

Cicely nickte heftig.

»Ich finde doch. Deshalb dachte ich an Maggie. Vielleicht kann sie uns helfen. Ich werde hinfahren und sie besuchen. Ich habe ein herrlich sentimentales Buch für sie, in dem ein armes Mädchen von einer grausamen Stiefmutter und einer schrecklichen Stiefschwester schikaniert wird, mit goldenen Pantoffeln und Hochzeitsglocken im letzten Kapitel. Ein schamloses Aschenputtel-Plagiat – aber Maggie wird es himmlisch finden.«

»Ich mag Aschenputtelgeschichten«, sagte Monica Abbott, »aber literarisch anspruchsvolle Versionen, die leider sehr selten sind. Trotzdem sind sie mir lieber als diese düsteren Bücher, die über sechshundert Seiten gehen und am Schluß mit Selbstmord oder in Verzweiflung enden. Denn wie man sich auch fühlen mag, im wirklichen Leben tut man seine Pflicht.«

Cicely sagte:

»Darling, du mußt uns nicht erst erzählen, daß dir das Dritte Programm nicht liegt – das wissen wir seit Jahren!«

Miss Silver sah von ihren Stricknadeln auf.

»Also ist Mirrie Field das Aschenputtel, und Mr. Jonathan Field war der Märchenkönig, der sie in sein Schloß nahm. Aber ich darf aus Ihren Worten schließen, daß Miss Georgina Grey nicht in diese Geschichte hineinpaßt, nicht wahr?«

Cicelys Augen weiteten sich.

»Nein, das tut sie nicht. Sie hat ihre eigene Geschichte, und sie muß ein glückliches Ende haben. Sie paßt einfach nicht in diesen Rahmen aus Streitigkeiten, Testamenten und Morden. Und selbst wenn Frank sie nicht näher kennt, sollte er ein Gespür dafür haben, falls nicht, hat er in diesem Beruf nichts zu suchen und sollte aufhören, sich in die Angelegenheiten anderer Leute einzumischen und ihnen das Leben zur Hölle zu machen, indem er sie beschuldigt, Dinge getan zu haben, die sie unmöglich verbrochen haben können!« Dieser Satz sprudelte nur so aus ihr heraus, daß sie am Ende atemlos verstummte.

Miss Silver ließ ein leises Hüsteln hören.

»Wie kommen Sie auf die Idee, daß Frank Miss Grey in einem solchen Verdacht haben könne?«

»Georgina sagt, daß es so ist. Sie ist nicht dumm, wissen Sie? Wenn sich eine Sache so verhält, merkt sie es auch.«

Miss Silver betrachtete Cicely mit nachdenklichem Blick.

»Vielleicht habe ich mich nicht richtig ausgedrückt. Wenn es wahr ist, daß Frank Miss Grey im Zusammenhang mit dem Tod ihres Onkels verdächtigt, muß es einen Grund für seine Annahme geben.«

»Niemand kennt sie so ...«

Miss Silver hob beschwichtigend die Hand.

»Beruhigen Sie sich, meine Liebe. Ich habe keinesfalls eine Meinung geäußert, ob ich diese Verdächtigung für gerechtfertigt halte oder nicht; aber es ist eine Tatsache, daß Frank nie einen Verdacht hegt, solange dieser nicht durch Indizien genährt wird. Hat Ihnen Miss Grey gesagt, welche Indizien gegen sie sprechen?«

»Ja, das hat sie! Aber da ist selbstverständlich nichts dran, und niemand, der Georgina kennt, käme auf den Gedanken, es könnte so sein. Es ist nur so, daß Mr. Field sein Testament geändert hat.«

»Zugunsten von Mirrie Field?«

»Ja. Georgina bekam einen anonymen Brief, wissen Sie – einen sehr gehässigen Brief.«

»Diese Briefe sind immer gehässig, meine Liebe.«

Cicely nickte heftig.

»Darin stand, jeder wisse, daß sie eifersüchtig auf Mirrie wäre, weil Mirrie hübscher sei als sie und die Leute sie lieber hätten. Und dann ging es mit solchen törichten Behauptungen weiter: Georgina versuche Mirrie zu demütigen, indem sie ihr abgetragene Kleider andrehe. Und das stimmt überhaupt nicht. Es waren wunderbare Sachen, und Mirrie freute sich schrecklich darüber.«

»Das ist sehr interessant.«

Cicely strahlte sie an.

»Oh, Sie interessieren sich dafür? Sie wissen ja gar nicht, wie sehr ich mir das gewünscht habe!«

»Bitte, fahren Sie fort. Hat Miss Grey diesen Brief ihrem Onkel gezeigt?«

»Ja, das hat sie! Und daraufhin kam es zu einem furchtbaren Zusammenstoß zwischen den beiden. Er schien zu glauben, all diese schrecklichen Unterstellungen seien wahr – daß Georgina eifersüchtig sei, daß sie abgetragene Kleider verschenkte, um Mirrie zu demütigen und so fort. Und er sagte ihr, daß er sein Testament ändern würde. Ich glaube zwar nicht, daß er ihr ausdrücklich sagte, er wolle sie enterben; aber ich bin überzeugt, daß Georgina fest damit rechnete.«

Monica Abbott gab einen leisen, schockierten Seufzer von sich. Miss Silver sagte ernst:

»Ich bin sicher, ich brauche Sie nicht extra darauf hinzuweisen, daß Sie solche Äußerungen besser nicht wiederholen. Ich würde Ihnen aber sehr ans Herz legen, auch Ihrer Freundin dringend von solchen Bemerkungen abzuraten.«

»Wenn die Leute nicht so einen perversen Verstand hätten, wäre das gewiß nicht nötig! Wissen Sie, Mr. Field war ein Mann, der sich ständig mit Leuten stritt. Nur sagte mir Georgina, mit ihr habe er das bisher nie getan; und deshalb hat sie sich ja so schrecklich aufgeregt. Das geschah am Montagmorgen, und er fuhr schnurstracks nach London, ließ ein neues Testament aufsetzen und kam erst am Dienstagabend zum Dinner wieder nach Hause.«

»Sie sagten, Mr. Field habe ein neues Testament gemacht. War das allgemein bekannt?«

»Ja, das war bekannt – er sagte es Mirrie. Und nach dem Essen ging er in die Bibliothek. Georgina folgte ihm dorthin, und es kam zu einer Aussprache. Georgina sagte, wie froh sie sei, daß er für Mirrie vorgesorgt habe, und er sagte, daß er ihr nicht mehr zürne. Und dann gestand er ihr, daß er Mirries Mutter geliebt habe. Es war ein sehr langes Gespräch, und ich hatte den Eindruck, beide waren sehr glücklich darüber. Am Ende sagte er, er sei wütend und ungerecht gewesen und habe ein ungerechtes Testament verfaßt. Dann hat er es aus der Schublade geholt und zerrissen.«

»In Miss Greys Gegenwart?«

»O ja. Sie versuchte, ihn daran zu hindern; aber er erklärte, er könne mit seinem Eigentum machen, was er wolle, und warf das zerrissene Testament ins Kaminfeuer.«

»Das war am Dienstagabend?«

»Ja.«

»Und wann wurde er getötet?«

»Georgina wachte in der Nacht von einem Geräusch auf. Sie glaubte, eine Tür sei zugeschlagen. Sie sah aus ihrem Fenster und bemerkte, daß sich die Terrassentür im Wind bewegte. Sie ging hinunter, um die Tür zu schließen, und da entdeckte sie, daß Mr. Field erschossen worden war.«

Die ganze Zeit hatte Cicely auf ihren Fersen gesessen. Nun stieß sie sich mit einem kräftigen Druck der Hände vom Boden ab und kniete wieder neben Miss Silver nieder.

»Oh«, sagte sie, rasch Atem holend, »jetzt wissen Sie, wie es aussieht. Jeder kann sehen, wie es um sie steht! Sie muß jemand haben, der ihr hilft – sie braucht unbedingt Hilfe! Miss Silver, Sie helfen ihr doch, nicht wahr? Liebe, teure Miss Silver – das werden Sie doch tun!«

In diesem Augenblick öffnete Ruth, das Hausmädchen, die Tür zum Salon und verkündete:

»Miss Georgina Grey . . .«

18

Georgina kam in den Salon. Sie hatte einen weiten dunklen Mantel über ihren Pullover und Rock geworfen und einen Schal um den Hals geschlungen. Es war das erstbeste Stück, das ihr in die Hände gekommen war, eine Mischung aus weichen Grau- und Blautönen. Als Monica Abbott ihr zur Begrüßung entgegeneilte, schlugen ihr zugleich Wärme und Anteilnahme entgegen.

»Mein liebes Kind – wir haben so oft an Sie gedacht.«

Cicely rappelte sich hoch.

»Ich habe ihnen alles erzählt«, sagte sie. Vom langen Knien waren ihr die Füße eingeschlafen, und sie mußte sich an Georginas Arm festhalten.

Georgina Grey hatte nur Augen für Miss Silver. Sie legte einen Arm um Cicely – eine reine Instinkthandlung – und empfand Monica Abbotts Güte wie die Behaglichkeit eines warmen Zimmers, wenn man aus der Kälte kommt. Doch ihr Bewußtsein konzentrierte sich auf die kleine ältliche Person, die ein, zwei Schritte auf sie zumachte, in der einen Hand das Strickzeug, die andere streckte sich nach ihrer eigenen aus. Georgina spürte, wie Miss Silvers schmale Hand die ihre fest und herzlich drückte.

Sie sagte: »Wie geht es Ihnen, Miss Silver?« Das von Cicely in glühenden Farben gemalte Bild stand vor ihrem inneren Auge. Es war nicht leicht, dieses Bild mit der verschrobenen, zierlichen Person mit den feinen, etwas unbestimmten Zügen und dem Haarnetz über den Fransen in Einklang zu bringen. Cicelys enthusiastische Phrasen geisterten ihr durch den Kopf – »Sie ist hinreißend, sage ich dir, einfach großartig. Sie rettete mein Leben in diesem schrecklichen Eternity-Ring-Mordfall und vermutlich auch Grants Karriere. Sie wollten ihn nämlich gerade verhaften, weißt du? Sie schaut den Leuten bis ins Herz ... Frank frißt ihr praktisch aus der Hand.« Sie wußte zwar nicht genau, was sie erwartet hatte, doch Cicelys Feuerwerk verpuffte allmählich und ließ ein ödes Grau zurück. Sie nahm den Stuhl, den man ihr anbot, und setzte sich.

Monica Abbott trat zu Cicely und legte ihr die Hand auf die Schulter.

»Wenn Georgina Miss Silver konsultieren möchte, sollten wir sie nun allein lassen, denke ich.«

Cicely erhob sich, man merkte ihr deutlich eine gewisse Widerspenstigkeit an. Sie sah hilfesuchend auf Miss Silver, deren Blick jedoch eine rückhaltlose Zustimmung zu dem Vorschlag ihrer Mutter ausdrückte. Cicely biß sich auf die Lippen und folgte Monica aus dem Salon. Man konnte ihr protestierendes »Aber Mami!« draußen in der Halle hören.

Miss Silver wandte sich an Georgina Grey.

»Sie wollten mich sprechen?«

Und plötzlich hatte Georgina das Gefühl, daß sie das wollte. Sie vergaß, daß Miss Silver den Gouvernanten auf den Familienfotos aus der Zeit Eduards VII. glich. Mrs. Fabian besaß eine Sammlung von Fotoalben aus dieser Zeit. Miss Silver hätte ihr aus jedem dieser fünfzig Gruppenfotos entgegentreten können. Tatsächlich war sie einmal eine Gouvernante gewesen – Georgina wußte das –, und nun war sie Privatdetektivin, und Frank Abbott hatte größten Respekt vor ihren Fähigkeiten. Sie nahm in ihrem Kopf eine Korrektur vor. Es gab für sie keinen Frank Abbott mehr. Da war nur noch Kriminalinspektor Abbott mit dem kühlen, zynischen Blick, der ihre Aussage Lügen strafte.

Der Blick, den Miss Silver auf sie richtete, war weder kühl noch zynisch. Er war gütig, zugleich jedoch durchbohrend. Sie hatte ein Gefühl, als ginge er glatt durch sie hindurch.

Seltsamerweise war ihr dieses Gefühl gar nicht unangenehm. Es wäre ihr unangenehm gewesen, wenn sie etwas zu verbergen gehabt hätte. Da das jedoch nicht der Fall war, empfand sie sogar eine gewisse Erleichterung, weil sie nicht so viel erklären mußte. Miss Silver würde sie verstehen.

Der durchbohrende Blick verwandelte sich in ein Lächeln, das schon das Herz so vieler ihrer Klienten erobert hatte. Eine angenehme Stimme wiederholte:

»Sie wollten mich sprechen?«

Georgina sprach, und es fiel ihr leichter, als sie sich vorgestellt hatte. Chefinspektor Lamb, der auf dem Dorf aufgewachsen war, wo vor Generationen der Glaube an Hexen noch fest verankert in den Gemütern war, hatte angeblich recht eigenartige Vermutungen, was Miss Silvers Talente anlangte. Er würde sich natürlich nie offen dazu bekannt haben, und Miss Silver wäre außerordentlich schockiert gewesen, falls er das getan hätte. Was sie wirklich besaß, war die ungewöhnliche Fähigkeit, eine Atmosphäre zu schaffen, die stark an ein Klassenzimmer erinnerte, wo sie einstmals einen segensreichen Wirkungskreis hatte.

Vielleicht war es darauf zurückzuführen, daß Georgina es für selbstverständlich hielt, daß Miss Silver Fragen stellte und sie diese so offen und genau wie möglich beantwortete. Es kam ihr gar nicht in den Sinn, etwas zurückzuhalten oder anzunehmen, ihre Antworten könnten angezweifelt oder mißverstanden werden. Bis zu dem Interview mit Jonathan Field am Montag morgen hatte sie auch noch nie das Gefühl gehabt, daß jemand ihren Worten mißtrauen könnte. Aber als sie nach Jonathans Tod feststellen mußte, daß Frank Abbott ihr tatsächlich zutraute, sie könnte etwas damit zu tun haben, wurde ihre Welt bis in die Grundfesten erschüttert.

Nun begann sie sich wieder zu festigen und rückte alles ins richtige Licht. Sie sagte:

»Ich kam gar nicht auf den Gedanken, wissen Sie, jemand könne glauben, ich hätte etwas damit zu tun, bis ich mit Mr. Abbott in der Bibliothek sprach. Da wurde ich eines Besseren belehrt.«

Miss Silver schüttelte mißbilligend den Kopf.

»Sie sollten aber, wie ich meine, daran denken, ihn Inspektor Abbott zu nennen, da er in dienstlicher Eigenschaft hier ist.«

Georgina erinnerte sich jedoch zu ihrer Überraschung an den Gast Mr. Abbott, den sie für einen amüsanten Mann und guten Tänzer gehalten hatte. Er hatte sie Georgina genannt, und sie ihn Frank. Und Jonathan Field war noch am Leben gewesen. Das lag erst zehn Tage zurück, und seither hatte sich die Welt total verändert. Sie blickte Miss Silver an und fuhr dann fort:

»Mir scheint das Ganze noch unglaublich. Und da sind zwei Dinge, die ich überhaupt nicht begreife.«

Miss Silver spulte den Faden von dem weißen Wollknäuel in ihrem Strickbeutel ab.

»Ja? Und welche?«

Georgina lehnte sich vor.

»Ich begreife nicht, daß die Glastür zur Terrasse offenstand.«

»Sie meinen, sie stand weit offen?«

»Ja, sie schwang im Wind hin und her und schlug gegen den Rahmen. Deshalb bin ich aufgewacht. Ich kann mir nicht erklären, warum Onkel Jonathan sie geöffnet haben soll.«

Miss Silvers Nadeln klapperten emsig.

»Vielleicht war es ihm zu heiß im Zimmer?«

Georgina schüttelte den Kopf.

»Nein, ihm konnte es nie warm genug sein.«

»Dann müssen wir annehmen, daß er die Tür öffnete, um

jemand hereinzulassen – oder daß ein anderer die Tür geöffnet hat.«

»Wen hätte er denn möglicherweise hereinlassen können?«

»Das weiß ich nicht, Miss Grey.«

»Ich kenne niemand«, sagte Georgina, »der über die Terrasse käme, um ihn zu besuchen. Und wenn er die Tür nicht selbst öffnete – wer dann?«

»Gibt es keinen im Haus, der das getan haben könnte?«

»Öffnen? Warum?«

»Darauf kann ich Ihnen auch keine Antwort geben. Vielleicht gibt es eine Antwort, die wir beide nicht liefern können. Sie sagten, es wären zwei Dinge, die Sie nicht verstünden. Die offene Tür war eines davon. Und das andere?«

»Er hatte eine Sammlung von Fingerabdrücken berühmter Leute. Sie befinden sich in großen Alben, die er im untersten Fach eines seiner Bücherregale in der Bibliothek aufbewahrte. Als ich um neun Uhr abends mit ihm sprach, waren die Alben noch an ihrem Platz, und Stokes gibt an, daß um zehn, als er ein Tablett mit Getränken hereinbrachte, die Folianten auch noch im Regal gewesen sind. Doch um eins, als ich meinen Onkel am Schreibtisch fand, lag ein Album aufgeschlagen rechts neben ihm, und Inspektor Abbott sagte, eine Seite sei herausgerissen worden.«

»Du meine Güte! Haben Sie eine Ahnung, was für Fingerabdrücke die fehlende Seite enthielt?«

Georgina sagte zögernd:

»Ich vermute, bin mir aber nicht sicher. Onkel Jonathan hatte eine Geschichte aus dem Krieg, die von einem Haus handelte, in dem er nach einem Bombentreffer verschüttet wurde. Es war eine sehr gute Geschichte, die er oft in meiner Gegenwart erzählt hat. Vermutlich wissen Sie schon von dem Ballabend vor zehn Tagen. Zuvor gab es eine Dinner-Party.

Nach dem Essen gingen einige der Gäste in die Bibliothek – Inspektor Abbott gehörte auch dazu. Sie wollten sich die Sammlung ansehen, und mein Onkel lenkte dann allmählich seine Zuhörer auf die besagte Geschichte. Ich kam erst in die Bibliothek, als er gerade damit anfangen wollte. Ich sagte ihm, die Ballgäste träfen schon ein, und er war sehr aufgebracht über diese Störung. Mirrie war ebenfalls in der Bibliothek und drängte meinen Onkel, mit der Geschichte fortzufahren. Also zog ich mich wieder zurück.«

»Mr. Field erzählte dann weiter?«

»O ja. Mirrie war ganz begeistert davon. Er und ein zweiter Mann wären unter dem Schutt eines zerbombten Hauses begraben gewesen und glauben nicht mehr daran, das Tageslicht wiederzusehen. Der andere Mann verlor die Nerven. Er beichtete Onkel Jonathan, daß er zwei Menschen ermordet habe, und erzählte ihm auch, wie. Mirrie sagte mir später, zu diesem Teil der Geschichte sei mein Onkel nicht mehr gekommen. Ich hatte die Tür offengelassen, und er hörte, wie die Gäste in die Halle strömten. Deshalb beschränkte er sich darauf zu sagen, er würde den Mann auch heute noch an der Stimme wiedererkennen, und er habe sich seine Fingerabdrücke beschafft, indem er ihm sein Zigarettenetui gegeben habe. Mirrie sagte, er habe das Album halb geöffnet, um ihnen die Abdrücke zu zeigen, und die Seite wäre mit einem Umschlag gekennzeichnet gewesen, der zwischen die Seiten geklemmt war. Ich wußte das, denn mir war die Geschichte ja längst bekannt. Er bewahrte in dem Umschlag Notizen über die Beichte des Unbekannten auf, der angeblich mit ihm unter den Schuttmassen begraben war. Wissen Sie, es ist durchaus möglich, daß Onkel Jonathan die Geschichte nur erfunden hat. Wenn ja, benutzte er den Umschlag dazu, sie glaubhaft zu machen, und legte ihn zwischen die Seiten, auf denen sich die dazugehörigen –

falschen – Fingerabdrücke befanden. Nur ...«, sie zögerte, »... warum hat er oder ein anderer die Seite herausgerissen und verbrannt?«

»Du liebe Güte!« wunderte sich Miss Silver.

»Die Seite ist verschwunden. Sie wurde herausgerissen – Frank Abbott zeigte mir den Rand davon, der im Album übriggeblieben war. Und noch etwas: Das Kuvert, in dem mein Onkel die Notizen aufbewahrt hatte, war leer. Die Notizen sind verschwunden.«

»Haben Sie das auch Inspektor Abbott gesagt?«

»Nein. Er kam sofort auf das Testament meines Onkels zu sprechen. Da merkte ich bereits, was er über mich dachte – und ich konnte auch die Gründe dafür nicht übersehen. Wer macht schon ein neues Testament und verbrennt es noch am selben Abend? Aber das ist ja gerade der springende Punkt – Leute, die im Zorn handeln, handeln nicht vernünftig. Onkel Jonathan verfaßte das neue Testament, weil er wütend über mich war, und er wollte allen zeigen, wie sehr er Mirrie in sein Herz geschlossen hatte. Aber als ich gestern abend nach dem Essen zu ihm in die Bibliothek ging und wir uns aussprachen, war sein Zorn wieder verraucht wie ein böser Traum, und er hätte gar nicht netter zu mir sein können. Er holte das neue Testament aus der Tischschublade, zerriß es und warf die Schnipsel ins Feuer. Ich versuchte, ihn davon abzuhalten, doch er wollte nicht auf mich hören, und ich wollte ihn nicht mehr erzürnen. Er sagte, er würde nun ein drittes Testament machen, das uns beiden gerecht würde, und daß ich nicht glauben sollte, er liebte mich weniger, weil er Mirrie ebenfalls in sein Herz geschlossen habe.« Ihre Augen füllten sich mit Tränen. »Oh, Miss Silver, ich kann es einfach noch nicht glauben.«

Miss Silver sagte sehr sanft und freundlich:

»Es wird für Sie immer ein Trost sein, daß das Mißverständnis zwischen Ihnen und Ihrem Onkel so vollständig ausgeräumt wurde.«

Georgina biß sich auf die Lippen. Sie konnte eine Weile nicht sprechen. Als sie sich ihrer Stimme wieder sicher war, fuhr sie fort:

»Miss Silver, Cicely glaubte – sie sagte –, Sie würden sich vielleicht bereitfinden, nach Field End zu kommen und uns zu helfen. Würden Sie das tun?«

Miss Silver legte ihr Strickzeug in den Schoß, faltete die Hände darüber und fragte mit täuschender Milde:

»In welcher Eigenschaft?«

Georgina erschrak ein wenig. Hatte sie Miss Silver beleidigt? Sie war überrascht, wie sehr sie sich wünschte, daß Miss Silver nach Field End kommen sollte. Sie sagte: »Oh ...« Und dann: »Sie übernehmen doch Fälle, nicht wahr?«

»Sie bitten mich um meinen beruflichen Beistand?«

»O ja!«

»Dann muß ich Ihnen sagen, worauf ich jeden Klienten hinweise, bevor ich einen Fall übernehme: Ich kann mich nicht mit einer Sache befassen, um die Unschuld oder Schuld einer Person zu beweisen. Ich kann mich nur dafür einsetzen, daß die Wahrheit ans Licht kommt und Gerechtigkeit geschieht. Ich werde niemals Tatsachen verfälschen oder verschleiern, und alles, was mir beweisträchtig erscheint, der Polizei übergeben müssen.«

Georgina blickte Miss Silver fest in die Augen und sagte mit ebenso fester Stimme:

»Das ist alles, was ich für mich verlange – herauszufinden, was wirklich geschehen ist. Ich habe nichts zu verbergen.«

19

Miss Silver packte ihren Koffer und wurde mit dem Auto nach Field End gebracht, wo sie bereits ein schönes Zimmer für sie vorbereitet fand. Es lag Georginas Salon gegenüber und unmittelbar neben Mirries Schlafzimmer. Während sie ihre Sachen auspackte, ging Georgina nach unten, um den neuen Gast anzukündigen.

Sie fand Mrs. Fabian im Wohnzimmer auf dem Sofa. Die aufrichtige Trauer, die sie über Jonathans Hinscheiden empfand, wurde noch durch eine schmerzliche Ungewißheit über ihre eigene Zukunft vertieft. Field End war seit neunzehn Jahren ihr Zuhause, das sie nicht nur der Sorge um Verpflegung und Unterkunft enthoben, sondern ihr auch noch ein beträchtliches Salär eingetragen hatte – ganz zu schweigen davon, daß Johnny hier stets willkommen gewesen war. Nun hatte sie für nichts mehr eine Gewißheit. Was von dem Vermögen ihres Mannes nach dem Minenkollaps übriggeblieben war, reichte gerade noch, um die Miete für ein Häuschen zu bezahlen, und obwohl es unerläßlich war, ein Dach über dem Kopf zu haben, war ihr mit dem Dach allein wenig gedient, wenn sie darunter langsam den Hungertod starb. Natürlich würde Johnny sie schon nicht verhungern lassen, wenn er das nur irgend verhindern konnte, und Georgina ebenfalls nicht. Aber angenommen, der teure Jonathan hatte Mirrie Field alles vermacht. Schließlich war er ja auch nach London gefahren, um ein neues Testament zu machen, wie ihr Mirrie in ihrer Arglosigkeit anvertraut hatte. Sie hatte vor Freude geweint, weil Onkel Jonathan so gut zu ihr war. Nichts dagegen zu sagen; doch was für Mirrie ein berechtigter Anlaß zur Dankbarkeit war, konnte sich für die übrigen völlig entgegengesetzt auswirken. Sie fürchtete, nach dem neuen Testament würde kaum etwas für Georgina abfallen. Als Jonathan ihr mitteilte, er wolle zu Mr. Maudsley nach London fahren, hatte sie ihn gefragt, ob Georgina denn davon wüßte. Da hatte sie Jonathan wütend angeblickt und mit einer Stimme, die sie nur als widerlich bezeichnen konnte, auch wenn er nun tot war, geantwortet, was denn Georgina seine Angelegenheiten angingen.

Im nachhinein fand Mrs. Fabian diese Bemerkung alarmierend. Sie hatte ja nun wirklich nichts für sich selbst erwartet, obwohl sie zuweilen gedacht hatte, es wäre nett von ihm, wenn er Johnny nicht ganz vergäße. Doch in all den Jahren, die sie hier in Field End wohnte, hatte sie nicht einen Augenblick die Sicherheit von Georginas Position angezweifelt. Sie war sein eigenes Fleisch und Blut, die Tochter seiner bedauernswerten Schwester Ina, und so ein liebes Kind! Doch nun war Mirrie Field im Haus, und Jonathan Field hatte sein Testament geändert. Auch wenn Anna Fabian sich körperlich wohl fühlen mochte, war sie seelisch furchtbar durcheinander. Sie sah sich und Georgina bereits in einer Bodenkammer, obwohl sie keine Erklärung dafür hatte, warum es ausgerechnet eine Dachkammer sein mußte. Es konnte natürlich auch ein heruntergewirtschaftetes Häuschen sein, ohne Wasserleitung und mit einem Plumpsklosett im Freien. Der Gedanke, daß Georgina sich nach einem Job würde umsehen müssen, gab den Zukunftsaussichten noch einen zusätzlich düsteren Anstrich, da sie dann in der Bodenkammer, beziehungsweise in dem heruntergekommenen Häuschen, sich selbst überlassen blieb. Sie sah wie verloren auf, als Georgina hereinkam, und sagte:

»Ich tue Unrecht, ich weiß, daß ich nicht nur an den armen, teuren Jonathan denke, aber ich weiß nicht, was ich tun soll – ich weiß es wirklich nicht! Denn obwohl ich bereit bin, jeden Posten zu übernehmen, fürchte ich . . .«

Georgina kam zum Sofa und setzte sich an das Fußende.

»Also, Kusine Anna, was ist los?«

Mrs. Fabian brach in Tränen aus.

»Der teure Jonathan – war immer so gut! Und natürlich habe ich keinen Anspruch, nicht den geringsten; aber wenn er alles Mirrie vermacht hat ...«

»Ich bin ziemlich sicher, daß du dir keine Sorgen zu machen brauchst.«

Mrs. Fabian drückte ein leinenes Taschentuch gegen die Augen.

»Er fuhr nach London, um ein neues Testament aufzusetzen, und Mirrie sagte ...«

»Ja, ich weiß. Trotzdem bin ich sicher, daß deine Sorgen unbegründet sind.«

»Hat Jonathan das zu dir gesagt? Hast du gesehen, wie er dich angeschaut hat, als er gestern aus dem Wohnzimmer ging? Ich hoffte so sehr, du würdest es sehen; es mußte mir ja auffallen, daß da was nicht stimmte, und es wäre schrecklich gewesen, wenn er von uns gegangen wäre, ohne seinen Fehler wiedergutzumachen.«

Georgina sah an ihr vorbei.

»Ja, das wäre schrecklich gewesen, wenn er im Zorn von mir geschieden wäre, doch das ist nicht geschehen. Wir haben uns ausgesprochen – und alles war wieder in Ordnung zwischen uns. Und so wird es auch für dich gut ausgehen. Also hör auf zu weinen, denn wir haben einen Gast, der zum Tee herunterkommen wird.«

»Einen Gast?«

Georgina gab ihr eine kurze Erklärung, wer Miss Silver war.

»Ich glaube, sie wird dir gefallen. Ich bin überzeugt, sie wird eine große Hilfe für uns alle sein.«

»Aber, meine Liebe, eine Ermittlungsagentin! Natürlich ist

das nur ein anderer Ausdruck für Privatdetektivin, und selbst heutzutage, wo die Leute die merkwürdigsten Dinge anstellen, scheint das kein schicklicher Beruf für eine Dame zu sein.«

»Liebe Kusine Anna, Miss Silver gehört zu den seriösesten Damen, die mir jemals im Leben begegnet sind. Du müßtest sie eigentlich aus den Schilderungen von Kusine Vinnie kennen.«

»Die Lady, die den Eternity-Ring-Mordfall gelöst hat? Ja, ich erinnere mich! Du warst damals im Internat, aber der Name war mir inzwischen wieder entfallen. Eine Miss Silver – ja, ich entsinne mich jetzt – Miss Maud Silver, und jeder sprach nur Gutes über sie. Deine Kusine Alvina, wie ich mich erinnere, war ganz vernarrt in sie und gab ihr das Rezept von ihrem ausgezeichneten Teekuchen.«

Nachdem der Boden vorbereitet war für das Zusammentreffen der beiden Ladies, verließ Georgina eine moralisch wieder aufgerichtete Mrs. Fabian und wollte eben die Halle durchqueren, als Anthony aus dem kleinen Salon kam. Als er sie erblickte, ging er in den Salon zurück. Sie folgte ihm ins Zimmer und schloß die Tür hinter sich.

»Wo sind die anderen?« fragte sie.

»Johnny hatte Mirrie in seiner Rostlaube von Wagen mitgenommen. Sie weinte sich fast die Augen aus, und er meinte, ein bißchen frische Luft würde ihr guttun.«

Georgina nickte.

»Sie hatte Onkel Jonathan ehrlich lieb. Ich glaube, er war das Wunderbarste, was ihr im Leben begegnet ist. Onkel Albert und Tante Grace waren gewiß keine reine Freude.«

Anthony war ans Fenster gegangen. Er drehte sich um und kam zu ihr zurück.

»Lassen wir Mirrie mal beiseite, und reden wir über uns.«

Sie sah ihn etwas verwirrt an.

»Was ist?«

»Mirrie sagt, Jonathan habe ein neues Testament gemacht, als er in London war. Er hat ihr das mitgeteilt.«

»Ich dachte, wir wollten nicht über Mirrie sprechen.«

»Tun wir auch nicht. Ich zitiere sie nur in Hinsicht auf Jonathans Testament.«

Sie trat an den Kamin und sah ins Feuer.

»Ich glaube nicht, daß ich jetzt über Testamente reden möchte, Anthony.«

»Ich ebenfalls nicht. Ich will über uns reden. Ich habe das Testament nur erwähnt, um das Thema abhaken zu können. Jonathan sagte zu Mirrie, daß er sie wie eine Tochter behandeln wolle. Wenn das überhaupt einen Sinn haben soll, bedeutet das, er wollte ihr den größten Teil seines Vermögens hinterlassen. Und das würde bedeuten – o Georgina, siehst du das nicht ein? – es würde bedeuten, daß ich dich bitten kann, mich zu heiraten.«

Im Feuer lag ein Scheit Apfelbaumholz, das einen süßen Duft verströmte. Ungefähr die Hälfte davon war zu Asche verbrannt, doch die Asche war nicht abgefallen. Kleine Funken liefen im Luftzug des Kamins darüber hin.

Sie sah auf das glimmende Holz. Ihre Wangen hatten sich ein wenig dunkler gefärbt. Sie sagte mit leiser Stimme:

»Ich glaube nicht, daß ich mir etwas aus einem bedingten Heiratsantrag mache, Anthony.«

»Was meinst du damit? Ich hätte dir doch unmöglich einen Heiratsantrag machen können, wenn du das viele Geld geerbt hättest!«

»Das hinge davon ab, ob du mehr an mich oder das Geld dächtest.«

Sie sah ihn einen Moment an. Er hatte dabei Gelegenheit, in ihre vor Empörung glimmenden Augen zu sehen, und dann betrachtete sie wieder das Feuer.

»Georgina!«

»Etwa nicht? Wenn dir das Geld weniger bedeutete als ich, würdest du es bei deiner Entscheidung aus dem Spiel lassen. Ich sehe wenig Unterschied darin, ob du nun Armut zur Bedingung machst oder mich nur des Geldes wegen heiraten würdest. In beiden Fällen ist das Geld wichtiger als ich. Ich heiratete keinen Mann, der Geld zur Bedingung macht.«

Er nahm ihre Hand und drückte sie gegen seine Wange.

»Du glaubst doch wohl nicht, daß ich mir aus Geld etwas mache?«

»Doch, wenn du es zwischen uns kommen läßt.«

»Aber wenn du kein Geld hast, Darling – siehst du nicht, daß es dann viel leichter ist? Ich meine, er wird dir trotzdem etwas hinterlassen haben. Aber wenn ich daran denke, was du mir gestern anvertraut hast, kann es ja nicht sehr viel sein.«

Sie blickte mit ruhigen Augen zu ihm hin.

»Ich denke gerade nach, wieviel Geld dein Stolz verschmerzen könnte. Neben wir mal an, er hätte mir jährlich fünfhundert Pfund ausgesetzt – wäre das noch zu ertragen?«

Er brach in ein zorniges Lachen aus.

»Was soll das nun wieder?«

»Das kommt auf deine Antwort an.«

»Weißt du genau, daß er dir diese Summe vermacht hat?«

»Nein, das weiß ich nicht. Ich fragte mich nur, weil du meinst, einen Strich ziehen zu müssen. Und die Antwort bist du mir noch schuldig: Könntest du es ertragen, ein Mädchen zu heiraten, das fünfhundert Pfund im Jahr einnimmt?«

Ehe sie eine Vorstellung hatte, wie er reagieren würde, hatte er sie bei den Schultern gepackt.

»Wenn du glaubst, ich würde feilschen . . .«

»Anthony!«

»Du glaubst also tatsächlich, ich mache mir etwas aus diesem verdammten Geld!«

Georgina sah ihn an.

»Wir könnten ja jederzeit etwas davon verschenken, weißt du. Angenommen – nur einmal angenommen –, es ist mehr, als du glaubst ertragen zu können ... Nein, Anthony, du sollst mich jetzt nicht küssen! Nicht, bis ich es dir gestatte. Wenn du nicht mit dir feilschen läßt, gilt das für mich ebenso. Ich habe keine Ahnung, was Onkel Jonathan mir hinterlassen hat, und ich will es auch nicht wissen. Ich möchte nur folgendes geklärt wissen: Wenn ich etwas habe, wird es uns gehören. Wenn ich nichts habe, wird das, was du bekommst, für uns sein. Wenn ich mehr habe, als dein Seelenfrieden vertragen könnte, werden wir uns davon befreien können. Wir können darüber sprechen und entscheiden, wieviel Geld du zu ertragen vermagst. Glaubst du nicht, daß wir nun genug über Geld geredet haben?« Ihre Stimme stolperte über die letzten Worte.

Er legte die Arme um sie, und sie küßten sich. Es dauerte eine Weile, ehe sie sagte: »Das solltest du nicht.«

»Warum sollte ich nicht?«

»Weil – weil – oh, ich hätte das nicht gestatten dürfen! Ich hatte nur das Geld als Hindernis aus dem Weg räumen wollen.«

»Und was hindert uns jetzt noch?«

»Etwas Wichtigeres als Geld.«

»Jonathan? Das weiß ich, Darling. Trotzdem hätte er sich gefreut.«

»Ja, er hätte sich gefreut. Er mochte dich sehr: Nur – nur ...«

»Es gibt kein ›nur‹.«

Nun, wo sie zum eigentlichen Punkt kommen wollte, fand sie nicht die passenden Worte. Sie lehnte sich gegen seinen Arm und fühlte sich geborgen. Warum konnten sie es nicht dabei belassen – bei dem Wissen, daß sie sich liebten? Warum sich Sorgen über die Zukunft machen? Alle Liebenden in der Geschichte dieser Welt hatten sich gewünscht, daß die Welt stillstehen und der Augenblick zur Dauer werden würde.

Verweile doch, du bist so schön.

Georgina sagte mit gepreßter Stimme:

»Es hat keinen Sinn, Anthony. Frank Abbott glaubt, ich hätte ihn umgebracht.«

20

Mirrie war nun sechs Wochen in Field End, doch davor hatten achtzehn Jahre bedrückender Armut gelegen. Eine Armut, die jedoch nicht mit Not gleichzusetzen war. Sie hatte immer ein anständiges Dach über dem Kopf gehabt und genug zu essen. Die Kleider der Wohlfahrt waren oft von guter Qualität gewesen. Wenn ihre Kleider geflickt werden mußten, wurde das sehr ordentlich erledigt, erst von Tante Grace, dann von Mirrie selbst unter sachverständiger Aufsicht. Aber das beschränkte sich alles auf das Notwendige. Es gab keine Extras, keine Feste, keinen Spaß. Das Kind, das sich nach Abwechslung und Vergnügen sehnte, begann danach zu haschen, wie und wo sich eine Gelegenheit dafür bot. Sie machte zunächst die Erfahrung – auf eine ganz unschuldige und beiläufige Art –, daß ein Kind, das in Tränen ausbrach und verzweifelt schluchzte, weil man ihm das Fahrgeld gestohlen habe, fast nie gezwungen wurde, wieder aus dem Bus zu steigen und seinen Weg zu Fuß fortzusetzen. Da fand sich immer eine mitleidige Person, die ihm die Pennies in die zitternde Hand drückte. Sie hatte tatsächlich beim ersten Mal ihr Fahrgeld verloren; doch dieses Erlebnis zeigte ihr, wie sie das Fahrgeld, das Tante Grace ihr gab, einsparen und für Kinokarten verwenden konnte. Ihr Bekenntnis vor

Johnny, sie habe bisher kaum einen vernünftigen Film zu sehen bekommen, war zwar ein gutes Stück von der Wahrheit entfernt, aber sie konnte ihm ja schlecht von den eingesparten Fahrgeldern erzählen. Es gab noch andere Methoden, an Sixpence oder Kupfermünzen heranzukommen. Zum Beispiel der Trick mit der zerbrochenen Milchflasche. Sie suchte sich vorher eine solche Flasche aus der Mülltonne heraus, postierte sich dann vor einem vielversprechenden Milchladen und ließ sie auf das Pflaster fallen, wenn eine Frau aus offensichtlich besseren Kreisen den Laden verließ. Wenn diese dann mit einem heulenden Kind konfrontiert wurde, das sich nicht nach Hause traute, weil es mit einer Tracht Prügel rechnen müsse wegen der verlorengegangenen Milch, sah sich diese Person in der Regel veranlaßt, dem niedlichen Kind einen Shilling zuzustecken und auch auf das Wechselgeld zu verzichten. Natürlich brauchte man einen Nachweis für die Zeit der Kinobesuche. Da war ein Kind namens Beryl Burton, dessen Eltern von Onkel Albert und Tante Grace sehr geschätzt wurden. Mirrie konnte sich stets darauf berufen, daß sie mit Beryl in deren Wohnung gegangen sei. Mit welchem Geschick sie zu Werke ging, beweist die Tatsache, daß man ihr nur einmal auf die Schliche kam; und selbst dieses eine Mal zog sie sich gewandt aus der Affäre: sie hätte es sich im letzten Moment anders überlegt und wäre diesmal mit Hilda Lambton nach Hause gegangen.

Hilda gehörte zu den Leuten, an die sie jetzt lieber nicht mehr denken wollte. Sie hatte nichts gegen sie; aber Hilda war in die Sache mit Sid Turner verwickelt. Sie pflegte Tante Grace zu sagen, daß sie mit Hilda in ein Museum oder eine Gemäldegalerie gehen würde, und dann trafen sie sich regelmäßig mit Sid und dessen Freund Bert Holloway und gingen ins Kino. Tante Grace hatte gegen die häufigen Museumsbesuche nichts einzuwenden, da sie kostenlos waren, und Onkel Albert meinte, sie seien pädagogisch wertvoll. Aber dann gab es eine schreckliche Szene, als sie entdeckten, daß Mirrie sich mit Sid traf. Onkel Albert zitierte tagelang nur Bibeltexte, Tante Grace war unversöhnlich und verschaffte Mirrie diesen schrecklichen Job im Waisenhaus, das sie nur sonntags zum Gottesdienst verlassen durfte, und anschließend mußte sie sofort zu Onkel Albert und Tante Grace zum Essen und Tee, worauf Onkel Albert sie wieder persönlich im Waisenhaus ablieferte. Keine Filme mehr, keine Hilda und kein Sid. Ein unerträglicher Gedanke, also dachte sie erst gar nicht daran.

Sechs Wochen genügen nicht, um den Einfluß eines solchen Milieus restlos zu tilgen. Er steckte in ihr als zwanghafter Trieb, diesem Milieu zu entrinnen. Als sie besuchsweise nach Field End kam, geschah das in dem Bewußtsein, daß hier ihre Chance war, wenn sie verstand, sie zu nutzen. Sie mußte nicht nur Onkel Jonathan angenehm auffallen, sondern auch allen anderen, so daß man sie mochte und wünschte, daß sie blieb. Und wenn sie lange genug bleiben konnte, würde sie vielleicht jemand finden, mit dem sie durchbrennen konnte, so daß sie nie mehr ins Waisenhaus zurückmußte. Zunächst hatte sich ihr Ehrgeiz auf dieses Ziel beschränkt. Und dann hatte Jonathan Field begonnen, sie ins Herz zu schließen. Das war kein spontaner Akt gewesen. Sie begann zuerst, seine Wärme zu spüren und dann eine zärtliche Nachsichtigkeit. Sie brauchte sich nun nicht mehr anzustrengen. Sie schmeichelte sich mühelos ein, weil er sie liebenswürdig fand. Der Besuch hörte auf, ein Besuch zu sein, und Field End begann ihr Zuhause zu werden. Als Jonathan zu ihr sagte, er betrachte sie wie eine Tochter, hatte sie einen weiten Weg zurückgelegt. Er war nicht immer leicht gewesen. Da hatte es Schlaglöcher gegeben und schwierige Kurven. Doch das war nun vorbei. Sie hatte mit der Hingabe eines Kindes geweint, aber noch während ihr die Tränen über die Wangen liefen, beschäftigte sie etwas in Gedanken, dem sie keinen Namen geben konnte. Onkel Jonathan war so gut gewesen, und sie weinte, weil er tot war. Onkel Jonathan hatte gesagt, er würde ein neues Testament aufsetzen und sie wie eine Tochter behandeln, und er hatte tatsächlich dieses neue Testament gemacht. Er war nach London gefahren und hatte ihr nach seiner Rückkehr gesagt, das Testament wäre aufgesetzt und unterschrieben. Sie würde daher nie mehr zu Onkel Albert und Tante Grace zurückmüssen. Sie würde nie mehr um sechs Uhr morgens aufstehen und die Böden im Waisenhaus schrubben müssen. Sie brauchte nie mehr die abgelegten Kleider anderer Leute zu tragen, nicht einmal die von Georgina. Richards, der beste Modeladen in Lenton, hatte wunderhübsche Kleider. Sie hatte einen grauen Rock und das dazu passende Jackett im Schaufenster gesehen zum Preis von fünfundzwanzig Guineen. Sie konnte beides schon morgen kaufen, wenn sie wollte. Oder wenn nicht morgen, dann ganz bestimmt an dem Tag, an dem Onkel Jonathans Testament bekanntgemacht wurde.

Johnny nahm sie auf eine Spazierfahrt durch die Umgebung mit. Der Himmel war von einem blassen, kalten Blau überzogen mit dunklen Wolken, die von Norden her kamen. Die entlaubten Bäume erschienen wie ein Scherenschnitt vor dem Himmel. Doch Mirrie hatte keine Augen dafür. Sie liebte das Licht elektrischer Glühbirnen und die Farben von Technicolor auf der Leinwand. Aber sie mochte den kalten Zugwind auf ihrem Gesicht. Ihre Augen brannten vom vielen Weinen, und sie war froh, daß das Wagenfenster heruntergekurbelt war.

Sie schwiegen zunächst, doch als sie einen anderen Dorfanger erreichten, lenkte Johnny den Wagen auf das Gras und ließ ihn einen Abhang hinunterrollen. Hier gab es Birkengruppen, Ginster und verblühtes Heidekraut. Die dunklen Wolken ballten sich in ihrem Rücken zusammen. Bald würde der Himmel bedeckt sein. Johnny drehte sich um und fragte:

»Fühlst du dich jetzt besser?«

»O ja. Du *bist* gut – jeder ist so gut zu mir.«

Er dachte: Sie sieht aus wie ein Kätzchen, das vom Regen überrascht worden ist. Man hätte das kleine weiche Ding am liebsten auf den Arm nehmen, es trocknen, ihm einen Teller voll Milch hinstellen mögen – Sahne, wenn man so etwas auf Vorrat hatte. Gewiß würde Mirrie Sahne bevorzugen. Erstaunlich, wie rasch ein Wesen, das bisher nur Magermilch gewöhnt war, sahnebewußt wurde. Er hatte diese Wandlung bei Mirrie beobachtet, und zu seiner Überraschung hatte ihn das nicht nur amüsiert, sondern auch gerührt. Es war ihm bewußt geworden, es könnte nicht nur angenehm sein, sich darum zu kümmern, daß sie ihre Sahne bekam, sondern auch einträglich. Wenn sie tatsächlich Jonathans Haupterbin sein sollte, brauchte sie bestimmt jemand, der sich um sie kümmerte – und das Geld. Er sagte:

»Hör auf zu weinen, ja?«

Eine Träne rann ihr über die Wange.

»Ich werde es versuchen ...«

»Braves Kind!«

Sie sagte: »Er war so – gut zu mir ...« Ihre Stimme stockte, brach den Satz in zwei Teile.

»Er mochte dich sehr.«

»Ja – das sagte er. Er sagte, er empfinde für mich dasselbe wie für eine Tochter. Johnny – du weißt, daß er das sagte, er wolle sein Testament ändern. Und er sagte mir auch, daß er es geändert hat. Aber – du glaubst doch nicht, daß er Georgina gar nichts hinterlassen hat – oder?«

Johnny pfiff leise durch die Zähne.

»Wie kommst du denn darauf?«

»Er war wütend auf sie. Ich weiß nicht genau, warum; aber ich konnte es ihm ansehen. Es wäre mir nicht recht, wenn er ihr nichts hinterlassen hätte.«

»Oh, das hat er bestimmt nicht getan. Sie ist seine leibliche Nichte, weißt du, und sie war seit ihrem dritten Lebensjahr mit ihm zusammen.«

»Ja, ich weiß. Johnny – wenn ich nun viel Geld besäße – was soll ich damit anfangen?«

»Was würdest du denn gern damit anfangen?«

Sie sah ihn nachdenklich an.

»Ich weiß nicht. Ich würde gern in Field End wohnen bleiben. Könnte ich das?«

»Ich meine schon . . . Wenn du willst. Es hängt davon ab, wem das Haus vermacht wurde.«

»Er sagte, er wollte, daß es mein Zuhause ist.«

»Dann hängt es weiter davon ab, ob er dir genug Geld hinterlassen hat, daß du es erhalten kannst.«

»Er sagte, er wollte, daß jeder weiß, wie sehr ich ihm eine Tochter bin.«

Wenn dieser Satz überhaupt etwas bedeutete, mußte man daraus schließen, daß sie im schlechtesten Fall mit Georgina teilen mußte. Doch er schien auf ein erheblich größeres Erbe hinzudeuten.

Sie sah ihn mit großen Augen an.

»Glaubst du, ich könnte ein Auto haben?«

Ihr Ton war so feierlich, daß er fast in Gelächter ausgebrochen wäre.

»Darling, ich sehe keinen Grund, weshalb nicht.«

Sie behielt ihn immer noch fest im Auge.

»Ich müßte erst das Fahren lernen.«

»Ich bringe es dir bei.«

»O Johnny, du bist so gut.«

Johnny Fabians Gewissen war so erzogen worden, daß er

sich stets seiner sozialen Stellung bewußt blieb. Wie ein Kind des achtzehnten Jahrhunderts redete er nur, wenn er angesprochen wurde, niemals sonst. Doch als Mirrie ihm mit ihrer weichen, niedlichen Stimme sagte, wie gut er wäre, brach er alle Regeln und sagte hastig:

»Die Leute werden immer gut zu dir sein, Darling.«

»Wirklich?«

Sie legte ihm die Hände auf die Brust, und er ergriff sie. Sie trug lose Handschuhe. Sie waren zu groß, weil sie Georgina gehört hatten. Er zog sie ihr von den Fingern und hob ihre kalten Hände an seine Lippen. Er küßte erst die eine und dann die andere Hand.

»O Johnny ...«

Er sagte: »Wie könnte jemand dich nicht gern haben? Ich sollte es nicht, aber es ist eben so.«

»Warum solltest du mich nicht gern haben?«

»Du wirst eine Menge Geld haben, Darling.«

»Ist das so wichtig?«

»Das wäre es nicht, wenn ich auch eine Menge Geld hätte. Das ist aber nicht der Fall.«

»Hast du denn überhaupt keines?«

Er lachte reumütig.

»Ein bißchen von meiner Tante, und was ich mit ehrlicher Plackerei verdiene.«

»Du kaufst Autos und verscheuerst sie wieder?«

»Ich kaufe sie so billig wie möglich und verkaufe sie anschließend so teuer wie möglich – das ist der Sinn des Ganzen. Wenn Jonathan mir etwas vermacht haben sollte, könnte ich das Geld in einen Laden stecken und ein recht gutes Geschäft daraus machen. Ich verstehe etwas von Autos.«

»Das ist aber kein besonders schönes Auto.«

»Darling, das ist kein Auto, das ist eine Ruine. Aber ich

brachte sie wieder zum Rollen – und das ist eine Leistung, die mir wenige nachmachen könnten.«

Sie sagte mit der Miene eines Kindes, das eine Geburtstagstorte verteilt:

»Wenn ich wirklich viel Geld bekäme, würde ich dir etwas davon abgeben.«

Johnnys Gewissen rührte sich wieder. Er küßte ihre Fingerspitzen und erwiderte lachend:

»Das kannst du nicht tun, Darling. Wenigstens nicht so ohne weiteres.«

»Warum nicht?«

»Nun, zum einen, weil du einen Vormund haben wirst, bis du einundzwanzig bist – und wer dieser Vormund auch sein mag, er wird dir das nicht gestatten. Und wenn wider Erwarten doch, gibt es ein törichtes Vorurteil Männern gegenüber, die von Mädchen Geld nehmen. Du möchtest doch nicht, daß ich überall gemieden werde, oder? Und ich wüßte auch, wie sehr das meinem Geschäft schaden würde.«

Er spürte, wie ihre Hände in den seinen zu beben begannen.

»Johnny, du sagtest, nicht so ohne weiteres. Aber gibt es denn eine Möglichkeit?«

»Nun ...«

Sie entzog ihm ihre Hände und klatschte bittend:

»Was ist es – was ist es?«

Er sah sie mit lachenden, neckenden Augen an.

»Ein kaum realisierbarer Weg, Darling, fürchte ich.«

»Sag es mir? Sag mir, was du meinst!«

Er sagte: »Nun, ich vermute, daß du mich heiraten könntest.«

Ihre Miene veränderte sich. Da kam etwas hinein, das aber so rasch wieder verschwand, daß er nicht sicher war, was das gewesen sein mochte. Sie holte schnell Luft und sagte:

»Könnte ich?«

»Nun, die Leute verheiraten sich zuweilen. Auch du wirst eines Tages heiraten. Damit meine ich nicht, daß du unbedingt mich heiraten solltest.«

Wieder dieses rasche Luftholen. Und dann:

»Und warum nicht?«

»Darling, du bist zu jung.«

Das Blut schoß ihr ins Gesicht.

»Es gibt viele Mädchen, die mit achtzehn heiraten!«

Er behielt sein Lächeln bei.

»Ich bin zu arm.«

»Aber wenn es mir egal ist, daß du arm bist?«

Er lachte.

»Wenn ich einer von diesen hochgesinnten, edlen Typen wäre, würde ich sagen: ›Wie kann ich das, Darling? Die Leute könnten sagen, ich heirate dich nur des Geldes wegen!‹«

»Das halte ich nicht für nobel, sondern dumm.«

»Tatsächlich bin ich derselben Meinung.«

»Ist das der Grund, weshalb Anthony Georgina nicht um deren Hand bittet?«

»Würde mich nicht wundern.«

»Er liebt sie, nicht wahr?«

Johnny lachte.

»Da solltest du ihn schon selbst fragen.«

Mirrie sah durch ihre Wimpern zu ihm auf.

»Ich habe gesehen, wie er sie anschaut. Ich würde gern jemand haben, der mich ebenso betrachtet. Er scheint sogar zu vergessen, daß ich auch noch da bin.«

»Nein – das scheint er nicht zur Kenntnis zu nehmen. Mir ist das auch schon aufgefallen. Aber beruhige dich – es gibt viele gute Fische im Meer.«

»Wirklich?« Ihre Stimme klang schwach und traurig.

»Wie wäre es mit mir, Darling?« fragte Johnny.

Sie kamen zu spät zum Tee. Mirrie kam mit rosigen Wangen und glänzenden Augen in den Salon. Sie gab Miss Silver die Hand, die sie nachsichtig betrachtete, und setzte sich auf den Platz neben sie. Mrs. Fabian beklagte, daß der Tee inzwischen gekocht habe und deshalb höchst ungesund wäre.

»Mein Vater«, sagte sie, während sie den beiden Tee eingoß, »nahm es in dieser Hinsicht sehr genau. Er stellte sich mit der Uhr neben den Teekessel und achtete darauf, daß er nie länger als eine Minute zog. Dafür mußte auch die doppelte Menge Tee pro Tasse in die Kanne gegeben werden – zwei Teelöffel voll statt einem. Die doppelte Menge, aber halb so lange ziehen! Sehr verschwenderisch, würde man heutzutage sagen; aber was er in seinem Haus einführte, wurde getan.«

Johnny lachte.

»Gib mir doch eine Tasse von deiner Gerbsäurenbrühe.«

21

Kriminalinspektor Frank Abbott war am nächsten Morgen um neun Uhr wieder in Field End. Die erste Person, die er erblickte, nachdem Stokes ihm die Tür aufgemacht hatte, war Miss Silver, die eben die Treppe herunterkam. Da sie keinen Hut trug und ihren geblümten Strickbeutel unter dem Arm geklemmt hatte, konnte er daraus nur den Schluß ziehen, daß sie hier einquartiert war. Er wartete auf sie, bekam einen Händedruck und sagte:

»Darf ich fragen, wie Sie hierhergekommen sind?«

»Selbstverständlich, Frank. Miss Grey hat mich mit dem Auto hergebracht.«

»Ich dachte, Sie wollten Monica besuchen. Jedenfalls hatte ich diesen Eindruck, als ich gestern nach dem Lunch kurz bei ihr vorbeischaute. Sie waren doch eben erst dort eingetroffen, nicht wahr?«

Sie sagte würdevoll:

»Miss Grey bat mich, ihr in meiner beruflichen Eigenschaft beizustehen.«

Er zog eine Augenbraue in die Höhe.

»Rasche Arbeit. Sie kam, sah, siegte – und brachte Sie eilends hierher. Alles ein wenig überraschend, meinen Sie nicht?«

»Sie ist mit Ihrer Kusine Cicely befreundet.«

»Was natürlich alles erklärt! Haben Sie schon gefrühstückt?«

»Noch nicht. Der Gong ertönte, als Sie gerade zur Tür hereinkamen.«

Er trat zur Seite, um sie vorbeizulassen.

»Ich werde mich in der Bibliothek aufhalten. Falls Sie nach dem Frühstück etwas von Ihrer kostbaren Zeit erübrigen könnten, würde ich Sie bitten, auf einen Sprung hineinzukommen. Ich hätte gern ein paar Worte mit Ihnen gewechselt.«

Miss Silver setzte ihren Weg zum Eßzimmer fort, wo sie Mrs. Fabian, Georgina und Anthony antraf. Mirrie kam etwas später, völlig außer Atem, denn in ihrem Leben war Verspätung bisher stets ein Verbrechen gewesen, und sie war nach dem Morgentee, der zu den Höhepunkten ihres Daseins in Field End gehörte, leider wieder eingenickt. Kein Aus-dem-Bett-Springen, wenn der Wecker schrillte, kein stockdunkles Zimmer und keine bloßen Füße auf eiskaltem Fußboden mehr, sondern heißer Tee, der ans behaglich warme Bett gebracht wurde. Normalerweise schlief sie danach nicht mehr ein, doch heute war sie wieder eingenickt und hatte einen seltsam wirren Traum gehabt, nämlich, daß Johnny und sie gerade getraut werden sollten, als jemand hinter ihnen durch das Kirchenschiff kam und »Nein!« rief. Da war sie so erschrocken, daß sie aufwachte, denn sie träumte nur selten und konnte Träume überhaupt nicht leiden. Und dann stellte sie fest, daß es schon so spät war, und plötzlich hatte sie es wieder so panisch eilig wie früher, obwohl das natürlich dumm von ihr war, denn hier würde sie niemand schelten, selbst wenn sie erst zum Mittagessen herunterkam. Onkel Albert und Tante Grace waren meilenweit entfernt. Sie brauchte die beiden nie mehr wiederzusehen, und die Vorsteherin vom Waisenhaus erst recht nicht.

Johnny kam hinter ihr ins Eßzimmer. Er legte ihr im Vorbeigehen die Hand auf die Schulter und fragte:

»Gut geschlafen?«

Und dann setzten sie sich alle an den Tisch. Mrs. Fabian hielt einen Vortrag über Frühstücksgewohnheiten auf dem Lande und deren sich wandelnder Geschmack:

»Immer drei oder vier verschiedene Sachen, heiß serviert. Dazu Eier, wie man sie haben sollte, kalter Schinken und kalte Zunge. In Schottland gab es zuerst immer Haferbrei; aber mein teurer Vater pflegte zu sagen, Hafer sei für die Pferde. Er mochte keine Pferde, und deshalb duldete er auch keinen Haferbrei auf seinem Frühstückstisch. Und natürlich gab es vor dem Ersten Weltkrieg auch keines dieser Frühstücksmüslis. Jedenfalls glaube ich, daß es sie nicht gab. Wenn sich so vieles verändert, kommt man zuweilen mit der Reihenfolge ins Schleudern, nicht wahr?«

Diese noch zu einer Frage umgebogene Feststellung war offenbar an alle gerichtet. Miss Silver, deren Geist viel zu geordnet war, als daß er irgendwo ins Schleudern geraten konnte, begnügte sich mit der Bemerkung, daß die beiden Weltkriege tatsächlich vieles durcheinandergebracht hätten. Worauf sie sich auf ein mittelhart gekochtes Ei, zwei Scheiben Toast und eine Tasse Tee beschränkte, ehe sie in die Bibliothek hinüberging, wo sie Frank Abbott am Schreibtisch fand. Er begrüßte sie mit den ernsten Worten:

»Es tut mir wirklich leid, daß Cicely Sie in diese Geschichte hineingezogen hat.«

Miss Silver beeilte sich, ihn auf das Unstatthafte seiner Bemerkung hinzuweisen:

»Es ist nicht meine Art, mich in irgendeinen Fall hineinziehen zu lassen.« Sie nahm während dieser Worte auf einem Stuhl Platz, den sie vorher etwas weiter von ihm weggeschoben hatte.

Er schüttelte den Kopf.

»Sie wissen, was ich damit meine. Und ich werde Ihnen auch verraten, warum. Sie mögen Mädchen. Georgina Grey ist ein außerordentlich attraktives Mädchen, doch wie es aussieht, ist kaum daran zu zweifeln, daß sie ihren Onkel erschossen hat.«

»Sie ist sich dessen bewußt, daß Sie ihr das zutrauen.«

»Zutrauen? Beweise! Er streitet am Montag morgen mit ihr und teilt ihr mit, daß er sein Testament ändern wird. Er setzt auch das andere Mädchen – Mirrie Field – davon in Kenntnis. Jonathan Field fährt nach London zu seinem Anwalt und läßt ein neues Testament aufsetzen. Er kommt am Dienstag abend zurück und teilt Mirrie Field diese Tatsache mit. Der Rest der Familie erfährt, daß er alles zu seiner Zufriedenheit erledigt habe. Zweifellos konnten sie sich alle ausrechnen, was das zu bedeuten hatte. Ein paar Stunden später wird Jonathan hier an diesem Schreibtisch erschossen. Georgina sagte aus, sie sei kurz vor ein Uhr morgens heruntergekommen und habe ihren Onkel tot aufgefunden. Sie behauptet, sie sei vom Schlagen der Terrassentür gegen den Rahmen geweckt worden. Sie behauptet ferner, sie habe den Revolver vom Boden aufgehoben und auf den Tisch gelegt. Auf der Waffe wurden nur ihre Fingerabdrücke gefunden.

Zu diesen sie belastenden Indizien kommt noch der Umstand hinzu, daß der Kamin vollgestopft war mit verbrannten Papierstückchen. Aus den Resten konnten wir einige unverbrannte Schnipsel sicherstellen, die zweifellos von einem Testament stammen. Georgina sagte, es handle sich dabei um ihres Onkels letztes Testament, und er habe es selbst verbrannt, nachdem sie sich wieder ausgesöhnt hätten. Sie war ihm nach dem Abendessen in die Bibliothek gefolgt, und dort wäre es zu einer Aussprache zwischen ihnen gekommen. Daß sie mit einer Versöhnung endete, ist zu bezweifeln. Jedenfalls haben wir nur ihre Aussage, daß es so gewesen sei, und dafür sind Zweifel angebracht. Sie erschoß ihn allerdings nicht im Verlauf dieser Aussprache, denn Jonathan war noch am Leben, als der Butler ihn um zehn Uhr in der Bibliothek aufsuchte. Aber wenn sie ihn, was wahrscheinlicher ist, irgendwann zwischen zehn und ein Uhr morgens erschossen hat, konnte sie ungestört das Testament verbrennen, ehe sie Anthony Hallam weckte. Eine ziemlich lückenlose Angelegenheit, meinen Sie nicht auch?«

Miss Silver hatte ihm mit tiefernstem Gesicht zugehört.

»Indizien fügen sich oft zu einer lückenlosen Kette. Ich bin nicht der Meinung, daß Sie sich mit der Überzeugung abfinden sollten, Miss Grey sei die Täterin.«

Er mußte einen Anflug von Ungeduld überwinden.

»Finden Sie es so schwer, sich dieser Schlußfolgerung anzuschließen? Es muß für sie ein böser Schock gewesen sein, zu erfahren, daß sie enterbt war. Sie ist in dem Glauben aufgewachsen, seine Universalerbin zu sein; denn schließlich war sie seine nächste Verwandte, er mochte sie und war stolz auf sie. Und dann ändert sich plötzlich alles. Er stößt auf diese Mirrie Field, holt sie in sein Haus und verfällt rückhaltlos ihrem kindlich-niedlichen Charme. Miss Grey war zweifellos auf diese Mirrie eifersüchtig.«

Miss Silver hüstelte.

»Ich vermochte keine Anzeichen von Eifersucht bei ihr zu entdecken.«

»Oh, sie wäre ja kein Mensch, wenn sie nicht eifersüchtig gewesen wäre – jedenfalls bis zu einem gewissen Grad.«

Miss Silver dozierte mit milder Stimme:

»Es gibt Menschen, denen Eifersucht völlig fremd ist.«

Diesmal konnte er die Ungeduld nicht ganz aus seiner Stimme verbannen:

»Jedenfalls teilten mindestens zwei Personen Ihre Ansicht nicht, denn als Georgina den anonymen Brief, der sie der Eifersucht auf Mirrie bezichtigte, Jonathan zeigte, stellte er sich auf die Seite des anonymen Verfassers. Der Brief war der Anlaß, ihr zu erklären, daß er sein Testament ändern würde. Tatsächlich sind da eine Reihe von Dingen zusammengekommen, die wie ein rotes Tuch auf Georgina wirken mußten. Er fährt nach London, ändert sein Testament, kommt mit dem neuen Testament erst einen Tag später wieder nach Hause. Anschließend spricht Georgina mit ihm unter vier Augen und behauptet, er habe das gerade vierundzwanzig Stunden alte Testament selbst verbrannt. Ziemlich unwahrscheinlich, oder?«

Miss Silver sagte mit nachdenklicher Stimme:

»Ich weiß nicht, Frank. Die Tatsachen, die Sie eben aufgezählt haben, lassen sich zumindest so interpretieren, daß Mr. Field zu spontanen Entschlüssen neigte und nicht gerade ein ausgeglichenes Temperament besaß. Er war von einem unerwarteten Streit dazu motiviert worden, sein Testament zu ändern. Warum sollte er nicht durch eine unerwartete Versöhnung veranlaßt worden sein, auch dieses neue Testament zurückzunehmen?«

Er sah sie scharf an.

»Wer hat ihn dann erschossen?«

Miss Silver sagte: »Eine offene Frage, zu der die Antwort noch gefunden werden muß.« Und während sie das sagte, läutete das Telefon.

Frank Abbott beugte sich vor und nahm den Hörer ab. Eine Stimme fragte: »Ist dort Deeping Nummer 10?«

Er sagte: »Ja.«

»Mit wem spreche ich?«

»Mit Kriminalinspektor Abbott.«

»Hier spricht Mr. Maudsley, der Anwalt von Mr. Jonathan Field. Ich habe soeben die Todesnachricht meines Klienten in der Morgenzeitung gelesen. Ich rufe aus Edinburgh an.«

Die Verbindung war ausgezeichnet. Miss Silver konnte jedes Wort verstehen.

Frank sagte:

»Wir haben alles versucht, um Kontakt mit Ihnen aufzunehmen.«

»Ja. Ich war gestern noch unterwegs, weil ich auf halber Strecke bei einem Klienten Station machte. Ich kam erst spätabends nach Edinburgh. Ich bin über diese Nachricht außerordentlich schockiert. Besteht eine Möglichkeit, daß es sich lediglich um einen Unfall handelt?«

»Nicht die geringste. Er wurde ermordet.«

Mr. Maudsley wiederholte das Wort, das er schon einmal mit Vehemenz gebraucht hatte:

»Unglaublich! Schockierend! Er war doch erst am Montag und Dienstag in meiner Kanzlei!«

»Ja, deswegen waren wir ja so bemüht, Verbindung mit Ihnen aufzunehmen, Mr. Maudsley. Wie ich hörte, soll er ein neues Testament aufgesetzt haben. Ist das richtig?«

»Ja – ja; das tat er – aber ...«

»Ihre Kanzleivorsteherin sagte, er habe es unterschrieben mitgenommen.«

»Ja, das hat er.«

»Und es gab Zeugen, die ebenfalls unterschrieben haben?«

»O ja – aber ...«

»Das war Ihr letzter Kontakt mit Mr. Field?«

»Nein, Inspektor, das war es nicht.«

»Wie – er kam noch einmal in Ihre Kanzlei, nachdem er sein Testament unterschrieben und mitgenommen hatte?«

»Nein – aber er hat mich angerufen.«

Frank war sich bewußt, wie gebannt Miss Silver mithörte.

»Er hat Sie angerufen? Wann?«

Mr. Maudsley, der aus einer Zelle in seinem Edinburgher Hotel anrief, sagte laut und deutlich:

»Das war am Dienstagabend kurz vor halb zehn.«

»Sind Sie sich sicher, was die Zeit betrifft?«

»Plus minus fünf Minuten.«

»Hatte dieser Anruf etwas mit dem Testament zu tun, das er am selben Vormittag in Ihrer Kanzlei unterschrieben hatte?«

»In der Tat, er hatte damit zu tun. Er gab mir zu verstehen, daß er dieses Testament wieder vernichtet hat.«

Der intelligente Blick von Miss Silver wurde ausgesprochen tiefsinnig. Frank Abbott fragte noch einmal zurück:

»Er teilte Ihnen also mit, daß er sein neues Testament wieder vernichtet habe?«

»Er sagte, er sei soeben dabei, es zu verbrennen.«

»Das Testament, das er erst an diesem Morgen unterschrieben hatte?«

»Mr. Field war in gewisser Hinsicht ein sehr impulsiver Mann. Er hatte sich spontan dazu entschlossen, dieses Testament anzufertigen. Ich darf sagen, daß ich gegen einige seiner Klauseln energisch Einspruch erhob. Da wir alte Freunde waren, konnte ich mir das erlauben. Als er mich dann am Abend anrief, räumte er ein, er sei zu der gleichen Einsicht gekommen und daher habe er in Gegenwart seiner Nichte

Georgina Grey soeben sein neues Testament verbrannt. Er dankte mir sogar für die Vorhaltung, die ich ihm gemacht hatte, und sagte, er sei zu der Überzeugung gekommen, daß er um ein Haar eine Ungerechtigkeit begangen hätte. Dann fügte er hinzu, es sei jetzt nicht mehr eilig; aber er wolle noch einmal zu mir kommen, sobald ich von meinem Urlaub zurück sei, um mit mir die Einzelheiten eines neuen Testaments zu besprechen, das allen Beteiligten gerecht würde.«

»Ich nehme an, daß das Testament, welches von dem verbrannten ersetzt werden sollte, nun nach dem Gesetz gültig ist?«

»Zweifellos. Haben Sie das Testament bei Ihren Ermittlungen gefunden?«

»Es befindet sich in einer verschlossenen Schublade seines Schreibtischs. Darf ich Sie fragen, wann man Sie wieder zurückerwarten kann?«

»Ich werde mir für heute nacht einen Platz im Schlafwagen reservieren lassen. Ich komme direkt nach Field End. Ich bin der Testamentsvollstrecker, und schon der Ordnung halber ist es besser, daß ich das Testament in Verwahrung nehme.«

22

Frank Abbott legte den Hörer auf die Gabel.

»Das war Mr. Maudsley, der Anwalt. Er sagt, Jonathan Field habe ihn am Dienstagabend um halb zehn angerufen und ihm mitgeteilt, daß er soeben das Testament verbrannt habe, das er am selben Morgen unterschrieben habe. Mr. Maudsley hatte ihm ernsthafte Vorhaltungen gemacht wegen der Bestimmungen . . .«

Miss Silver unterbrach ihn mit einem Kopfnicken.

»Ich habe alles mithören können.«

Frank wölbte eine Augenbraue in die Höhe.

»Sehr vorteilhaft für Miss Georgina Grey, daß Jonathan zu der Einsicht gelangt ist, sein Testament sei ungerecht, und es verbrannt hat. Jonathan Field muß den Anwalt angerufen haben, nachdem Miss Grey die Bibliothek wieder verlassen hatte und bevor Stokes mit den Getränken hereinkam. Nun fragt es sich, ob sie später noch einmal in die Bibliothek kam und ihn erschoß, oder ob wir nach einem anderen Verdächtigen suchen müssen.«

Miss Silver sagte in tadelndem Ton:

»Mein lieber Frank, was für ein Tatmotiv soll sie denn gehabt haben, als das Testament, das sie benachteiligte, verbrannt war?«

»Meine teure Madam, ich glaube nicht, daß man lange suchen müßte, um das Motiv zu finden. Er hatte ihr stets erlaubt, sich als seine Erbin zu betrachten. Ich bin überzeugt, die Verfügungen des Testaments, das Jonathan Field vor zwei Jahren hatte aufsetzen lassen, vermachen ihr praktisch den ganzen Besitz. Als sie Zeuge wurde, wie er das Testament verbrannte, das höchstwahrscheinlich Mirrie Field an ihre Stelle setzte, war Georgina Grey wieder Jonathans Universalerbin. Doch diese Position konnte sie nur so lange einnehmen, wie dieses Testament Gültigkeit hatte. Er hatte sich spontan dazu entschlossen, sein Testament zu ändern. Mit der gleichen Impulsivität zerstört er dieses neue Testament wieder. Ihr war klar, daß sie Gefahr lief, erneut enterbt zu werden, wenn nicht morgen schon, dann übermorgen oder spätestens dann, wenn sie wieder einmal sein Mißfallen erregte oder er sich von seiner Schwäche für Mirrie umstimmen ließ.«

Miss Silver sah ihm fest in die Augen.

»Halten Sie Miss Grey wirklich für einen Menschen, der sich von solchen Überlegungen leiten läßt?«

»Oh, sie ist sehr intelligent.«

»Ich glaube, Sie wissen sehr genau, Frank, daß ich mich nicht auf ihre Intelligenz beziehe. Ich meine damit die Skrupellosigkeit Ihrer Argumente. Zu solchen Überlegungen wäre sie niemals fähig.«

In seinen Augen blitzte ein ironischer Funken auf, als er sagte:

»Ein Charakter ohne den geringsten Makel? Dann müssen wir uns einen anderen Verdächtigen suchen. Leider sind wir da in einer weitaus schlechteren Position; denn obwohl es ein Indiz für seine Existenz gäbe, hat er zur Zeit weder Namen noch Gesicht. Tatsächlich besitzen wir keinerlei Anhaltspunkte, wo er sein könnte oder wo wir ihn zu suchen haben.«

Miss Silver sah ihn erwartungsvoll an.

»Jetzt gefallen Sie mir schon besser, Frank. Nur weiter so.«

Er beugte sich vor und hob das schwere Album an, aus dem eine Seite entfernt worden war. Er legte es mitten auf die Löschunterlage.

»Dieses Album lag hier auf dem Tisch, als Jonathan erschossen wurde. Vielleicht haben Sie bereits erfahren, daß er eine sehr ausgedehnte Sammlung von Fingerabdrücken besaß. Einige davon befanden sich in diesem Folianten. Und nun war ich vor vierzehn Tagen zufällig selbst Gast in diesem Haus, und nach dem Dinner zeigte Jonathan mir und anderen Gästen seine Fingerabdruck-Kollektion. In diesem Zusammenhang erzählte er eine recht spannende Geschichte von einem Unbekannten, mit dem er während der Luftangriffe im letzten Weltkrieg verschüttet worden war. Dieser Unbekannte, dessen Gesicht Jonathan nicht sehen konnte, litt an einer Art Klaustrophobie und redete ununterbrochen. Er gestand ein paar Morde ein, beschrieb, wie er sie ausgeführt hätte – lauter solche Sachen.

Nun, es könnte so gewesen sein. Bei diesen Luftangriffen

war ja alles möglich, und Jonathan mochte sich wirklich die Fingerabdrücke dieses Burschen beschafft haben, indem er ihm sein Zigarettenetui gereicht hat: Aber ich hatte den Eindruck, als ob er diese Geschichte nicht zum erstenmal erzählte, und habe den Verdacht, daß sie im Lauf der Zeit ausgeschmückt worden ist. Er sei, erzählte er, dann bewußtlos geborgen worden und im Hospital mit gebrochenem Bein wiedererwacht. Aber der andere wäre spurlos verschwunden. Er mußte den Schluß ziemlich raffen, da bereits die Gäste des Ballabends eintrafen. Doch er öffnete dieses Album kurz an der Stelle, wo er die Fingerabdrücke des Unbekannten in seiner Sammlung aufbewahrte. Da befand sich dieser Umschlag, zwischen den Seiten, gewissermaßen als Merkzeichen.«

Miss Silver nahm das Kuvert, das er ihr reichte. Sie las den kaum noch lesbaren Vermerk an der Schmalseite: »Notizen zu der Blitz-Geschichte. J. F.«

»Er ist leer«, sagte sie.

Frank nickte.

»Ja, er ist leer. Doch das war er nicht – das kann ich beschwören. Vor knapp zwei Wochen, als er mich und andere Gäste in die Bibliothek bat und sein Garn spann, lag der Umschlag an der Stelle, wo er das Album öffnete, und er war nicht leer. Diese Notizen, was sie auch sein mochten, befanden sich in diesem Kuvert. Er lüpfte das Album nur an, und das Album öffnete sich an dieser Stelle, weil die Seiten so auseinanderklafften, wie das nur bei einem dicken Umschlag der Fall ist. Als er den Folianten wieder zufallen ließ, konnte man deutlich sehen, wie der Umschlag sich beulte. Keine Frage, daß er Notizen enthielt. Es drängt sich einem förmlich der Verdacht auf, daß sie zur Tatzeit entfernt wurden – also in der Nacht von Dienstag auf Mittwoch. Freilich gibt es keinen Beweis dafür, und die Notizen hätten ja schon früher von Jonathan entfernt werden können. Und wir haben ebenfalls keinen Beweis dafür, daß die Seite, die angeblich die Fingerabdrücke des Unbekannten enthielt, in der Mordnacht herausgerissen wurde.«

»Ja, ich habe davon gehört.«

Frank Abbott zeigte ihr, was von der fraglichen Seite in dem Folianten übriggeblieben war. Miss Silver konnte deutlich sehen, daß sie gewaltsam entfernt worden war.

»Es wäre doch ein Zufall, wenn die Entfernung der Notizen samt Seite nicht im Zusammenhang mit der Ermordung von Jonathan Field stünde.«

»Zufall oder Absicht – in den zwölf Tagen zwischen Ball- und Mordnacht bestand jedenfalls reichlich Gelegenheit, Notizen und Seite aus dem Album zu nehmen. Nur stand in der Mordnacht die Terrassentür offen. Und für den Revolver – die Mordwaffe – besaß Jonathan Fielding keinen Waffenschein. Und jeder im Haus gab an, er habe nicht gewußt, daß Mr. Field eine solche Waffe besessen hätte. Es ist ein deutsches Fabrikat, und Jonathan Field hätte sich das Ding in Frankreich beschaffen können, wo er im Auftrag des Roten Kreuzes tätig war. Anthony Hall war mit seiner Einheit in Afrika, und Johnny war am Ende des Krieges achtzehn. Alle drei hätten diesen Revolver als Souvenir aus dem Krieg mitbringen können. Nur gibt es weder für Anthony noch für Johnny ein Tatmotiv. Tatsächlich können wir uns bisher nur an diese himmelschreiende Theorie klammern, daß der Unbekannte, der in Jonathans Geschichte verschüttet war und zwei Morde gestand, irgendwie erfahren haben mußte, daß Jonathan Field sein Geständnis und seine Fingerabdrücke in einem Album aufbewahrte und ausgewählten Gästen eine Geschichte erzählte, in der er die Hauptrolle spielte.«

Miss Silver sagte:

»Sie würden das eine haarsträubende Theorie nennen?«

»Himmelschreiend. Es gibt weder einen Hinweis, wer dieser Mörder sein könnte, noch, wer seine Opfer gewesen sind. Jonathan kann das Ganze geträumt haben, als er nach seiner Verschüttung im Hospital lag. Oder er hat sich das Ganze aus den Fingern gesogen. Zuzutrauen war ihm das. Ich weiß nicht, wie oft er diese Story schon erzählt haben mag, doch an dem Abend, als ich sie erfuhr, waren es sieben Zuhörer, meine Wenigkeit inbegriffen, und zwar Anthony Hallam, Mirrie Field, Johnny Fabian, die Shotterleigh-Zwillinge und ein Mann namens Vincent, der erst kürzlich aus Südamerika in die Gegend verzogen war. Da Jonathan behauptete, er könne den Mörder auch an der Stimme wiedererkennen, nicht nur an den Fingerabdrücken, kommt wohl von den Zuhörern jenes Abends nur Mr. Vincent in Betracht. Denn alle anderen stammen aus der Umgebung und waren Jonathan gut bekannt. Aber auch dieser Vincent kommt offensichtlich nicht in Frage; denn er war seit Stunden im Haus gewesen, ohne daß ihn Jonathan aufgrund der Stimme entlarvt hätte.

Nur kam Georgina am Anfang der Geschichte in die Bibliothek und meldete, daß die Ballgäste eingetroffen seien. Sie ließ die Tür hinter sich offen, und wer sich zu dieser Zeit in der Halle befand, hätte wohl ebenfalls die Geschichte hören können. Wir müssen ferner damit rechnen, daß die Geschichte von den Zuhörern in deren Bekanntenkreis weitererzählt wurde. Sie sehen also, die Zahl der Möglichkeiten steigert sich ins Unendliche.«

Miss Silver hatte aufmerksam zugehört.

»Eine Geschichte, die also auch Sie selbst in Ihrem Bekanntenkreis zum besten hätten geben können.«

Er lachte.

»Ich möchte meinen, man dürfte mir Verschwiegenheit zutrauen. Tatsächlich hatte ich viel zuviel zu tun, um mich nebenher noch als Geschichtenerzähler zu betätigen. Jedoch die anderen sieben Zeugen hatten reichlich Gelegenheit dazu – und wie der Zufall so spielt – die Geschichte könnte dem Mörder zu Ohren gekommen sein, und er könnte überlegt haben, daß seine Fingerabdrücke und sein Geständnis besser in einem Kaminfeuer aufgehoben sind – besonders, da durchaus eine geringe Chance bestand, daß er eines Tages Jonathan über den Weg lief und dieser ihn an der Stimme wiedererkannte. Nehmen wir mal an, es sei so gewesen. Wir können den Burschen Mr. X nennen. Er kommt hierher, vermutlich per Auto – für solche Zwecke werden heute in der Regel Autos gestohlen. Er parkt unauffällig und geht ums Haus herum. Er könnte sogar eine Verabredung mit Jonathan gehabt haben – vielleicht ein Angebot von Fingerabdrücken. Oder er sieht lediglich das Licht in der Bibliothek brennen, klopft an die Glastür und erzählt irgendeine plausible Geschichte. Jedenfalls wird er eingelassen, und die beiden kommen ins Gespräch, in dessen Verlauf das Album hervorgeholt und die Fingerabdrücke vorgezeigt werden. In diesem Augenblick zieht Mr. X einen Revolver und erschießt Jonathan Field, worauf er die Seite mit seinen Fingerabdrücken herausreißt, die Notizen aus dem Umschlag nimmt und sich wieder entfernt. Ich glaube nicht, daß er sich so lange aufgehalten hat, bis Notizen und herausgerissene Seite im Kaminfeuer verbrannt waren. Schließlich mußte er ja damit rechnen, daß der Schuß Leute im Haus geweckt hatte. Sobald er wieder im Freien war – möglicherweise mit der Seite und den Notizen, die er ja in aller Ruhe woanders verbrennen konnte –, existierten keine Beweise mehr von seinen ruchlosen Taten.«

Miss Silver faltete die Hände im Schoß.

»Ich sehe jedoch keinen Grund für das Zurücklassen der Mordwaffe.«

»Oh, ich bestehe nicht darauf, daß der Revolver ihm

gehörte. Nehmen wir an, Jonathan hatte diese Waffe in seinem Schreibtisch verwahrt. Er ist mit einem Mann verabredet, der ihm zwei Morde gestanden hatte. Nichts liegt näher, als daß er Vorkehrungen trifft, um sein Leben zu schützen.«

»Ich weiß nicht«, sagte Miss Silver. »Ich kann mir nicht vorstellen, daß Mr. Field sich zu so später Stunde mit einem Fremden verabredet oder einen Fremden eingelassen hat, ohne mit ihm verabredet gewesen zu sein.«

Frank sah sie ein wenig konsterniert an.

»Nun, jemand hat ihn jedenfalls erschossen. Und es muß jemand gewesen sein, der die Geschichte von der Beichte unter der Schutthalde kannte, weil er sonst keinen Grund gehabt hätte, die Seite herauszureißen und die Notizen mitzunehmen.«

Miss Silver hüstelte auf unaufdringliche Weise.

»Er hat also die Seite aus dem Album gerissen und die Notizen aus dem Umschlag genommen. Können Sie mir verraten, weshalb er den Umschlag im Album zurückließ, gleichsam als Merkzeichen der Stelle, wo die Seite fehlte?«

23

Mr. Maudsley traf um halb elf Uhr in Field End ein. Er hatte den Nachtzug von Edinburgh nach London genommen und in seiner Wohnung gefrühstückt. Er war ein Mann um die sechzig mit einer angenehmen Stimme und guten Manieren. Nachdem Kriminalinspektor Abbott ihn mit dem Stand der Ermittlungen vertraut gemacht hatte, schlug der Anwalt vor, das Testament zu eröffnen und die Anspruchsberechtigten mit dessen Inhalt vertraut zu machen.

Alle, die es betraf, wurden in die Bibliothek gerufen. Mrs.

Fabian und Georgina waren seit Jahren mit Mr. Maudsley bekannt. Johnny Fabian und Anthony Hallam hatten als Kinder schon auf den Knien des Anwalts gesessen. Mirrie Field und Miss Silver dagegen waren Fremde für ihn. Mirri kam herein, eine Hand auf Johnnys Arm, die Augen groß und fragend auf den Anwalt gerichtet. Sie glich einem Kätzchen, das sich in einer fremden Wohnung verlaufen hat. Während die Anwesenden begrüßt und das Beileid ausgesprochen wurde, stand sie so nahe wie möglich bei Johnny und ließ dessen Ärmel nicht los. Nachdem Mr. Maudsley betont hatte, wie sehr ihn die unerwartete Nachricht erschüttert habe, und dafür ein paar gemurmelte Bemerkungen erntete, begab er sich zum Schreibtisch und setzte sich. Er sah in die Runde, bis Ruhe eingekehrt war, und sagte dann:

»Vor mir liegt das Testament von Mr. Field, dessen Vollstrecker ich bin. Unter den gegebenen Umständen halte ich es für das beste, Sie mit den Bestimmungen des Testaments bekannt zu machen.«

Mit ernstem Blick sah er von einem zum anderen. Die Stühle waren im Halbkreis vor dem Schreibtisch aufgestellt worden. Frank Abbott saß rechts außen dicht beim Schreibtisch; neben ihm Miss Maud Silver auf einem Polsterstuhl ohne Armlehnen, und die nächsten beiden Stühle waren von Mirrie Field und Johnny Fabian besetzt, die wie Kletten aneinanderhingen. Mirrie trug wie am Vortag einen grauen Rock und einen Pullover aus weißer Wolle. Als nächster kam Anthony Hallam, der mit düster-verschlossenem Gesicht vor sich hin sah. Neben ihm saß Georgina, bleich wie ein Laken.

Mrs. Fabian war der große Ledersessel von Jonathan Field überlassen worden, der Bequemlichkeit wegen, aber man hätte ihr ebensogut einen harten Holzstuhl hinstellen können. Sie saß steif und kerzengerade, bekleidet mit einem schwarzen Kostüm, das sie gewöhnlich bei Beerdigungen trug, die Hände im Schoß verkrampft. Sie durfte sich keinesfalls der Illusion hingeben, Jonathan könnte ihr etwas vermacht haben. Es war zwar richtig, daß man sie aufgefordert hatte, sich in der Bibliothek einzufinden und der Testamentsverlesung beizuwohnen, aber daraus durfte sie keine verkehrten Schlüsse ziehen. Man konnte sie gerufen haben, weil sie schon so lange in Field End wohnte und Georgina großgezogen hatte. Bestenfalls durfte sie mit einem kleinen Legat rechnen, das die Umzugskosten deckte – sagen wir, zehn oder zwanzig Pfund. Aber nein, selbst das durfte sie sich nicht einreden, und sie mußte sich davor hüten, auch nur das geringste Anzeichen von Enttäuschung von sich zu geben. Ihre Mama hatte ihr eingeschärft, daß eine Lady ihre Gefühle niemals in der Öffentlichkeit zeigt. Sie hatte ihr Bestes getan, Georgina im gleichen Geist zu erziehen, und man konnte ja sehen, wie hervorragend sie sich benahm – so viel Selbstbeherrschung, so viel Selbstaufopferung für andere. Nur ihr Aussehen gefiehl ihr nicht – sie war so blaß und verkrampft. Sie hatte Jonathan sehr geliebt und würde ihn gewiß sehr vermissen. Vielleicht wurden sie und Anthony . . . ein wenig Freude keimte bei diesem Gedanken auf.

Mr. Maudsley sagte:

»Captain Hallam ist ebenfalls zum Testamentsvollstrecker bestellt. Mit seiner Erlaubnis beschränke ich mich jetzt darauf, nur eine Übersicht über die wesentlichen Verfügungen zu geben. Ich beginne zunächst mit den Legaten für Mr. und Mrs. Stokes – zwanzig Pfund für jedes Dienstjahr, welche Verfügung auch für den Gärtner John Anderson gilt. Anthony Hallam erhält eine Zuwendung von fünftausend Pfund und Mrs. Fabian eine Leibrente von vierhundert Pfund jährlich. Alles übrige fällt als Treuhandvermögen Miss Georgina Grey zu, wobei Captain Anthony Hallam und meine Person zu Vermögensverwaltern bestellt werden.«

Georginas Gesicht bekam ein wenig Farbe. Sie sah Anthony nicht an. Hätte sie das getan, wäre ihr seine erschreckende Blässe aufgefallen. Es entging weder Mr. Maudsley noch Frank Abbott, daß die Testamentseröffnung für ihn ein großer Schock war.

Er war nicht der einzige. Mirrie Field richtete einen verwirrten Blick auf Mr. Maudsley. Ihre Stimme bebte, während sie im piepsigen Ton sagte:

»Aber das verstehe ich nicht. Das ist nicht das Testament, das er gemacht hat, als er am Montag nach London fuhr – das kann es nicht sein.«

»Nein, das ist nicht dieses Testament, Miss Field. Es ist das Testament, das er vor zwei Jahren unterschrieben hat.«

»Aber er hat doch ein neues gemacht – und unterschrieben! Er hat mir selbst gesagt, daß er ein neues gemacht hat!« Sie starrte den Anwalt ungläubig an, während sich ihre Finger in Johnnys Arm gruben.

Mr. Maudsley sagte ernst:

»Ja, er hat ein neues Testament gemacht, es jedoch wieder vernichtet.«

»Oh, das konnte er doch nicht!«

»Es ist bedauerlich, daß Sie Kenntnis davon erhalten haben. Er scheint Ihnen gesagt zu haben, daß Sie Nutznießerin des neuen Testaments wären.«

»O ja – das sagte er! Er sagte zu mir, er würde mich behandeln, als wäre ich seine Tochter! Er sagte, er wollte, daß jeder wüßte, wie er über mich denkt!«

Mr. Maudsley war mit sehr entschiedenen Vorurteilen gegen Miss Mirrie Field nach Field End gekommen. Er war nicht darauf vorbereitet gewesen, daß sie noch so jung war oder daß, seinem Empfinden nach, das Schicksal ihr so einen schäbigen Streich spielen würde. Wenn Jonathan Field vor seiner Ermordung nicht sein neues Testament verbrannt hätte, hätte sie jetzt in Georginas Schuhen gestanden. Hätte er noch so lange gelebt, um ein drittes Testament ausstellen zu können, wie er es vorgehabt hatte, wäre sie zweifellos großzügig bedacht worden. Aber wie die Sache nun stand, war sie leer ausgegangen. Vor zwei Jahren, als dieses Testament, das er soeben verlesen hatte, verfaßt worden war, hatte der Erblasser noch nicht einmal etwas von ihrer Existenz gewußt. Er sagte in etwas freundlicherem Ton als bisher:

»Ihr Onkel hat mich am Dienstagabend angerufen. Er war zu der Einsicht gekommen, daß sein Testament in gewisser Hinsicht zu weit ging. Er meinte, daß seine Verfügungen ungerecht seien, und teilte mir mit, daß er das neue Testament zerrissen und verbrannt habe. Er wollte nach meiner Rückkehr aus Schottland ein weiteres Testament erstellen, in dem Sie bedacht werden sollten, jedoch nicht zum ungerechtfertigten Nachteil dritter Personen.«

»Ich bekomme also nichts?«

»Nichts unter dem gesetzlich gültigen Testament.«

Mirrie ließ Johnnys Arm los und stand auf. Sie ging ein paar Schritte auf den Schreibtisch zu und sagte:

»Das war Georgina. Sie ging aus dem Wohnzimmer, und sie kam hier herein, und sie zwang ihn, sein Testament zu verbrennen. Das kann sie mir nicht antun – oh, das kann sie nicht! Nicht, nachdem er zu mir gesagt hat, er würde mich wie seine Tochter behandeln! Das kann sie mir nicht antun!« Das alles brachte sie in herzzerreißendem Ton vor, die Hände gegen die Brust gedrückt, die Augen voller Tränen.

Georgina stand auf und ging zu ihr.

»Mirrie – nicht doch!«

Doch Mirrie zuckte bei ihrer Berührung zurück.

»Du wolltest mich wegschicken. Er wollte für mich sorgen, aber du hast ihn wieder rumgekriegt!«

»Mirrie – das darfst du nicht sagen! Es ist nicht wahr –

einfach nicht wahr. Ich habe ihm gesagt, daß ich mir nichts aus dem Geld mache. Ich wollte nur nicht, daß er mir noch weiter zürnt. Ich wußte nicht, warum er mir zürnte, und das konnte ich nicht ertragen. Ich wußte nicht, daß er sein neues Testament verbrennen würde. Er tat es einfach.«

Sie taten so, als wären sie allein. Aber vielleicht war es auch ein Theaterstück mit Zuschauern. Mirrie jedenfalls sah zur Seite und sagte:

»Vielleicht hat er es gar nicht verbrannt. Vielleicht bist du es gewesen.«

Mr. Maudsley mischte sich an dieser Stelle ein:

»Mr. Field rief mich an und teilte mir mit, daß er sein Testament verbrannt hat.«

Mirrie drehte sich zu ihm um.

»Sie sind auf ihrer Seite! Sie ergreifen Partci für sie! Jeder tut das! Sie wollen mich zu Onkel Albert und Tante Grace zurückschicken! Ich soll wieder in dieses gräßliche Heim zurück! Aber ich will nicht zurück – ich will nicht – *ich will nicht*!« Ihre Stimme war ein schrilles Kreischen, und bei jedem Wort stampfte sie wie ein wütendes Kind mit dem Fuß auf.

Johnny Fabian war ebenfalls aufgestanden, als sie sich vom Stuhl erhoben hatte. Er machte nun einen Schritt auf sie zu. Als sie sich vom Schreibtisch wegdrehte, stand er direkt vor ihr. Niemand war sich sicher, ob er etwas sagte oder nicht. Später war er sich dessen selbst nicht sicher. Während ihr die Tränen über das Gesicht strömten, sagte sie:

»Oh, du willst mich jetzt nicht mehr heiraten – nicht wahr?« Und dann rannte sie aus dem Zimmer.

24

Johnny lief hinterher. Sein Geist befand sich in einem chaotischen Zustand. Sie würde das Geld also doch nicht bekommen. Jonathan hatte das Testament unterzeichnet, das sie zu seiner Haupterbin machte, und hatte es am selben Tag wieder vernichtet. Mirrie würde keinen Penny von Jonathans Vermögen bekommen, und trotzdem mußte er ihr nachrennen, wie er auch nicht das Blinzeln vermeiden konnte, wenn ihn ein Blitz blendete. Da war weder ein Gedanke noch Vernunft hinter seiner Handlung; da war nur eine der stärksten Kräfte der Welt, und sie hatte nun die Kontrolle über ihn, als er sie an ihrer Schlafzimmertür einholte. Sie war so weit gekommen und stand nun davor, als wäre sie von Sturm und Springfluten dagegen geworfen worden. Ihre Hände lagen flach auf der Türfüllung, ihre Stirn war gegen die Hände gepreßt, und ihr Schluchzen erschütterte sie von Kopf bis Fuß.

Johnny legte den Arm um sie. Er drückte auf die Klinke, und die Tür öffnete sich nach innen. Er führte sie zu dem bequemen, mit Chintz bezogenen Sessel und ließ sie dort Platz nehmen. Dann ging er vor ihr auf die Knie und ergriff ihre Hände.

»Warum heulst du dir denn die Augen aus dem Kopf, du dummes, kleines Ding? Du hörst sofort auf damit, verstanden? Auf der Stelle!«

Sie konnte ihr Gesicht nicht mehr bedecken. Es war ganz entstellt von dem vielen Weinen. Die Tränen liefen nur so, und da immer neue nachkamen, konnte sie auch nicht aufhören zu heulen. Sie entzog ihm ihre Hände und schluchzte:

»Er sagte, ich würde dastehen wie seine Tochter – er sagte, ich würde sein Geld bekommen! Er sagte, er hätte das Testament unterschrieben – und daß jeder wissen soll, wie er von mir denkt! Und dann ging er hin und verbrannte es – oder vielleicht war es Georgina. O Johnny, glaubst du, es war Georgina, die das Testament verbrannt hat?«

Johnny schüttelte den Kopf.

»Nein, natürlich hat sie es nicht verbrannt. Das würde sie niemals tun, weißt du – sie ist nicht so gebaut. Und daß du mir ja nicht herumgehst und solche Sachen verbreitest, denn wenn du das tust, hinderst du sie daran, etwas von dem Schaden gutzumachen, der dir durch das verbrannte Testament entstanden ist! Aber wenn du den Mund hältst, könnte sie sich bereitfinden, dir ein hübsches kleines Ei ins Nest zu legen, mit dem wir unseren Hausstand gründen könnten.«

»Aber du willst mich jetzt nicht mehr heiraten. Du hast gesagt, du wärst zu arm, um mich heiraten zu können. Aber ich dachte, wenn ich eine Menge Geld hätte, würde ich dir etwas abgeben können.«

»Und ich sagte dir, daß so etwas nicht möglich ist. Und daß man von einem Mädchen kein Geld annimmt.«

»Ich dachte, das wäre sehr dumm von dir. Ich wollte dich dazu bringen, einzusehen, wie dumm das ist, und dann wäre alles gut gewesen – doch nun habe ich kein Geld, das ich dir geben könnte . . .«

Die Worte wurden von schluchzenden Atemstößen unterbrochen. Und wie wahr sie waren! Wenn er kein Geld erheiratete, mußte er dafür arbeiten, und dazu noch sehr hart. Der Gedanke widerstrebte ihm. Mirrie und dazu ein geerbtes Vermögen waren eine ungewöhnlich schöne Aussicht gewesen, doch Mirrie ohne einen Penny bedeutete wahrhaftig harte Arbeit. Der Gedanke hätte ein wirksames Abschreckungsmittel sein müssen, doch er ertappte sich dabei, wie er ihr die Hände abküßte und ihr Sachen sagte, bei denen ihm eigentlich das Blut in den Adern hätte gerinnen müssen – nun schienen sie die gegenteilige Wirkung zu haben.

»Mirrie – sag, daß du mich ein bißchen magst. Ich möchte hören, wie du das sagst. Ich bin ganz vernarrt in dich – ich glaube, das weißt du inzwischen auch. Ich werde für dich arbeiten, bis mir das Fleisch von den Knochen fällt, wenn du mich nimmst. Ich hätte nie geglaubt, daß ich das für ein Mädchen tun könnte; aber für dich tue ich das. Ich habe das bißchen Kapital, das mir meine Tante vermacht hat. Ich wollte das in eine Werkstatt stecken. Ich sehe mich gerade nach einer geeigneten Werkstatt um. Vielleicht finde ich eine mit einer Wohnung obendrauf.«

Mirries Tränen hatten aufgehört zu strömen. Sie sah ihn durch ihre nassen dunklen Wimpern an und sagte:

»Werden wir einen Fernseher haben?«

»Nicht sofort – falls nicht Georgina auf die Idee kommen sollte – das wäre eigentlich ein hübsches Hochzeitsgeschenk. Darling, soll das heißen, du bist einverstanden?«

Sie schniefte.

»Ich habe kein Taschentuch.«

»Mädchen haben nie eines. Nimm meins!«

Sie schneuzte sich und setzte sich auf.

»Johnny, du solltest nicht hier sein. Tante Grace sagte ausdrücklich, daß ein gutes Mädchen nie jemand in sein Schlafzimmer läßt.«

»Nicht mal das Hausmädchen, Darling?«

Mirries Augen weiteten sich vorwurfsvoll.

»Sie meinte damit *einen Mann.*«

Er brach in leicht erschüttertes Gelächter aus.

»Du bist ein komisches kleines Ding!«

»Bin ich nicht! Du – du mußt jetzt gehen.«

Er stand auf, öffnete halb die Tür und kam wieder zurück.

»Das sollte jedermanns Gefühl für Schicklichkeit zufriedenstellen.«

Ihre Augen schwammen wieder in Tränen.

»Johnny, ich dachte, du würdest weggehen.«

»Hast du das nicht von mir verlangt?«

Sie schüttelte den Kopf, und die Tränen liefen ihr über die Wangen.

»O nein, ich doch nicht, sondern Tante Grace.«

Er kniete wieder vor ihrem Sessel nieder.

»Darling, lassen wir diese Tante Grace mal aus dem Spiel, ja? Ich bin nicht besonders erpicht darauf, sie oder Onkel Albert kennenzulernen. Ich denke, wir sollten sie vergessen. Ich möchte über uns reden.«

Sie schüttelte den Kopf auf eine traurige, bedächtige Weise.

»Da gibt es nichts zu reden. Ich habe keinen Penny.«

»Ich weiß – das ist zu schade. Glaubst du, du könntest für eine Weile ertragen, ziemlich arm zu sein?«

»Das werde ich wohl müssen. O Johnny, laß es – laß *nicht* zu, daß sie mich zu Onkel Albert und Tante Grace zurückschicken!«

»Darling, ich sagte doch, wir wollen die beiden vergessen. Wie wäre es, wenn du mich heiraten und dich über der Werkstatt einrichten würdest? Kannst du kochen? Denn das ist sehr wichtig, und wenn du es nicht kannst, wirst du es lernen müssen.«

Sie schien ein wenig ermuntert.

»Oh, aber ich kann kochen! Selbst Tante Grace sagte, da wäre ich gar nicht so übel, und Onkel Albert mochte meine Omeletts lieber als ihre.«

»Wie taktlos von ihm! Ich kann mir nicht denken, daß das bei deiner Tante gut ankam.«

»N-nein, das stimmt. Er mochte auch meine Suppen. Johnny, werden wir sehr arm sein?«

In diesem Moment wurde sich Johnny Fabian einer überwältigenden Bereitschaft bewußt, praktisch ohne irgend etwas alles zu tun, um für Mirrie zu sorgen und sie für sich

Omeletts backen zu lassen. Er war sogar dazu bereit, wirklich hart zu arbeiten, damit er ihr die dazu nötigen Eier beschaffen konnte.

Er sagte ihr das. Sie küßten sich. Und in diesem Moment erschien Mrs. Fabian auf der Bildfläche. Sie war gekommen, um Mirrie über den Verlust eines Vermögens hinwegzutrösten, und fand eine rotwangige und strahlende Mirrie vor. Sie teilte indes Tante Graces Ansicht über Schlafzimmer-Interviews. Sie konnten ja in den kleinen Salon gehen und sich dort weiter unterhalten, und Johnny hätte es eigentlich besser wissen müssen.

»Ja, Johnny, das hättest du – Mirrie ist wirklich noch sehr jung. Und sie sollte sich besser erst das Gesicht waschen, ehe sie hinuntergeht.«

25

Jonathan Fields Leichenschau fand am nächsten Vormittag statt, und die Beerdigung war für nachmittags angesetzt. Bei der Leichenschau wurden nur Anträge gestellt, und nach einem Beweisbeschluß wurde die Verhandlung vertagt. Die Beerdigung war in Deeping, und viele Leute nahmen daran teil.

Miss Silver entfernte den künstlichen Blumenstrauß von ihrem zweitbesten Hut und zog den schwarzen Tuchmantel über ihr olivgrünes Kleid. Ein schmaler Schal aus schwarzer Wolle, der ihr freundlicherweise von Mrs. Fabian geliehen worden war, ermöglichte es ihr, auf den ziemlich hellen Pelzkragen zu verzichten, der auf eine noch längere Dienstzeit zurückblicken konnte als der Mantel. Es war einmal ein guter Pelz gewesen und immer noch so angenehm, so kuschelig. Da sie die Provinz als sehr zugig betrachtete, fuhr sie nie ohne diesen Pelzkragen von London weg; aber da er eine etwas zu lebhafte Farbe hatte für ein Begräbnis, nahm sie dankbar Mrs. Fabians Leihgabe entgegen.

Georgina und Mirrie gingen Seite an Seite hinter dem Sarg her. Sie standen gemeinsam am Grab. Als Mirrie offensichtlich überwältigt wurde, trat Johnny Fabian zu ihr und legte einen Arm um ihre Schultern. Doch Georgina stand allein an der Grube, groß und hager in ihrem schlichten schwarzen Mantel, die dunklen Augen in dem blassen Gesicht auf die Baumreihe am Horizont geheftet, die sich schwarz vom Winterhimmel abhob. Als alles vorbei war, sprach sie schlicht und gefaßt mit den alten Freunden, die zu zweit und zu dritt zu ihr kamen.

Frank Abbott am Rand der Menge fand sich von Mr. Vincent am Mantelrevers gefaßt.

»Einc schr eigenartige Geschichte, meinen Sie nicht auch? Tatsächlich sehr merkwürdig. Reich, prominent – und dann in seinem eigenen Haus in einem Dorf erschossen – ganz und gar nicht das, worauf man gemeinhin vorbereitet ist.«

Frank hatte noch nie ein Dorf für immun gegen Kapitalverbrechen gehalten. Er sagte ihm das und zitierte Sherlock Holmes nach Aufzeichnungen von Dr. Watson, um seine Meinung zu erhärten.

Mr. Vincents Blick wurde starr.

»Ah, aber das ist doch nur fiktiv. In einer Geschichte muß es lebhaft zugehen, sonst wird sie langweilig. Doch so etwas erwartet man doch nicht im wirklichen Leben – oh, ganz gewiß nicht. Sie glauben doch nicht, das könnte irgendwie mit dieser Anekdote zusammenhängen, die er uns nach dem Dinner in der Bibliothek am Ballabend erzählte? Sie waren doch dabei, nicht wahr?«

»O ja, ich war dabei.«

»Was hielten Sie von der Geschichte?« fragte Mr. Vincent

hartnäckig weiter. »Ich persönlich hielt sie für gelungen – wenn Sie wissen, was ich meine. Ich erinnere mich, als ich vor vierzehn Jahren in Venezuela war . . .«

Frank holte ihn in das gegenwärtige Ledshire zurück.

»Natürlich konnte diese Geschichte erfunden sein. Sie hörte sich recht spannend an.«

Mr. Vincent war ganz seiner Meinung.

»Ich habe sie selbst inzwischen ein paarmal zum besten gegeben – bei passender Gelegenheit, wissen Sie! Zum Beispiel, als Lord und Lady Pondesbury die Güte hatten, mich zum Dinner einzuladen, und da weder sie noch ihre Gäste in der Bibliothek weilten, als Mr. Field uns seine Sammlung zeigte, nahm ich mir die Freiheit heraus, zu wiederholen, was er uns damals erzählt hatte. Ich fürchte, ich habe sie nicht so gut vorgetragen wie er. Ich konnte mich unter anderem nicht mehr an das genaue Datum erinnern, wann die Sache passiert und ob sie in einem bestimmten Viertel von London angesiedelt war. Ich erzählte ihnen, daß die Geschichte mich an ein Erlebnis in den dreißiger Jahren in Venezuela erinnerte . . .«

Frank unterbrach ihn rücksichtslos:

»Haben Sie die Geschichte auch noch woanders erzählt?«

»Zweimal – es kann auch dreimal gewesen sein«, sagte Mr. Vincent selbstgefällig. »Ich habe einen Freund, der einen Jugendklub in einem Vorort von London betreibt – in der Gegend von Pigeon Hill. Ich verbrachte letzte Woche einen Abend bei ihm, am Dienstag – oder ist es Mittwoch gewesen? Nein, Dienstag, denn ich bekam am Montag einen Brief von meiner Schwägerin Emmeline Craddock, in dem sie mir schrieb, sie wollte am Dienstag zu mir zu Besuch kommen, und ich habe ihr abtelefoniert, weil ich an diesem Tag bereits mit meinem Freund verabredet war. Sie ist eine bezaubernde Frau, aber ein wenig cholerisch, wenn die Dinge nicht so laufen, wie sie sich das vorgestellt hat . . .«

»Sie haben Mr. Fields Geschichte in dem Jugendklub erzählt?«

»O ja – mehreren Leuten, und anschließend in einer kleinen Ansprache, die vor den jungen Leuten zu halten ich mich veranlaßt sah. Sie kam sehr gut an, und ich versuchte sie dort auch zu Ende zu bringen – die Geschichte, meine ich, leider nicht meine Ansprache; denn mein Freund fühlte sich verpflichtet, mich darauf hinzuweisen, ich würde den Zug versäumen, falls ich meine Rede nicht abbrach. Aber ich muß Ihnen wirklich mal erzählen, was mir damals in Venezuela passiert ist . . .«

Mirrie war noch nie bei einer Beerdigung gewesen. Die Trauerfeier in der Kirche war schon schlimm genug. All diese Blumen und der lange Sarg, auf den sie gehäuft waren, und jeder in diesen scheußlichen Kleidern, die sie an die schlimmsten Sachen aus den Wohlfahrtspaketen erinnerten. Sogar Lady Pondesbury und Mrs. Shotterleigh sahen aus, als stammten ihre Kleider aus dem Second-Hand-Shop. Nur sie und Georgina trugen neue Mäntel und Röcke. Sie hatte einen niedlichen kleinen Hut auf, der ihr sehr gut stand, selbst mit dem bißchen Schleier daran. Sie hatte nie etwas getragen, was durchgehend schwarz war, doch es stand ihr; aber nicht so gut wie Georgina. Die neuen Sachen waren ein Trost; aber wenn sie auf den Sarg schaute und sich vorstellte, daß Onkel Jonathan darin lag, konnte sie die Tränen einfach nicht zurückhalten.

Es war noch schlimmer auf dem windigen Friedhof. Sie und Georgina mußten unmittelbar am Rand des offenen Grabes stehen. Das hätte sie fast nicht durchgehalten. Der Hals war ihr wie zugeschnürt, und die Tränen kamen so schnell, daß sie kaum noch etwas sehen konnte. Das war der Moment, wo Johnny Fabian zu ihr kam und ihr den Arm um die Schultern legte. Sie hörte nicht auf zu weinen, doch das

Würgegefühl ließ nach, und am Ende drehte sie sich um und barg das Gesicht an seiner Brust.

Die Leute kamen und sprachen mit Georgina, die all die richtigen Dinge mit einer traurigen, jedoch gefaßten Stimme sagte. Einige von ihnen sagten auch etwas Gütiges zu Mirrie. Lord Pondesbury klopfte ihr sanft auf die Schulter, und einige nannten sie »armes Kind«. Nach einer Weile begannen sie wieder zu gehen. Georgina sprach mit dem Pfarrer. Mirrie tupfte sich zum letzten Mal die Augen und steckte das Taschentuch in ihren Mantel. Johnny hatte sich einen Schritt von ihr entfernt. Sie würden jetzt alle nach Hause gehen. Es wäre nett, wenn sie nach Hause gingen. Sie blickte um sich, als die Trauerversammlung sich auflöste, und sah, wie Sid Turner von der anderen Seite des Grabes her auf sie zukam.

Das war nun wirklich ein furchtbarer Schock. Er trug einen dunklen Anzug und eine schwarze Krawatte. Er hatte eine Melone auf dem Kopf. Alles, was er trug, war neu und von hervorragender Qualität. Sid hatte schon immer damit geprahlt, wie gut er sich kleidete. Lord Pondesburys Anzug sah dagegen aus, als habe er den Krieg in einer Mottenkiste verbracht. Mr. Shotterleighs Krawatte hatte ausgefranste Ränder. Colonel Abbott war zwar nicht so elegant angezogen wie Sid. Doch hier auf diesem Dorffriedhof zwischen den alten Grabsteinen wirkte ihr Aufzug absolut passend, während Sid überhaupt nicht dazupaßte. Zum erstenmal kam Mirrie der Gedanke, daß Kleider zu neu aussehen konnten.

Sid kam zu ihr und lüftete seine Melone. Etwas in ihr begann zu zittern. Sie sollte sich eigentlich darüber freuen, daß er hier war. Sie freute sich nicht. Sie wollte weglaufen und sich verstecken, bevor er mit Johnny zusammentraf. Er sagte:

»Nun, Mirrie?«

Er hatte ungefähr die gleiche Größe wie Johnny. Sie legte den Kopf zurück, um zu ihm hinaufzusehen, blickte in seine dreisten dunklen Augen und sah rasch wieder zu Boden. Er hatte drahtiges, gelocktes schwarzes Haar. Selbst dieser kurze Blick genügte schon, um ihr zu sagen, seine Haare seien zu gelockt und eine Idee zu lang. Sie trat einen Schritt näher an Johnny heran und wußte sofort, daß das ein Fehler war. Sid kam ebenfalls einen Schritt näher.

»Nun, Mirrie? Du siehst recht gut aus in Schwarz. Wie wäre es, wenn du mich zu dir zu einer Tasse Tee einladen würdest?«

Johnny hatte mit Grant Hathaway geredet. Er drehte sich um und sah, daß Mirrie ganz rot und aufgeregt war und daß ein fremder junger Mann sie offenbar in Verlegenheit brachte. Er sagte: »Ich glaube, wir sollten jetzt ebenfalls gehen«, und Mirrie wandte sich ihm sichtlich erleichtert zu. Sie hörte Sid über ihren Kopf hinweg sagen:

»Mein Beileid! Entschuldigung – das sollte nicht zweideutig sein. Höchste Zeit, daß wir jetzt alle von hier fortkommen. Aber natürlich, Sie wissen ja gar nicht, wer ich bin. Mirrie, meine Liebe, stelle mich doch deinem Freund vor.«

Sie sagte mit einem Hauch von Stimme:

»Das ist Tante Graces Stiefbruder Sid Turner, Johnny.« Und da trat Georgina zu ihnen, und sie mußte den Satz wiederholen.

Sid kehrte mit ihnen nach Field End zurück. Mirrie und Georgina gingen in den Oberstock, und dort mußte sie noch eine etwas ausführlichere Erklärung über ihn abgeben. Sie verlief sehr stockend:

»Er – er war damals recht gut zu mir. Ich bin manchmal mit ihm ins Kino gegangen. Tante Grace wußte das nicht. Sie ließ mich nie irgendwo hingehen. Sie – sie und Onkel Albert schätzten ihn nicht.«

Georgina sagte nicht, daß sie Tante Grace und Onkel Albert sehr gut verstehen könne. Sie fragte:

»Hast du gewußt, daß er zur Beerdigung kommt?«

»Nein – nein, das wußte ich nicht. Er muß es in der Zeitung gelesen haben. Ich weiß nicht, warum er gekommen ist.«

Bei näherem Hinsehen wußte sie es durchaus. Er war hierhergekommen, weil er glaubte – er glaubte, daß Onkel Jonathan getan hatte, was er zu ihr gesagt hatte. Sie hatte Sid von dem Testament erzählt, und er wußte nicht, daß Onkel Jonathan es wieder verbrannt hatte. Da war kein Testament mehr, und da war auch kein Geld mehr. Sie war nur Mirrie Field, ohne einen Penny, wie sie es schon immer gewesen war, und das würde sie nun Sid sagen müssen. Davor hatte sie eine solche Angst, daß sie nicht aufhörte zu zittern.

»Was ist los, Mirrie?« fragte Georgina. »Ist es wegen diesem Mann? Wenn du nicht hinunterkommen willst ...«

»Nein – nein, ich muß. Es würde ihm nicht gefallen, wenn ich nicht mehr hinunterkäme.«

»Hast du Angst vor ihm? Das mußt du nicht. Wir trinken Tee, und danach wird Anthony oder Johnny ihn mit dem Wagen nach Lenton bringen, damit er den Zug nicht versäumt. Laß uns hinuntergehen und die Sache hinter uns bringen. Die Trauergäste treffen bereits ein.«

Unten hatte Sid Turner bereits klargestellt, daß Tee nicht das Getränk war, was er sich nach der Beerdigung vorgestellt hatte. Man gab ihm einen Whisky-Soda, und Johnny leistete ihm Gesellschaft.

Der Tee wurde im Eßzimmer serviert. Sids Blick glitt über das Silber auf der Anrichte und die Porträts an den Wänden. Das war alles tadellos in Schuß und hatte nicht dieses schäbige Aussehen, wie das heutzutage in so vielen großen Häusern der Fall war, die besseren Zeiten nachtrauerten. Er hatte auch schon so manche Auktion miterlebt. Wenn man sich auskannte, konnte man da seinen Reibach machen – im Auftrag eines Händlers, der inkognito bleiben wollte, oder ein Insider-Tip, daß da etwas Interessantes auf einer sonst langweiligen ländlichen Versteigerung unter den Hammer käme. Wenn man ein bißchen herumkam, gab es immer solche Chancen, und er wußte, wie man das Beste daraus machte.

Er begann recht bald einzusehen, daß es gar nicht so leicht war, ein paar Worte mit Mirrie unter vier Augen zu wechseln. Sie würde ja inzwischen wissen, wo sie stand, und er würde sich nicht eher festlegen, bis er es ebenfalls wußte. Sie war ein hübsches kleines Ding und sah rührend aus in ihren schwarzen Kleidern; obwohl er selbst auch lieber etwas Farbiges getragen hätte. Doch es war das andere Mädchen, das ihn bestach. Eine wirkliche Schönheit. Klasse war die – wirklich Klasse. Bei dieser Größe und mit dieser Figur war sie sofort dick im Geschäft, wenn sie als Fotomodell arbeitete. Vielleicht würde sie froh sein, wenn sie das durfte, falls der Zaster wirklich Mirrie vermacht worden war. Er fragte sich, wieviel es wohl sein mochte. Es war wirklich nicht leicht, an Mirrie heranzukommen. Eine Menge Leute waren zum Tee gekommen, und sie war zwischen ihnen eingeklemmt.

26

Sid Turner kam sich wahrhaftig wie ein Fisch auf dem Trockenen vor unter all diesen Leuten, die sich mit Vornamen anredeten und über ihre Familienangelegenheiten sprachen, und dieses Gefühl behagte ihm gar nicht. In seiner eigenen Umgebung war er mehr daran gewöhnt, den Anführer zu spielen. Die Jungs kopierten seine Hemden und Krawatten, und die Mädchen schwangen ihre Hüften und klimperten mit den Wimpern. Er fing an, diese Leute zu hassen, denn keiner beachtete ihn, als wäre er ein Möbelstück.

Und dann sagte plötzlich eine Stimme: »Ich fürchte, um Sie kümmert sich keiner, Mr. Turner.« Er drehte sich um und sah diese verschrobene alte Jungfer, die mit ihnen vom Friedhof zurückgefahren war. Er dachte, sie fühlt sich hier ja wie zu Hause, denn sie bot ihm Tee oder Kaffee an oder sogar noch ein Glas Whisky, wenn ihm das lieber wäre. Da sie ihren Hut abgenommen hatte, wohnte sie vermutlich auch im Haus. – Vielleicht eine Gouvernante? überlegte er. Ja, das würde es wohl sein, Georgina Greys ehemalige Gouvernante. Er sagte, ein Whisky wäre ihm ganz recht, und während er auf seinen Drink wartete, kam ihm der Gedanke, es wäre doch gar nicht so verkehrt, die Jungfer ein wenig auszuhorchen. Solche alten Fräuleins waren neugierig, wußten in der Regel genau Bescheid, was lief, und hörten sich auch meist gerne reden. Sie würde sich sehr geschmeichelt fühlen, wenn er sie beachtete, und sie konnte ihm vielleicht ein paar Tips geben. Eine modifizierte Art des Lächelns, mit dem er Mädchen in Trance zu versetzen pflegte, leitete seine Frage an Miss Silver ein:

»Sind Sie hier die Gouvernante oder so was Ähnliches?«

Niemand war besser qualifiziert, Unverschämtheiten in ihre Schranken zu weisen, als Miss Maud Silver. Das geschieht auf die einfachste Art der Welt und läßt sich wohl am besten durch seine Wirkung beschreiben. Der Schuldige ist sich zunächst einer bemerkenswerten Abkühlung bewußt. Zugleich scheint Miss Silver auf eine geradezu erschreckende Distanz zu gehen, was den Schuldigen so in Verlegenheit setzt, wie er das seit seiner frühesten Schulzeit nicht mehr erlebt hat. Selbst Chefinspektoren sollen schon diese Erfahrung mit Miss Silver gemacht haben. Daß Mr. Sid Turner diese Verlegenheit erspart blieb, verdankte er einzig und allein der Tatsache, daß Miss Silver das Gespräch mit ihm suchte. Sie hatte seine Annäherungsversuche am Grab beobachtet und Mirries Reaktion darauf. Sie hatte auf der Heimfahrt sein Benehmen gegenüber Miss Field studiert und ihr Verhalten ihm gegenüber. Sie erwiderte deshalb mit milder Stimme, daß sie sich schon vor einigen Jahren aus dem aktiven pädagogischen Berufsleben zurückgezogen habe.

Sid Turner fühlte sich geschmeichelt. Er war schon ein scharfsinniger Bursche! Hatte er doch sofort erkannt, daß sie die alte Gouvernante von Miss Grey sein mußte. Er besaß Menschenkenntnis, ohne Zweifel. Er sagte:

»Nun, ich bin eine Art Verwandter von Mirrie. Der Stiefbruder ihrer Tante Grace – der bin ich. Dachte mir, ich sollte doch mal vorbeischauen und ihr bei der Beerdigung beistehen; aber es scheint ja kaum möglich, an sie heranzukommen – vorläufig wenigstens nicht. Ich nehme an, der Alte hat getan, was er vorhatte, wie?«

Miss Silver hüstelte.

»Der Alte?«

»Mr. – Jonathan – Field, wenn Ihnen das lieber ist. Er sagte, er würde sie wie seine eigene Tochter behandeln, nicht wahr? Sagte ihr, er wollte sein Testament zu ihren Gunsten ändern. Ich vermute, Sie wissen darüber Bescheid. Erbt sie auch das Haus?«

Miss Silver gestattete sich, verwirrt auszusehen.

»Das könnte ich wirklich nicht sagen.«

Er lachte.

»Nichts sagen bedeutet nicht immer nichts wissen – oder? Ich möchte wetten, daß Sie mir einiges sagen könnten, wenn Sie nur wollten. Nun kommen Sie schon – seien Sie eine nette

Dame! Es wäre doch nichts, was mir Mirrie nicht auch selbst sagen würde, wenn ich nur an sie herankäme. Wie steht's mit dem Haus? Sie bekommt es doch, nicht wahr?«

Miss Silvers Stimme flatterte ein wenig. Sie sagte:

»Ich glaube nicht.«

Er starrte sie an.

»Wer bekommt es dann?«

»Soweit ich hörte, Miss Georgina Grey.«

Sid Turner gebrauchte einen beklagenswerten Kraftausdruck. Er fand nur ein mildes tadelndes Echo: »Ich bitte Sie, Mr. Turner ...«

»Okay, okay – was bekommt sie dann?«

»Das könnte ich wirklich nicht sagen.«

Er trank den Rest seines Drinks auf einen Schluck und stellte das Glas hart auf den Tisch zurück. Miss Silver hüstelte furchtsam.

»Ich bin überzeugt, daß er nur das Beste für sie wollte; aber wer nun das Haus bekommt, weiß ich wirklich nicht genau. Solche großen Häuser sind heutzutage so teuer im Unterhalt. Und die Assoziationen – so traurig, und Miss Mirrie ist doch noch so jung. Sie möchte wahrscheinlich nicht jedesmal an Mr. Fields tragischen Tod erinnert werden, wenn sie in die Bibliothek kommt, obwohl sie es gar nicht gewesen ist, die ihn tot auf dem Boden liegend fand, sondern ihre Kusine Miss Georgina Grey. Mitten auf dem Teppich fand sie ihn, und mitten durch den Kopf geschossen. Was für ein Schock für so ein junges Mädchen ...«

Er sagte: »Aber ...« Und dann sehr rasch: »Sie haben das wohl ganz falsch mitgekriegt, wie? In der Zeitung stand, daß er an seinem Schreibtisch erschossen wurde.«

Miss Silvers Miene wurde unsicher und verwirrt.

»Oh, ich weiß nicht. Man hört bei so schmerzlichen Themen nicht gern zu. Ich war fest der Meinung, es wäre so gewesen; aber ich kann mich auch getäuscht haben. In welcher Zeitung, sagten Sie, haben Sie das gelesen?«

»Das habe ich mir nicht gemerkt. Das spielt ja auch keine Rolle. Er ist tot, wir haben ihn eben unter die Erde gebracht, und da ist es völlig egal, ob er am Schreibtisch gesessen oder auf dem Boden gelegen hat. Mich interessiert jetzt nur, ob Mirrie zu ihrem Recht gekommen ist.«

Miss Silver ging nicht darauf ein. Sie schien sich nicht von der Tragödie lösen zu können.

»So ein trauriges Ereignis. Ein Mann mit so vielen Freunden, so vielen Interessen. Seine Sammlung – ziemlich berühmt in der Tat. Selbst im letzten Moment seines Lebens scheint er sich mit einem seiner Alben beschäftigt zu haben. Berühmte Fingerabdrücke, wissen Sie! Ein eigenartiges Hobby, das er sich da zugelegt hat. Stand in Ihrer Zeitung, daß man das Album neben ihm gefunden hat?«

»Ich glaube ja – das ist ja allerhand! Sie nehmen doch nicht an, daß diese Fingerabdrücke, die er sammelte, der Grund dafür gewesen sein könnten, daß er ermordet wurde?«

Miss Silver sah ihn entsetzt an.

»Oh, Mr. Turner!«

»Nun, denken Sie doch mal nach. Da ist das Album, und da ist der alte Knabe, mitten durchs Herz geschossen. Ist doch klar, daß die Polizei sich fragt, ob ihn nicht einer um die Ecke brachte, weil er was dagegen hatte, daß er mit seinen Pfoten in dessen Alben verewigt war. Sie wissen wohl nicht zu- fällig, ob da was aus dem Album herausgerissen wurde, oder?«

Nun, da er sein Glas abgesetzt hatte, wußte er nicht recht, was er mit seinen Händen anfangen sollte. Bald steckten sie in seinen Taschen, bald trommelte er damit auf den Rand der herrlichen Anrichte aus Mahagoni, gegen die er sich lehnte. Er schien den Takt zu einer Melodie zu schlagen, die ihm durch den Kopf ging.

Miss Silver erlaubte sich, ihr stärkstes emotionales Register zu ziehen.

»Du liebe Güte! Stand vielleicht etwas davon in der Zeitung, die Sie gelesen haben?«

»*Ist* also eine Seite aus dem Album herausgerissen worden?«

»Ich könnte Ihnen das nicht sagen, Mr. Turner. Ich fragte mich nur, ob Sie das in Ihrer Zeitung gelesen haben. Denn in unserer hier stand kein Wort davon. O nein, nicht eine Silbe. Aber vielleicht hat die Polizei – ich vermute, sie wird doch hoffentlich geprüft haben, ob da eine Seite im Album fehlt.«

»Wenn sie das nicht getan hat, sollte sie es aber schleunigst nachholen – jedenfalls ist das meine Meinung. Ich habe damit natürlich nichts zu tun. Die machen einem glatt Ärger, wenn man ihnen sagt, wie sie ihre Arbeit verrichten sollen.«

Miss Silver hüstelte vorwurfsvoll.

»Oh, das sind aber doch tüchtige Leute! Ich habe den größten Respekt vor den Beamten, die den Fall bearbeiten. Ich bin überzeugt, daß sie nichts übersehen haben, und wenn es auch noch so geringfügig ist. Und man sagt doch, daß Mörder immer einen Fehler machen, nicht wahr? Kriminalinspektor Abbott, der die Untersuchung leitet, ist ein außerordentlich intelligenter Beamter, und ich bin überzeugt, er ist sehr hartnäckig, wenn er bei seinen Ermittlungen auf eine Spur gestoßen ist.«

Mr. Turner wirkte jetzt viel konzentrierter, während seine Finger um so lauter auf das Mahagoni trommelten.

»Sagten Sie eben, er habe eine Spur?«

Miss Silver ließ wieder eine leichte Verwirrung in ihren Worten anklingen.

»O nein. Ich möchte wirklich nicht, daß man mir unterstellt, ich hätte so etwas angedeutet. Als Gast dieses Hauses erwartet man von mir selbstverständlich äußerste Verschwiegenheit. Alles, was ich hier erführe, wäre natürlich streng vertraulich, und daher könnte ich auch gar nicht darüber sprechen.«

Sie spürte, wie eine abrupte Veränderung in ihm vorging. Sein Gesicht verriet nichts, seine Blässe blieb unverändert. Zwar war ihm äußerlich nichts anzumerken, doch sie fühlte sich gedrängt, einen Schritt vor ihm zurückzuweichen. Da sie jedoch nicht dazu neigte, Impulsen nachzugeben, blieb sie stehen, wo sie stand, sah ihn an und wartete darauf, was als nächstes kommen würde. Er war es, der jetzt einen Schritt zurückwich.

Das Gedränge der Leute ließ nach, und die ersten begannen sich zu verabschieden. Er sah, daß Mirrie sich auf die Tür zubewegte, und er drehte sich abrupt um, um ihr nachzugehen. Sie begleitete eine ältere Dame hinaus in die Halle. Es schien sich um eine bedeutende Persönlichkeit zu handeln, wenn der Zirkus, den sie ihretwegen machten, einen Sinn haben sollte: Georgina Grey küßte sie ab, Mirrie wurde von ihr geküßt, während Anthony Hallam und Johnny Fabian ganz beflissen waren, sie bis vor die Tür zu geleiten. Sid trat hinter Mirrie und packte sie am Arm.

»Wer, zum Kuckuck, war denn das? Eine königliche Hoheit?«

Sie drehte sich mit einem betroffenen Blick zu ihm um.

»Das war Mrs. Borrodale, Georginas Taufpatin.«

Er lachte.

»So viel Tamtam, und sie hat nicht mal einen Titel! Ich vermute, sie hat Geld . . .«

»Nein – ich glaube, sie ist arm wie eine Kirchenmaus. Sie haben sie nur alle sehr gern.«

Er wechselte das Thema: »Ich möchte mit dir reden. Wo können wir hingehen?«

»Sid, ich kann nicht . . .«

Er wurde brutal:

»Möchtest du, daß ich hier vor allen Leuten mit dir rede?«

»Sid, das würdest du doch nicht tun.«

»Und ob ich das würde! Wohin können wir gehen?«

Sie führte ihn in den kleinen Salon, und er war es, der die Tür hinter ihnen zumachte.

»Also – wie sieht's aus?«

»Sid, warum bist du hergekommen?«

»Um dich zu besuchen, selbstverständlich. Ich muß doch wissen, wie fett die Weide ist – oder vielleicht nicht? Und ich gehe kein Risiko mit dem Telefon ein – ich nicht! Die Leute auf dem Dorf sind ja so neugierig. Ich könnte dir ein Lied davon singen. Und was das Briefschreiben betrifft – bei mir nichts Schriftliches. Niemals! Nicht mal ›Hochachtungsvoll‹.« Er pfiff vielsagend. »Kein einziges Wort.«

»Du hast mir gesagt, ich soll dir schreiben.«

Sie hatte geschrieben, und nun wünschte sie so sehr, daß sie es nicht getan hätte. Sie hatte ihm Dinge berichtet, und was hatte er aus dem gemacht, was sie ihm berichtet hatte?

Sie ging zum Kamin und stand niedergeschlagen davor. Warum war sie mit Sid hierher in den kleinen Salon gekommen? Sie hätte das besser nicht tun sollen. Er würde sie zwingen, ihm Sachen zu erzählen, und wenn sie sie erzählt hatte, würde er schrecklich wütend werden. Sie hätte Johnny nicht von der Seite weichen dürfen. Dann hätte Sid keine Gelegenheit bekommen, mit ihr unter vier Augen zu reden. Aber Johnny war draußen auf der Treppe, um Mrs. Borrodale zu verabschieden.

Sid kam nun ebenfalls zum Kamin. Wie wundervoll er aussah, wenn er sich wie jetzt mit dem Ellbogen gegen den Kaminsims lehnte, als gehörte das Haus ihm. Er dachte wohl, daß es ihm tatsächlich gehörte, und sie mußte ihm sagen, daß er sich irrte. Es gehörte weder ihm noch ihr, und je mehr sie darüber nachdachte, um so weniger hatte sie den Mut, es ihm zu sagen. Sie riskierte einen Blick auf ihn und bereute das auf der Stelle. Er hatte diesen finsteren Blick, mit dem er sie stets eingeschüchtert hatte.

»Nun rück schon heraus damit! Wieviel hat er dir hinterlassen? Das Testament wurde doch schon verlesen, oder?«

Mirrie brachte noch immer keinen Pieps heraus. Er redete nun im rauheren Ton:

»Das war der Anwalt, der im ersten Wagen saß, nicht wahr? Die alte Frau – Mrs. Fabian, nicht wahr? – sagte, er müsse mit dem Zug nach London zurück. Sie sagte, ihr Sohn brächte ihn mit seinem Wagen nach Lenton. Meinte wohl, ich würde den Wink verstehen und mit ihm fahren, denke ich mir; aber ich habe sie abgewimmelt. Ich möchte jetzt wissen, wo wir stehen. Der Alte sagte doch zu dir, er würde dich behandeln wie seine Tochter, und daß er tatsächlich ein neues Testament gemacht und unterschrieben hätte.«

»O ja, das tat er. Ich habe dir das doch gesagt.«

Er lachte kurz.

»Ich habe nicht erst gewartet, bis du mir das sagst! Ich habe eine Freundin im Anwaltsbüro, die gab mir den Tip. Und du weißt verdammt gut, daß du mich niemals hättest anrufen sollen. So ein Haus hat überall Nebenanschlüsse, denke ich mir. Woher weißt du denn, daß niemand zuhört, wenn du an der Strippe hängst?«

»Oh, keiner hat zugehört! Sie saßen alle im Wohnzimmer nach dem Essen beisammen und warteten auf den Kaffee. Und die anderen waren in der Küche beschäftigt. Du hast gesagt, ich sollte dir Bescheid geben, und ich war ja so aufgeregt, weil Onkel Jonathan es mir eben gesagt hatte. Gleich nachdem er am Dienstagabend aus London zurückgekommen war.

»Schön, aber mach das nicht noch mal. Er sagte also zu dir, er habe ein neues Testament gemacht, und Maudsley wird dir inzwischen mitgeteilt haben, was drinsteht. Du bekommst doch das Haus?«

Diese schreckliche Fragerei begann von vorne. Doch Sid konnte es nicht vertragen, wenn man ihn warten ließ. Sie mußte ihm auf der Stelle antworten.

»Nein – nein, ich bekomme es nicht.«

»Wer bekommt es?«

»Georgina.«

»Und was bekommst du?«

»Ich ... ich ...«

»Nun komm schon – heraus damit!«

»Ich – ich – bekomme gar nichts. Oh, *Sid*!«

Seine Hand schoß vor und packte sie über dem Ellbogen. Sie sah mit furchtgeweiteten Augen zu ihm hoch.

»Was soll das heißen, du bekommst nichts? Du wirst mich doch nicht anlügen – mich doch nicht, oder? Würde dir schlecht bekommen, wenn du mich anlügst!«

»Tue ich nicht! Oh, Sid, du tust mir *weh*!«

»Es wird noch viel mehr weh tun, wenn du mich beschwindelst! Er hat sein neues Testament unterschrieben. Also, wieviel bekommst du?«

Eine wahre Flut aus Angst hervorgepreßter Worte sprudelte nun aus ihr heraus:

»Es war nicht meine Schuld. Er hat wirklich ein neues Testament gemacht – das hat er mir selbst gesagt. Er sagte zu mir, ich bräuchte mir keine Sorgen mehr zu machen. Und dann ging Georgina nach dem Essen zu ihm in die Bibliothek und redete mit ihm. Da zerriß er das neue Testament und – verbrannte es.«

Sids Gesicht hatte eine schreckliche Farbe angenommen – bleich wie Wachs. Sie sah ihn immer noch an, weil sie den

Blick nicht abzuwenden vermochte. Er sagte mit einer seltsam erstickten Stimme:

»Er – verbrannte – es?«

Mirrie brach in Tränen aus.

»Es war nicht meine Schuld ...«

Da war einen Moment lang ein Aufruhr von Gedanken in Sid Turners Kopf, die alle darum rangen, in Worte gegossen und ausgesprochen zu werden – in diesem Moment ging die Tür auf, und Johnny Fabian kam herein. Er sah diesen ungemein widerlichen jungen Mann, der plötzlich aus London ins Haus hereingeschneit war, mit der Hand auf Mirries Arm. Er sah, daß Mirrie weinte, und er konnte gar nicht schnell genug den Raum durchqueren.

Sid ließ Mirrie los und wich einen Schritt zurück. Ihm gefiel der Ausdruck in Johnnys Augen nicht, und es gehörte nicht zu seinen Plänen, sich gewaltsam aus diesem Haus entfernen zu lassen. Er sagte:

»Sie ist aufgewühlt.«

Mirrie schluchzte und betupfte sich die Augen mit einem Taschentuch, das den Tag sauber und frischgestärkt begonnen hatte und nun ein zerknülltes Wrack war. Johnny sagte energisch:

»Es ist ein aufregender Tag gewesen. Ich bringe Mr. Maudsley in zehn Minuten mit dem Wagen zum Bahnhof nach Lenton, damit er seinen Zug nach London erreicht. Kann ich Sie mitnehmen?«

Sid Turner war sich seiner Antwort nicht sicher. Er kannte Mirrie nicht lange genug, um beurteilen zu können, wie glaubhaft sie lügen konnte. Er beschloß, eine Gegenprobe zu machen und zu klären, was an ihren Worten dran war.

»Sie ist völlig aus dem Häuschen, weil man sie aufs Kreuz gelegt hat – das ist der Grund. Ich gehöre zu ihrer Familie, was sie Ihnen vermutlich schon erzählt hat, und ich würde gerne wissen, was geschieht, um ihr zu ihrem Recht zu verhelfen.«

Johnny zog die Augenbrauen hoch.

»Ich fürchte, ich weiß nicht, was Sie damit sagen wollen. Mirrie, du solltest lieber nach oben gehen und dich hinlegen.«

»Nein, noch nicht!« widersprach Sid Turner. »Nicht, bis wir das klargestellt haben! Mr. Field sagte, er würde für sie sorgen. Sie hat das von ihm selbst erfahren. Und er sagte ihr auch, daß er es getan hätte. Und nun behauptet sie, jemand habe Mr. Fields Testament verbrannt, und sie bekäme gar nichts.«

»Nicht jemand – Mr. Field selbst hat es verbrannt.«

»Sagen Sie!« konterte Sid im häßlichen Ton.

Johnny ging zur Tür und riß sie auf.

»Wenn Sie im Auto mitgenommen werden wollen, dann los! Falls Sie wissen wollen, was mit dem Testament passiert ist, können Sie sich bei Mr. Maudsley erkundigen, wenn wir nach Lenton fahren. Und danach, denke ich, wären Sie gut beraten, wenn Sie sich um Ihre Angelegenheiten kümmerten und Mirrie in Ruhe ließen.«

Sid sah auf Mirrie, die immer noch weinte. Er sah auf die offene Tür und erinnerte sich daran, daß der Weg nach Lenton drei Meilen betrug.

Er sagte:

»Wenn es so ist, können Sie mich in Ihrem Wagen mitnehmen.«

27

Als die Tür hinter ihnen zufiel, rieb Mirrie noch einmal heftig über die Augen und stand dann auf Zehenspitzen, um sich in dem ovalen Spiegel über dem Kaminsims zu betrachten. Er steckte in einem verblichenen Goldrahmen, und auch das Spiegelglas war halb blind. Das war eine der Unbegreiflichkeiten von Field End, von Abbottsleigh und dem Haus der Pondesburys, das Reynings hieß. Da waren eine Menge alter, vergammelter Sachen in diesen Häusern, und statt den Plunder einfach wegzuwerfen und sich neue anzuschaffen, schienen die Leute, denen sie gehörten, stolz darauf zu sein, daß sie alt waren. Und sie nannten sie nicht vergammelt, sondern antik. Johnny hatte gesagt, dieser Spiegel wäre auch antik. Sie konnte sich gar nicht richtig darin sehen, doch das, was sie sah, genügte, um ihr zu sagen, daß sie lieber blieb, wo sie war, bis sich eine Gelegenheit ergab, sich unbemerkt in den oberen Stock zu schleichen. Ihre Augen waren vom vielen Weinen geschwollen, und sie sah wirklich erbärmlich aus. Sie wartete, bis die Stimmen draußen in der Halle verstummt waren, dann öffnete sie die Tür einen Spalt und spähte hinaus.

Da war niemand mehr zu sehen bis auf Georgina, die am Fuß der Treppe stand, eine Hand auf dem Geländer, einen Fuß auf der untersten Stufe. Wenn Georgina sie mit ihren verquollenen Augen sah, war das nicht so schlimm. Georgina ging die Treppe hinauf und hatte schon die Tür ihres Wohnzimmers erreicht, als sie sich umdrehte und Mirrie hinter sich bemerkte. Georgina war müde und deprimiert, und sie hatte das Bedürfnis, allein zu sein. Die Leichenschau am Vormittag hatte sie sehr mitgenommen, obwohl es sich nur um eine kurze und rein formelle Angelegenheit gehandelt hatte. An diesen Termin hatte sich eine geschäftliche Unterredung mit Mr. Maudsley angeschlossen. Außerdem mußten die Verwandten und ein paar wenige alte Freunde, die von auswärts angereist waren, verköstigt werden – größtenteils ältere Leute, die es sehr gut meinten, aber alle berücksichtigt werden und ihre vielen Fragen, wie es denn passiert sei, beantwortet haben wollten. Dann das Begräbnis und diese schreckliche Sitte, sich hinterher auch noch zu einem Leichenschmaus einfinden zu müssen. Nun waren die Gäste alle gegangen, und sie wollte allein sein, um endlich abschalten zu können. Anthony war den ganzen Tag über nicht einmal in ihre Nähe gekommen, und schon gestern hatte er sie von dem Augenblick an gemieden, als Mr. Maudsley das Testament verlesen hatte. Das war eine der Sachen, über die sie nicht länger grübeln wollte. Er sah hart und eigensinnig aus und genauso unglücklich wie sie selbst. Sie wollte einfach nicht mehr darüber nachdenken.

Sie wandte den Kopf zur Seite und sah Mirrie zwei Schritte hinter sich – eine kleine, tränennasse, zerzauste Mirrie, einem Kätzchen vergleichbar, das draußen im Regen gesessen hatte. Sie brachte es nicht fertig, einfach in ihr Zimmer zu gehen und die Tür hinter sich zuzumachen. Sie sagte: »Oh, Mirrie, was ist denn?« Und Mirrie begann wieder zu weinen, nicht laut, aber auf eine herzzerbrechende Weise. Da nahm sie dieses kleine schluchzende Wesen mit in ihr Zimmer und setzte es in einen Sessel. Dann schloß sie die Tür, kam zurück und setzte sich in den Sessel daneben.

»Mirrie, worüber weinst du?«

Mirrie seufzte: »Es ist alles so schrecklich . . .«

»Ich weiß. Aber hör jetzt bitte auf zu weinen. Es wäre Onkel Jonathan nicht recht, daß du so viel weinst.«

Da war ein neuer Schub von Tränen.

»Er war so gut zu mir!«

»Er mochte dich sehr.«

Mirrie schluchzte aus tiefstem Herzen.

»Wirst du mich zurückschicken?«

»Darüber möchte ich mit dir reden.«

»Oh, du *willst*! Oh, Georgina – bitte – bitte – nicht! Onkel Albert und Tante Grace – und dieses schreckliche Heim – du weißt nicht, wie das dort ist – du weißt es wirklich nicht! Und ich würde Johnny nie wiedersehen! Er mag mich jetzt, aber er wird mich wieder vergessen, wenn ich fortgehe – ich weiß, daß er das tun wird! Oh, bitte, schick mich nicht fort!«

Georgina antwortete: »Ich werde dich zu nichts zwingen. Ich habe mit Mr. Maudsley über dich gesprochen.«

»Was hat er gesagt?« Und dann, als Georgina zögerte, fuhr sie rasch fort: »Er mag mich nicht. Er war *froh*, daß das Testament verbrannt worden ist. Er wird nicht zulassen, daß du etwas für mich tust . . . ich weiß das.«

»Hör zu, Mirrie. Onkel Jonathan wollte für dich sorgen. Er hat das Testament, das er am Dienstag aufgesetzt hatte, verbrannt, weil er es im Zorn auf mich wegen irgendeiner Sache verfaßt hatte. Ich weiß wirklich nicht, was in dem Testament stand – er hat es mir nicht gesagt. Er sagte nur, es wäre ungerecht, und daß er ein neues Testament aufsetzen wolle, das uns beide gerecht behandeln würde. Nun, er starb, ehe er seinen Willen in die Tat umsetzen konnte; aber ich will seinem Willen gerecht werden, soweit ich das kann. Darüber habe ich mit Mr. Maudsley gesprochen.«

Mirrie hatte aufgehört zu weinen. Ihre Augen waren auf Georginas Gesicht geheftet, und ihr Atem ging schneller. Georgina fuhr fort:

»Mr. Maudsley erklärte mir, daß ich dir nichts von dem Kapital abgeben könnte, weil es ein Treuhandvermögen sei. Er und Anthony sind die Vermögensverwalter. Sie werden mir aus den Zinsen dieses Vermögens ein geregeltes Einkommen zukommen lassen, doch weder sie noch ich können dir einen Teil des Kapitals abtreten. Was ich tun kann und wozu ich bereit bin, ist, dich an diesem Einkommen zu beteiligen – und zwar mit dem Anteil, den Onkel Jonathan dir zu vermachen vorhatte. Ich weiß nicht, wie groß das vererbte Kapital ist. Man muß immer viel Erbschaftssteuer bezahlen, sobald ein Erblasser stirbt, und ich weiß nicht, wie groß das Einkommen vom verbleibenden Kapital sein wird. Doch daß du gegen deinen Willen zu deinem Onkel und zu deiner Tante zurück sollst oder gar in dieses schreckliche Heim – das steht überhaupt nicht zur Debatte.«

Mirrie sagte fassungslos: »Oh ...« Ihre Lippen waren genauso rund wie ihre Augen. Sie sagte: »Oh, Georgina« und dann: »Ich werde etwas eigenes Geld haben?«

»O ja! Fühlst du dich jetzt besser?«

Mirrie nickte heftig.

»Ich kann es Johnny geben – für seine Werkstatt.«

Georginas Stimme war warm und gütig gewesen. Das änderte sich nun.

»Hat er dich etwa darum gebeten?«

Der Kopf mit den zerzausten Locken bewegte sich hin und her.

»O nein, das hat er nicht – aber ich täte es gern. Er sagte mir gleich, daß er sehr arm wäre und kein Mädchen mit viel Geld heiraten würde. Er pflegte seine Witze darüber zu machen. Ich sagte ihm, Onkel Jonathan habe mir versprochen, er würde mich so wie seine eigene Tochter stellen, und ich meinte, wenn ich Geld hätte, könnte ich ihm ja was davon abgeben. Er meinte jedoch, das könnte nicht sein, weil Männer nie Geld von Mädchen annähmen. Ich glaubte ja damals fest daran, daß ich eine Menge Geld haben würde, weil Onkel Jonathan so was zu mir gesagt hatte. Und als mir dann

Johnny von der Werkstatt erzählte, die er so gern haben wollte ...« Ihre Stimme ging im Schluchzen unter.

Georgina fragte mit besorgter Stimme:

»Mirrie – wann hat Johnny dir das alles erzählt?«

»Das war am Mittwoch. Es war so schrecklich gewesen, und ich hatte stundenlang geweint, bis Johnny mich in seinem Wagen mitnahm. Und er sagte, die einzige Möglichkeit, ihm etwas von meinem Geld abzugeben, wäre die Heirat.«

Johnny hatte nun wirklich nicht das Gras unter seinen Füßen wachsen lassen. Georgina überlegte mit flammender Entrüstung, wie rasch Mirrie herausfinden würde, daß er um Jonathans Geld gebuhlt hatte und seine Gefühle keineswegs der bettelarmen Mirrie Field galten. Sie entsann sich wieder Mirries Aufschrei: ›Oh, jetzt willst du mich bestimmt nicht mehr heiraten, oder?‹, als Mr. Maudsley das Testament verlesen hatte und sie zur Kenntnis nehmen mußte, daß sie darin überhaupt nicht vorkam. Johnny war ihr damals nachgegangen, und sie fragte sich jetzt, was er dann zu ihr gesagt hatte, und ob Mirrie inzwischen begriffen hatte, daß er im Grunde nur ihr Geld haben wollte. Sie fragte verhalten:

»Habt ihr euch danach noch einmal ausgesprochen?«

Mirrie nickte.

»O ja. Ich dachte, er wollte mich nicht heiraten, weil ich nun ohne Geld dastand. Aber er sagte, er würde sich für mich abrackern, bis ihm das Fleisch von den Knochen fiele, und versprach – er hat es mir wirklich versprochen –, daß ich nicht mehr zu Onkel Albert und Tante Grace zurückmüßte. Er sagte, er habe ein bißchen Geld von seiner Tante geerbt und sei auf der Suche nach einer Werkstatt, in die er das Geld investieren könne. Und darüber würde eine Wohnung sein, in die wir ziehen könnten. O Georgina, das hört sich wunderbar an, nicht wahr?«

»Er wußte, daß du kein Geld geerbt hast?«

Mirrie schluchzte ein letztes Mal.

»Er sagt, er liebe mich so sehr, und daß ich kein Geld hätte, wäre überhaupt nicht wichtig.«

28

Johnny Fabian kam mit dem erhebenden Gefühl zurück, daß nun eine Menge unangenehmer und nervenaufreibender Dinge überstanden waren und er in das normale Leben zurückkehren könne. Dieser Sid Turner gehörte zu diesen unangenehmen Dingen. Er selbst hatte keine Kontaktschwierigkeiten und kam in der Regel mit jedem zurecht; doch er hatte das Gefühl, daß er selbst nicht einmal auf einer einsamen Insel mit Sid Kontakt aufnehmen würde. Er hatte gesehen, wie Sid zu Mr. Maudsley in ein Abteil erster Klasse gestiegen war, und fragte sich, wie lange es dauern würde, bis der Schaffner herausfand, daß er nur für die dritte Klasse bezahlt hatte. Die Vorstellung, was Mr. Maudsley dazu sagen würde, wenn die Wahrheit herauskam, trug wesentlich zu seiner guten Laune auf der Rückfahrt nach Field End bei.

Er nahm immer zwei Stufen auf einmal, als er in den ersten Stock hinaufstieg und sich zu Georginas Suite begab. Sie hatte sich umgezogen und saß im Hausmantel vor dem Kamin. Nur eine Stehlampe brannte im Zimmer, und es war warm und heimelig. Er ließ sich in einen Sessel an der linken Seite des Kamins fallen.

»Nun«, sagte er, »die sind unterwegs nach London. Hand in Hand sozusagen – dieser unaussprechliche Sid und dieser respektable Maudsley. Ich habe so ein Gefühl, es wird keine Freundschaft daraus.«

Georgina schob die Brauen zusammen.

»Ich weiß immer noch nicht, warum er überhaupt herkam.«

»Du weißt es nicht, Darling? Das liegt an deinem reinen, arglosen Verstand. Meiner sagt mir, er kam hierher, um Mirrie auszuspionieren. Wieviel sie geerbt hat und was er sich davon abzweigen kann.«

Sie sah ihn mit einem neugierig-nachdenklichen Blick an.

»Sie hatte Angst vor ihm, nicht wahr?«

»Darling, solange sie kein Geld hat, bin ich der Meinung, daß sie nichts mehr von ihm zu befürchten hat. Ich glaube, daß sich dieser Sid nicht mehr blicken läßt.«

»Ich hatte nicht den Eindruck, daß sie ihn gern hat.«

»Ich bin überzeugt, daß sie ihn nicht mag.«

»Aber es ist nicht sehr angenehm für ein Mädchen, das Gefühl zu haben, ein Mann mag sie nur ihres Geldes wegen. Selbst wenn sie nicht in ihn verliebt ist, wird ihr das weh tun. Glaubst du nicht auch?«

Johnny sagte: »Hat sie mit dir geredet?«

»Ich habe mit ihr geredet.«

»Was hat sie gesagt?«

»Hatte sie denn etwas zu sagen?«

»Daß ich ihr den Hof gemacht habe?«

»Könnte sie so etwas gesagt haben? Wäre es denn wahr?«

»O ja.«

»Du bist doch schon immer ein guter Casanova gewesen, oder nicht, Johnny?«

Er lachte ein wenig reumütig.

»Das mag sein. Und warum auch nicht? Die Mädchen mögen das. Und ich mag es auch. Jeder kam auf seine Kosten, und geschadet hat es niemand.«

»Niemand, der dich wirklich kennt, würde dich ernst nehmen. Mirrie kennt dich nicht sehr gut. Für dich ist es ein Spiel; aber das darfst du bei ihr nicht voraussetzen.«

»Angenommen, es war für mich kein Spiel – diesmal. Es ist keines, weißt du!«

Es folgte wieder eine Pause, die sich ziemlich lange hinzog. Er saß vorgebeugt, das Kinn in die Hände gestützt, und starrte ins Feuer. Sie konnte nur sein Profil sehen. Schließlich sagte sie:

»Bist du sicher?«

Er nickte.

»Überraschend für dich, wie? Ich – ich möchte mit dir darüber reden, wenn du nichts dagegen hast.«

»Habe ich nicht, Johnny.«

»Es begann, als Jonathan sie hierherbrachte. Du weißt, wie sie auf einen wirkt – auf jeden wirken wird: wie ein kleines, verirrtes Ding, daß sich einzuschmeicheln versucht, in der Hoffnung, dableiben zu dürfen. Es schien mir ganz natürlich, daß ich mich ein wenig um sie kümmerte. Dann, als ich merkte, ihr gefiel das, kam ich auf andere Ideen. Jonathan hatte vom Fleck weg einen Narren an ihr gefressen, und ich dachte – nun, du kannst dir vermutlich denken, was ich dachte.«

»O ja.«

»Nicht, daß ich sie ausgenützt hätte. Ich meine . . .«

Er fand es unmöglich, ihr zu sagen, was er meinte. Er hatte nun seit neunzehn Jahren mit Georgina unter einem Dach gelebt, und es gab wirklich kaum etwas, das sie nicht voneinander gewußt hätten. Sie wußte sehr wohl, was er meinte, und sagte es ihm auch.

»Du dachtest, Onkel Jonathan würde dir ein Geschäft einrichten und sagen: ›Ich gebe euch meinen Segen, Kinder.‹«

»So ungefähr. Aber ich hatte es nicht eilig. Das kannst du mir glauben. Ich schaute mich nach einem kleinen, gutgehenden Geschäft um; ich dachte, ich will mich erst mal an den Gedanken gewöhnen, daß ich Mirrie gern habe. Und dann mußte das alles passieren: Vor wenigen Tagen lief alles noch wie geplant, und dann – von einer Minute zur anderen – lag alles in einem Schmelztiegel, und niemand wußte mehr, wo der andere stand. Mirrie erzählte mir, daß Onkel Jonathan ein neues Testament verfaßt und ihr gesagt hätte, er würde sie behandeln, als wäre sie seine leibliche Tochter. Da hatte ich noch gar nicht vor, ihr etwas zu sagen; aber das Gespräch lief einfach darauf zu. Sie dachte, sie würde eine Menge Geld erben, und wollte mir etwas davon abgeben. Ich sagte, das dürfe sie nicht tun und – oh, Himmel, du kannst dir vermutlich denken, wie es weiterging. Ich verlor offenbar den Kopf – strengte mich wahrscheinlich gar nicht so sehr an, ihn nicht zu verlieren – und ehe wir uns versahen, redeten wir schon über die Wohnung über der Werkstatt, die ich mir zulegen wollte. Ich habe ja noch zweitausend Pfund von Tante Eleanor . . .«

»O Johnny, wie kannst du nur!« unterbrach ihn Georgina an dieser Stelle.

Er sah mit einem flüchtigen Grinsen zu ihr hin.

»Ich weiß, ich weiß. Jonathan tot, Mirrie seine Erbin, und ich lasse nicht mal vierundzwanzig Stunden verstreichen, um sie festzunageln – so sieht es wohl aus.«

»Richtig!«

»Es passierte einfach. Du weißt doch selbst, wie so etwas geht. Man setzt sich auf eine eingeseifte Rutsche, und dann gibt es kein Halten mehr.«

Georgina sah ihn an. Er spielte ihr nichts vor. Sie sagte:

»Das muß ja ein schlimmer Schock für dich gewesen sein, als du feststellen mußtest, Jonathan hatte sein neues Testament noch am selben Abend verbrannt.«

»Ja – in gewisser Beziehung schon. Ich glaube, du wirst mich für einen Lügner halten . . .«

»Warum sollte ich dir nicht glauben?«

Er ließ sein seltsames, kurzes Lachen hören.

»Weil ich es ja selbst kaum glauben kann! Als Maudsley seinen Vortrag hielt und sagte, daß du nach dem alten Testament alles erben würdest, weil Jonathan das neue verbrannt hatte, warf das Mirrie glatt um. Sie dachte, das würde für sie die Rückkehr in dieses schreckliche Waisenhaus bedeuten, und ob du mir nun glaubst oder nicht – ich dachte jetzt nur noch daran, wie man sich am besten um sie kümmern könnte und was passieren muß, damit sie sich sicher fühlt. Als sie sagte, ich wollte sie jetzt wohl nicht mehr heiraten, weil sie kein Geld habe, wußte ich, daß ich mir nichts sehnlicher auf dieser Welt wünschte, als sie zu heiraten. Und deshalb lief ich ihr nach und sagte es ihr.«

Georgina streckte ihm die Hand hin, aber er merkte das gar nicht. Er starrte immer noch ins Feuer.

»Heute nachmittag bei der Beerdigung tauchte nun dieser schreckliche Sid Turner auf und sprach mit Mirrie. Weiß der Himmel, was ihn hierhergetrieben hat. Nein, das ist natürlich nicht wahr: Es war ja nicht schwer zu erraten, daß er gekommen war, weil er glaubte, Mirrie habe Jonathans Vermögen geerbt. Er sprach darüber mit Maudsley, als ich die beiden mit dem Wagen nach Lenton brachte. Mirrie hatte ihm die Sache von dem verbrannten Testament erzählt, und er ließ eine Bemerkung dahingehend fallen, er wolle ihr zu ihrem Recht verhelfen. Was Maudsley davon hielt, hat er ihm schon während der Fahrt zum Bahnhof klargemacht. Jedenfalls habe ich die ganze Zeit über, als er redete – die ganze Zeit, Georgina –, daran denken müssen, daß vielleicht nicht ein Jota Unterschied zwischen ihm und mir bestünde, wenn Onkel Jonathan nicht gewesen wäre. Du weißt, ich hatte auch nicht den leisesten Hauch eines Anspruchs gegenüber Jonathan. Mama ist vielleicht eine Kusine um siebzehn Ekken, und ich war nur ein gräßlicher, schmuddeliger kleiner

Schuljunge, der ihm verwandtschaftlich so nahestand wie Adam und Eva. Und trotzdem erlaubte er ihr, daß sie mich mit in sein Haus bringen durfte, und er hat mir immer das Gefühl gegeben, daß hier mein Zuhause wäre. Hätte ich nur nach meinen Instinkten leben müssen, dann wäre wohl nicht viel anderes herausgekommen wie bei diesem Sid. Da ist mir klargeworden, wieviel ich Jonathan zu verdanken hatte. Und Mama – und dir.«

»Vielen Dank, Johnny«, sagte Georgina. Und dann, nach einer kleinen Pause: »Was wirst du jetzt tun? Mit Mirrie, meine ich? Seid ihr verlobt?«

»Nun ja, das sind wir. Glaubst du, wir sollten das bekanntmachen?«

»Ich weiß nicht. Sie ist noch so jung, Johnny.«

Er versuchte ihre Bedenken zu zerstreuen:

»Jemand muß sich um sie kümmern. Sie kann unmöglich zu diesem Onkel und dieser Tante zurück.«

»Sie würden sie auch gar nicht haben wollen, wenn sie keinen Penny geerbt hat. Du solltest lieber abwarten und mich mit Mr. Maudsley reden lassen.«

Zum erstenmal im Verlauf dieses Gesprächs wandte er sich ihr zu.

»Was wirst du ihm sagen?«

Georgina lachte. Sie streckte abermals die Hand aus, und diesmal ergriff er sie. Sie sagte:

»Warte es ab.«

Der ernsthafte Johnny wurde von dem Johnny verdrängt, der sie spitzbübisch ansah.

»Du wirst uns doch nicht etwa ein hübsches Präsent zur Hochzeit machen wollen, Darling?«

»Vielleicht doch«, sagte Georgina.

29

Später an diesem Abend hatte Miss Silver ein Gespräch mit Kriminalinspektor Frank Abbott. Wie die vorhergehenden Interviews fand es in der Bibliothek statt, jedoch in einer viel entspannteren Atmosphäre. Der Schock und die Aufregung hatten sich ein wenig gelegt. Miss Silvers Strickbeutel lag auf einer Ecke von Jonathan Fields Schreibtisch, und ihre Hände waren mit zwei blaßblauen Stricknadeln beschäftigt, an denen ein hauchdünnes Gespinst aus weißer, dünner und sehr feiner Wolle hing. Ein Handtuch auf ihren Knien schützte das Gespinst, das ein Babyschal werden sollte, vor direkter Berührung mit ihrem Rock. Es gab viele Babys in ihrer Verwandtschaft, die solche Schals brauchten, und Schals, wie sie Miss Silver strickte, waren in ihrer Verwandtschaft sehr gefragt.

Sie blickte über ihre Nadeln hinweg Frank Abbott an und sagte:

»Ich habe den Eindruck, es könnte sich lohnen, diesen Mr. Turner etwas genauer unter die Lupe zu nehmen.«

Er lachte.

»Ich fühlte mich auch nicht gerade zu ihm hingezogen. Aber ich möchte wetten, in Pigeon Hill macht er Furore.«

»Er ist zweifellos ein Typ, der mit sich selbst sehr zufrieden ist. Doch was mir wichtiger erscheint, ist die Tatsache, daß Mirrie Field sich vor ihm fürchtet.«

»Und wie kommen Sie auf diese Idee?«

»Ich habe die beiden beobachtet, als er sie auf dem Friedhof ansprach. Ich war nicht nahe genug, um mithören zu können; aber er trat ihr gegenüber sehr selbstherrlich auf, und Mirrie wich vor ihm einen Schritt zurück, als wollte sie bei Mr. Fabian Hilfe suchen, der hinter ihr stand. Sid Turner reagierte mit bemerkenswerter Unhöflichkeit, und Mirrie machte ein sehr ängstliches Gesicht.«

»Ich hätte eigentlich erwartet, daß sie es genießen würde, einen gegen den anderen ausspielen zu können – aber wie Sie zweifellos gleich bemerken werden, nicht gerade bei der Beerdigung ihres Onkels.«

Miss Silver wiederholte nur:

»Sie machte ein sehr ängstliches Gesicht.«

»Nun, ich hatte den Eindruck, ihn würde auch ein Begräbnis nicht daran hindern, ihr eine Szene zu machen. Aber vermutlich steckt noch mehr dahinter, sonst hätten Sie mich wohl kaum zu einem Gespräch unter vier Augen eingeladen. Ich habe keinen Zweifel, daß Mirrie mit Sid geflirtet haben könnte, wenn er das Beste war, was sie in Pigeon Hill bekommen konnte. Doch nun kann es nicht verwundern, wenn sie in Field End einem Johnny Fabian gegenüber einem Sid aus Pigeon Hill den Vorzug gibt. Darüber kann nur ein Sid erbost sein, der in seinen Kreisen die erste Geige spielt. Keine Frage also, daß es Mirrie nicht ganz wohl war in ihrer Haut.«

Miss Silver schüttelte den Kopf.

»Ich glaube nicht, daß die Situation so einfach ist, wie Sie sie darstellen. Mirrie hat mit ihrem Onkel und ihrer Tante, die sie aufgezogen haben, ein sehr langweiliges Leben verbracht. Die beiden lebten nicht nur in bedrückenden Verhältnissen, sondern waren auch sehr streng zu dem Kind. Sie bekam nie Taschengeld, und man erlaubte ihr auch keine Zerstreuung. Sie durfte nicht einmal ins Kino gehen und hätte sowieso kein Geld gehabt, um sich eine Eintrittskarte zu kaufen. Ich entdeckte jedoch, daß sie die meisten der damals gängigen Filme gesehen hat. Sie erzählte Georgina, daß Onkel Albert und Tante Grace Sid Turner nicht ausstehen konnten und ihr verboten, mit ihm auszugehen; doch ich bin fest überzeugt, daß sie trotzdem mit ihm ausgegangen ist. Ich glaube, sie ist sehr geschickt bei solchen Manövern. Sie hat so eine naive, niedliche Art, hinter der man derartige Betrugsmanöver nicht vermutet. Das kommt ihr sehr zustatten. Bis zu einem gewissen Grad ist ihr das wohl angeboren; aber sie hat inzwischen gelernt, sehr geschickt mit diesem Talent umzugehen.«

Er hob eine Hand.

»Meine liebe Madam – was für eine schonungslose Zergliederung!«

Miss Silver ließ die Nadeln wieder klappern.

»Sie fanden sich schon mehrmals zu dem Urteil bereit, ich verstünde Mädchen. Meine pädagogische Tätigkeit wäre Verschwendung gewesen, hätte ich nicht Einsicht gewonnen in die verschiedenartigen Charaktere und deren mutmaßliche Verhaltensmuster. Mirries Typ ist nicht außergewöhnlich. Ihre Schwächen wurden durch die Strenge und Kälte ihres Milieus ermuntert. Sie hatte ein natürliches Verlangen nach Geborgenheit, Vergnügen und Zuneigung. Und sie hatte gelernt, eine Rolle zu spielen. Doch wie Lord Tennyson so richtig sagt, wenn er von dem Menschen spricht, der seine ›Wünsche um der Mode willen in Hüllen kleide‹, wird die Natur, die dem Gebot der Jahreszeiten folgt, sich durchsetzen – ›denn wer kann immer nur eine Rolle spielen?‹«

»Meine verehrte Madam, Sie übertreffen sich!«

Ihr Blick verwies seine Ironie in die ihr gebührenden Schranken. Sie sagte:

»Ich bemühe mich, Sie davon zu überzeugen, daß Mirrie Field nicht nur bei Sid Turners unerwartetem Erscheinen vor Schreck vergaß, ihre Rolle zu spielen, sondern auch Veranlassung hatte oder noch hat, sich vor ihm zu fürchten.«

»Ja?«

Miss Silver wickelte ein paar Windungen von dem Wollknäuel in ihrem Strickbeutel ab, ehe sie fortfuhr:

»Georgina hat Ihnen vermutlich von dem anonymen Brief erzählt, der sie der Eifersucht auf Mirrie beschuldigte und ihr unterstellte, sie versuche das Mädchen zu demütigen. Ich vermute, daß Mirrie das Material für diesen Brief zum Teil selbst geliefert haben muß, obgleich ich nicht annehme, daß sie wußte, wie Sid Turner dieses Material verwenden würde.«

»Sie glauben, der Brief stammt von ihm?«

»Ich glaube, die Wahrscheinlichkeit, daß er den Brief verfaßt hat, ist groß. Ich hatte mit ihm ein längeres Gespräch im Eßzimmer, nachdem wir von der Beerdigung zurückgekommen waren. Das Zimmer war voller Gäste, Erfrischungen wurden gereicht, und die meisten Anwesenden waren entweder Freunde der Familie oder Verwandte. So wurde er kaum beachtet, und als ich mich um ihn bemühte, erkundigte er sich zunächst auf äußerst taktlose Weise, ob ich die Gouvernante wäre. Als ich ihm antwortete, ich hätte diese Tätigkeit schon vor Jahren aufgegeben, kam er offensichtlich zu dem Schluß, ich sei als Gouvernante von Georgina Grey im Hause beschäftigt gewesen. Das ermunterte ihn dazu, mich auszuhorchen, welche Verfügungen denn Mr. Field hinsichtlich seines Vermögens getroffen hätte, und ich darf sagen, daß der Tenor seines Gesprächs eine grobe und vulgäre Geisteshaltung widerspiegelte.«

»Und Sie haben ihn nicht zum Mond geschossen?«

»Mein lieber Frank!«

»Er hat das Gespräch tatsächlich überlebt?«

Miss Silver gestattete sich kein Lächeln, wenngleich ihr Mund nicht mehr ganz so streng aussah.

»Ich beschränkte mich auf die Sache.«

»Sie hielten den Donnerkeil zurück!«

»Ich wollte hören, was er zu sagen hatte.«

»Und was hatte er zu sagen?«

»Er wollte wissen, ob Mirrie das Haus geerbt habe. Er

setzte das wohl voraus, denn er schien sehr verwundert, als ich sagte, soweit ich wüßte, sei es Miss Georgina Grey vermacht worden. Ich ermunterte ihn dazu, sein Verhör fortzusetzen, gab aber keine weiteren Informationen mehr preis. Während des ganzen Gesprächs behandelte er mich wie eine Person, der keine Bedeutung zukommt und vor der man nicht auf der Hut zu sein braucht. Ich gestattete mir, im Detail ungenau zu sein und leicht zu verwirren, sobald man auf Genauigkeit pochte. Mehr als einmal unterbrach er mich, um Einzelheiten richtigzustellen.«

Frank Abbott war immer noch nicht mit vollem Ernst bei der Sache:

»Was wollen Sie mir damit andeuten?«

»Ich will Sie auf die Punkte hinweisen, in denen er mich korrigieren konnte. Sie werden ja wissen, ob und welche Einzelheiten über die Mordtat der Presse zur Veröffentlichung übermittelt wurden. Zum Beispiel die Tatsache, daß Mr. Field an seinem Schreibtisch sitzend durchs Herz geschossen wurde. Ich habe nichts darüber in den Blättern gelesen, die hier im Haus gehalten werden.«

Er sah sie nun aufmerksam an.

»Keinerlei Einzelheiten wurden an die Presse weitergegeben. Die ersten Details kamen bei der Totenschau heute vormittag zur Sprache. Auch da wurde lediglich festgestellt, daß man den Toten erschossen in seiner Bibliothek gefunden habe.«

»Als ich absichtlich eine unzutreffende Bemerkung machte, man habe Mr. Field mit einem Kopfschuß auf dem Teppich seiner Bibliothek vorgefunden, beeilte sich Sid Turner, das mit dem Hinweis auf Pressemeldungen richtigzustellen, die berichtet hätten, Mr. Field habe an seinem Schreibtisch gesessen. Kurz danach entschlüpfte ihm beiläufig die Bemerkung, Mr. Field sei durchs Herz geschossen worden.«

Frank sagte stirnrunzelnd:

»Mirrie hätte ihm das mitteilen können.«

»Dazu hatte sie keine Gelegenheit. Ich saß im selben Wagen wie sie, als wir von der Beerdigung zurückkamen. Mirrie und Georgina Grey begaben sich unmittelbar nach dem Aussteigen in ihre Zimmer im Oberstock.«

»Sie könnte es ihm schriftlich mitgeteilt haben, oder er kann diese Informationen im Dorf aufgeschnappt haben. So etwas spricht sich schnell herum, wie Sie wissen.«

Miss Silver hüstelte auf eine Weise, die eine abweichende Meinung signalisierte.

»Als ich das Album zur Sprache brachte ...«

»Oh, Sie erwähnten es?«

»Ich wollte mich vergewissern, ob das bei ihm eine Reaktion auslöste.«

»Hat es?«

»Und ob. Ich fragte, ob in der Zeitung, die er gelesen hätte, auch das Album erwähnt worden wäre, das Mr. Fields berühmte Sammlung von Fingerabdrücken enthielt und bei dem Toten gefunden wurde. Worauf er antwortete, er glaube, auch das gelesen zu haben.«

»Die Presse hat von dem Album nichts erfahren.«

»Das habe ich mir gedacht. Nachdem ich Sid Turner in die Lage versetzt hatte, sich unbefangen über das Album auszusprechen, verfolgte er dieses Thema. Er spekulierte darüber, ob die Fingerabdrücke etwas mit dem Mord zu tun haben könnten, und schien sehr angetan von der Theorie, das Motiv des Täters sei vielleicht darin zu suchen, daß er einige ihn belastende Fingerabdrücke beseitigen wollte. Und dann fragte er mich, ob vielleicht Seiten aus dem Album herausgerissen worden wären.«

»Oh, das hat er Sie gefragt? Und was haben Sie ihm geantwortet?«

»Ich fragte ihn, ob davon etwas in der Zeitung gestanden habe, die er gelesen hatte.«

Frank Abbott sagte rasch:

»Wenn er das bejaht hat, dann . . .«

Miss Silver schüttelte den Kopf.

»Da legte er sich nicht fest, sondern konterte mit der Gegenfrage: ›Also wurde eine Seite herausgerissen?‹ Ich antwortete, das könnte ich ihm nicht sagen; aber vermutlich habe sich die Polizei in dieser Richtung gründlich umgesehen. Es war offensichtlich, daß Mr. Turner großen Wert auf ein solches Indiz legte. Ich hatte entschieden den Eindruck, daß er die Aufmerksamkeit auf das Album lenken und einen ursächlichen Zusammenhang zwischen dem Mord und der fehlenden Seite herstellen wollte. Es ist sehr schwierig, die Atmosphäre, wie ich es nennen möchte, eines solchen Gesprächs wiederzugeben; aber sie ließ kaum noch einen Zweifel daran, daß er von dem Album neben dem Toten und der fehlenden Seite gewußt haben mußte, ehe ich das Gespräch darauf lenkte.«

»Sie hatten diesen Eindruck?«

»Entschieden. Nachdem sich bei mir der Verdacht verfestigt hatte, er habe von beidem gewußt, machte ich eine Bemerkung, die Kompetenz der Polizei betreffend, und fügte hinzu, Sie wären ein außerordentlich intelligenter Beamter und würden meiner Überzeugung nach hartnäckig jede Spur verfolgen, die sich Ihnen im Verlauf Ihrer Ermittlungen enthüllte.«

»Und was antwortete er darauf?«

»Er fragte, ob Sie schon eine Spur hätten.«

»Einfach so?«

»Einfach so. Ich gestattete mir, verwirrt zu erscheinen, und sagte, ich möchte nicht in den Verdacht geraten, Informationen dieser Art weiterzugeben. Ich sollte Sie hier noch einmal daran erinnern, daß er mich als eine Abhängige minderen Ranges einstufte, die zwar zum Tratschen neigt, jedoch um ihr weiteres Fortkommen bangen und daher ihre Zunge hüten muß. Tatsächlich bildete er sich ein, daß ich meine Schweigepflicht verletzt und ihm ein Faktum verraten hätte; und da er es nicht für notwendig hielt, vor mir auf der Hut zu sein, verriet er sein Interesse und – wie ich glaube, behaupten zu dürfen – seine Sorge, was dieses angebliche Faktum betraf.«

»Sie erlaubten ihm also, zu glauben, wir hätten eine Spur?«

»Ich erweckte den Eindruck, als hätten Sie eine Spur.«

»Und was passierte darauf?«

»Die Gäste begannen aufzubrechen. Er sah eine Chance, sich Mirrie Field zu nähern, und auf diese Gelegenheit hatte er offenbar die ganze Zeit gewartet. Er folgte ihr aus dem Speisezimmer, und sie gingen beide in den kleinen Salon.«

Es folgte nun eine längere Pause. Miss Silver beschäftigte sich wieder mit ihren Stricknadeln, während sich Frank Abbott im Schreibtischsessel zurücklehnte. Er trug einen schönen dunklen Anzug und die schwarze Krawatte, die er anläßlich der Beerdigung umgebunden hatte. Sein blasses, glattes Haar reflektierte das Licht der eingeschalteten Deckenbeleuchtung. Die hohe Stirn und die knochige Nase unterstrichen den Eindruck, daß er angestrengt nachdachte. Er kam allerdings ziemlich abrupt aus seiner Gedankenverlorenheit wieder heraus und sagte:

»Eine Prise Beweise ist mir lieber als eine Wagenladung Gemsenfedern.«

Es war das erste Mal, daß Miß Silver diese sprachliche Wendung von ihm hörte. Sie wiederholte im milden, fragenden Ton:

»Gemsenfedern?«

»Ein kontinentaler Ausdruck aus den Bergen. Im Unterschied zu Gamsbärten findet man Gemsenfedern in der Nachbarschaft von Gemseneiern. Aber Scherz beiseite! Was, wenn überhaupt, schlagen Sie vor?«

»Nichts, was Ihnen nicht selbst schon in den Sinn gekommen wäre. Sid Turner unter die Lupe zu nehmen. Sein Alibi für Dienstag nacht nachzuprüfen. Die Möglichkeit, daß er die Geschichte erfahren haben kann, die Mr. Field vor vierzehn Tagen hier in der Bibliothek zum besten gab. Die Informationsquelle könnte Mirrie gewesen sein. Sie waren damals selbst dabei. Hatten Sie den Eindruck, Mirrie sei von dieser Geschichte beeindruckt gewesen?«

»Das war sie. Jedoch war es eher eine mädchenhafte Neugierde, die sich in den Worten äußerte: ›Oh, lieber Onkel Jonathan, du mußt uns das erzählen!‹, als Georgina hereinkam und darauf aufmerksam machte, daß neue Gäste einträfen.«

»Sie hätte Sid Turner diese Geschichte in einem Brief oder einem Gespräch mitteilen können.«

Frank hatte eine eigenartig bruchstückhafte Erinnerung an die Ballnacht. Oder war sie gar nicht bruchstückhaft? Er begann sich das nun zu fragen. Cicely hatte ihr Taschentuch in der Bibliothek vergessen, und er war dorthin gegangen, um es zu holen. Als er das besagte Taschentuch an sich nahm, hatte er ein Geräusch von der Terrassentür her gehört. Die Glastür hatte sich wie in der Mordnacht im Wind bewegt. Und als er den Vorhang zurückzog, hatte Mirrie unmittelbar hinter der Tür auf der Terrasse gestanden, mit Augen so groß wie Suppenteller und bibbernd in ihrem weißen Rüschenkleid. Ein Zustand, der akute Angst verriet; aber sie hatte ihm nur die Verwirrte vorgespielt: ›Mir – mir war es zu heiß – ich – ich bin einen Moment hinausgegangen.‹ Sie waren gemeinsam zum Büfett in den Speisesaal gegangen, und dort hatte sie sich mit Johnny abgesondert. Aber wen hatte sie draußen auf der Terrasse getroffen, und warum war der Betreffende nicht mit ihr ins Haus gekommen? Konnte sie sich draußen mit Sid Turner getroffen haben? Das fragte er sich nun, behielt aber seine Gedanken für sich. Er sagte laut:

»Hatte sie die Gewohnheit, mit Sid zu telefonieren?«

»Das weiß ich nicht, ich kann jedoch diskret in diese Richtung ermitteln. Vielleicht wäre es besser, wenn Sie die beiden mir überließen.«

Frank antwortete stirnrunzelnd:

»Tatsächlich ist mir zufällig zu Ohren gekommen, daß die Geschichte in Pigeon Hill bekannt geworden ist. Einer von den Gästen, die vor vierzehn Tagen in der Bibliothek anwesend waren, als Mr. Field besagte Anekdote erzählte, ist ein gewisser Vincent, der sich kürzlich hier in der Nachbarschaft niederließ und lange Jahre in Südamerika verbrachte. Wenn es Sie einmal gelüsten sollte, an Langeweile zu sterben, dann bitten Sie ihn, Ihnen zu erzählen, was er 1935 in Venezuela erlebte – oder war es 1937? Er wird mindestens zwanzig Minuten brauchen, ehe er zur Sache kommt. Offenbar hat er einen Freund in Pigeon Hill. Der leitete dort einen Klub für junge Männer, und vergangene Woche weilte Mr. Vincent dort zu Besuch, wiederholte mehrmals Mr. Fields Geschichte vor gemischter Zuhörerschaft und hat sie auch noch in eine Ansprache eingebaut, die er vor Jugendlichen hielt. Ich würde nicht unbedingt annehmen, daß Sid Turner einem Klub hochanständiger Jugendlicher angehört, doch wenn die Geschichte schon in Pigeon Hill unter die Leute kam, konnte er sie durchaus dort gehört haben. Natürlich könnte auch Mirrie Field die Quelle gewesen sein, nur gibt es beklagenswerterweise nicht den Hauch eines Beweises, daß sie oder ein anderer ihm überhaupt etwas mitgeteilt haben.«

Miss Silver sagte mit sachter, aber beharrlicher Stimme:

»Er wußte, daß eine Seite aus dem Album herausgerissen worden war. Er legt großen Wert darauf, daß die verschwundenen Fingerabdrücke mit dem Mord in Verbindung gebracht werden.«

»Weshalb?«

Sie musterte ihn mit einem Blick, den sie einem Schüler zugeworfen hätte, der unter seinen Fähigkeiten blieb.

»Es könnte sich um ein Ablenkungsmanöver handeln.«

Vielleicht ging ihm jetzt ein Licht auf. Er rief betroffen:

»Meine liebe Madam!«

»Er wollte möglicherweise die Aufmerksamkeit von dem Umstand ablenken, daß Mr. Field sein Testament geändert hatte.«

Es folgte ein längeres Schweigen, das von Frank Abbott gebrochen wurde, der mit einer gewissen Entschlossenheit verkündete:

»Das ist in der Tat ein Gesichtspunkt, und ich werde ihn nicht vergessen. Im Augenblick macht mir ein anderes Problem sehr zu schaffen, und ich würde gern wissen, ob Sie sich darüber auch schon Gedanken gemacht haben. Es scheint mir der Punkt zu sein, um den sich der ganze Fall dreht.«

Miss Silver blickte ihn interessiert an und fragte:

»Ja?«

»Die Terrassentür – wer hat sie geöffnet?«

»Da es sich dabei um ein Modell handelt, das vermittels Bolzen und einer in den Boden eingelassenen Metallhülse verriegelt wird und nur durch die Drehung eines Griffes an der Innenseite geöffnet werden kann, kommt ein Nachschlüssel außer Betracht. Sie werden diese technischen Einzelheiten selbstverständlich bemerkt haben. Da Mr. Field von ungefähr halb neun Uhr abends bis ultimo in der Bibliothek saß, liegt die Vermutung nahe, daß er einen Besucher erwartete und selbst die Terrassentür öffnete. Natürlich konnte er in dieser Zeit aus gewissen Gründen die Bibliothek einige Minuten lang verlassen haben, so daß andere Hausbewohner Gelegenheit hatten, unbemerkt in die Bibliothek zu schlüpfen und den Riegel zu öffnen. Doch ich kann mich nicht zu der Überzeugung durchringen, daß das der Fall gewesen ist. Es wäre sehr riskant gewesen, da die entriegelte Tür dazu neigte, im Wind gegen den Rahmen zu schlagen, wie es ja später in der Nacht geschehen ist, was Miss Georgina Grey veranlaßte, in die Bibliothek hinunterzugehen. Zudem war eine solche Maßnahme unnötig, da es ja noch drei andere Türen nach vorne, zur Seite und nach hinten hinaus gibt, ganz abgesehen von den zahllosen Fenstern im Erdgeschoß, die man unverriegelt hätte lassen können, falls ein Hausbewohner vorhatte, einer Person von außerhalb Zutritt zu verschaffen.«

»Ich sehe, Sie haben es gründlich bedacht. Ich stimme Ihnen zu, daß Jonathan vermutlich selbst die Person ins Haus ließ, die ihn erschoß, wenn – ich wiederhole – wenn der Mörder außerhalb des Hauses zu suchen ist. Ich habe Georgina als Kandidatin noch keineswegs gestrichen, wissen Sie. Nach ihren jüngsten Erfahrungen mit ihrem Onkel hatte sie keinerlei Gewißheit mehr, wie oft Jonathan sein Testament noch ändern würde und mit welchem Status sie endgültig rechnen konnte. Und da ist noch etwas – auch Ihnen muß aufgefallen sein, wie sehr Anthony Hallam ihr aus dem Weg geht. Was Sie vielleicht nicht wissen: Er ist ihr seit Jahren außerordentlich ergeben, und als ich hier übers Wochenende auf Besuch war, schien er den Blick nicht von ihr abwenden zu können.

Aber lassen wir das mal beiseite und nehmen wir an, Jonathan habe selbst die Tür jemandem geöffnet, dann müssen wir voraussetzen, daß dieser Jemand mit ihm verabredet war. Denn seine Anwesenheit war offenbar nicht besorgniserregend. Es gibt keinen Schimmer eines Beweises, daß der

Revolver, den wir fanden, Jonathan gehört hat. Es gibt keinen Beweis, daß er auf einen Angriff gefaßt war. Er wurde erschossen, als er ruhig an seinem Schreibtisch saß. Ich halte es für ausgeschlossen, daß er auf die Tat vorbereitet war. Das deutet auf ein freundliches Gespräch hin, und ein freundliches Gespräch um diese späte Zeit deutet auf eine Verabredung hin. Wie war diese Verabredung getroffen worden? Brieflich? Höchst unwahrscheinlich. Ein Mann, der in verbrecherischen Absichten kommt, wird sich nicht brieflich kompromittieren oder Jonathan Gelegenheit geben, Dritten mitzuteilen, daß er Besuch erwartet. Daher glaube ich, daß dieser Besucher sich so spät wie möglich anmeldete – im Verlauf des Dienstagabends per Telefon. Es wäre nicht schwierig, dafür eine Ausrede zu finden. Nehmen wir an, jemand hat ihn abends angerufen und ihm irgendein Märchen von Fingerabdrücken erzählt, an denen er interessiert sein könnte. Wenn die Geschichte ihm lediglich Zutritt zum Haus verschaffen sollte, konnte er sich ja etwas sehr Dramatisches einfallen lassen, weil er wußte, daß keiner ihm diesen Bluff würde nachweisen können. Nun ist allgemein bekannt, daß Jonathan Himmel und Hölle in Bewegung setzte, falls er sich ein wirklich interessantes Exemplar von Fingerabdrükken einverleiben konnte. Die Geschichte seiner Testamentsänderung ist ein Beweis, zu welch spontanen Entschlüssen er fähig war. Unter diesen Voraussetzungen kann ich mir gut vorstellen, daß er spätabends noch spontan eine Verabredung trifft. Das würde auch das Album auf dem Schreibtisch erklären. Tatsächlich erklärte es fast alles, einschließlich der herausgerissenen Seite und der fehlenden Notizen über den Unbekannten, der ihm im Krieg zwei Morde beichtete.«

Miss Silver hatte sehr aufmerksam zugehört.

»Ist es möglich, festzustellen, welche Gespräche am Dienstag abend Field End erreichten?«

»Georgina gab an, meine Kusine Cicely habe sie kurz vor zehn angerufen – es ging da um ein Schnittmuster, das sie sich ausleihen wollte. Sie sagte, kein weiteres Gespräch sei telefonisch vermittelt worden, bis sie allesamt zu Bett gegangen seien. Die Vermittlung in Lenton gibt an, es wäre ein Gespräch ungefähr um halb elf Uhr nachts durchgestellt worden. Wenn das zutrifft, muß Jonathan das Gespräch entgegengenommen haben. Angeblich soll der Teilnehmer aus einer Telefonzelle in Lenton gesprochen haben. Damit ist tatsächlich eine Möglichkeit gegeben, daß im Verlauf des Telefonats eine Verabredung getroffen wurde.«

»Man sollte erwarten, daß eine Verabredung zu so später Stunde Mißtrauen erregen muß.«

Frank schüttelte den Kopf.

»Ich glaube nicht, daß Jonathan Field sich von solchen Überlegungen abhalten ließ, wenn ihm ein Sammelobjekt angeboten wurde, das er unbedingt haben wollte.«

30

Da der folgende Tag ein Sonntag war, besuchte Miss Silver den Frühgottesdienst in der Kirche von Deeping. Georgina wollte nicht mitkommen, und Mirrie konnte sich lange nicht entschließen. Sie hätte gern ihr neues schwarzes Kostüm und den kleinen Hut mit dem Schleier getragen. Da das Begräbnis vorüber war, brauchte sie nicht mehr von Kopf bis Fuß in Schwarz in der Kirche zu erscheinen. Mrs. Fabian sagte, sie könne einen weißen Pullover oder eine weiße Bluse tragen und dazu die Perlenkette, die Jonathan ihr geschenkt habe. Und schwarze Handschuhe wären auch nicht vonnöten. Das war das Komische an Mrs. Fabian: Sie selbst trug die merkwürdigsten Sachen, die seit Jahren aus der Mode waren und einfach scheußlich aussahen, wußte aber sehr genau, was sich für ein Mädchen modisch schickte und was unter anderen Gesichtspunkten nicht in Frage kam. Am Ende entschied sich Mirrie jedoch gegen die Kirche, da Johnny ihr anbot, mit ihr im Auto spazierenzufahren.

Miss Silver genoß den stillen Gottesdienst und lauschte aufmerksam der schlichten Predigt. Als sie wieder aus der Kirche kam, sah sie sich dräuenden Regenwolken und einem heftigen Wind ausgesetzt. Sie war bei den Abbotts zum Mittagessen eingeladen und seufzte erleichtert, daß sie das gastliche Haus noch mit trockenen Kleidern erreichen konnte, ehe ein heftiger Regenschauer niederging.

Nachdem sie gespeist und Colonel Abbott sich mit den Sonntagszeitungen in die Bibliothek zurückgezogen hatte, ließen sich die beiden Damen im behaglichen kleinen Salon nieder.

Dort wurde einige Zeit später, nach einer sehr offenen und freimütigen Erörterung dörflicher Angelegenheiten, Maggie Bells Name erwähnt. Monica Abbott war sich nie so ganz sicher, wer von ihnen beiden Maggie Bell zuerst ins Gespräch brachte. Doch plötzlich stand der Name im Raum, und Monica sagte:

»Ich glaube nicht, daß sie seit Mittwoch vormittag den Hörer länger als fünf Minuten aus der Hand gelegt hat.«

Miss Silver hüstelte auf neutrale Weise.

»Ach ja – der Sammelanschluß.«

»Niemand hier mißgönnt ihr das Vergnügen«, sagte Monica, »weil ich wirklich nicht weiß, was sie ohne das Telefon anfangen könnte. Es hilft ihr, daß sie sich nicht ausgeschlossen vorkommt, wenn Sie wissen, was ich meine. Und es wäre ja auch völlig in Ordnung, wenn jeder daran dächte, daß sie vermutlich zuhört; aber natürlich neigen wir alle zur Vergeßlichkeit. Ich weiß, daß ich mehrmals betont habe, mir wäre es egal, wenn jemand mir zuhört, wie oft und welchen Fisch ich bestelle; doch es gibt natürlich auch *andere* Gelegenheiten! Als Cicely zum Beispiel so unglücklich war und Grant dauernd hier anläutete, Cicely sich jedoch weigerte, mit ihm zu sprechen. Ich bin ziemlich sicher, daß Maggie sich kein Wort hat entgehen lassen. Oh, was das für eine schlimme Zeit gewesen ist, meine Liebe!«

Miss Silver setzte mit ihrer gütigsten Stimme hinzu: »Aber die ist nun glücklicherweise vorüber, meine Liebe.«

»O ja! Und Grant ist so gut für sie. Sie ist ein stolzes, halsstarriges kleines Ding, und es wäre tödlich, wenn er ihr nachgäbe. Sie würde ihn nur verachten, und sie könnte ganz wie ihre Großmutter werden, was für uns alle schrecklich wäre.«

Miss Silver lächelte.

»Dafür hat Cicely ein viel zu gutes Herz. Und sie ist glücklich. Ist Ihnen schon einmal der Gedanke gekommen, daß Lady Evelyn eine sehr unglückliche Frau gewesen sein muß?«

Statt einer Träne erschien ein Funken in Monicas Augen.

»Sie war eine sehr grausame und böswillige Frau. Und es hat keinen Zweck, wenn Sie versuchen, bei mir mitleidige Gefühle wecken zu wollen, weil ich sie nicht bemitleiden kann. Oh, vielleicht doch, wenn es nur um meine Person ginge; aber sie war so grausam zu Reg – und zu Franks Vater und Mutter – und zu Frank selbst.

Reden wir lieber nicht mehr von ihr.«

Miss Silver wechselte sofort das Thema:

»Ich wollte Sie fragen, ob es vielleicht möglich wäre, daß ich Maggie Bell einen kurzen Besuch abstatten kann.«

Monica sah sie verblüfft an. Ihre Augen hatten die gleiche sherrybraune Farbe, die bei Cicely so sehr beeindruckte, doch Monica sah viel besser aus als ihre Tochter. An Stelle von

Cicelys sprunghaftem Charme besaß die Mutter die Eigenschaft, eine Atmosphäre der Wärme und Herzlichkeit zu verbreiten. Sie sagte rasch:

»Oh, aber was Besseres können Sie ihr gar nicht antun! Sie liebt Besuch über alles, besonders an Sonntagnachmittagen, weil Mrs. Bell ihre Schwester in Lenton zu besuchen pflegt, wenn es Maggie so gut geht, daß sie sie allein lassen kann.«

»Georgina hat es mir genauso erzählt und mich mit ein paar Magazinen und Illustrierten ausgestattet, falls es nötig sein sollte, eine Empfehlung mitzubringen.«

Um halb vier Uhr nachmittags läutete Miss Silver an der Glocke von Mr. Bissets Privateingang. Wenn sie sich darauf verlassen hätte, daß Mr. Bisset ihr die Tür öffnete, wäre ihre Bemühung vergeblich gewesen; denn am Sonntagnachmittag war Mr. Bisset spätestens um halb drei Uhr so tief eingeschlafen, daß eine Glocke nicht hinreichte, ihn zu wecken. Es war Mrs. Bisset, deren Schlummer etwas oberflächlicher war, die zur Tür kam und Miss Silver davor stehen sah. Sie hatte niemanden erwartet, weil jeder in Deeping wußte, daß sie und ihr Mann sonntagnachmittags ihr Mittagsschläfchen hielten. Und sie war auch nicht bester Laune, denn wenn man noch so ordentlich schläft, sieht man nach einer Bettruhe nie so gut aus wie davor. Sie hob eine Hand, um ihr Haar zu glätten, unterdrückte ein Gähnen und wollte gerade fragen, was sie für Miss Silver tun könne, als diese ihr zuvorkam:

»Bitte entschuldigen Sie die Störung, Mrs. Bisset, aber ich hörte von Mrs. Abbott, daß Miss Bell heute nachmittag vermutlich allein wäre, und deshalb fragte ich mich, ob ein Besuch ihr gelegen käme. Ich habe ihr auch ein paar Magazine von Miss Georgina Grey mitgebracht.«

Das war auf eine so warme und freundliche Art vorgetragen, daß Mrs. Bisset gegen die Störung nichts mehr einzuwenden hatte. Sie trat zwei Schritte zurück und rief mit einer ziemlich schrillen Stimme die Stiege hinauf.

»Eine Dame möchte dich sprechen, Maggie! Bist du wach?«

Wie sich herausstellte, war sie wach, und nachdem Miss Silver ermuntert worden war, sich der Treppe zu bedienen, kehrte Mrs. Bisset zu ihrem bequemen Lehnstuhl und den rhythmischen Schnarchtönen ihres Mannes zurück.

Maggie Bell lag auf ihrem Sofa beim Fenster. Sonntagnachmittage waren die langweiligsten der ganzen Woche. Mama ging Tante Ag in Lenton besuchen, und das Telefon hätte ebensogut abgeschaltet sein können, so still war es in der Leitung. Sie hätte zwar das Radio einschalten können, aber sie machte sich nicht viel aus Musik und aus Hörspielen noch weniger. Es waren Leute, die sie mochte – Leute, die sie kannte und die sie kannten –, was sie zueinander sagten, wenn sie sich nicht belauscht fühlten – die Verabredungen, die sie trafen und die Bestellungen, die sie aufgaben. Man fand eine Menge über Leute heraus, wenn man zuhörte, was sie am Telefon sagten; doch sonntagnachmittags herrschte eine weitverbreitete Unlust am Telefonieren. Sie hatte ein Magazin auf ihrem Schoß aufgeschlagen, doch die Romanserie entsprach nicht ihren Erwartungen. Es gab haarsträubende Verwicklungen, um ein Happy-End zu vermeiden. Und als Miss Silver an ihre Tür klopfte, war das für Maggie ein hochwillkommenes Geräusch.

Miss Silver brachte ihr viel Lesestoff mit: zwei Magazine und drei Illustrierte von Georgina sowie ein Buch von Mrs. Abbott, das diese zu Weihnachten geschenkt bekommen hatte und reich bebildert war. Mrs. Abbott meinte, dem Titel nach könnte es Maggie interessieren – es hieß ›Mode im Wandel der Zeiten‹ –, und tatsächlich war Maggie von dem Buch begeistert. Doch zunächst beschloß sie, das beste aus ihrem Besuch zu machen. Miss Silver war bei der Beerdigung gewesen, sie hatte bei den Abbotts gespeist und sie wohnte auch noch in Field End: eine bessere Informationsquelle konnte Maggie sich gar nicht wünschen.

Miss Silver war so auskunftfreudig, daß sie bald in eines jener langen und angeregten Gespräche verwickelt waren, die ein weites Feld von Themen abdeckten, ohne allzusehr in die Tiefe zu gehen. Zunächst war es meist Maggie, welche die Fragen stellte, und Miss Silver formulierte ihre Antworten so, daß sie das Gespräch im Fluß hielten und dem, was man bereits in der Zeitung hatte lesen können, nichts Wesentliches hinzugefügt wurde. Maggie Bell hörte gebannt zu, als Miss Silver ihr erzählte, was Miss Georgina und Miss Mirrie bei der Beerdigung angehabt hatten – alles neue Sachen.

»Wirklich höchste Zeit, daß einige Ladies dem Beispiel der beiden folgen, wenn Sie mich fragen, Miss Silver. Zum Beispiel Mrs. Fabian – Sie werden es nicht glauben, aber das Kostüm, das sie anhatte, hat sie schon vor zwanzig Jahren bei der Beerdigung von Mr. Fabian getragen. Ich weiß nicht, wie oft sie es inzwischen von meiner Mutter hat ändern lassen, und das letztemal hat Mama zu Mrs. Fabian gesagt: ›Mrs. Fabian‹, sagte sie, ›das lohnt nicht mehr den Preis, den ich Ihnen eigentlich für die Änderung berechnen müßte, ob Sie es glauben oder nicht.‹«

Nachdem der Mord besprochen und das aufregende Thema, was jeder einzelne beim Begräbnis getragen hatte, erschöpft war, begann Miss Silver das Gespräch auf die Nachteile einer Sammelleitung zu lenken.

»Ich bin überzeugt, Sie müssen so einen Sammelanschluß als störend empfinden, wenn sich so eine Tragödie am Ort ereignet und die Polizei ständig in der Leitung ist. Ich meine, da hört man doch jedesmal dieses Gebimmel, sobald jemand angerufen wird, nicht wahr? Und natürlich besteht jedesmal die Möglichkeit, daß der Anruf für einen selbst ist. Es muß eine große Hilfe für Mrs. Bell sein, daß *Sie* sich um diese Dinge kümmern können.«

Indem Maggie sich sogleich Miss Silvers Annahme zu eigen machte, sagte sie mit gedehntem Seufzen und in einem von Langmut geprägten Tonfall, so ein Sammelanschluß wäre in der Tat ein Ärgernis; aber natürlich müsse sie ihrer Mutter helfen, wo sie könne, und wenn ihre arme Mama jedesmal ans Telefon laufen müßte, wenn es läutete, käme sie mit ihrer Arbeit überhaupt nicht voran.

Nachdem das Thema behutsam eingefädelt worden war, hüstelte Miss Silver und sagte:

»Ich nehme an, Sie wissen wohl nicht mehr, ob Sie am Dienstagabend besonders häufig von dem Gebimmel belästigt wurden, nicht wahr? Aber nein doch – das liegt schon so viele Tage zurück, und vermutlich haben Sie damals auch nicht besonders darauf geachtet.«

Maggie nahm an dieser Bemerkung Anstoß. Sie gehörte zu der Sorte von Menschen, die achtgaben, und es sollte nur niemand das Gegenteil behaupten! Und was ihr Erinnerungsvermögen betraf, da war nicht ein einziges Ereignis in Deeping und Umgebung, dessen Maggie sich nicht so klar und deutlich erinnerte wie an dem Tag, als es geschah! Das sagte sie nun genauso klar und deutlich zu Miss Silver, worauf sie diese mit der Bemerkung belohnte, sie verfüge über ein seltenes Talent.

»Wollen Sie damit sagen, Sie könnten sich daran erinnern, ob jemand am Dienstagabend in Field End angerufen hat?«

Maggie nickte mit lebhaft gerötetem, scharfkantigem Gesicht.

»Miss Cicely zum Beispiel.«

»Und Sie erinnern sich sogar, um welche Zeit sie angerufen hat?« staunte Miss Silver.

»Das war acht Minuten vor zehn. Miss Cicely wollte irgendein Schnittmuster haben, und Miss Georgina sagte zu ihr, sie solle im Laufe des nächsten Vormittags bei ihr vorbeikommen – nur werden wohl beide am nächsten Morgen nicht mehr an das Schnittmuster gedacht haben, weil Mr. Field in jener Nacht ermordet wurde.«

»Und war das der einzige Anruf für Field End am Dienstagabend?«

»Um zehn Uhr begann Mama, mich zu Bett zu bringen. Da bimmelte es zweimal, aber wir achteten nicht weiter darauf. Mein Rücken war schlimm, und Mama hatte große Mühe mit mir beim Ausziehen. Und dann, wenn ich im Bett liege, stellt sie den Telefonapparat auf meinen Nachttisch. Manchmal bimmelt es noch nach dieser Zeit, manchmal auch gar nicht. Wenn es bimmelt, ist es meistens jemand, der krank geworden ist und von der Telefonzelle an der Ecke aus den Arzt anruft. Oder wenn er selbst nicht telefonieren kann, schickt er jemand aus der Familie in die Zelle. Wenn ich eine schlimme Nacht habe, kümmere ich mich oft nicht darum.«

Miss Silver blickte sie voller Teilnahme an.

»Hatten Sie denn am Dienstag so eine schlimme Nacht?« Maggie verzog das Gesicht.

»Leider ja. Mama schläft im Zimmer nebenan. Ich rufe sie nur, wenn es unbedingt sein muß – man kann nicht den ganzen Tag arbeiten und nachts ständig gestört werden. Das Telefon leistet mir gewissermaßen Gesellschaft.«

»Hat jemand in Field End angerufen, als Sie bereits im Bett lagen?«

»Ja, es hat jemand dort angerufen.«

»Wissen Sie, wer es gewesen ist?«

Maggie schüttelte den Kopf.

»Ich weiß nur, daß ich ihn schon mal gehört habe.«

»Sie meinen, Sie kannten die Stimme des Anrufers?«

»Ich habe ihn schon mal gehört – obwohl ich nicht weiß, wer es war.«

Miss Silver saß entspannt und behaglich neben dem Sofa. Niemand hätte ihr ansehen können, daß Maggies Antworten für sie von besonderem Interesse oder von Bedeutung seien. Für Maggie waren sie lediglich Bestandteil einer netten, interessanten Konversation, die sie mit Mrs. Abbotts kleiner, bei ihr zu Besuch weilenden Lady führte. Es war stets angenehm, ein neues Gesicht bei sich zu sehen, jemand, der auch zuhörte, wenn man etwas sagte, sogar gerne zuhörte, wie es den Anschein hatte. Miss Silver ließ nicht locker:

»Es war eine männliche Stimme? Wissen Sie, mit wem sie sprach?«

»Oh, mit Mr. Field.«

»Vermutlich erinnern Sie sich nicht mehr daran, was die beiden miteinander sprachen?«

»Natürlich erinnere ich mich – soweit es möglich ist.«

»Wie meinen Sie das, Miss Bell?«

Maggie war entzückt, mit Miss Bell tituliert zu werden. Wenn du nie ausgehst und in einem Dorf lebst, wo dich jeder schon seit Kindertagen kennt, passiert dir so etwas nicht oft. Maggie war so begeistert von diesem Gespräch, wie Miss Silver begierig war, ihr zuzuhören. Hier war jemand, der sie Miss Bell nannte und jedes Wort von ihr ernst nahm. Und Maggies Worte flossen reichlich:

»Also, es war so, wissen Sie: Dort lag ich, in meinem Bett, und es war nicht so schlimm mit meinem Rücken, solange ich ruhig liegenblieb; und da war das Telefon, das ich nicht erreichen konnte, solange ich mich nicht bewegte. Also dachte ich zuerst, laß es lieber sein, und dann dachte ich, ich sollte lieber doch, und bis ich dann abgenommen hatte, sagte Mr. Field gerade: ›Reichlich spät für ein Treffen, meinen Sie nicht?‹«

»Und was antwortete der Anrufer?«

»Oh, er sagte, er habe eine Panne mit seinem Auto gehabt, sonst wäre er schon früher gekommen – er hätte in eine Werkstatt fahren müssen, um sich ein Ersatzteil zu besorgen. Und dann fuhr er fort, er könnte es nicht anders einrichten – denn er müßte weiter nach London fahren, weil er dort schon das erste Flugzeug erwischen müsse. ›Deshalb jetzt oder nie‹, sagte er, ›und es ist eine einmalige Gelegenheit.‹ Darauf erwiderte Mr. Field: ›Also gut, kommen Sie zur Terrasse hinter dem Haus, und ich lasse Sie ein. Sie werden das Licht brennen sehen.‹«

Einen Moment blieb es still, bis Miss Silver sagte:

»Miss Bell, ist Ihnen nicht der Gedanke gekommen, daß dieses Gespräch für die Polizei von größter Wichtigkeit sein könnte?«

Maggie schniefte.

»Die haben doch ihre eigenen Methoden, solche Dinge herauszufinden, nicht wahr?«

»Die Polizei weiß nur, daß um halb elf Uhr abends ein Gespräch nach Field End durchgestellt wurde. Mehr konnte die Vermittlung ihr nicht sagen.«

»Es ist doch nicht meine Aufgabe, ihnen das zu erzählen – wenn sie sich nicht mal die Mühe machen, mich danach zu fragen!«

Miss Silver sah ein, daß Maggie nicht zu den Leuten gehörte, die durch Strenge zu größerer Vertraulichkeit zu bewegen waren. Sie sagte im mildesten Ton:

»Sie wären ihr eine große Hilfe; denn ich bin überzeugt, daß Sie wissen, wie wichtig das ist, was Sie mir eben erzählt haben. Als Sie am nächsten Tag erfuhren, daß Mr. Field ermordet worden war, muß Ihnen klargeworden sein, daß die Person, die sich mit ihm telefonisch verabredet hatte, ihn vermutlich ermordet hat.«

»Oooh!« machte Maggie und zog das Wort in die Länge, bis ihr die Luft ausging.

»Sie sind doch viel zu intelligent, um das nicht sofort begriffen zu haben.«

Maggie drehte ihr Taschentuch zu einem kleinen Seil zusammen.

»Nun, ich dachte ...«

Miss Silver schenkte ihr ein ermunterndes Lächeln.

»Natürlich dachten Sie. Und Sie sagten eben, Sie glaubten die Stimme dieses Mannes schon früher einmal gehört zu haben.«

»Ich habe nichts dergleichen geglaubt! Ich *wußte* sofort, daß ich sie schon einmal gehört hatte. Und deshalb dachte ich, ich sollte lieber den Mund halten, denn wenn das jemand war, der zu den Freunden der Familie gehörte, sollte ich mir lieber nicht den Mund verbrennen.«

»Sie kannten die Stimme, weil Sie sie schon früher gehört hatten, nicht wahr? Auf der Leitung nach Field End?«

Maggie nickte, schnitt eine Grimasse, weil ihr diese Bewegung Schmerzen bereitete, und sagte:

»Ich kannte die Stimme, und ich würde sie wiedererkennen, wenn ich sie noch einmal hörte.«

»Wann hatten Sie die Stimme schon einmal gehört, Miss Bell?«

Diesmal kam das Gespräch ins Stocken. Und die Worte tröpfelten nur noch:

»Vor vierzehn Tagen. An dem Samstag, wo sie den Ball gaben für Miss Georgina und Miss Mirrie – da habe ich sie gehört.«

»Um welche Zeit?«

»Um zehn nach sieben, weil sie mitten beim Anziehen war und hinüberrennen mußte in Miss Georginas privaten Salon, um das Gespräch entgegenzunehmen.«

»Wer mußte hinüberrennen, Miss Bell? Miss Georgina?«

»Nein, die nicht. Das war nicht einer, mit dem Miss Georgina sich abgegeben hätte – das hätte jeder hören können.«

»Also war es Miss Mirrie, die das Gespräch entgegennahm?«

Maggie war ganz rot geworden. Die Röte machte ihr Gesicht noch schmaler, ihre Züge noch schärfer. Sie hatte nicht beabsichtigt, Miss Mirrie bloßzustellen – auf keinen Fall. Diese Bemerkung, daß sie hinüberlaufen mußte in Miss Georginas Wohnzimmer, war ihr einfach so herausgeschlüpft, ohne böse Absicht. Doch nun war es heraus, und sie konnte es nicht mehr zurücknehmen. Sie hatte zwar den Namen nicht verraten; aber es kam ja kein anderer als Miss Mirrie in Frage, weil ihr Zimmer Miss Georginas Salon direkt gegenüberlag.

Miss Silver war sich dessen ebenfalls bewußt.

»Es war also Miss Mirrie, die das Gespräch am Ballabend entgegennahm?«

»Nun ja, so war es.«

Miss Silver lächelte.

»Miss Mirrie ist ein sehr hübsches Mädchen. Es würde mich nicht überraschen, wenn eine Menge junger Männer froh wären über ein Gespräch mit ihr.«

Maggie nickte.

»Die Leute sagen, sie ginge nun fest mit Mr. Johnny. Aber der, mit dem sie kurz vor dem Ball gesprochen hat – ich würde meinen, der war ein bißchen eifersüchtig. Er müsse sie auf der Stelle sehen, sagte er. Saß auf einem ziemlich hohen Roß. Er würde mit dem Motorrad kommen und kurz vor zwölf auf der Terrasse sein, und sie sollte herauskommen und mit ihm sprechen. Sie sagte etwas von ihrem Kleid, daß sie ihm unbedingt zeigen müßte – lauter Rüschen und weiß wie frischgefallener Schnee. Und er ganz barsch zurück, was gingen ihn ihre Kleider an. Er müsse sie sehen und ihr sagen, wohin sie künftig die Briefe für ihn zu schicken hätte, da die alte Adresse nicht mehr sicher genug sei. Und das Telefon erst recht nicht. Und daß sie ihn auf keinen Fall anrufen solle, sonst gäbe es Zores. Und er legte wieder auf, ohne ihr Zeit für eine Antwort zu lassen.«

»Sind Sie sicher, daß er mit Miss Mirrie gesprochen hat?«

»O ja, denn sie versuchte mehrmals etwas einzuwerfen, doch er ließ es nicht dazu kommen. Gleich am Anfang erklärte er, er wolle nichts hören von ihr, sondern sie solle aufmerken und sich genau an seine Worte halten.« Maggie warf den Kopf in den Nacken. »Nun, ich wüßte, was ich ihm geantwortet hätte, wenn er so mit mir geredet hätte! Doch sie machte nur ›Oh!‹ und hielt dann den Mund, wie er es ihr befohlen hatte.«

»Und Sie sind sicher, es war dieselbe Stimme, die dann am Dienstagabend mit Mr. Field sprach?«

»Ich hatte es nicht sagen wollen, Miss Mirrie zuliebe; aber es war dieselbe Stimme.«

Da war ein verdrossener Ton in Maggies Worte gekommen. Sie lag regungslos auf dem Sofa; doch Miss Silver spürte, daß sie sich von ihr zurückzog. Sie fragte:

»War es das einzige Mal, daß dieser Mann mit Miss Mirrie telefonierte? Oder hat sie noch öfter mit ihm gesprochen?«

Maggie überlegte nicht lange. Sie sah, was sie für einen Ausweg hielt, und stürzte sich darauf. Sie bewegte abermals den Kopf und sagte:

»Nun, sie konnte ja nicht ein Wort loswerden, und so was kann man ja nicht als Sprechen bezeichnen, oder?«

Miss Silver ignorierte den schroffen Ton, den Maggie anschlug.

»Nein, Sie haben mir sehr deutlich zu verstehen gegeben,

daß er es war, der das Reden übernahm. Was ich Sie nun fragen möchte: Haben Sie diese Stimme noch zu anderen Zeiten mit einem Teilnehmer sprechen hören – mit Miss Mirrie oder auch mit anderen?«

Miss Maggie wartete eine Idee zu lange, ehe sie antwortete: »Und wenn schon – was geht mich das an!«

Miss Silver sah sie gütig an.

»Sie wollen Miss Mirrie nicht in Schwierigkeiten bringen. Aber Sie könnten ihr helfen, wissen Sie? Wenn dieser Mann Miss Mirrie dermaßen einschüchtern konnte, daß sie sich mit ihm traf und ihm Informationen weitergab, muß sie doch vor ihm geschützt werden. Sie ist noch sehr jung und hat keine Eltern mehr. Ich glaube, da ist noch etwas, was Sie mir bisher nicht sagen wollten und das Sie mir nicht länger vorenthalten sollten. Wenn dieser Mann ein Mörder ist – glauben Sie nicht auch, daß man Miss Mirrie vor ihm schützen muß? Vielleicht trägt Ihre Antwort zu ihrem Schutz bei, Miss Bell.«

Maggie blieb noch eine Sekunde unentschlossen. Dann sagte sie:

»Sie hat ihn angerufen.«

»Wann?«

»Um Viertel nach acht am Dienstagabend. Und es hat keinen Sinn, wenn Sie mich jetzt nach der Nummer fragen, weil ich mich nicht rechtzeitig eingeschaltet habe, um sie mitzubekommen. Als erstes hörte ich, wie er mit ihr schimpfte, weil sie überhaupt anrief. ›Und keine Namen‹, sagte er, ›oder es könnte dir noch leid tun.‹ Richtiggehend bösartig. Ich hätte mir an ihrer Stelle so einen Ton niemals gefallen lassen. Aber sie sagte nur: ›Oh, nicht doch!‹ und sie habe nur eine Minute Zeit, weil alle im Wohnzimmer säßen und Kaffee tränken. Und dann erzählte sie, daß ihr Onkel aus London zurückgekommen sei und ihr gesagt habe, daß er ein neues Testament abgefaßt und es unterschrieben habe und sie nun so versorgt sei wie eine eigene Tochter. Richtig aufgekratzt klang sie, und mich wunderte das nicht.«

»Was sagte der Mann dazu?«

»Oh, er sagte, das klänge ja nicht übel, und er hätte einen Freund bei Gericht, der ihm das bestätigen würde. Miss Mirrie fragte ihn, was er damit meinte, und er erwiderte, er hätte eben Möglichkeiten, um herauszufinden, was er wissen sollte, und die sollte sich darüber nicht den Kopf zerbrechen. Er könne für sie beide denken. Und nun sollte sie lieber hinüber ins Wohnzimmer gehen, ehe sich jemand wunderte, wo sie so lange bliebe.«

Miss Silver sagte mit ihrer ernstesten Stimme:

»Miss Bell, sind Sie sich absolut sicher, daß der Mann, der mit Miss Mirrie vor dem Ball sprach, derselbe Mann ist, den sie am Dienstagabend um Viertel nach acht anrief und der sich am selben Abend telefonisch mit Mr. Field verabredete?«

Maggie starrte sie an.

»Es war dieselbe Stimme. Das kann ich beschwören.«

Miss Silver sagte:

»Sie werden das beschwören müssen.«

31

Johnny Fabian fuhr mit Mirrie aus dem Dorf und dann eine sandige Fahrspur hinunter, die eigentlich nirgendwohin führte. Hier hatte vor so langer Zeit, daß die meisten Leute es bereits wieder vergessen hatten, ein Mann namens Sefton ein Haus bauen wollen. Da das Grundstock Gemeindeeigentum war, kam er mit seinem Haus nicht weit. Und als er die ganze Sache schließlich vor lauter Verdruß aufgab, kamen die Leute aus den umliegenden Dörfern und trugen das Haus wieder ab. Viel war dort eh nicht zu holen – ein paar Wagenladungen

Ziegel, eine zerbrochene Schubkarre und ein Haufen Kies. Und dann hatte sich die Heide des Grundstücks wieder bemächtigt: Ginster, Birken und natürlich Heidekraut überwucherten es. Heute verrieten nur noch die Fahrspur, daß dort jemand mal was bauen wollte, und der Name, den die Kule bekommen hatte: »Seftons Narrenkappe«.

Johnny quälte seinen Wagen bis zum Ende der Fahrspur und stellte fest, daß Sefton einen schönen Ausblick gehabt hätte, wenn er sein Haus hätte zu Ende bauen dürfen. Er erzählte Mirrie die Geschichte von dem verunglückten Bauunternehmen; sie meinte, es wäre doch ziemlich einsam hier oben gewesen, weil weit und breit kein anderes Haus zu sehen war.

Johnny lachte.

»Manche Leute wollen eben ganz allein auf dem Dach der Welt wohnen.«

»Ich nicht.«

»Warum nicht?«

»Ich will Leute um mich haben.«

Er lachte abermals.

»Und ein Haus neben dem anderen – eines wie das andere –, und in jedem Fenster eine Aspidistra?«

Mirrie starrte ihn an.

»Tante Grace hatte eine Aspidistra in ihrem Wohnzimmerfenster. Sie ist sehr stolz darauf, und ich mußte die Blätter immer mit dem Schwamm abwischen.«

»Und du hast sie leidenschaftlich gern gehabt?«

»Nein! Ich habe sie gehaßt.«

»Wie gut sich das trifft, Darling. Denn wenn man auch leicht mit mir auskommen kann, bin ich in einem Punkt unerbittlich. Ich würde niemals meine Wohnung mit einer Aspidistra teilen!«

Sie ließ ein perlendes Lachen hören.

»O Johnny, du *bist* aber lustig!«

Sie betrachteten nicht die Aussicht, die Mr. Sefton sich ausgesucht hatte. Es war ein erhöhter Platz, und die Glocken vom Kirchturm in Deeping hatten einen schönen Hall, der ungehindert bis hierher reichte. Die dunklen Wolken, die später Regen bringen sollten, waren noch hinter dem Horizont versteckt, und der Himmel zeigte ein angenehm gemustertes Blau-Hellgrau. Die Luft war mild, und Johnny hatte die beiden Vorderfenster heruntergekurbelt, damit sie in den Wagen hereinkonnte.

Mirrie und Johnny sahen sich an. Sie trug nicht ihr neues schwarzes Kostüm, sondern den grauen Tweedrock und den Pullover aus weißer Wolle. Darüber einen schwer zu beschreibenden Mantel aus Georginas Kleiderfundus, den Johnny aus dem Kleiderschrank unter der Treppe herausgefischt hatte. Sie trug keinen Hut, nur einen schwarzweißen Schal um den Hals. Wenn dörfliche Kleidung auch nicht besonders aufregend war, so war sie doch praktisch, bequem und warm. Sie dachte auch, daß ihr die Kleidung stand, und Johnny dachte das ebenfalls. Er küßte sie ein paarmal, ehe er sagte:

»Darling, deshalb bin ich nicht mit dir hierhergefahren.«

»Oh?«

»Der Grund, weshalb wir hier sind, ist eine Aussprache, bei der wir nicht gestört werden.«

»Worüber willst du denn sprechen?«

»Über dich – mich – Sid Turner.«

Sie zuckte bei dem letzten Wort zusammen.

»Ich will nicht über ihn sprechen. Ich *will nicht*!«

»Tut mir leid, Darling, aber ich. Und wenn du nicht willst, daß die Leute über ihn reden, hättest du ihn nicht zur Beerdigung einladen dürfen.«

»Johnny, das habe ich nicht – hätte ich nie! Er kam einfach.«

»Und du hast ihn einfach so in den kleinen Salon mitgenommen?«

»Habe ich nicht! Er war es, der mich da hineingezerrt hat. Ich wollte nicht mit ihm sprechen.«

»Warum hast du dann mit ihm gesprochen?«

»Er hat mich dazu gezwungen.«

»Wie konntest du dich zwingen lassen?«

»Ich – wie hätte ich mich dagegen wehren können?«

Er nahm ihre Hände und zwang sie, ihn anzusehen.

»Und jetzt wirst du es leider nicht vermeiden können, mit mir zu reden! Niemand wird uns hier stören, und wenn du um Hilfe schreist, bis dir die Puste ausgeht – niemand wird kommen, um dir beizuspringen. Also hör auf, mich wie eine verschreckte Katze anzustarren. Ich werde mit dir reden, und du wirst mit mir reden. Und ehe wir damit anfangen, möchte ich klarstellen, daß Lügen bei mir nicht mehr ziehen!«

Ihre Augen waren groß wie Suppenteller.

»Lügen?«

»Ja, Darling – Lügen, Mogeleien, Ausflüchte und was nicht alles! Das ist gestrichen, und warum du mir nicht mehr damit kommen kannst, ist ganz einfach. Ich weiß genau, wann du lügst, und deshalb kannst du von vornherein darauf verzichten. Ich bin selbst ein meisterhafter Lügner, und du würdest mich nie mit einer Lüge hereinlegen können. Das ist das gleiche Prinzip wie bei Dieben: Man braucht einen Dieb, um einen Dieb zu fangen. Und nachdem wir das jetzt klargestellt haben, Darling: Was hat Sid Turner mit dir zu tun?«

»S- S-Sid?«

»Ja, Sid – hat er sich bei mir nicht als dein Freund vorgestellt? Weißt du, daß Tante Grace nie zugelassen hätte, daß du dich mit diesem Kerl anfreundest nach allem, was du mir von ihr erzählt hast?«

»Sie – m-mag ihn nicht.«

»Siehst du! Das überrascht mich nicht. Was macht er denn so? Ich meine, wovon bestreitet er seinen Lebensunterhalt?«

»Da-das weiß ich nicht genau.«

Johnny Fabian lachte.

»Stell keine Fragen, und man lügt dich nicht an. Nach diesem Prinzip scheinst du zu verfahren. Immer die Taschen voller Geld – aber frag nie, wo er es herhat. Also gehen wir der Reihe nach vor. Er nennt sich doch nicht immer Sid Turner, nicht wahr? Dieser Brief, den du neulich bei der Poststelle aufgegeben hast – der war für ihn bestimmt, oder?«

Sie schlug ihre in Tränen schwimmenden Augen zu ihm auf, und dann bedeckte sie plötzlich ihr Gesicht mit beiden Händen.

»Oh, Johnny . . .«

»Schön – das ist so gut wie ein Ja. Der Brief ging an Sid. Nun spulen wir den Film zurück bis zu der Stelle, wo du den Brief, den du geschrieben hast, vorlesen solltest.«

»I-ich habe ihn dir vorgelesen.«

»Nicht den ganzen Brief, glaube ich. Und angeblich hast du ihn ja Miss Ethel Brown geschrieben, die deine Lehrerin gewesen sein soll. Und dann ist dir eingefallen, daß du ja das Lyzeum besucht hast und sie deshalb nicht deine Lehrerin gewesen sein konnte. Und dann war es plötzlich deren Schwester, und eigentlich unterrichtete sie auch gar nicht, weil eine Krankheit sie daran hinderte. Aber du hattest versprochen zu schreiben, wie du in Field End zurechtkämst. Und da bist du ziemlich ehrlich gewesen in deinem Brief, was die Liebenswürdigkeit von Onkel Jonathan betraf, der dir in seinem Testament einen Haufen Geld vermachen wollte. Da hätte ich schon wetten können, daß dieser Text nicht für eine Lehrerin bestimmt war. Und dann die Adresse – ein gewisser Mr. E. C. Brown in Pigeon Hill, Maracott Street Nummer 10. Angeblich war dieser Mister Brown ein Bruder deiner Lehrerin ... und so weiter. Du hättest dir schon damals die vielen Worte sparen können, denn erbärmlicher konnte man ja gar nicht mehr lügen. Und jetzt wollen wir die Wahrheit hören. Der Brief ging an Sid Turner, nicht wahr?«

Sie nickte unglücklich, und zwei Tränen lösten sich von ihren Wimpern und kullerten bis zu ihren Mundwinkeln hinab,

»Hat er dir befohlen, zu schreiben, sobald Jonathan dir etwas Geld vermacht hätte?«

Sie nickte wieder.

»O ja, d-das hat er.«

»Und machst du immer alles, was man dir aufträgt? Du bist ja ein ausgesprochen folgsames Kind, nicht wahr? Nun sag schon – was ist zwischen dir und Sid gewesen?«

Mirrie schluchzte.

»Johnny, ich hatte nichts – ich – o Johnny!«

»Du erreichst absolut nichts, wenn du mir etwas vorheulst. Du mußt mir jetzt sagen, wie weit du bei ihm gegangen bist!«

»O Johnny! Ich bin mit ihm nur ins Kino gegangen. Tante Grace ließ mich nie wohin gehen, und immer nur mit Mädchen, von denen sie glaubte, sie wären der richtige Umgang für mich. Ich ging mit Sid nur ins Kino und erzählte Tante Grace, ich wäre bei Hilda Lambton oder Mary Dean gewesen. Das ist alles – wirklich alles.«

Er beobachtete sie, und seine Augen waren so hart wie seine Stimme.

»Und hat er mit dir geflirtet?«

»N-nur ein bißchen.«

»Was meinst du mit ein bißchen?«

»O Johnny ...«

»Heraus mit der Sprache!«

»Er – er trat mir auf den Fuß und hielt Händchen während

der Vorstellung. Und hinterher gab er mir einen Gutenachtkuß. O Johnny, ich mochte das nicht – ich mochte das wirklich nicht!«

Er hielt sie auf Armesbreite von sich und betrachtete sie. Sie konnte ihm unmöglich beichten, wie Sid ihr einen heillosen Schrecken eingejagt hatte. Und mitten in diesen Gedanken hinein platzte Johnnys Frage:

»Was hat er getan, um dich so zu verängstigen? Du hast ja eine Angst vor ihm, als wäre er der Leibhaftige persönlich. Und ich möchte jetzt wissen, warum!«

Sie konnte ihm nicht sagen, warum. Er hatte sie zu sehr verschreckt damals – in der dunklen Gasse zwischen den Häusern, auf die keine Fenster hinausblickten, und Sid vor ihr, das Messer an ihrer Kehle, so daß die Spitze ihr die Haut ritzte. Und wenn sie sich bewegt hätte, hätte er ihr die Kehle durchgeschnitten. Das Messer kitzelte ihre Kehle, und er erklärte ihr, was er mit ihr machen würde, falls sie ihn verscheißern würde: ›Und wenn du noch so weit wegläufst – ich hol' dich ein und mach' dich hin. Du würdest nicht wissen, wann es passiert. Du würdest spazierengehen und glauben, du wärst sicher vor mir, und im nächsten Moment steckt ein Messer in deinem Rücken, und du bist tot. Tote Mädchen reden nicht.‹ Das hatte er damals zu ihr gesagt. Und dann hatte er gelacht, sein Messer wieder weggesteckt und sie geküßt, wie sie es nicht mochte – eng an sich gepreßt, bis sie keine Luft mehr bekam. Das hätte sie Johnny niemals erzählen können. Und das war alles nur passiert, weil sie ihn etwas gefragt hatte. Da war ein Polizist erschossen worden, und Sid hatte gewettert, die Polizei sei viel zu neugierig, und wenn einer von ihnen eine Kugel gefangen hätte, hätte er es nicht anders verdient. Da war ein Einbruch gewesen in einem Juwelierladen, und sie und Sid hatten ein bißchen geschmust – nichts Ernsthaftes, sondern nur so aus Spaß: Er forderte sie auf, ihm einen Kuß zu geben; sie wollte aber nicht und schubste ihn weg. Und dabei griff sie ihm aus Spaß in die Innentasche und wollte ihm die Brieftasche herausholen, doch statt dessen bekam sie ein Päckchen zu fassen. Und als er versuchte, ihr das Päckchen wieder zu entreißen, löste sich das Papier, und etwas fiel zwischen ihnen auf den Boden. Nun war es aber zu dunkel, daß sie sehen konnten, wo es hingefallen war. Mirrie fand es trotzdem. Und als sie die Hand darauf legte, wurde sie ganz starr; denn sie brauchte kein Licht, das ihr zeigte, was es war: ein Ring mit drei großen Steinen, den sie sich an den Finger steckte, während sie sich wünschte, es wäre hell genug, um ihn betrachten zu können. Und da fragte sie ihn, während sie lachend mit dem Ring am Finger in der dunklen Gasse herumhüpfte: »Oh – das ist aber ein hübscher Ring, und er paßt mir!« Und dann, ohne nachzudenken: »Wo hast du ihn her, Sid, und ist er für mich?« Da hatte er nach ihr gegriffen, sie festgehalten wie in einem Schraubstock und ihr das Messer an die Kehle gesetzt. Sie würde es niemals fertigbringen, Johnny das zu erzählen.

Sie bog sich so weit von ihm fort, wie es irgend ging, und er sah das Entsetzen in ihren Augen. Er konnte nicht weitermachen – nicht, wenn sie ihn so ansah. Er hatte schon immer eine Schwäche für alles gehabt, was verschüchtert oder verwundet war. Er ließ Mirries Hände los und zog sie in seine Arme.

»Schau mich nicht so an, dummes kleines Ding. Ich will dir nicht weh tun, sondern nur für dich sorgen. Mir ist es völlig egal, was andere mit dir gemacht haben. Hörst du? Es ist mir egal. Wenn dieser Bursche dir etwas getan hat, schlage ich ihm den Schädel ein. Wenn er dich erpreßt, solltest du mir das lieber sagen. Wenn du in der Klemme steckst, stecken wir beide drin. Und ich hole dich da wieder raus – ich verspreche dir, daß ich dich daraus befreie.«

Als er sie so an sich preßte, spürte sie, daß er es ehrlich meinte mit ihr. Damals, als Sid sie festgehalten und ihr das Messer an die Kehle gesetzt hatte, war sie immer kälter und steifer geworden. Sie hatte ihre Hände nicht mehr gespürt, und ihre Füße waren wie Eisklötze gewesen. Doch nun, als Johnny sie festhielt, spürte sie, wie diese Steifheit und Kälte von ihr wichen. Ihr war wieder wohl und warm. Sie fühlte sich geborgen. Sid und das Messer waren weit, weit weg. Johnny würde dafür sorgen, daß sie vor Sid sicher war.

Sie preßte ihr Gesicht in die Höhlung seiner Schulter und erzählte ihm von der dunklen Gasse, dem Ring und dem Messer, das sie an ihrer Kehle gespürt hatte.

32

Als Miss Silver nach Field End zurückkehrte, war sie zuerst unschlüssig, was sie als nächstes tun sollte. Zwei konträre Impulse brachten sie in einen Konflikt, der gründlicher Überlegung bedurfte, ehe sie entschied, welchem sie nachgeben sollte. Einerseits konnte sie die Wichtigkeit der Informationen, die sie von Maggie Bell erhalten hatte, gar nicht hoch genug einstufen und fühlte sich gedrängt, sie unverzüglich an Frank Abbott weiterzugeben. Andererseits forderte ihre Gewissenhaftigkeit, daß sie zuerst mit Mirrie sprach, um sich von ihr bestätigen zu lassen, daß die Angaben von Maggie stimmten. Das dritte Telefongespräch, dessen Zeugin Miss Bell geworden und das von Mr. Field entgegengenommen worden war, konnte sie leider nicht mehr nachprüfen, aber die Gespräche vor dem Ball und am Dienstagabend um Viertel nach acht waren angeblich von Mirrie geführt worden, und wenn sie diese nun ganz unerwartet mit dieser Tatsache konfrontierte, würde Mirrie wohl zugeben müssen, daß sie mit Sid Turner am anderen Ende der Leitung gesprochen hatte. Sie war fast entschlossen, Mirrie sofort damit zu konfrontieren, als ihr klar wurde, daß sie dazu nicht berechtigt war. Frank Abbott war offiziell mit diesem Fall betraut worden, und wenn sie Mirrie verhörte, hatte Frank Abbott ein Recht darauf, daran teilzunehmen.

Sie wußte, daß er in Deepside mit seiner Kusine Cicely und deren Mann zum Tee verabredet war, und es war ihr unangenehm, mitten in eine so knapp bemessene Familienfeier hineinzuplatzen, da auch Monica Abbott und Colonel Abbott zum Tee eingeladen waren. Doch je mehr sie über die Sache nachdachte, um so dringender wurde sie. Endlich zog sie das Telefon in der Bibliothek zu sich heran und verlangte Deeping Nummer drei.

Es war Cicelys Stimme, die sich am anderen Ende meldete.

»Oh, Miss Silver, sind Sie es?«

»Ja, meine Liebe.«

»Was kann ich für Sie tun?«

Miss Silver wechselte nun die Sprache und sagte in ihrem Klassenzimmer-Französisch, das sie zu verwenden pflegte, wenn es sich um eine vertrauliche Mitteilung handelte:

»Ich glaube, es ist besser, wenn wir keine Namen erwähnen.«

Cicely blieb bei ihrer Muttersprache:

»Worum geht es?«

»Ist Ihr Vetter bei Ihnen?«

»Ja. Sie wollen ihn mir doch hoffentlich nicht wegschnappen, wie?«

Miss Silver hüstelte – eine gelinde Zurechtweisung, weil Miss Bell nun mühelos zwei und zwei zusammenzählen konnte, falls sie das Gespräch belauschte. Sie sagte auf französisch:

»Würden Sie ihm bitte ausrichten, daß ich ihn so rasch wie

möglich sehen muß? Das ist alles, meine Liebe. Auf Wiederhören.«

In Deepside quittierte Frank diese Botschaft mit einem Achselzucken und meinte lachend, daß er dieser Aufforderung wohl Folge leisten müßte. Kaninchen, die aus dem Hut gezaubert wurden, bedeuteten für ihn nichts Neues, soweit es Miss Silver betraf. Er trank seinen Tee aus, nahm seinen Hut und wunderte sich unterwegs, was sie wohl diesmal ausgegraben haben mochte.

Miss Silver trank inzwischen ebenfalls ihren Tee. Es war eine recht eigenartige Teestunde. Johnny war bester Laune, Mirrie glücklich und entspannt, Georgina sehr blaß und schweigsam und Mrs. Fabian so wie immer. Sie sagte, sie könne sich nicht denken, was plötzlich in Anthony gefahren sei.

»So gar nicht seine Art, den ganzen Tag wegzubleiben, ohne jemandem Bescheid zu sagen. Bist du sicher, daß er dir nichts gesagt hat, Georgina?«

»Ja, Kusine Anna, ganz sicher.«

Mrs. Fabian sagte:

»Sehr eigenartig, in der Tat.« Sie wandte sich Miss Silver zu. »Er ist sonst immer so penibel, wenn es um Mahlzeiten geht, damit Stokes kein Gedeck umsonst auflegen muß.«

Als Frank Abbott eintraf, öffnete Miss Silver ihm die Tür. Sie führte ihn in die Bibliothek und gab ihm einen leisen, aber genauen Bericht von ihrem Besuch bei Maggie Bell. Als sie damit zu Ende war, sagte er:

»Sie hatten gleich daran gedacht, daß sie uns etwas sagen könnte?«

»Ich erinnerte mich, daß Mrs. Abbott schon bei meinem ersten Besuch in Abbottsleigh erzählte, Maggie würde die Gespräche in der Sammelleitung belauschen.«

»Ja, richtig – Monica amüsierte sich darüber.«

Miss Silver schüttelte den Kopf.

»Ich habe das von Anfang an für einen Fehler gehalten. Eine Sache, die man nicht ernst nimmt, übersieht man leicht. Mir war sofort der Gedanke gekommen, Maggie könnte im Besitz wichtiger Informationen sein.«

»Ich verstehe ...«, sagte Frank gedehnt. Und dann: »Halten Sie die Informantin für glaubwürdig? Oder sind Sie der Meinung, sie hat ein paar Brocken, die sie hier und dort aufgeschnappt hat, zusammengerührt und möchte uns das als Beweis verkaufen?«

»Nein. Sie hat die beiden Gespräche bestimmt nicht erfunden, die Mirrie mit diesem Mann führte. Sie mag Mirrie und gibt das offen zu. Mrs. Bell hat für Mirrie einige Kleider geändert. Maggie ist eine Person, die ihre Gefühle auf der Haut trägt. Sie hat mir keine Informationen über Mirrie angeboten, sie rutschten ihr gegen ihren Willen heraus. Und als ich erriet, wer der Teilnehmer dieser Gespräche gewesen sein mußte, konnte ich sie dazu überreden, mir ausführlich von ihren Abhöraktionen zu berichten.«

Er sagte nach kurzem Räuspern:

»Nun, ich glaube, ich kann eines dieser Telefongespräche indirekt bestätigen.«

»So? Welches?«

»Das Gespräch vor dem Ball. Eine beiläufige Sache, doch sie paßt. Cicely und ich wollten um Mitternacht zum Imbiß in den Speisesaal gehen. Sie hatte ihr Taschentuch in der Bibliothek verloren, und ich ging dorthin, um es zu suchen. Die Terrassentür stand offen. Ich hörte sie gegen den Rahmen schlagen und zog den Vorhang beiseite. Mirrie stand vor der Terrassentür, war offenbar wieder auf dem Weg ins Haus. Sie trug ihr dünnes weißes Kleid und zitterte vor Kälte und Angst. Sie gab vor, es wäre ihr im Saal zu heiß geworden und sie habe ein wenig frische Luft geschnappt – eine glatte Lüge und eine dumme obendrein. Doch ich vermute, ihr ist in der Schnelligkeit nichts Besseres eingefallen. Und ich dachte damals, sie wäre mit irgendeinem Burschen nach draußen gegangen, und als er zu frech wurde, bekam sie es mit der Angst zu tun. Aber das sagte ich ihr natürlich nicht, und sie sagte auch nichts mehr, und damit war die Angelegenheit für mich erledigt.«

Miss Silver blickte ihn nachdenklich an und meinte:

»Damit ist Maggie Bells Bericht von dem ersten Telefongespräch in seinem Wahrheitscharakter beglaubigt. Es besteht wohl kaum ein Zweifel, daß Mirrie auf die Terrasse ging, um sich dort mit Sid zu treffen. Warum sie sich dafür nicht wärmer angezogen hat, tut wenig zur Sache. Mädchen sind in dieser Hinsicht unberechenbar. Sie tragen zuweilen dicke Pelze in gut geheizten Räumen und laufen in dünnen, tief ausgeschnittenen Kleidern bei zehn Grad unter Null auf eine Terrasse oder in einen Garten hinaus.«

Frank lachte.

»Tief ausgeschnitten ist sogar noch untertrieben. Doch ich gebe Ihnen recht, was den Wahrheitscharakter von Miss Bells Aussage betrifft. Das erste von ihr abgehörte Gespräch wird dem Inhalt nach teilweise von mir bestätigt. Ich schlage vor, wir befragen sie nun zu dem zweiten Gespräch, und wenn das ebenfalls bestätigt wird, dürfen wir annehmen, daß das dritte Telefongespräch, das dieser Turner mit Jonathan Field geführt haben soll, ebenfalls nicht erfunden, sondern als beweiskräftig angesehen werden muß. Hätten Sie die Güte, das Mädchen einzusammeln? Sie werden Mirrie zweifellos keinen solchen Schrecken einjagen, als wenn wir Stokes zu ihr schickten mit der Aufforderung, sich zu einem Gespräch mit uns in der Bibliothek einzufinden.«

33

Mirrie und Johnny waren im kleinen Salon gerade dabei, eine Liste von Möbeln zusammenzustellen, die sie für eine eventuelle Wohnung über einer noch nicht existierenden Werkstatt benötigten. Sie sollte ein Schlafzimmer, ein Wohnzimmer, eine Küche und ein Badezimmer enthalten, und sie suchten aus einem Versandkatalog das nötige Mobiliar heraus, eine sehr spannende Beschäftigung, da der Katalog ein paar Jahre alt war und die Preise inzwischen mindestens doppelt so hoch waren, was ihnen das schöne, wenn auch illusorische Gefühl gab, sie würden mit ihrem Geld auch doppelt so lange reichen. Leider verdarb Johnny dieses Wunschdenken sogleich, indem er sagte:

»Das sind natürlich überholte Preise für neue Sachen; aber wir sollten uns lieber gebrauchte Möbel kaufen – sind viel solider verarbeitet und weitaus haltbarer. Und überdies ist das Ganze ja nur ein Spiel, denn ich habe bis jetzt noch keine Werkstatt gefunden, ganz zu schweigen von der Wohnung darüber.«

Mirrie blickte ihn vertrauensvoll an.

»Aber das wirst du doch. O Johnny, du bist so klug!«

Johnny schob den Katalog beiseite.

»Ich sage dir was: Wenn Georgina dieses Haus verkauft, bleiben eine Menge Sachen übrig, für die sie keine Verwendung hat. Ich möchte wetten, sie überläßt uns so viele Möbel, daß wir damit unsere künftige Wohnung reichlich ausstatten können.«

»O Johnny, glaubst du, das wird sie tun?«

Johnny nickte.

»Dessen bin ich sicher. Georgina ist von der schrecklich guten Sorte. Und ich sage dir etwas, was dich überraschen wird – ich habe nicht einmal in meinem Leben mit ihr geflirtet. Da wohnt sie, ein durch und durch liebliches Mädchen, im selben Haus und so, und sie hätte ebensogut meine Schwester sein können. Ich glaube, das ist die Erklärung – sie fühlte sich wie eine Schwester.«

Mirrie ließ ihre Wimpern klappern – eine Fertigkeit, auf die sie viele Mühe verwandt hatte. Doch das Beben in ihrer Stimme hatte sie nicht geprobt, als sie sagte:

»H-hast du mit vielen Mädchen geflirtet, Johnny?«

Er grinste vergnügt.

»Mit Dutzenden, Darling – fing damit zeitig an, wenn ich Mama glauben darf. Mit sechs kam ich von einer Weihnachtsfeier nach Hause und erklärte, daß ich ein kleines Mädchen mit Korallenhalsband und blonden Locken heiraten würde. Wir tauschten Süßigkeiten aus, und sie gab mir einen Negerkuß; aber da ich ihren Namen vergessen hatte, wurde nichts draus.«

Mirrie wiederholte den Trick mit dem Wimpernschlag.

»Und da bist du auf den Geschmack gekommen?«

»So kann man es nennen.«

»Und vergißt sie jetzt wieder?«

»Darling, du wirst doch nicht darauf bestehen, daß ich mich an sie erinnere, oder?«

Sie sah ihm plötzlich fest in die Augen.

»Wenn ich fortginge, würdest du mich auch vergessen.«

»Du wirst aber nicht fortgehen, und deshalb gibst du mir ja keine Gelegenheit dazu. Wenn ich dir jeden Tag so einen Kuß gebe ...«

Sie waren mitten im dritten oder vierten Kuß, als Miss Silver die Tür aufmachte. Mirrie errötete, Johnny lachte, und Miss Silver sagte mit nachsichtiger Stimme:

»Entschuldigen Sie, daß ich Sie bei Ihrem Gespräch störe; aber Kriminalinspektor Abbott ist hier, und er meint, vielleicht könne Mirrie ihm bei der Klärung einiger Dinge helfen, die inzwischen aufgetaucht sind.«

Johnny überlegte: Wenn die Polizei sagt, sie glaubt, jemand könne ihr helfen, ist das ein verdammt schlechtes Zeichen. Ich lasse nicht zu, daß sie Mirrie in die Mangel nehmen und ihr ein Bein zu stellen versuchen. Laut sagte er:

»Ich dachte, die Polizei hätte schon alles aus uns herausgequetscht, was ihr helfen könnte.«

Miss Silver wiederholte nur:

»Inspektor Abbott ist der Meinung: Mirrie könne ihm vielleicht helfen.«

Johnny dachte: Es sieht nicht gut aus, wenn sie sich weigert. Dann kommen sie auf den Gedanken, sie hätte etwas zu verbergen. Ich hoffe zu Gott, sie hat nicht. Laut sagte er:

»Schön, wir kommen. O ja, ich komme auch mit. Ich traue dem alten Frank nicht über den Weg – nicht bei einem Mädchen wie Mirrie. Sie werden über ihre Tugend wachen, und ich fungiere als Anwalt der Verteidigung, und mit vereinten Kräften mag es uns gelingen, daß sie die Bibliothek so makellos verläßt, wie sie hineingeht.«

Frank machte kein sehr glückliches Gesicht, als Johnny mit Mirrie hereinkam. Er sah sich sogleich vor ein Ultimatum gestellt:

»Ich weiß wirklich nicht, was Sie Mirrie fragen wollen, und sie weiß es auch nicht; aber entweder ich bleibe, oder sie sagt überhaupt nichts. Sie ist nicht verpflichtet, auch nur Pieps zu sagen, und daß ihr Bullen mir das ja nicht vergeßt!«

Frank sah ihn von oben herab an.

»Ich frage sie nicht zu meinem Vergnügen. Es ist meine Pflicht. Sie können bleiben, dürfen sich aber nicht einmischen. Ich möchte Mirrie ein paar Fragen stellen, die ein Telefongespräch betreffen, das Miss Field am Dienstagabend ein paar Stunden vor Mr. Fields Tod führte.«

Mirrie sagte nur »Oh ...« und setzte sich in einen der Lehnstühle. Johnny setzte sich auf die linke Armstütze des Lehnstuhls. Frank fuhr inzwischen fort:

»Sie benutzten ungefähr um Viertel nach acht Uhr abends das Telefon, nicht wahr? Sie haben Mr. Sid Turner angerufen, nicht wahr? Das Gespräch wurde belauscht.«

Mirrie begann zu zittern. Johnny, der eine Hand auf ihre Schulter gelegt hatte, konnte spüren, wie sie bei der Erwähnung von Sids Namen zu flattern begann. Sie sagte abermals: »Oh ...« Es war weniger ein Wort als ein rasches Atemholen. Und dann kamen die Worte:

»Sie waren alle im Wohnzimmer, und die Stokes und Doris in der Küche ...«

»Ich bin überzeugt«, sagte Frank, »daß Sie alle nötigen Vorsichtsmaßnahmen ergriffen haben; aber Sie wurden trotzdem belauscht. Hören Sie, Sie haben nichts zu befürchten. Es war kein Verbrechen, das Telefon zu benutzen. Wir wollen nur überprüfen, ob die Aussage der Person, die Sie belauschte, ihre Richtigkeit hat. Sie haben am Dienstag abend um Viertel nach acht Sid Turner angerufen. Sie waren freudig erregt über die Tatsache, daß Mr. Field soeben aus London zurückgekommen war und Ihnen erzählt hatte, er habe ein neues Testament aufgesetzt und es auch unterschrieben. Sie sagten am Telefon, er habe Sie so versorgt wie eine eigene Tochter, und Sid Turner antwortete, das wäre schön und er habe einen Freund bei Gericht, der das bestätigen könne. Nun kann man Ihnen aus dem, was Sie sagten, keinen Strick drehen; aber wie ich bereits sagte, wir müssen diese Angaben überprüfen. Und deshalb möchte ich gern wissen, ob der Wortlaut Ihres Gesprächs korrekt wiedergegeben worden ist.«

Johnnys Verstand arbeitete rasch. Als Mirrie fragend zu ihm aufsah, hatte er seinen Entschluß bereits gefaßt. Er legte ihr beruhigend den Arm um die Schultern und sagte:

»Nun, Darling, es liegt ganz bei dir. Ist das Gespräch so verlaufen?«

Sie richtete ihren Blick auf Frank.

»Er sagte, ich sollte ihn nicht anrufen; aber ich hatte mich so gefreut und dachte, er würde sich ebenfalls freuen.«

»Diese Aussage über das, was Sie sagten und was er sagte, ist zutreffend?«

»O ja, das ist sie.«

»Sie riefen Sid Turner in London an und setzten ihn von der Testamentsänderung durch Mr. Field in Kenntnis?«

»Er sagte mir, ich sollte ihn nicht anrufen, aber . . .«

»Ja – Sie haben bereits erläutert, wie es zu diesem Anruf gekommen ist. Ich möchte Sie jetzt fragen, ob Sie bereit sind, eine Aussage zu unterschreiben, die uns den Inhalt dieses Gesprächs bestätigt.«

Sie sah wieder zu Johnny auf, und der nickte.

»Das solltest du besser tun.«

Sie sagte nicht zu Frank, sondern zu ihm: »Sid wird wütend sein.«

»Das ist zwar bedauerlich, aber du solltest dennoch tun, was Frank dir sagt. Gegen diese Burschen von der Polizei kommst du ja doch nicht an. Aber sie werden immerhin dafür sorgen, daß Sid dich nicht belästigen kann.«

Frank gab ihnen Zeit für dieses Zwischenspiel. Wenn Johnny bereit war, mit der Polizei zusammenzuarbeiten, war er eine wertvolle Hilfe. Er sagte:

»Was hat Sid Turner Ihrer Ansicht nach gemeint, als er sagte, er habe einen Freund bei Gericht, der ihm bestätigen könne, daß Mr. Field sein Testament geändert hat?«

Mirrie hatte nun an Zuversicht gewonnen.

»Er kannte jemand in der Kanzlei von Mr. Maudsley.«

Frank Abbott hakte sofort nach:

»Die Person, die Ihr Gespräch belauscht hat, gab an, Sie

hätten Sid Turner gefragt, wen er denn mit diesem Freund bei Gericht meine. Wenn Sie wußten, wer gemeint war, warum fragten Sie ihn dann?«

Sie errötete, was ihr gut zu Gesicht stand.

»Er brachte das nur zur Sprache, um mich zu ärgern. Und ich dachte mir, ich sollte ihn ruhig wissen lassen, daß es mir völlig egal wäre, was für Freundinnen er hätte und was sie ihm alles erzählten. Und wenn es dieses Mädchen in der Kanzlei war, die ihm von Onkel Jonathans Testamentsänderung erzählt hatte, dann hätte sie das gar nicht tun dürfen und würde entlassen werden, wenn Mr. Maudsley davon erfuhr.« Sie wurde wieder blaß, und ihre Stimme bebte. »Wenn sie ihm solche Sachen erzählte, wollte ich nichts davon wissen! Und es war häßlich von ihm, sie überhaupt zu erwähnen!«

Zu den vielen Erfahrungen, die Frank Abbott in seiner langjährigen Dienstzeit gemacht hatte, gehörten auch die Bekenntnisse vieler junger Damen. Doch trotz seiner großen Erfahrung auf diesem Gebiet vermochte er der Logik von Mirries Ausführungen nicht ganz zu folgen. Es genügte jedoch, zu verstehen, daß Sid Turner das Mädchen in Mr. Maudsleys Kanzlei lediglich erwähnte, um Mirrie zu ärgern, und daß Mirrie ihm daraufhin mit gleicher Münze zurückzahlte.

Er überlegte, daß man das Eisen schmieden soll, solange es heiß ist, und daß ein Bekenntnis andere nach sich ziehen könnte. Also fuhr er fort:

»Da ist noch etwas. Sie erinnern sich vermutlich noch an den Ballabend, als einige von uns hier in der Bibliothek versammelt waren und Mr. Field uns seine Sammlung zeigte. Er holte seine Alben heraus und erzählte eine Geschichte von einem Mann, der ihm einen Doppelmord gestanden und dessen Fingerabdrücke er sich mit Hilfe eines Zigarettenetuis beschafft habe. Und als diese Geschichte gerade richtig spannend wurde, kam Georgina Grey herein und sagte, die Ballgäste träfen ein.«

Mirrie sah ihn mit glänzenden Augen an.

»O ja – war das nicht ein Pech? Es war so aufregend, und ich wollte die Geschichte unbedingt bis zu Ende hören!«

Frank nickte.

»Ich glaube, wir waren alle fasziniert von dieser Geschichte. Ich hätte sie selbst gern bis zu Ende gehört. Nun sind Sie etwas später an diesem Abend auf die Terrasse hinausgegangen, um sich dort mit Sid Turner zu treffen. Er hat Sie gegen sieben Uhr abends angerufen und Ihnen aufgetragen, sich dort mit ihm zu treffen. Er wollte Ihnen eine neue Adresse mitteilen, an die Sie künftig die Briefe für ihn schicken sollten, und Sie wollten ihm ihr neues Kleid zeigen. Also schlüpften Sie um Mitternacht hinaus auf die Terrasse.«

Aus Mirries Stimme war ein Vorwurf gegen den abwesenden Sid herauszuhören, als sie erwiderte:

»Es war ein so schönes Kleid; aber er beachtete es überhaupt nicht. Ich wollte, daß er in die Bibliothek käme und sich das Kleid bei Licht besähe, doch er wollte partout nicht.«

»Wirklich dumm von ihm. Nun passen Sie gut auf: Ich will von Ihnen wissen, ob Sie Sid Turner diese Geschichte von dem Mann erzählt haben, der die beiden Morde gestanden und seine Fingerabdrücke auf Mr. Fields Zigarettenetui hinterlassen hat.«

»Warum sollte sie?« fragte Johnny.

Frank hob eine Hand und ließ sie wieder fallen.

»Warum sollte sie nicht? Es war eine gute Geschichte, und ihr hat sie offensichtlich sehr gefallen. Sie könnte sie ihm erzählt haben.«

»Hast du das, Liebling?«

Mirrie sah von Frank zu Johnny und wieder zurück.

»O ja, ich habe.«

»Was sagte er, als du sie ihm erzählt hast?«

»Er sagte, es wäre ein komisches Hobby, und es könnte durchaus sein, daß jemand was dagegen haben könnte, daß seine Knastwalzen gesammelt würden, und als ich ihn fragte, was das denn wäre, eine Knastwalze, sagte er, das wäre eine andere Bezeichnung für Fingerabdruck.«

Frank machte sich nun daran, die Aussage herunterzutippen und sie von Mirrie unterschreiben zu lassen. Als das erledigt war und Mirrie mit Johnny in den kleinen Salon zurückkehrte, um das Möbelausstattungsspiel fortzusetzen, wandte er sich Miss Silver zu:

»Es sieht allmählich so aus, daß Sid unser Täter ist, nicht wahr? Er hat die ganze Zeit über Mirrie als mögliche Erbin im Auge behalten, und deshalb hatte er ein Interesse an Jonathans Tod, sobald er erfahren hatte, daß dieser ein Testament zugunsten von Mirrie verfaßt und unterzeichnet hatte. Das kann er frühestens am Dienstag spätnachmittags erfahren haben, als das Mädchen in Maudsleys Kanzlei frei hatte, ihn anrief oder sich persönlich mit ihm traf. Meiner Meinung nach war Jonathans Ermordung sorgfältig geplant. Aber warum hat sich Sid, wenn er tatsächlich der Mörder ist, so beeilt? Hatte er das nötig?«

Miss Silver entgegnete gelassen:

»Je rascher er handelte, um so geringer war die Chance, daß irgendein Verdacht auf ihn fiel. Er hatte Mirrie außerdem verboten, ihn anzurufen. Hätte sie sich an dieses Verbot gehalten, hätte Maggie Bell keine Möglichkeit gehabt, das Gespräch abzuhören, und man hätte ihm nur schwer nachweisen können, daß er etwas von dem Testament wußte, das Mirrie zur Haupterbin machte. Und ohne dieses Wissen gab es kein Motiv für seine Tat.

Ich glaube, er war auch fest davon überzeugt, daß er

Mirrie würde überreden können, ihn zu heiraten. Er besaß einen starken Einfluß auf das Mädchen und ahnte nicht, daß dieser Einfluß durch ihre wachsende Zuneigung für Johnny Fabian untergraben wurde. Und es gab zwingende Gründe für ein rasches Handeln.«

»Und was für Gründe waren das Ihrer Meinung nach?«

Miss Silver lächelte.

»Mein lieber Frank – ich glaube, Sie haben sie genauso rasch erkannt wie ich. Mr. Field hat sich als wechselhaft und impulsiv erwiesen. Wir wissen nicht, wieviel dieses Mädchen in Mr. Maudsleys Kanzlei hat aufschnappen können, doch eine junge Dame, die sich beim Lauschen Mühe gibt, kann damit großen Erfolg haben. Mr. Maudsley teilte Georgina Grey mit, er habe sich sehr dafür eingesetzt, Mr. Field von der Unterzeichnung eines Testaments abzuhalten, das er für ein schreiendes Unrecht hielt. Laut Mr. Maudsley sei ihre langjährige Freundschaft fast daran zerbrochen. Unter diesen Umständen kann man sich leicht vorstellen, daß beide Herren mit erregter Stimme sprachen und die Bürodamen recht gut mitverfolgen konnten, was hinter Mr. Maudsleys Tür vorging. Ich hörte, daß zwei Kanzleiangestellte hineingerufen wurden, um als Zeugen das Testament gegenzuzeichnen. Dieses Mädchen kann einer der beiden Zeugen gewesen sein. Ich glaube, daß unter diesen Umständen auch Sid Turner auf den Gedanken kommen mußte, das könnte noch nicht Mr. Fields endgültiges Testament gewesen sein. Versetzen Sie sich in seine Lage! Es ist Dienstag abend, und er hat soeben erfahren, daß Jonathan Field ein Testament unterschrieben hat, das Mirrie praktisch zu seiner Universalerbin macht. Er glaubt, Mirrie sei ihm sicher, und wenn Mr. Field noch in der Nacht sterbe, wäre Mirrie das Geld sicher. Wenn er aber die Nacht überlebte, könnte er schon am nächsten Morgen wieder ein neues Testament verfassen.«

»Sie glauben also, er wollte das Eisen schmieden, solange es heiß war?«

»Davon bin ich überzeugt. Für eine Person, die keinerlei Skrupel hat und nur an sich selbst denkt, war rasches Handeln der sicherste Weg, um Mirrie das Erbe und sich selbst Mirrie zu sichern.«

»Also steigt er auf sein Motorrad, braust nach Lenton, ruft Jonathan von einer Telefonzelle aus an und will ihm angeblich Fingerabdrücke verkaufen. Dann wird er durch die Terrassentür ins Haus gelassen und erschießt Jonathan. Ein rasch entschlossener und schneller Täter.«

»Ja. Mr. Field erwartete ihn bereits mit dem Album auf dem Schreibtisch. Der Täter weiß von Mirrie, daß Mr. Field ein leidenschaftlicher Sammler von Fingerabdrücken ist. Die Geschichte von dem Zigarettenetui unter der Schutthalde, die Mirrie ihm nacherzählte, hat ihm das bewiesen. Und er benutzt diese Geschichte nun dazu, der Tat ein falsches Motiv unterzuschieben. Er reißt die Seite heraus, die von einem Kuvert markiert wurde, entfernt die Notizen aus dem Umschlag und verläßt das Haus wieder. Er ist der Meinung, daß ihn nun nichts mehr mit der Tat verbindet.«

»Der Revolver.«

»Oh – er hat ihn dagelassen, in der schwachen Hoffnung, das Ganze auch noch als Selbstmord hinstellen zu können. Damit hat er meiner Meinung nach das Spiel überzogen. Er hätte die Waffe ja unterwegs in einen Fluß werfen können. Aber nein – er verwirrt die Sache noch mehr, indem er die Tatwaffe mit den Fingerabdrücken des Toten versieht. Und ich wette, er hat sich ein erstklassiges Alibi für die Tatzeit verschafft.«

»Haben Sie einen besonderen Grund für diese Annahme?«

»Ich halte Sid Turner für eine äußerst gefährliche Person. Er plant sorgfältig, handelt rasch und zielstrebig. Er stellt eine

Verbindung zu Mr. Maudsleys Kanzlei her, sorgt dafür, daß Mirrie Field unter seiner Kontrolle bleibt und erdreistet sich sogar, bei Mr. Fields Beerdigung zu erscheinen. Ich bin sicher, daß er nicht versäumte, sich ein Alibi für Dienstag nacht zu verschaffen.«

»Zu konstruieren.«

»Zweifellos. Wie die Geschichte von den Fingerabdrücken konstruiert wurde. Mr. Jonathan Field hat Georgina nämlich erzählt, daß die Geschichte frei erfunden ist.«

»Das hat Georgina Ihnen erzählt?«

»Ich hatte bereits meine Zweifel. Die Fingerabdrücke sollten angeblich von einem Zigarettenetui abgenommen worden sein, das Mr. Field einem Mann reichte, der wie er selbst unter dem Schutt eines ausgebombten Hauses begraben lag. Laut Mr. Field verlor er anschließend das Bewußtsein und wachte erst wieder in einem Krankenhaus mit einem gebrochenen Bein auf. Nach seiner Bergung würde man ihn mit Sicherheit entkleidet, das Geld und die Wertsachen aus seinen Taschen entfernt und versucht haben, ihn anhand dieser Gegenstände zu identifizieren. Ich kann unmöglich glauben, daß die Fingerabdrücke des angeblichen Doppelmörders auf dem Zigarettenetui diese rohe Behandlung auch nur halbwegs unbeschädigt hätten überstehen können. Dieses Geständnis eines Mörders – meinetwegen, aber die Fingerabdrücke zur Untermauerung der Glaubwürdigkeit – nein! Als ich meine Zweifel Georgina mitteilte, klärte sie mich dahingehend auf, daß die Fingerabdrücke auf der herausgerissenen Seite von Mr. Field selbst stammten.«

»Dieser Schwerenöter!« rief Frank und fing einen tadelnden Blick ein.

»Er betrachtete das als einen gelungenen Scherz. Jedenfalls enthebt er uns der Sorge, die fehlende Seite könnte das Tatmotiv gewesen sein. Wir wissen nun, daß das Herausreißen der Seite allein dem Zweck galt, uns von dem wahren Tatmotiv des Mörders abzulenken.«

»Was uns wieder zu Sid Turner zurückbringt. Er hatte wirklich Pech – schlimmes und nicht vorhersehbares Pech. Niemand hätte damit gerechnet, daß Jonathan Field schon wenige Stunden nach der Unterzeichnung sein neues Testament bereits wieder vernichten würde.«

Miss Silver sah ihn ernst an.

»Sid Turner ist ein skrupelloser und gefährlicher Mann. Ich werde erst wieder ruhig schlafen können, wenn ich höre, daß Sie ihn festgenommen haben.«

34

Wenigstens einmal im Leben wäre Sid Turner derselben Meinung gewesen wie ein Polizeioffizier. Er hatte eine fürchterliche Pechsträhne gehabt. Nachdem er jedes Detail berücksichtigt, sich gegen jede Möglichkeit abgesichert hatte, mußte ausgerechnet das Unerwartete passieren – der Ermordete hatte sein Motiv vernichtet, das erst vor wenigen Stunden unterschriebene Testament. Alle Mühen waren umsonst gewesen.

Nun, sein Unglück kann man nicht ändern, und verschütteter Milch soll man nicht nachweinen. Mirrie war nicht der einzige Kiesel auf seinem Strand. Da waren noch andere Mädchen, die Geld zu erwarten hatten, und wenn er ganz sichergehen wollte, konnte er stets auf Aggie Marsh zurückgreifen – ein zwar schon etwas reiferes Semester, aber nicht übel aussehend und so weich wie Butter. Bert Marsh hatte ihr die Kneipe vermacht und dazu noch fünfundzwanzigtausend Pfund. Das war erwiesen, denn er hatte das Testament selbst in Somerset House gelesen. Er hatte sie bereits in die engere Wahl gezogen, ehe Jonathan Field Mirrie aus dem Waisenhaus entführte und einen Narren an ihr fraß. Nun würde er sich wohl mit Aggie begnügen müssen. Sie würde ihn natürlich auf der Stelle nehmen, und er sollte nun nichts mehr anbrennen lassen. Dank seiner sorgfältigen Planung hatte er nichts zu befürchten – er besaß ein Alibi für Dienstag nacht, und nichts brachte ihn in Verbindung mit dem Mord in Field End, solange Mirrie den Mund hielt. Und diese war viel zu verschreckt, um den Mund aufzumachen. Als Turner einen Moment lang an die Möglichkeit dachte, daß Mirrie auspacken könnte, nahm sein Gesicht einen gefährlichen Zug an. Dann hellte sich seine Miene plötzlich wieder auf. Sie hatte schon früher Dinge über ihn gewußt und stets dichtgehalten. Zudem war es nur zu ihrem eigenen Vorteil, wenn sie den Mund hielt. Sie wollte sich bestimmt nicht in einen Mordprozeß verwickeln lassen.

Als Sid Turner an diesem beruhigenden Punkt angelangt war, rief seine Wirtin, Mrs. Jenkins, die Treppe herauf: »Telefon für Sie!«, und er ging hinunter, um das Gespräch entgegenzunehmen. Der Apparat stand im Vorderzimmer, und er schloß erst die Tür hinter sich, ehe er den Hörer aufnahm. Es konnte Aggie Marsh sein. Er hatte ihr zu verstehen gegeben, daß er nach dem Abendessen vielleicht auf einen Sprung bei ihr vorbeischauen würde.

Aber es war nicht Aggie. Es war Bertha Cummins.

»Bist du am Apparat, Sid? Ich möchte dich sofort sehen ... Nein – nein – nein, nicht meinet-, sondern deinetwegen. In der Kanzlei hat es einen Aufstand gegeben. Ein Inspektor von Scotland Yard kam hierher und ...«

»Halt den Mund!« Er konnte ihr gar nicht schnell genug in die Parade fahren. Wie leichtfertig diese Mädchen mit ihren Zungen umgingen! Sie wollte noch etwas sagen, aber das Grollen in seiner Stimme hielt sie zurück. »Ich habe nicht ganz verstanden, was du mir sagen wolltest! Die Verbindung ist ziemlich schlecht! Ich bin in – sagen wir – zwanzig Minuten an der Ecke der West Street. Wir könnten anschließend ins Kino gehen.« Er legte rasch auf.

Bertha Cummins verließ die Telefonzelle, von wo sie ihn angerufen hatte. Es gab unzählige Mädchen wie sie in jeder Großstadt – sauber, unauffällig, tüchtig: Sekretärin, Angestellte, Sachbearbeiterin. Sie war mager, ohne schlank zu sein – hatte regelmäßige Züge, ohne hübsch zu sein. Sie trug weder Lippenstift noch Puder. Ihre Fingernägel waren nicht lackiert, ihre Kleider unauffällig wie sie selbst. Sie war inzwischen vierundvierzig Jahre alt, und bis vor einem Monat hatte sie kein Mann geküßt gehabt, der nicht zu ihrer Verwandtschaft im fortgeschrittenen Alter gehörte. Da war ihr Sid Turner begegnet, als sie aus der Kanzlei kam und ihren Schirm hatte fallen lassen.

Sie hatte ihm erlaubt, den Schirm für sie aufzuheben. Selbst heute wußte sie nicht genau, wie das alles gekommen war. Er hatte sich sehr anständig benommen. Sie waren ins Gespräch gekommen über Sachen, die man an unmöglichen Stellen fallen ließ, und irgendwie war daraus ein kleiner Spaziergang geworden. Und als sie sich nochmals bei ihm bedankte und sich verabschieden wollte, hatte er ihr dieses wundervolle Lächeln geschenkt und gemeint: »Soll es denn kein Wiedersehen geben?« Danach schien es die natürlichste Sache der Welt zu sein, daß sie zusammen Tee tranken und anschließend ins Kino gingen, wo er ihr gestand, wie einsam er wäre, und sie ihm erlaubte, ihre Hand zu halten. Danach trafen sie sich jeden Tag, nicht direkt vor dem Büro, sondern eine Ecke weiter. Noch nie hatte ihr ein Mann den Hof gemacht. Sie konnte anfangs nicht glauben, daß er Gefühle für sie hegte, doch er versicherte ihr, daß es so sei. Nacheinander fielen alle Schranken. Sie schwebte auf einer Wolke von

Glück und dachte nur daran, wie wunderbar es war, daß er sich so sehr für alles interessierte, was sie tat. Sie hatte zuerst nicht über ihre Arbeit sprechen wollen, weil sie glaubte, das würde ihn nur langweilen; doch es war herrlich, welch großen Anteil er an ihrer Tätigkeit nahm. Sie ertappte sich dabei, wie sie ihm alles anvertraute, was sie tagsüber gemacht hatte. Da er ja keinen von den Leuten kannte, über die sie berichtete, tat sie niemandem weh. Und so hatte sie ihm eines Tages auch von Jonathan Field erzählt, der sein Testament geändert hatte.

Er wartete bereits an der Ecke der West Street. Sie konnte schon von weitem sein finsteres Gesicht sehen. Er sprach nicht lauter als sonst, aber mit schneidender Schärfe:

»Daß du nicht noch einmal solche Sachen am Telefon sagst, oder ich bin fertig mit dir!«

»Sachen?«

»Sachen! Aber wir reden nicht hier darüber – es sind zu viele Leute in der Nähe. Wir steigen getrennt in den nächsten Bus und fahren vier Stationen weit. Und es darf keinesfalls so aussehen, als gehörten wir zusammen!«

Sie landeten schließlich in einer fast leeren Teestube, wo sie an der Rückwand Platz nahmen. Als die Kellnerin ihnen Tee und Gebäck gebracht hatte, waren sie so ungestört, wie es überhaupt möglich war.

Sie hatte erst einen Schluck aus ihrer Tasse genommen, als er sagte:

»Wie war das nun mit diesem Kriminalinspektor?«

Sie setzte die Tasse ab, weil ihre Hände zu sehr zitterten.

»Er tauchte bei uns auf, als wir von der Mittagspause zurückkamen. Er wollte Mr. Maudsley sprechen, und als er wieder gegangen war, rief Mr. Maudsley mich in sein Büro. Er war schrecklich aufgebracht. Er sagte, es seien Informationen aus seiner Kanzlei an Außenstehende durchgesickert und er wäre entschlossen, den Verantwortlichen dafür zur Rechenschaft zu ziehen. Ich wäre vor Scham fast in den Boden versunken.«

Sid Turner machte deutlich, daß ihm ihre Gefühle gleichgültig waren.

»Erzähl mir, was er gesagt hat.«

»Es betrifft dieses Mädchen.« Sie konnte den Namen von Mirrie Field nicht aussprechen, weil ihre Stimme zu sehr bebte. »Du hättest sie nicht anrufen dürfen. Du hättest niemals ...«

Er unterbrach sie grob:

»Wenn ich jemand brauche, der mir raten soll, wie ich meine Geschäfte zu erledigen habe, gebe ich dir Bescheid. Also, was ist mit dem Mädchen?«

»Jemand hat zugehört, als du mit ihr am Telefon geredet hast. Sie haben dort eine Sammelleitung. Vermutlich hast du das nicht gewußt. Da braucht jemand nur den Hörer abzuheben und wird Zeuge aller Gespräche, die auf der Sammelleitung geführt werden. Jemand hat zugehört, als du mit Mirrie Field telefoniert hast. Sie erzählte dir, daß ihr Onkel ein neues Testament unterschrieben hätte, und du hast ihr geantwortet, du wüßtest das bereits, weil du einen Freund bei Gericht hättest, der dir das schon mitgeteilt habe. Als die Polizei sie verhörte und fragte, wen du mit diesem Freund bei Gericht gemeint haben könntest, sagte sie, es wäre jemand in Mr. Maudsleys Kanzlei. Oh, wie konntest du so gewissenlos sein, ihr meinen Namen zu verraten! Ich habe noch nie aus der Schule geplaudert und hätte es auch für keinen anderen getan! Aber du wolltest es wissen, und deshalb habe ich es dir erzählt. Doch ich hätte nie geglaubt, daß du meinen Namen ...«

»Hör endlich auf zu jammern! Dein Name ist ja nicht gefallen. Verdächtigt Maudsley etwa dich?«

»O nein. Das ist ja das Malheur – er *vertraut* mir. Und er glaubt, Jenny Gregg wäre es gewesen.«

Er lachte.

»Warum regst du dich dann auf? Jenny wird gefeuert, und dir passiert nichts. Und was kann die Polizei schon gegen ein Mädchen unternehmen, das aus der Schule plaudert? Nichts.«

Er sah sie an und dachte: Was ist sie nur für ein dummes Frauenzimmer! Zum Glück mußte er sich nun nicht länger mit ihr abgeben. Mädchen, die er mochte, hatten anhänglich und willig zu sein, nicht so hager und ängstlich wie sie, die vor lauter Skrupel schwarze Augenringe bekam. Er konnte praktisch jede verliebt in sich machen, wenn seine Geschäfte das erforderten, und da war er sich für keine zu schade. Doch jetzt war es geradezu eine Erleichterung, wenn er diese hier wieder los wurde.

Sie beobachtete ihn. Sie hatte nicht umsonst fünfundzwanzig Jahre in einer Anwaltskanzlei gearbeitet. Sie litt schreckliche Angst.

»Sid, begreifst du denn nicht, was das bedeutet? Ich denke nicht an mich oder Jenny Gregg. Die Polizei stellt diese Fragen, weil sie an dich denkt.«

Er blickte sie verächtlich an.

»Da gibt es nichts für sie zu denken. Ich habe Mirrie schon als kleines Kind gekannt. Sie ist im Haus meiner Schwester aufgewachsen – in gewisser Hinsicht kannst du sogar sagen, daß wir Verwandte sind. Ich habe dich kennengelernt, wir fanden Gefallen aneinander, und du hast zufällig mal Mr. Fields Namen erwähnt – hast mir erzählt, daß er einem Mädchen namens Mirrie Field eine Menge Geld vermachen würde. Was sollte die Polizei wohl daran finden? Nichts!«

»Ich würde meinen Job verlieren und nie mehr einen bekommen.«

»Oh, zum Kuckuck, ich brauche doch keinen Namen zu nennen, wenn sie mich fragen! Ich sage lediglich, es sei ein Mädchen aus der Kanzlei gewesen, und berufe mich auf meine Schweigepflicht als Gentleman. Du brauchst dir also wegen deiner Stellung keine Sorgen zu machen. Niemand wird auf dich kommen, wenn ein Haufen junger Mädchen in der Kanzlei arbeitet, mit denen ich befreundet sein könnte. Ist Jenny die hübsche Blondine?«

Sie bejahte seine Frage.

»Na also.«

Die Kälte kroch ihr bis ins Mark hinein – ihr war durch und durch kalt. Später würde sie sich wieder an seine Worte erinnern, und wenn die Betäubung nachließ, würde sie die Wunden spüren, die seine Worte hinterlassen hatten. Doch im Augenblick spürte sie nur ein taubes Gefühl, das von dieser Kälte herrührte.

Er sagte:

»Es ist wohl besser, wenn wir nicht zusammen gesehen werden. Du gehst jetzt nach Hause und nimmst ein Aspirin oder was Ähnliches. Und mach nicht so ein Gesicht, als hättest du silberne Löffel gestohlen. Erzähl den Leuten, du hättest Migräne, ehe sie anfangen, sich zu wundern, was du angestellt haben könntest.«

Sie sagte:

»Du scheinst nicht zu begreifen, daß die Polizei annimmt, du hättest ein Motiv für den Mord an Mr. Field. Sie glauben, er wäre getötet worden, weil er dieses Testament unterschrieben hat. Sie denken, du wärst nach Field End gefahren und hättest ihn in der Nacht vom Dienstag auf Mittwoch erschossen, weil das Testament, das er am Dienstagnachmittag unterschrieben hatte, Mirrie Field einen Haufen Geld vermachte. Ich glaube, sie hat der Polizei alles erzählt, was sie weiß.«

»Sie weiß gar nichts, und da gibt es auch gar nichts zu wissen. Was die Nacht von Dienstag auf Mittwoch betrifft, so können die Jenkins, bei denen ich wohne, deinem naseweisen Schnüffler erzählen, daß ich gegen neun Uhr abends meinen Regenmantel holen wollte. Und als ich die Treppe hinunterging, blieb ich an einer Stufe hängen und rollte kopfüber die Stiege hinunter. Unten blieb ich benommen liegen, und sie kamen alle aus der Wohnung gerannt, um nachzusehen, was denn passiert wäre. Tom mußte mir einen Brandy geben und half mir dann beim Ausziehen. Mrs. Jenkins gab mir zwei von ihren Schlaftabletten, die mich bis zum nächsten Morgen außer Gefecht gesetzt haben. Ich hatte eine schlimme Gehirnerschütterung – zum Glück war es kein Schädelbruch. Sie sagten, ich bräuchte nur auf den Fußboden zu klopfen, wenn ich was haben wollte; aber ich schlief wie ein Toter. Dagegen kann die Polizei wohl kaum angehen, meine ich.«

Sie hatte ihn die ganze Zeit mit ihren dunklen Augen beobachtet, in denen die Angst nistete. Sie forschten in seinem Gesicht, ehe sie sagte:

»Du hast ein Motorrad, nicht wahr?«

»Ja, und?«

»Wo hast du das abgestellt?«

»Im Schuppen am Ende des Hofes.« Er begegnete ihrem forschenden Blick mit einem wilden und wütenden Gegenblick. »Was willst du damit andeuten? Daß ich die Treppe hinunterfalle, ohne fremde Hilfe nicht ins Bett komme, dann plötzlich ganz munter wieder aufstehe, mein Motorrad aus dem Schuppen hole und mitten in der Nacht in dieses Dorf Field End fahre, um einen Mann zu erschießen, den ich noch nie in meinem Leben gesehen habe?«

Eine Stimme in ihrem Verstand sagte: Ich glaube nicht, daß du die Treppe hinuntergefallen bist. Aber sie sagte es nicht laut. Sie fuhr fort, ihn anzusehen, während es pausenlos in ihrem Verstand arbeitete: Er konnte den Sturz vorgetäuscht haben, indem er etwas hinunterwarf, die letzten Stufen auf dem Bauch hinunterrutschte und dabei einen schrecklichen Lärm verursachte und schrie, ohne sich die geringste Verletzung zugezogen zu haben. Und wenn er nur eine Verletzung vorgetäuscht hatte, konnte er auch aus seinem Schlafzimmerfenster geklettert sein. Und vielleicht stand das Motorrad gar nicht im Schuppen, sondern im Hof. Er schob es geräuschlos auf die Straße und ließ den Motor an, als ein Lastwagen vorüberratterte. Sie sträubte sich dagegen, daß ihr Verstand in dieser Richtung arbeitete, aber diese Gedanken kamen ihr wie von selbst. Sie fragte sich später, ob Sid etwa gemerkt hatte, welche Gedanken sie bewegten; denn plötzlich war er wie ausgewechselt. Das Lächeln, das sie so verzaubert hatte, erschien auf seinem Gesicht. Er rückte seinen Stuhl etwas näher heran und schob seine Hand unter ihren Arm. Und dann fuhr er ganz sacht an der Innenseite ihres Arms entlang, daß ihr Herz zu klopfen begann – zu klopfen . . .

Nein – ihr war zu kalt, als daß sie noch etwas dabei empfunden hätte neben der Angst, die ständig größer wurde. Und später würde noch ein Gefühl der Leere hinzukommen, des Verlustes und der Scham. Doch in diesem Augenblick spürte sie nur die Angst und die bittere Kälte.

Zum ersten Mal, seit sie ihn kennengelernt hatte, zählte sie die Minuten, bis sie sich wieder befreien konnte von diesem Lächeln und dieser Berührung. Das war die einzige Erleichterung, die sie sich erhoffen konnte.

35

Frank Abbott tauchte am Dienstagmorgen wieder in Field End auf. Er fragte nach Miss Silver, und sie kam sogleich mit ihrem Strickbeutel auf dem Arm – der weiße Wollschal auf den Nadeln näherte sich nun schon seiner Vollendung. Sie nahm den Schal zur Hand, breitete ein Gästehandtuch über die Knie und richtete ihre ganze Aufmerksamkeit auf Frank.

»Die Ermittlungen gegen Sid Turner – hatten sie Erfolg?«

Er bewegte sacht die Schultern.

»Abgesehen von der Bestürzung und der Niedergeschlagenheit, die sie in Maudsleys Kanzlei auslösten, haben sie wenig gebracht, wenn da nicht dieses ausgezeichnete Alibi wäre, das er für Dienstag abend vorzeigen kann, was an sich schon ein verdächtiges Zeichen ist.«

Miss Silver nahm mit der Nadel ein paar Maschen auf und begann mit der ihr eigenen Gewandtheit zu stricken.

»Sid Turner besitzt ein Alibi?«

»Gewiß. Sie selbst sagten, wenn Sie sich entsinnen können, er würde ein Alibi haben. Blake fuhr nach Pigeon Hill und sprach mit seiner Wirtin und deren Mann. Pensionierter Eisenbahner nebst Frau. Nichts gegen sie aktenkundig. Sid ist seit einem halben Jahr ihr Untermieter. Mr. Jenkins sagte, er wäre in Ordnung, und Mrs. Jenkins sagte, er wäre so nett. Das Alibi besteht darin, daß er am Dienstagabend gegen neun seinen Regenmantel holen wollte, sich mit dem Fuß darin verhedderte, ungefähr zwei Drittel der Treppe herunterkollerte und dann liegenblieb. Die Eheleute geben an, sie hätten in bewußtlos im Flur gefunden. Sie hätten ihm Brandy eingeflößt, darauf sei er wieder zu sich gekommen, und Jenkins habe ihm ins Bett geholfen. Sid Turner hatte nichts gebrochen, und er sagte, es wäre nicht nötig, einen Arzt zu holen.

Mrs. Jenkins gab ihm daraufhin ein paar Schlaftabletten und sagte, er brauchte nur auf den Fußboden zu klopfen, wenn er etwas benötige. Sid antwortete, er bräuchte nur Schlaf, und sie sollten ihn in Ruhe lassen. Das taten sie auch. Sie werden vermutlich gleich einwenden, er hätte aus dem Fenster steigen und rechtzeitig mit seinem Motorrad in Lenton eintreffen können, um sich telefonisch mit seinem Opfer zu verabreden.«

Miss Silver deutete mit einem Hüsteln Zweifel an.

»Das wäre ein riskantes Alibi, denn die beiden Jenkins hätten doch vor dem Zubettgehen noch in sein Zimmer kommen können, um nachzusehen, wie es ihm geht.«

Frank nickte.

»Laut Blake war dieses Risiko nicht gegeben. Sie schlafen im Tiefparterre, und Mr. Jenkins meidet Treppen, wenn er irgend kann. Er hat einen kranken Fuß, weshalb er auch vorzeitig pensioniert wurde, und sie wiegt knapp zweieinhalb Zentner.«

Miss Silvers Nadeln klapperten.

»Hat Inspektor Blake mit dem Verdächtigen gesprochen?«

»Er war nicht zu Hause. Als Blake Mrs. Jenkins fragte, wo er möglicherweise anzutreffen sei, meinte Mrs. Jenkins etwas pikiert, es würde sie nicht wundern, wenn er in den ›Drei Tauben‹ wäre. Er mache dort der Wirtin den Hof – einer gewissen Mrs. Marsh. Ihr Mann sei seit ungefähr zwölf Monaten tot, und es gäbe welche, die meinten, sie könnte sich vielleicht mit Sid einig werden. Damit täte sich Sid einen großen Gefallen, denn ihr Mann hätte ihr einen hübschen Batzen Geld hinterlassen, ganz zu schweigen von der Kneipe.«

»Also fuhr Inspektor Blake weiter zu den ›Drei Tauben‹? Traf er Sid Turner dort an?«

»Und ob! Außer Sid noch eine Menge Leute. Und wissen

Sie, was die dort machten? Feierten Sids Verlobung mit Mrs. Marsh – Getränke auf Kosten des Hauses und Friede, Freude, Eierkuchen. Sid ist ein fixer Arbeiter.«

Miss Silver sah ihn nachdenklich an.

»Wenn eines der Mädchen in Mr. Maudsleys Kanzlei mit Sid Turner so eng befreundet war, daß sie ihm vertrauliche Informationen weitergab, muß man annehmen, sie setzte Sid auch von dem Besuch der Polizei in der Kanzlei in Kenntnis.«

»Sollte man annehmen, ja. Warum?«

»Ich dachte daran, was für ein raffinierter Schachzug das ist, jetzt zu diesem Zeitpunkt seine Verlobung mit Mrs. Marsh bekanntzugeben. Das entkräftet doch die Vermutung, er habe es auf Mirrie und das Geld, das sie von Jonathan Field hätte erben können, abgesehen.«

»Möglich, daß er das beabsichtigt hatte. Oder es hat schlichtweg damit zu tun, daß er Mirrie von seiner Liste strich, weil sie nun doch nichts geerbt hat. Die nicht unattraktive Mrs. Marsh mit ihrer gutgehenden Kneipe und dem hübschen Sümmchen auf der Bank war zweifellos die nächste auf seiner Liste. Blake berichtet, er sei sehr zufrieden mit sich gewesen – geradezu provozierend selbstsicher. Befragt, was er in der Nacht von Dienstag auf Mittwoch gemacht habe, gab er ungefähr die gleiche Darstellung von seinem Treppensturz wie das Ehepaar Jenkins. Er behauptete, er habe eine Gehirnerschütterung davongetragen, faßte sich dabei an den Kopf und zeigte auf eine Beule, die bereits wieder im Abschwellen war. Selbstverständlich sei er ins Bett gekrochen und habe keinerlei Lust oder Versuchung gespürt, es wieder zu verlassen. Das wär's also, und das reicht nicht für eine Verhaftung. Wir können nur beweisen, daß er Kenntnis von Jonathans neuem Testament hatte, welches Mirrie begünstigte. Maggie Bells Aussage, daß die Stimme, die sich mit Jonathan Field um zehn Uhr dreißig in der Mordnacht telefonisch verabredete, identisch wäre mit der Stimme, die sich um Viertel nach acht beim Anruf von Mirrie Field gemeldet habe, ist ihre persönliche Meinung, jedoch kein Beweis. Übrigens war die Telefonnummer, die Sid Mirrie für Notfälle gegeben hatte, die Nummer der ›Drei Tauben‹. Mirrie hat zugegeben, Sid dort angerufen zu haben; aber die Geschworenen werden Sid nicht auf Maggie Bells Vermutung hin, die Stimme aus den ›Drei Tauben‹ sei auch die Stimme in der Telefonzelle von Lenton gewesen, als Mörder schuldig sprechen. Wir können bisher nicht beweisen, daß Sid jemals den Fuß in Jonathan Fields Haus gesetzt hat. Wir könnten ihm zwar ein Motiv nachweisen, jedoch nicht die Gelegenheit zur Tat. Und wir müssen beweisen, daß er zur Tatzeit hier in diesem Raum gewesen ist.«

Miss Silver hatte aufmerksam zugehört. Nun legte sie die Hände auf die flusige weiße Wolle in ihrem Schoß.

»Das Album!«

»Das Album?«

»Wenn Sid Turner die Seite herausgerissen hat, muß er doch Fingerabdrücke auf dem Album hinterlassen haben.«

»Das Album wurde natürlich auf Fingerabdrücke hin untersucht. Wir fanden reichlich Abdrücke – durchweg von Jonathan Field.«

»Keine anderen?«

»Meines Wissens nicht.«

»Aber das ist doch ebenfalls ein höchst verdächtiger Umstand, Frank. Jemand hat schließlich die Seite aus dem Album gerissen und die Notizen aus dem Umschlag genommen, der als Merkzeichen zwischen den Seiten lag.«

Frank Abbott zuckte mit den Achseln.

»Jemand erschoß Jonathan und sorgte dafür, daß er keine Fingerabdrücke hinterließ. Entweder trug der Täter Handschuhe, oder er hat sich ein Tuch um die Hände gebunden.«

Sie erwiderte mit ungewöhnlichem Ernst:

»Aber denken Sie doch einmal nach, Frank. Wenn er Handschuhe getragen hat, muß er doch Verdacht erregt haben – und Mr. Field hätte sofort auf die Alarmklingel gedrückt und das ganze Haus geweckt. Wenn der Mörder seinen Plan erfolgreich durchführen wollte, mußte Mr. Field eingelullt werden. Er mußte sich so sicher fühlen, daß er das Album herbeiholte und sich an seinen Schreibtisch setzte. Ich bin sicher, der Mörder war gezwungen, die Handschuhe auszuziehen. Er mag sie zwar wieder angezogen haben, nachdem er die Tat bereits ausgeführt hatte; aber vor der Tat muß er mit bloßen Händen im Zimmer gewesen sein. Und trotz größter Vorsicht könnte es möglich sein, daß er irgend etwas angefaßt hat – die Tischplatte oder eine Stuhllehne. Sind unter den Fingerabdrücken, die am Mittwoch morgen am Tatort sichergestellt wurden, auch welche, die bisher nicht identifiziert werden konnten?«

»Sie meinen ...«

»Mir fällt da etwas ein, das ich schon früher hätte erwähnen sollen. Als ich mit Sid Turner nach der Beerdigung im Eßzimmer sprach, lehnte er an der Anrichte. Anfangs hielt er ein Glas in der Hand, konnte aber seine Hände nie stillhalten, wechselte das Glas von der Rechten in die Linke, griff sich in die Hosentasche und so weiter. Ich hatte ihm soeben eröffnet, daß nach Mr. Fields Testament Georgina Grey die Haupterbin war. Vermutlich war er in diesem Augenblick sehr beunruhigt, daß Mirrie ihn angeschwindelt haben könnte oder die Informationen aus der Kanzlei falsch waren.«

»Eine in der Tat höchst unangenehme Situation für ihn.«

»Nachdem Sid Turner sein Glas abgestellt hatte, nahm seine Nervosität noch zu. Als ich das Gespräch auf die Möglichkeit brachte, Mr. Field könnte von jemand ermordet worden sein, der durch seine Fingerabdrücke, die sich in Mr.

Fields Sammlung befanden, Gefahr lief, als Doppelmörder entlarvt zu werden, begann er nervös mit den Fingern auf den Rand der Anrichte zu trommeln. Ich hatte den Eindruck, er klopfte den Takt einer Melodie, die ihm durch den Kopf ging. Aber dieses Trommeln führte er auf eine Art aus, auf die ich Sie nun aufmerksam machen wollte. Seine Hand befand sich im spitzen Winkel zur Anrichte, und er trommelte mit den Fingerkuppen auf die Unterseite der vorstehenden Randleiste. Deshalb kam ich auf den Gedanken, ob er nicht in ähnlicher Weise in der Mordnacht verfuhr und möglicherweise seine Fingerabdrücke unter einer Armlehne oder unter dem Rand des Schreibtisches hinterlassen haben könnte. Natürlich weiß ich nicht, ob es sich dabei um eine Unart von Sid Turner handelte, mit der er jedes Gespräch begleitet, oder ob ihn nur die ungewöhnliche Nervosität, die ihn im Verlauf unseres Gespräches befiel, zu diesem Fingertrommeln veranlaßte. Jedenfalls hielt ich meine Beobachtung für wichtig genug, um sie Ihnen mitzuteilen.«

Er sagte rasch:

»O ja – ja – ich werde mich gleich mit Smith in Verbindung setzen. Ich kann mich erinnern, daß von den sichergestellten Fingerabdrücken einige noch zur Identifizierung anstanden.«

Miss Silver sagte mit einem Kopfnicken:

»Wenn wir nachweisen können, daß Sid Turner in diesem Raum gewesen ist, haben Sie damit auch den Nachweis erbracht, daß Sid Turner Gelegenheit hatte, Mr. Field zu ermorden.«

Frank Abbott zog den Telefonapparat zu sich heran und stellte eine Verbindung zum Polizeirevier von Lenton her. Es dauerte eine Weile, bis man Inspektor Smith aufgetrieben hatte. Miss Silver nahm inzwischen ihre Strickarbeit wieder auf. Frank sagte:

»Sind Sie es, Smith? Hier Abbott. Diese Fingerabdrücke

im Mordfall Field End – da waren doch welche darunter, die nicht identifiziert werden konnten. Sie sagten, es wäre ein Mann im Haus gewesen, der die Maße für neue Vorhänge nahm, nicht wahr? Sie glaubten, die Abdrücke stammten von ihm, konnten den Mann jedoch bisher nicht erreichen, weil er inzwischen bei einer anderen Firma arbeitet. Oh, Sie haben den Mann gefunden? Gut. Und die Fingerabdrücke? Nicht mit seinen identisch? Sehr gut – ich komme bei Ihnen vorbei und schaue sie mir an. Bis dann.«

36

Miss Cummins hatte es stets für richtig gehalten, schon vor Dienstbeginn in der Kanzlei zu erscheinen. Dieser Dienstagmorgen, auf den Tag genau eine Woche, nachdem Jonathan Field sein Testament geändert und hier in der Kanzlei hatte beglaubigen lassen, bildete keine Ausnahme. Sie hätte sogar ein paar Stunden früher kommen können, weil sie diese Nacht kein Auge zugetan hatte und ihren eigenen Schlüssel zum Büro besaß. Nachdem sie aufgesperrt, Hut, Mantel und Handschuhe abgelegt und ihr bereits ordentlich frisiertes Haar nachgebessert hatte, setzte sie sich hin, um auf Jenny Gregg und Florrie Hackett zu warten, die pünktlich, jedoch keine Minute zu früh, erscheinen würden. Mr. Maudsley kam erst eine halbe Stunde später, wenn überhaupt, und in seiner Abwesenheit war Miss Cummins Chefin. Sie saß und wartete.

Die Gedanken, die sie am Schlafen gehindert hatten, quälten sie auch jetzt. In der Nacht hatten sich ein paar hart erkämpfte Zähren durch ihre zusammengepreßten Lider gezwängt, doch nun, in der Wüste gescheiterter Hoffnungen, waren ihre Augen so trocken wie Wüstensand. Sie hatte Sid

Turner zum letzten Mal gesehen. Ein Schauder überlief sie, wenn sie sich vorstellte, ihm noch einmal auf der Straße zu begegnen. Sie hatte sich für ihn ruiniert und wollte ihn nie wiedersehen. Als sie in der Teestube beisammengesessen und miteinander geredet hatten, war ihr einiges klargeworden: Er hatte nichts für sie übrig. Er hatte nie etwas für sie übriggehabt. Er hatte nur für Geld etwas übrig und für Sid Turner. Er hatte sie als Werkzeug benutzt, und nun ließ er sie fallen. Sie glaubte, daß er Jonathan Field ermordet hatte.

Florrie und Jenny erschienen im Büro. Jenny hatte geweint. Sie war ein hübsches Mädchen mit blonden Haaren und schöner Haut. Auf so einer Haut sah man einfach alles. Sie setzte sich an ihren Schreibtisch und begann zu arbeiten.

Als Mr. Maudsley eintraf, begab er sich schnurstracks in sein Büro. Jenny sagte mit hoher, dünner Stimme:

»Er wird in einer Minute läuten, und wenn ich hineingehe, feuert er mich.«

Florrie sagte unbekümmert:

»Und wenn schon – es gibt genügend Stellen, die gut bezahlt sind.«

Jenny wischte sich eine Träne fort.

»Aber ohne Referenzen bekommt man die nicht. Man wird mich sicher fragen, was ich bisher gemacht habe, oder? Ich arbeite seit drei Jahren hier, und wenn sie wissen wollen, warum ich gegangen bin, nehmen sie mich nicht. Wer nimmt schon eine Angestellte, die Dienstgeheimnisse verrät?« Sie holte ein Taschentuch hervor und betupfte sich die Augen. »Mir wäre es ja egal; aber Mama ist auf das Geld angewiesen, das ich verdiene. Und ich schwöre: Ich habe nicht ein Wort gesagt – niemals!«

Das Läuten von Mr. Maudsleys Glocke fiel in ihr letztes Wort hinein. Bertha Cummins hatte mit dem Rücken zum Büro am Fenster gestanden. Sie drehte sich um, sah, daß

Florrie Hackett einen Arm um Jennys Schultern gelegt hatte, und sagte:

»Ich geh' mal nachsehen, was Maudsley von uns will. Ich muß sowieso mit ihm sprechen.« Sie ging durch die Doppeltür und schloß sie hinter sich.

»Oh, Sie sind es, Miss Cummins! Guten Morgen. Schicken Sie doch Miss Gregg zu mir herein, ja? Eine höchst unerfreuliche Angelegenheit, die ich am besten gleich hinter mich bringe.«

»Was macht Sie so sicher, daß Miss Gregg aus der Schule geplaudert hat, Mr. Maudsley?«

Er sah zu ihr auf. Seine Brauen waren ein ärgerlicher Strich.

»Nun, da kommt mehreres zusammen: Sie gehört zu der Sorte von Mädchen, die sich dieser Sid Turner herauspicken würde – hübsch, nicht zuviel Verstand und mit einem Blinkern im Auge, das die jungen Männer ermuntert. Sie ist jetzt – wie lange hiergewesen? Drei Jahre? Ja, und es gab nichts zu beanstanden an ihrer Arbeit. Da haben Sie natürlich dafür gesorgt. Aber ich bin ein paarmal auf der Straße an ihr vorbeigegangen, als sie mit jungen Männern kicherte. Und dann ihr eigenartiges Benehmen, als ich mit ihr über den Vertrauensbruch sprach – brach schon in Tränen aus, ehe ich einen Ton gesagt hatte.«

Bertha Cummins erwiderte mit tonloser Stimme:

»Sie hat Angst, ihre Stelle zu verlieren. Sie muß eine kranke Mutter versorgen.«

»Aber Miss Cummins, ich denke, das tut nun wirklich nichts zur Sache. Meine Kanzlei ist kein Wohlfahrtsinstitut. Sie können doch nicht erwarten, daß ich über ein solches Vergehen einfach hinwegsehe?«

»Nein. Aber nicht Miss Gregg hat Ihr Vertrauen mißbraucht, sondern ich.«

Mr. Maudsley sah sie überrascht an. Er hatte verstanden, was sie gesagt hatte, doch sein Verstand weigerte sich, ihre Worte zu akzeptieren. Er sah sie an und bemerkte ihre ungewöhnliche Blässe und den stieren Blick in ihren Augen. Anstatt auf ihre Worte einzugehen, suchte er nach einer Alternative. Vielleicht war sie krank. Sie war schon immer farblos gewesen, doch diese Blässe – er suchte nach einer treffenden Bezeichnung dafür. Gespenstisch. Richtig! Er hörte sich sagen:

»Miss Cummins, Sie sind krank.«

Sie stand vor ihm, den Blick auf sein Gesicht geheftet.

»O nein. Nicht Miss Gregg hat geplaudert, sondern ich.«

Das Unglaubliche begann sich in seinem Bewußtsein einzunisten.

»Wissen Sie, was Sie da sagen?«

»O ja. Ich erzählte ihm von dem Testament.«

»Ich kann es einfach nicht glauben! Wie konnten Sie so etwas tun? Was war es – Geld?«

Sie schüttelte den Kopf.

»O nein. Ich dachte – er hätte mich gern. Er redete mir ein, daß er mich gern hätte. Ich dachte, er würde sich für meine Arbeit interessieren, weil er gern wissen wollte, was ich so täte – aus Liebe zu mir. Es war das erste Mal, daß ein Mensch sich für das interessierte, was ich tat. Ich dachte, es geschähe aus Sympathie. Nun weiß ich, daß er nur herausfinden wollte, ob – Mr. Field – dieses Testament ...« Ihre Stimme war dabei immer leiser geworden, bis die Worte erstarben, als ginge eine Grammophonplatte zu Ende.

Mr. Maudsley konnte sich nicht erinnern, jemals so einen Schock erlebt zu haben. Wenn es jemand gab, für dessen Integrität er die Hand ins Feuer gelegt hätte, dann wäre das Miss Cummins gewesen. Er wußte nicht, was er zu ihr sagen sollte. Er wußte nur, daß er dieses peinliche Gespräch beenden mußte. Er brauchte Zeit, sich mit dieser neuen Situation abzufinden und zu überlegen, welche Schritte er zu ergreifen habe. Da kam ihm Jenny Gregg in den Sinn, und er griff danach wie nach einem rettenden Strohhalm.

»Ich sollte jetzt lieber mit Miss Gregg sprechen«, sagte er. »Das war ein Schock. Ich muß mir überlegen, was ich ihr sagen soll. Wissen Sie zufällig, ob sie den Eindruck hat, ich würde ihr den Vertrauensbruch zutrauen?«

»Sie weiß, daß man sie verdächtigt. Sie ist darüber sehr unglücklich.«

Selbst jetzt konnte er sich nicht von der langjährigen Gewohnheit befreien, sie um Rat zu fragen. Er sagte:

»Wie wäre es, wenn ich beide hereinriefe und ihnen mitteilte, ich wäre überzeugt, daß sie keinen Vertrauensbruch begangen hätten? Und wenn ich mit den beiden gesprochen habe, werde ich Sie wieder hereinbitten. Oh, da fällt mir gerade ein, daß Mr. Atkins um elf Uhr in die Kanzlei kommt, um die endgültige Fassung seiner Stiftungssatzung mit mir durchzusprechen. Sie wollten mir ein Memorandum aufsetzen, damit ich ihm gleich die Punkte erklären kann, auf die es ankommt.«

Sie sagte: »Ich kümmere mich sofort darum«, als wäre heute ein ganz normaler Arbeitstag wie sonst auch. Erst als sie sein Büro verließ, wurde ihr bewußt, daß sie vermutlich zum letzten Mal als Angestellte der Kanzlei die Doppeltür hinter sich schloß. Da sie Mr. Maudsley gestanden hatte, daß sie keine vertrauenswürdige Person war, würde er sie vermutlich auf der Stelle entlassen.

Jenny und Florrie gingen nun zu ihm, und er sagte ihnen seinen Spruch auf. Sie kamen schon nach einer Minute mit strahlenden Gesichtern wieder heraus und hatten offenbar keine Ahnung, daß der Vorwurf nicht aufgehoben, sondern nur auf andere geschoben war.

»Ich bin überzeugt, Sie haben sich für uns eingesetzt. So ist es doch, nicht wahr, Miss Cummins?«

»Ich tat, was ich konnte, Jenny.«

Florrie sagte:

»Er war heute morgen ganz anders. Er sagte, wir sollten nicht mehr daran denken. Vielen herzlichen Dank, Miss Cummins!«

Sie saß an ihrem Schreibtisch, stellte das Material für die Familienstiftung von Mr. Atkins zusammen und wartete auf das Klingelzeichen von Mr. Maudsley. Sie verrichtete ihre Arbeit, als wäre nichts geschehen, und dachte dabei: Es ist meine letzte Amtshandlung. Ab morgen würde sie keine Arbeit mehr haben und kein Geld mehr verdienen. Sie hatte nicht viel gespart. Da waren, wie sie es nannte, Verpflichtungen gewesen, die unabweislich waren. Eine jüngere Schwester war als hilflose Witwe mit vier Kindern an sie herangetreten. Jedenfalls hatte sie nicht nein sagen können, und die Bitte um Geld wurde jeden Monat neu an sie herangetragen.

Mr. Maudsley lehnte sich in seinen Sessel zurück und bemühte sich, Ordnung in seine Gedanken zu bringen. Der Schock hatte ihn wie gelähmt. Sein Geist wanderte über ein Vierteljahrhundert zurück, in dem sich ein biederes, scheues Mädchen von neunzehn zu einer unschätzbaren Kanzleivorsteherin entwickelt hatte. In all diesen Jahren hatte sie nicht ein einziges Mal versäumt, die ihr aufgetragenen Arbeiten mit der größten Gewissenhaftigkeit zu erledigen. Und was ihre Zuverlässigkeit und Verschwiegenheit anlangte, hätte er ebensogut an seiner eigenen Integrität zweifeln können.

Sie würde natürlich die Konsequenzen für ihr Verhalten tragen müssen.

Seine Reaktion auf diesen Entschluß war spontan und heftig, obwohl sie unersetzbar sein würde. Er rief sich die unangenehmen Erfahrungen ins Gedächtnis zurück, die er immer dann machen mußte, wenn sie ihren Jahresurlaub nahm, oder die schrecklichen sechs Wochen, als sie mit einem gebrochenen Bein krankgeschrieben war. Er hatte kaum etwas zu Ende führen können, weil er gar nicht gewußt hatte, wo was zu finden war. Bei diesen Überlegungen hatte er total das Memorandum vergessen, das sie ihm für die Smithers-Sache aufgesetzt hatte. Der Prozeß wäre fast in die Hosen gegangen, hätte Miss Cummins ihn nicht im letzten Augenblick, als sie wieder zum Dienst kam, daran erinnert. Er hatte sich solche Sachen nie merken müssen. Miss Cummins erinnerte sich für ihn. Sie vergaß nichts und übersah nichts. Sie war ergeben, zuverlässig, unersetzlich. Und nun hatte sie vor seinem Tisch gestanden und ihm gebeichtet, daß sie ein einziges Mal in einem Vierteljahrhundert etwas ausgeplaudert hatte. Er erinnerte sich an ihr blasses Gesicht. Sie wartete immer noch auf sein Urteil.

Unersetzlich.

Das Wort drängte sich durch das Gewirr seiner Gedanken und stellte sich energisch vor ihn hin.

Er streckte die Hand aus und bediente den Klingelknopf.

37

Miss Silver kam am selben Dienstagmorgen herunter und fand eine Nachricht vor, die durch den Briefkastenschlitz ins Haus geflattert war. Sie lautete:

»Bin in London, um Fingerabdrücke zu vergleichen. Interessante Möglichkeiten. Smith hat drei oder vier Abdrücke sichergestellt, die von S. T. stammen könnten. Sie gehören nicht zu dem Knaben, der ins Haus kam, um Vorhänge auszumessen. Da waren ein paar verwischte Abdrücke unter dem Rand der Schreibtischplatte. Blake besitzt die Fingerabdrücke von S. T. Mal sehen, ob welche zusammenpassen.« Darunter ein gekritzeltes F. A. Das war alles.

Miss Silver ging weiter ins Eßzimmer. Da sie dort niemanden fand, las sie die Botschaft noch einmal und warf sie dann ins Feuer. Kurz darauf traf die reguläre Post ein, und es war ein Brief von ihrer Nichte Gladys Robinson dabei. Sie war Ethel Burketts Schwester, aber grundverschieden im Charakter. Da Gladys sich nur dann meldete, wenn sie in Schwierigkeiten steckte, öffnete Miss Silver den Umschlag mit etwas spitzen Fingern.

Mrs. Robinson schrieb:

»Liebes Tantchen,
ich glaube, Du hast auf Andrew größeren Einfluß als irgendwer sonst. Er ist wieder einmal sehr uneinsichtig. Alle meine Freunde sagen mir, wie ich es nur mit ihm aushalten könnte. Er gibt mir nicht genügend Geld für den Haushalt, obwohl er das Gegenteil behauptet. Betty Morgan sagt . . .«

Miss Silver sah keine Veranlassung weiterzulesen. Gladys Briefe waren stets nach dem gleichen Strickmuster abgefaßt: zuerst die Klage über den Mann, dann über das Geld. Und immer rieten ihr sogenannte Freunde, sich das nicht länger gefallen zu lassen. Nur eine besonders tückische Freundin schien inzwischen von einer anderen ersetzt worden zu sein. Betty Morgan war ein neuer Name. Sie bedauerte sehr, daß Gladys nicht ein halbes Dutzend Kinder zu versorgen hatte. Aber die Wege der Vorsehung sind unerforschlich, dachte sie, während sie den halbgelesenen Brief in den Umschlag zurücksteckte, diesen in ihrem Strickbeutel verwahrte und sich zu Captain Hallam umwandte, um ihm einen guten Morgen zu wünschen.

Der Wunsch verfehlte bei Captain Hallam zweifellos seine Wirkung. Er schien nicht geneigt, den Morgen in diesem oder anderem günstigen Licht zu betrachten. Er war am Abend zuvor sehr spät nach Field End zurückgekommen und zeigte nun eine düstere, verschlossene Miene. Georgina, die kurz darauf hereinkam, sagte: »Oh, du bist wieder zurück?« Nach dieser Bemerkung schien die Kommunikation zwischen den beiden beendet.

Zum Glück wußten Johnny und Mirrie eine Menge zu erzählen, und Mrs. Fabian, die als letzte eintraf, war immer, wenn auch nur tröpfelweise, für ein Gespräch gut.

Johnny hatte einen Brief von einem Freund erhalten, der ihm Einzelheiten über eine kleine, aber gutgehende Werkstatt in der Nähe von Pigeon Hill mitteilte, und Mirrie war teils elektrisiert von der Beschreibung der Wohnung, die zu der Werkstatt gehörte, und teils abgeschreckt von dem Gedanken, daß sich in der besagten Vorstadt eine Wohnung befand, die sie nie mehr wiedersehen wollte.

Die beiden kabbelten sich das ganze Frühstück hindurch:

»Liebling, was für eine prächtige Gelegenheit, mal wieder bei Tante Grace und Onkel Albert vorbeischauen zu können.«

»Das werde ich nicht! Das tu ich niemals!«

Johnny schüttelte vorwurfsvoll den Kopf.

»Vernachlässige nie die Verwandtschaft! Man weiß nie, wann man mal einen Fünfer braucht.«

»Tante Grace würde mir nicht mal fünf Penny für die Busfahrt geben!«

»Sie ist auch noch nie meinem Charme ausgesetzt gewesen.«

Mirrie sah ihn mit schmelzenden Augen an.

»Ich möchte nicht dorthin zurück – ich will das nicht!«

»Darling, die Werkstatt ist meilenweit von deiner Tante

entfernt. Und hier steht, die Wohnung hat drei Zimmer und eine Kochnische. Ich sollte am besten gleich den nächsten Zug von Lenton nach London nehmen, sonst schnappt uns noch einer die Werkstatt vor der Nase weg.«

Mrs. Fabian, die den Tee zubereitete und vergaß, das Wasser aufzugießen, bemerkte, Johnny würde hoffentlich nichts unterschreiben, ohne es vorher einem Anwalt zu zeigen.

»Denn es gibt ja so viele unehrliche Leute, und hinterher muß man für etwas bezahlen, das schon beim Einzug kaputt war. Ich erinnere mich, daß Mrs. Marchbanks einmal eine ganz entzückende Wohnung mietete; im Schlafzimmer stand ein Stuhl mit zerbrochener Lehne, den sie auf den Sperrmüll warf. Doch hinterher mußte sie eine stolze Summe bezahlen, als sie auszog. Ihr Anwalt klärte sie auf, der Stuhl wäre Bestandteil der Wohnung gewesen, nicht Eigentum des Vormieters.«

Johnny warf ihr eine Kußhand zu.

»Schön, Mama. Gut, daß du mich rechtzeitig gewarnt hast. Wenn ich einen zerbrochenen Stuhl vorfinde, stelle ich ihn in den Keller und gebe ihn keinesfalls auf den Sperrmüll. Dann suchen wir im Sperrmüll nach geeigneten Möbeln.«

Er und Mirrie futterten sich vergnügt durch ein langwieriges Frühstück. Georgina trank eine halbe Tasse von dem komisch schmeckenden Tee und zerkrümelte eine Toastschnitte. Anthony verspeiste eine gebratene Wurst, die seine finsteren Blicke wirklich nicht verdiente, und trank den Rest von dem Tee, den Mrs. Fabian eilends mit bereits wieder erkaltendem Wasser aufgebrüht hatte. Miss Silver, die liebenswürdig mit Mrs. Fabian plauderte, dachte, daß die jungen Leute doch ein ungewöhnliches Talent besaßen, sich gegenseitig das Leben schwerzumachen.

Frank Abbott rief um zwei Uhr nachmittags an. Er bat

Miss Silver an den Apparat und sprach auf eine Weise, die offenbar Maggie Bell einkalkulierte:

»Sind Sie das, Madam? ... Ich dachte, ich sollte Sie nur kurz daran erinnern, daß die Sachen jetzt doch zusammenpassen. Unser Freund war also doch auf Besuch. Blake und ich hoffen, daß wir ihn noch heute nachmittag kassieren können. Drücken Sie mir die Daumen.«

Da Frank Abbott Miss Silvers strikte Mißbilligung jeglichen Aberglaubens kannte, legte er rasch auf, ehe sie sich entsprechend äußern konnte.

Johnny Fabian wartete in einer Schlange auf den Bus, der angeblich bis auf hundert Meter an Rookes Werkstätte beim Blue-Lion-Knotenpunkt heranfuhr, als er auf der anderen Straßenseite einen Mann aus einem Lokal kommen sah, den er als Sid Turner identifizierte. Da Johnny nicht wünschte, etwas zu erneuern, was man kaum als Bekanntschaft bezeichnen konnte, blickte er schnell in eine andere Richtung. Wie erstrebenswert Rookes Werkstätte samt der Wohnung darüber für ihn auch war – der Gedanke, daß Mirrie Sids Weg kreuzen konnte, wenn er sie nach Pigeon Hill zum Einkaufen schickte, wirkte ernüchternd auf ihn. Als er Jimmy Rooke kennenlernte und seine Bedingungen, zu denen er sich von seinem Betrieb zu trennen gewillt war, war er wieder Feuer und Flamme. Doch dieser Sid war ein Dämpfer gewesen, und er sollte ihn nicht so rasch vergessen.

Denn was er nicht wußte: Sid hatte ihn ebenfalls gesehen und wiedererkannt. Nur war Sid zu diesem Zeitpunkt nicht interessiert. Zwar regte sich Groll in ihm gegen diesen Johnny, den er aber rasch vergaß und an den er sich später wieder erinnerte, als die Sache plötzlich wichtig wurde. Zu diesem Zeitpunkt war Sid nicht ernstlich besorgt, was die Polizei und deren Ermittlungen betraf. Sie würde zwar ein bißchen herumschnüffeln, jedoch die Sache wieder aufgeben, wenn sie zu keinem Ergebnis kam. Sie mochten ihn verdächtigen, aber nachweisen konnten sie ihm nichts. Absolut nichts!

Lediglich auf Mirrie Field hatte er einen Zorn, der gefährlich brodelte, weil sie ihn wegen der beiden Telefongespräche bei der Polizei in die Nesseln gesetzt hatte. *Frauen*! Die konnten doch nie den Mund halten, auch dann nicht, wenn sie sich dabei selbst schadeten. Waren doch alle gleich! Nicht mal Bertha Cummins traute er voll und ganz. Wetten, sie hatte dem alten Maudsley etwas vorgeheult und sich selbst angezeigt?

Der Gedanke daran ärgerte ihn jedoch nur vorübergehend. Sie konnte dem alten Maudsley ja nur beichten, was er längst wußte. Sie konnte keinen weiteren Schaden anrichten, nur sich selbst ruinieren, wenn sie erzählte, sie habe die Verfügungen von Jonathan Fields Testament ausgeplaudert, nicht Jenny Gregg. Dafür würde sie mit ihrer Entlassung belohnt werden, und sie brauchte schon großes Glück, wenn sie wieder einen Job finden wollte.

Ihm, Sid Turner, tat das alles nicht weh. Die Polizei wußte bereits, daß Mirrie ihm von dem neuen Testament erzählt hatte und wie gut sie darin wegkam. Und weshalb auch nicht? Er war schließlich der Bruder ihrer Tante und ein guter Freund obendrein. Warum sollte er nicht wissen dürfen, wie gut Mirrie mal erben würde? Daß Bertha ihm dasselbe erzählt hatte, fiel weiter nicht ins Gewicht. Es war Mirrie, die es nicht nötig gehabt hätte, die beiden Telefongespräche der Polizei auf die Nase zu binden. Sie hätte es besser wissen müssen und den Mund halten sollen. Er dachte daran, wie er sie in der dunklen Gasse an sich gepreßt und ihr das Messer an die Kehle gesetzt hatte. Er hatte geglaubt, sie würde sich daran erinnern. Vielleicht mußte er ihr Gedächtnis etwas auffrischen.

38

Es war am Dienstagabend, ein paar Minuten nach der Öffnungszeit, daß Aggie Marsh ihr gemütliches Wohnzimmer in den »Drei Tauben« verließ, den schmalen Korridor überquerte und eine Tür öffnete, die in den Schankraum hinter der Theke führte. Sie hatte ein etwas erhitztes, jedoch nicht unzufriedenes Gesicht und wäre lieber im Salon bei Sid geblieben; doch Geschäfte kommen vor dem Vergnügen, lautete ihr Motto, und zuviel durfte sie Sid auch nicht erlauben. Sie war schließlich eine achtbare Frau. Sie glättete ihr Haar vor dem Spiegel über dem Kamin und rückte ihr Kleid zurecht, ehe sie zur Schenke durchging, um Molly Docherty bei der Bedienung der Gäste zu helfen. Sie hatte die Tür halb geöffnet, als sie Sids Namen hörte. Sie blieb stehen und lauschte. Molly lachte – ein dralles rothaariges Mädchen und eine perfekte Schankwirtin.

»Sicherlich wird er hier sein, und weshalb auch nicht – sie sind ein Brautpaar. Aber ob er genau in dieser Minute hier ist, kann ich Ihnen nicht sagen, weil ich ihn selbst noch nicht gesehen habe.«

Aggie schloß leise wieder die Tür und überquerte den Flur in umgekehrter Richtung. Sid Turner stand vor dem Spiegel im Salon und band sich seine Krawatte um.

»Was ist?«

»Zwei Männer im Gästezimmer fragen nach dir. Der eine von ihnen war schon gestern abend hier. Ein Kriminaler; doch der andere ist neu.«

»Was wollen sie von mir?«

»Ich bin nicht so lange geblieben, daß ich das hätte hören können. Molly sagte, sie hätte dich noch nicht gesehen, und ich weiß nicht, ob du mit der Polizei sprechen ...«

»Nein, natürlich nicht! Können die einen denn nicht in Ruhe lassen? Ich weiß nichts, und ich lasse mir doch von denen nicht das Wort im Mund rumdrehen! Rede ein bißchen mit ihnen, und halte sie so lange hin, bis ich durch die Hintertür das Haus verlassen habe.«

Sie wollte ihm etwas darauf erwidern, doch er schob sie einfach zur Seite und war schon fort. Gab ihr nicht mal einen Kuß oder sagte ihr auch nicht, wann er wiederkäme. Sie stand einen Moment da und erinnerte sich, daß der arme Bert Sid eigentlich nie gemocht hatte. Zu glatt, hatte er gesagt, und nicht ganz sauber. Und wie oft hatte er ihr gesagt, sie habe ein zu weiches Herz und sollte auf sich aufpassen, sonst käme sie noch in Schwierigkeiten, wenn er mal nicht mehr wäre. Bert hatte einen guten Blick für Menschen, und sie hatte ihn sehr gemocht.

Nach einer Weile kehrte sie in den Schankraum zurück und begrüßte die beiden Inspektoren mit einem höflichen »Guten Abend«.

»Kriminalinspektor Abbott und Kriminalinspektor Blake, Mrs. Marsh. Wir sind leider dienstlich hier, wenn Sie uns fragen. Wir hätten gern mit Sid Turner gesprochen.«

Sie war eine adrette, gutaussehende Frau – hübsche blonde Haare, hübsche Haut, hübsche Kurven. Die Farbe war echt, denn sie verlor sich, als sie fragte:

»Was wollen Sie denn von ihm?«

»Wir glauben, er kann uns im Zusammenhang mit dem Mordfall Field weiterhelfen.«

Es waren nur noch zwei andere Männer im Gästeraum, die mit Molly Docherty schäkerten. Aggie Marsh fragte rasch:

»Was hat das denn mit Sid zu tun? Jedenfalls ist er nicht hier.«

Frank Abbott sagte:

»Mrs. Marsh, ich bin überzeugt, daß Sie der Polizei keine Knüppel zwischen die Beine werfen wollen. Sie haben schließlich die Lizenz für diesen Schankbetrieb? Ich muß Ihnen leider mitteilen, daß wir einen Haftbefehl für Turner haben.«

Die Tür zum Korridor stand offen. Sie fragte sich, ob Sid diese Worte mitgehört hatte. Sie überlegte, ob er schon das Weite gesucht hatte. Sie fragte:

»Haftbefehl? Weswegen?«

Und der große blonde Beamte sagte: »Er wird beschuldigt, Jonathan Field ermordet zu haben.«

Ihr war, als hätte sie eine Ohrfeige bekommen. Die »Drei Tauben« waren immer eine angesehene Kneipe gewesen. Bert hatte dafür gesorgt, daß nur anständige Leute hier verkehrten. Mord hörte sich schrecklich an. Sie hätte auf Bert hören sollen. Bert hatte sie gewarnt, und sie hatte seinen Rat in den Wind geschlagen. Sie sagte mit leiser, müder Stimme:

»Ich fürchte, ich kann Ihnen nicht helfen.«

Hinter dem Lokal befand sich ein Hof, und durch eine Tür in der Hofmauer gelangte man auf eine Gasse. Sid folgte ihr, bis es nicht mehr weiterging, und erreichte dann über ein Grundstück eine Straße mit hübschen Reihenhäusern, die alle Spitzengardinen in den Fenstern hatten. Hin und wieder stand auch eine Aspidistra im Erkerfenster.

Als er einen großen Abstand zwischen sich und den »Drei Tauben« hergestellt hatte, überlegt er, wohin er sich wenden sollte. Er hatte so lange an der Hoftür herumgelungert, daß er den »Haftbefehl« noch mitbekam. Den Rest hatte er sich geschenkt. Sein trügerisches Sicherheitsgefühl war plötzlich in Panik umgeschlagen: Was sollte er tun? Wohin konnte er gehen? Wie konnte er der Polizei entrinnen? Er wagte nicht, in sein Untermieterquartier zurückzukehren, Tom Jenkins hatte ihn ein paarmal scheeläugig angesehen. Nein, er sollte besser nicht zu seinen Wirtsleuten zurück. Aber das bedeutete, daß er weder an sein Motorrad noch an sein Geld und an die Sachen, die sich versilbern ließen, herankam. Er hatte ein paar Pfund in der Tasche; aber damit kam er nicht weit. Und er mußte so rasch wie möglich aus London weg. Weil er nicht weiterwußte, ging er in die nächstbeste Kneipe, kaufte sich ein Glas Bier und begann einen Fluchtplan zu schmieden.

Es gibt Pläne, die einem stückweise kommen und sich allmählich zu einem Ganzen zusammenfügen. Es gibt aber auch Pläne, die einem gewissermaßen maßgeschneidert einfallen. Ein solcher kam Sid plötzlich in den Sinn. Wo würden sie ihn nun zu allerletzt suchen? In Field End. Und als ihm Field End einfiel, hatte er schon den Zipfel des Plans in der Hand. Er brauchte ihn nur noch auszuführen. Field End, das Geld, das er brauchte; die Genugtuung, Mirrie eine Lehre zu erteilen; der raffinierte Schachzug, der sie in seine Gewalt bringen würde – alles bis ins kleinste Detail. Sid Turner trank sein Bier aus und machte sich erneut auf den Weg, um sich ein Auto zu besorgen.

39

In Field End dinierte man um halb acht, eine Konzession an die moderne Zeit, da Jonathan Field ein einsichtiger Mann gewesen war und Stokes' Vorhaltungen nachgegeben hatte. Auf Stokes hätte er nicht verzichten können. Er war als Butler unersetzlich.

»Acht oder halb neun, Sir, mag ja ganz in Ordnung gewesen sein, solange es keine Personalprobleme gab. Aber bei den Tagesmädchen heute können Sie nicht verlangen, daß die auch noch zum Abwaschen bleiben, und bei so vielen Leuten im Haus können ich und Mrs. Stokes nicht das ganze Geschirr allein bewältigen. Ja, wenn um halb acht serviert werden könnte ...«

Jonathan hatte sein Leben lang zwischen acht und halb neun diniert; aber er fügte sich mit guter Miene ins Unvermeidliche.

Als es halb acht schlug und Mirrie nicht im Speisezimmer erschien, ging Georgina im Oberstock nachsehen, wo sie so lange bliebe. Sie kam kurz darauf wieder heruntergerannt und verkündete, Mirrie habe sich nicht umgezogen und befände sich auch nicht in ihrem Zimmer. Das Haus wurde nach ihr abgesucht, und es wurde offenkundig, daß sie sich nicht darin befand.

Miss Silver nahm sich Mr. Stokes vor.

»Miss Mirrie scheint ausgegangen zu sein. Wissen Sie, ob sie irgendwelche Telefongespräche führte oder entgegennahm?«

»Da hat jemand Mr. Johnny verlangt. Das muß so gegen halb sieben gewesen sein.«

»Und Miss Mirrie hat niemand angerufen?«

»Nicht um diese Zeit, Miss. Das war etwas später.«

»Hat sie das Gespräch entgegengenommen?«

»Ich sagte ihr, da sei ein Gentleman am Apparat. Sie ging in die Bibliothek, um dort zu sprechen.«

»Nachdem Sie Miss Mirrie das ausgerichtet hatten – gingen Sie dann sofort wieder in Ihr Servierzimmer?«

»Nein, nicht sofort, Miss. Mrs. Fabian kam aus dem Salon und fragte mich, ob Mrs. Stokes schon Vorbereitungen für das Eiereinlegen getroffen habe. Dadurch wurde ich etwas länger aufgehalten. Als ich dann wieder ins Servierzimmer zurückkam, hatte Mirrie schon aufgelegt, und sie hatten diesen schrecklichen Heulton angestellt, damit ich merken sollte, daß mein Hörer nicht eingehängt ist. Eine sehr lästige Angewohnheit, wenn ich mir die Bemerkung gestatten darf.«

Es schien, daß niemand mehr Mirrie gesehen hatte, seit Georgina ihr kurz nach sieben auf der Treppe begegnet war. Da hatte sie sich umziehen wollen.

Miss Silver ging in die Bibliothek und rief Maggie Bell an.

»Miss Bell, hier spricht Miss Silver. Sie erinnern sich doch – ich war am Sonntag bei Ihnen zu Besuch. Sie waren damals eine große Hilfe, und ich glaube fast, daß Sie mir auch diesmal helfen können. Wir sind in Sorge um Miss Mirrie. Sie bekam vor kurzem einen Anruf, worauf sie das Haus verließ, offenbar ohne jemandem zu sagen, wo sie hinwollte. Nun frage ich mich, ob Sie vielleicht zufällig wissen, wer sie angerufen hat.«

Maggie beeilte sich, hilfreich zu sein.

»O ja, Miss Silver – das war Mr. Johnny.«

»Mr. Johnny Fabian?«

»O ja, Miss Silver. Deshalb bin ich sicher, daß Sie sich keine Sorgen zu machen brauchen. Er rief an und sagte: ›Johnny Fabian am Telefon.‹ Und Miss Mirrie sagte: ›Oh, ich kann dich kaum verstehen – die Verbindung ist so schlecht! Du hörst dich an, als wärst du eine Million Meilen entfernt. Sag mir gleich‹, fuhr sie fort, ›wie es mit der Werkstatt steht! Ist sie so, wie du sie dir vorgestellt hast? Und ist tatsächlich eine Wohnung dabei? Und wirst du sie auch kaufen können? Und, o Darling, ich bin ja so aufgeregt!‹ Mr. Johnny erwiderte: ›Hör mir jetzt genau zu. Es ist außerordentlich wichtig, daß du jetzt tust, was ich dir sage, oder es gibt keine Werkstatt, keine Wohnung und kein du und ich, falls du es genau wissen möchtest. Ich muß eine Anzahlung leisten, und ich muß das Geld noch heute abend haben, oder er schließt den Vertrag mit jemand anders ab. Wieviel Geld kannst du auftreiben?‹

Mirrie sagte dann etwas von Geld auf der Bank und

morgen. Er sagte, das wäre zu spät, und er bräuchte es heute abend. Sie sagte, sie habe noch zehn Pfund im Haus; doch Miss Georgina würde ihr bestimmt noch etwas Geld leihen. Und Mr. Johnny sagte, daß sie auf keinen Fall Miss Georgina davon ein Wort sagen dürfte. Und jemand anderem auch nicht. Das wäre äußerst wichtig, weil es ein Geheimnis zwischen ihnen bleiben müßte; denn sonst gäbe es nur ein langes Hin und Her, und so viel Zeit habe er nicht. Er müsse nämlich so rasch wie möglich zur Werkstatt zurück, weil sie sonst ein anderer bekäme.

Am Schluß sagte er, sie sollte mit den zehn Pfund kurz vor halb acht vor das Tor kommen, dann würde er ihr alles erzählen. Ja, und sie sollte auch die Perlenkette mitbringen, die sie in der Ballnacht getragen hätte, denn vielleicht nähme sie der Mann zum Pfand, bis sie die ganze Kaufsumme bezahlt hätten. ›Und keinem ein Sterbenswörtchen!‹ mahnte er noch einmal, ehe er auflegte.«

Maggie rasselte das alles mit hörbarem Vergnügen herunter.

»War schon ein komisches Gespräch«, schloß sie, und als sie das sagte – ihre eigene Stimme das sagen hörte –, trübte sich dieses Gefühl der Freude, daß sie so gut aufgepaßt hatte und helfen konnte. Plötzlich schien eine Kälte im Zimmer zu hängen, während Miss Silver etwas sehr Sonderbares sagte:

»Miss Bell, sind Sie sicher, daß Mr. Johnny mit ihr gesprochen hat?«

Maggie war, als habe sie einen Schlag durchs Telefon bekommen. »Oh!« sagte sie. Und dann: »Das hat er aber gesagt – Johnny Fabian am Apparat! Und Miss Mirrie konnte ihn so schwer verstehen, weil die Verbindung so schlecht war.«

»Miss Bell, glauben Sie, daß es Mr. Johnnys Stimme war?«

Wenn sie jetzt darüber nachdachte, hätte es jedermanns Stimme sein können. Sie hatte sich anstrengen müssen, um jedes Wort zu verstehen, weil die Stimme nicht viel lauter gewesen war als ein Flüstern. Als sie das Miss Silver mitteilte, kam ein sehr ernstes »Vielen Dank, Miss Bell«, und dann war die Leitung tot. Das war der Teil, den Maggie immer so haßte, wenn es Klick machte in der Leitung und die Leute ihren Geschäften nachgingen, während sie auf dem Sofa liegenbleiben mußte und ihr die Schmerzen in ihrem Rücken wieder bewußt wurden.

Miss Silver kam aus der Bibliothek und sah Georgina und Anthony in der Halle stehen. Sie sprachen nicht miteinander, sondern warteten auf sie. Doch ehe sie etwas sagen konnte, ging die Haustür auf, und Johnny Fabian spazierte herein. Er sah von einem zum anderen und fragte:

»Was ist denn los?«

Johnny hatte eine rasche Auffassungsgabe. Da war etwas, das ihm gar nicht gefiel – etwas an der Art, wie Miss Silver ihn anblickte. Sie sagte:

»Mr. Fabian, wo ist Mirrie Field?«

40

Es war kurz vor halb acht, als Mirrie über die Hintertreppe nach unten schlich und durch einen Seiteneingang das Haus verließ. Sie fand sich clever und war sehr, sehr zufrieden mit sich und mit Johnny. Sie würden ihre eigene Wohnung haben, und sie würde ihm helfen, sie zu bekommen. Wie aufregend! Und sie hatte an alles gedacht: daß sie nicht die Vordertreppe hinunterging, damit sie keinem begegnete. Sie hatte nicht umsonst so lange mit Tante Grace und Onkel Albert zusammengewohnt. Sie kannte die Tricks, wie man ungesehen und ohne Lärm zu machen aus dem Haus kam. Sie trug das Perlenhalsband, hatte zehn Pfund in der Tasche, und es war alles höchst romantisch und spannend. Sie stellte sich vor das linke Seitentor, hielt den warmen Tweedmantel über der Brust zusammen und wartete auf Johnny. Es war ein finsterer Abend ohne Mond und Sterne, der Himmel hing voller Wolken, und es wehte ein leichter Wind, der in ihren Locken wühlte. Sie hob die Hand, um ihre Haare gegen den Wind zu schützen. Sie hätte ein Kopftuch aufsetzen sollen, doch jetzt war es zu spät, um noch einmal umzukehren und sich ein Tuch zu besorgen. Der Wind zerzauste ihre Haare, und sie hoffte, Johnny würde sie nicht so lange warten lassen.

Der Wagen kam leise auf sie zu. Er hielt neben ihr, und der Kegel einer Taschenlampe strich über sie hin. Dann ging die Lampe mit einem Klicken aus, und die Beifahrertür schwang auf. Sie sagte: »Johnny!«, und er antwortete: »Rasch!« Nur dieses eine Wort mit Flüsterstimme, während ein Arm sich um Mirrie legte und in den Wagen hineinzog. Der Motor war unterdessen weitergelaufen, und der Wagen machte einen Satz vom Tor weg. Die Hand, die sie in den Wagen gezogen hatte, langte an ihr vorbei und schloß das Fenster. Und in diesem grauenhaft-blitzartigen Moment erkannte Mirrie, daß das nicht Johnnys Hand war.

Sie sagte nichts, weil sie nichts sagen konnte. Sie brachte keinen Ton heraus; aber selbst wenn sie hätte schreien können, hätte das nichts geholfen. Sie lehnte sich, von einem Schwindel ergriffen, stumm zurück und spürte, wie schnell der Wagen fuhr. Wenn sie die Tür geöffnet und auszusteigen versucht hätte, hätte sie sich entweder den Hals gebrochen oder wäre ein Krüppel geworden wie Maggie Bell. Das wollte sie aber nicht. Deshalb war es bequemer, erst einmal still sitzen zu bleiben und abzuwarten, was als nächstes passieren würde. Der Wagen raste eine Weile dahin, mäßigte dann sein Tempo und fuhr auf den Seitenstreifen. Sid Turner fragte:

»Hast du das Geld dabei?«

Natürlich hatte Mirrie gewußt, daß diese Hand nur Sid gehören konnte. Wenn es nicht Johnny war, konnte es nur Sid sein. Es war Sid gewesen, der ihr aufgetragen hatte, zehn Pfund mitzubringen und die Perlenkette. Johnny hatte gar nicht angerufen. Wenn er lauter gesprochen hätte, hätte sie gemerkt, daß es nicht Johnny war; aber die Stimme hatte nur geflüstert. Er hatte gesagt, er sei Johnny, und es war ihr nicht in den Sinn gekommen, daß es jemand anders sein könnte. An so etwas denkt man erst, wenn es zu spät ist.

Er packte ihren Arm und schüttelte sie.

»Du hast doch eine Zunge in deinem Mund, oder? Hast du das Geld dabei?«

Zwei große Angsttränen rollten ihr nun über die Wangen.

»O ja, das habe ich.«

»Gib es her!«

Es waren alles hübsche, saubere, knisternde neue Banknoten. Sie holte sie aus der Tasche und gab sie ihm.

»Und die Perlen!«

So verängstigt sie auch war: Sie wollte um ihre Perlen kämpfen. Obwohl sie sich dabei verhaspelte, brachte sie doch die Worte heraus:

»Ich h-habe sie nicht mitgebracht.«

Sid erwiderte mit tödlicher Gelassenheit:

»Glaubst du, du könntest mich anlügen? Dazu kenne ich dich viel zu lange, und *du* solltest mich auch kennen!«

Seine Hände tasteten um ihren Hals. Die Perlen fielen in seine Linke, während er mit der Rechten zudrückte. Er würgte sie nur ein paar Sekunden lang, doch sie wurde von Todesangst ergriffen.

»Versuch noch einmal, solche Spielchen mit mir zu treiben – und ich drück' dir die Luft ab. Du erinnerst dich doch noch, wie ich dir mit dem Messer den Hals gekitzelt habe? Das hat dir gar nicht gefallen, oder? Jetzt reden wir beide mal ganz offen miteinander. Und wenn du tust, was ich dir sage, passiert dir nichts. Aber wehe, du versuchst einen deiner Tricks! Dann wirst du dir wünschen, du wärst nicht auf die Welt gekommen!«

Er ließ sie los, und sie wich vor ihm zurück wie eine kleine verzweifelte Kreatur, die in einem Käfig gefangen ist und nicht entrinnen kann. Nach einer Weile wagte sie sich nicht mehr zu rühren und gehorchte dem uralten Instinkt des Schwächeren: »Beweg dich nicht – mach dich ganz klein – verschmelze mit dem Boden – stell dich tot.«

Mirrie erstarrte in ihrer Ecke. Sid Turner verwahrte die Perlen in seiner Brieftasche. Dann wandte er sich wieder Mirrie zu.

»Wo sind wir? Ich hoffe, du hast dich von deinem Schwarm in der Gegend herumfahren lassen. Was ist das für ein Ort?«

Sie mußte antworten, weil er wütend wurde, wenn sie es nicht tat. Und im wütenden Zustand war Sid nicht zu ertragen. Ihre Lippen waren steif, und ihre Worte kamen wie gepreßt:

»Es ist die Heide von Hexley.«

»Da zweigte eben ein Weg ab. Wo führt der hin?«

»Nirgends. Zu einem alten Steinbruch.«

Die Worte nisteten sich in seinem Verstand ein. Eine Menge wucherndes Unkraut und Unterholz in solch alten Steinbrüchen. Eine Menge Möglichkeiten, wenn man etwas zu verstecken hatte. Sein Groll auf Mirrie Field war seit gestern ständig gewachsen. Sie hatte ihn mit dem Testament getäuscht, ihn bei der Beerdigung abblitzen lassen und ihn auch noch bei der Polizei verpetzt. Die Erbitterung, die Wut breiteten sich wie ein Flächenbrand in ihm aus. Wenn sie übermächtig wurden – nun, dann war diese Kiesgrube ja gerade richtig. Er sagte:

»Das kommt uns gelegen. Wir fahren dorthin. Dort können wir miteinander reden.«

Er stieß im Rückwärtsgang bis zur Abzweigung zurück und folgte eine Weile der Fahrspur. Er war vorsichtig. Deswegen hatten sie ihm nie ein Bein stellen können. Das würde ihnen nie gelingen.

Als er glaubte, weit genug von der Straße entfernt zu sein, schaltete er den Motor und die Scheinwerfer ab. Dann stieg er aus, kam um den Wagen herum und öffnete Mirrie die Tür und befahl ihr auszusteigen. Aber Mirrie blieb wie gelähmt sitzen.

»Wir beide reden jetzt hier. Und falls jemand kommt und sich verleiten läßt, hier herumzuschnüffeln, werden wir ein bißchen weiter gehen. Wie weit ist es noch bis zur Kiesgrube?«

Sie hielt sich zitternd zurück.

»Ich – ich weiß nicht. Können wir denn nicht hier reden?«

Sie wollte nicht näher an die Kiesgrube heran. Johnny hatte sie ihr an einem dunstig-kalten Morgen gezeigt – eine von Heidelbeeren und Ginster überwucherte Ausschachtung. Sie hatte ihr schon damals nicht gefallen – jetzt hatte sie Angst davor.

Sid Turner packte sie beim Arm und zerrte sie gewaltsam aus dem Auto. Er setzte sie so hart auf den Boden ab, daß der Aufprall sie bis zum Scheitel hinauf erschütterte. Sie schrie nicht, ließ aber die Beine schleifen, als er sie mit sich fortzerrte. Er fluchte und versuchte sie zu stützen. Er hatte eine Taschenlampe im Mantel, holte sie aber nicht heraus. Er sah nachts recht gut, und die sandige Doppelspur hob sich hell vom dunkleren Heidekraut ab. Der Himmel ist nie ganz ohne Licht, und es ist erstaunlich, wieviel man nachts sehen kann, wenn die Augen sich an die Dunkelheit gewöhnt haben.

Der Pfad wurde um so holpriger, je mehr sie sich der Grube näherten. Sie waren jetzt ungefähr fünfzig Meter vom Auto entfernt. »Das reicht«, sagte er und blieb stehen. Er ließ jedoch ihren Arm nicht los, sondern riß sie herum, daß sie ihm ins Gesicht sehen mußte.

»Ich habe dich vorhin im Wagen gefragt, ob du dich an das Messer erinnern kannst, das ich dir an die Kehle setzte. Weißt du noch, weshalb ich das tat? Es sollte dich stets daran erinnern, was dir blüht, wenn du auf den Gedanken kommen solltest, mich bei der Polizei anzuschwärzen. Und du – du plapperst nicht nur aus, daß wir beide am Telefon geredet haben, sondern erzählst der Polizei auch noch ganz genau, was ich zu dir gesagt habe!«

»Das stimmt nicht, Sid! Das war ich nicht! Das war Maggie Bell. Sie belauscht die Telefongespräche! Sie hat den ganzen Tag nichts zu tun, und deshalb hört sie bei jedem Telefongespräch zu! Sie hatte als Kind einen Unfall, deshalb kann sie nicht gehen! Sie liegt den ganzen Tag auf dem Sofa mit dem Hörer am Ohr!«

Die Angst kitzelte sie so wie damals die Spitze von Sids Messer. Dieser fauchte:

»Du hast der Polizei erzählt, daß du mich angerufen und mir verraten hast, dein Onkel habe ein neues Testament gemacht und dir eine Menge Geld vererbt!«

»Das bin ich nicht gewesen, sondern Maggie! Sie hat jedes Wort mitgehört!«

»Und was sie nicht wußte, hast du ihnen erzählt, damit die Polizei sich ein genaues Bild machen konnte. Du kannst sehr gut lügen, wenn es dir in den Kram paßt, aber hier hast du dich der Polizei geradezu aufgedrängt, um sie über alles aufzuklären. Du hättest doch sagen können, Maggie Bell habe die Gespräche erfunden, oder?«

»Das hätte nichts genutzt. Jeder hier weiß, daß sie die Telefongespräche belauscht.«

Er schüttelte sie wütend.

»Jeder weiß es – aber du hast es der Polizei gesagt! Hör zu, du kleines Stück Dreck – du nimmst alles wieder zurück, was du bei der Polizei ausgesagt hast. Du kannst sehr geschickt lügen – hast es ja jahrelang bei Tante Grace praktiziert. Diese Begabung kannst du nun nutzbringend anwenden. Jeden Satz, den du diesen Bullen erzählt hast, drehst du wieder um. Du sagst, du könntest dich nicht mehr genau an den Tag erinnern, an dem du mit mir telefoniert hast. Du mußt ihnen verkaufen, daß du nie mit mir über das Testament deines Onkels gesprochen hast. Hörst du – du hast mir niemals gesagt, daß er ein neues Testament zu deinen Gunsten gemacht hat! Das streitest du hartnäckig ab. Und wenn diese Maggie Bell das Gegenteil behauptet, ist sie es, die lügt, nicht du. Du hast mich niemals am Dienstagabend angerufen, sondern erst am Tag darauf, als er bereits tot war. Du wolltest mir nur den Termin der Beerdigung mitteilen, und wenn Maggie etwas anderes behauptet, lügt sie!«

Als er sich das sagen hörte, wußte er, daß das nichts bringen würde. Er konnte sie zwar einschüchtern, daß sie ihm hoch und heilig versprach, alles zu tun, was er von ihr verlangte, aber sie würde ihr Versprechen nicht halten. Sobald sie sich in Sicherheit wußte, würde sie auspacken – daß er sie bedroht und eingeschüchtert hätte und gezwungen, eine falsche Aussage zu machen. Er mußte sie beseitigen. Es gab keinen anderen Ausweg, und mit dieser Wut im Bauch würde er das sogar gerne tun. Er sagte mit einer leisen, gefährlichen Stimme, die sie viel mehr erschreckte, als wenn er losbrüllte:

»Nein, es hat keinen Zeck – ich könnte dir nicht trauen.«

Seine Hand ging zur Tasche, wo er sein Messer aufbewahrte. »Du kleine, geschwätzige Schlampe. Vielleicht zeige ich dir, wie man solche Schwätzerinnen kurieren kann – indem man ihnen die Zunge abschneidet!«

Da stieß sie einen schwachen, schrillen Schrei aus, riß sich von ihm los und rannte blindlings und ziellos davon – direkt auf die Kiesgrube zu.

41

Johnny Fabian stand an der offenen Haustür und blickte quer durch die Halle auf Anthony und Georgina. Und dann auf Miss Silver, die ihn eben gefragt hatte, wo Mirrie wäre. Also war Mirrie nicht hier. Aber er mußte sich das ausdrücklich bestätigen lassen.

»Ist sie nicht hier?« Die Frage war eigentlich überflüssig, da er bereits wußte, daß etwas mit ihr passiert war.

Miss Silver trat auf ihn zu.

»Mr. Fabian – Sie sollen Mirrie angerufen haben.«

»Nein.«

»Jemand rief sie unter Ihrem Namen an. Die Verbindung soll angeblich sehr schlecht gewesen sein. Maggie Bell hat das Gespräch belauscht. Ich habe sie sofort angerufen, als wir Miss Mirrie vermißten. Mirrie begann das Gespräch mit der Frage, wie es mit der Werkstatt stünde. Und ob tatsächlich eine Wohnung dazugehörte und sie den Kaufpreis bezahlen könnten. Darauf erwiderte der Mann am anderen Ende der Leitung, es würde keine Werkstatt und keine Wohnung für sie beide geben, wenn sie nicht noch am selben Abend eine Anzahlung leisten würden. Und sie sollte keinem etwas sagen, sondern mit zehn Pfund und ihrer Perlenkette vor das Haus kommen, wo er ihr alles Weitere erzählen würde.«

Jonnny fragte kurz und schroff:

»Wann?«

»Das war kurz vor halb acht.«

Er sah auf seine Armbanduhr.

»Zwanzig Minuten Vorsprung.«

Er machte auf dem Absatz kehrt und ging durch die offenstehende Tür hinaus. Anthony Hallam folgte ihm. Sie wechselten draußen im Dunklen ein paar Worte.

»Drei Möglichkeiten gibt es«, sagte Anthony. »Entweder sind sie nach Lenton oder auf dieser Straße in die eine oder andere Richtung verschwunden. Wir sollten uns trennen.«

Johnny erwiderte:

»Okay – du nimmst die Straße nach Lenton. Es muß Sid Turner gewesen sein. Er hat mich offenbar an der Bushaltestelle in Pigeon Hill gesehen – wußte also, daß ich nicht hier war. Wenn er vor der Polizei auf der Flucht ist, wird er in die von London wegführende Richtung fahren. Falls er mit dem Auto gekommen ist, hat er es gestohlen. Ich wette, es ist ein schneller Schlitten.«

Er ging um seinen Wagen herum und stieg ein. Diesen Augenblick nutzte Miss Silver, sich auf den Beifahrersitz niederzulassen. Sie hatte den erstbesten Schal umgebunden, den sie an der Garderobe zu fassen bekam, und einen Mantel übergeworfen. Die Tatsache, daß sie das Haus ohne Hut und in Pantoffeln verlassen hatte, bewies, wie dringend die Sache war. Sie konnte aus dem Ton, mit dem er zu ihr sagte »Ich muß Sie bitten, wieder auszusteigen. Ich kann Sie unmöglich mitnehmen«, schließen, was für ein Gesicht Mr. Fabian jetzt machte.

Sie überhörte seine Worte und mahnte zur Eile.

»Wir dürfen keine Zeit verlieren. Ich kann Ihnen nur von Nutzen sein. Ich habe ausgezeichnete Augen und eine Taschenlampe mit einem weitreichenden Lichtkegel.«

Johnny vergaß sofort, daß sie bei ihm im Wagen saß: Keine Zeit verlieren! Diese Worte füllten ihn nun gänzlich aus. Vielleicht war es bereits zu spät – Mirrie verloren. Er schüttelte diesen Gedanken energisch ab und fuhr los. Er holte das Letzte aus dem Wagen heraus. Sie schossen an den Häusern von Field End vorbei und rasten auf die Heide von Hexley zu.

Von Anfang an hatte Johnny Fabian an diesen Ort gedacht. Er wußte nicht, weshalb. Er konzentrierte sich ganz auf das Fahren. Im Dunklen sagte Miss Silver neben ihm:

»Ich habe Grund zur Annahme, daß ein Haftbefehl für Sid Turner ausgestellt wurde. Inspektor Abbott und Inspektor Blake wollten damit nach Pigeon Hill. Vermutlich bekam er einen Wink und konnte ihnen zuvorkommen. Sie sagten vorhin zu Captain Hallam, Sid könnte sich mit einem gestohlenen Wagen aus London entfernt haben. Ich sähe keinen Vorteil für ihn darin, wenn er Mirrie etwas antäte. Andererseits kann er nicht riskieren, mit ihr durch eine Stadt zu fahren. Sie könnte die Aufmerksamkeit der Polizei auf den Wagen lenken. Nachdem er ihr das Geld und die Perlenkette abgenommen hat, wird er sie vermutlich an einer einsamen Stelle absetzen, von wo sie nur mühsam ihren Weg nach Hause findet. Er will sich natürlich einen möglichst großen Vorsprung sichern.«

Ihre Worte und die Gelassenheit, mit der sie ausgesprochen wurden, prallten gegen die harte Schale von Johnnys Schädel und fanden dort keinen Zugang. Er hatte zwar verstanden, was Miss Silver gesagt hatte, aber da war noch eine Möglichkeit, die unausgesprochen blieb: Es gab letzten Endes nur ein Mittel, um endgültig zu verhindern, daß Mirrie Field nach Field End zurückkehrte und bei der Polizei aussagte. Dieses Mittel war Mord – so alt wie Kain und Abel, zog er sich gleichsam wie ein roter Faden durch die Geschichte der

Menschheit. Johnny wollte diese Möglichkeit einfach nicht zur Kenntnis nehmen.

Sie rasten eine lange Steigung nach Hexley Common hinauf. Dunkel lag die Heide unter dem Nachthimmel. Ein kalter Wind wehte darüber. Miss Silver spürte den eisigen Hauch, als sie sich aus dem Fenster hinauslehnte, um den Straßenrand zu beobachten. Sie erspähte den Fahrweg, der links von der Straße abzweigte.

»Mr. Fabian, da sind frische Reifenspuren ...«

Er bremste bereits und hielt an. Er stieg aus und ging zur Fahrspur zurück. Miss Silver folgte ihm.

»Wo führt sie hin?« fragte sie.

»Zu einer Kiesgrube.«

Da hörten sie aus der Ferne dünn und schwach den Schrei einer Frau.

42

Als Mirrie vor Sid Turner wegrannte, hatte sie weder einen Plan noch eine Vorstellung, wohin sie flüchten sollte. Blinde Panik trieb sie. Die Fahrspur führte direkt zur Kiesgrube. Erst als sie keinen Boden mehr unter den Füßen spürte und das Gleichgewicht verlor, wußte sie, wohin sie gerannt war. Ich falle, dachte sie, und dann war tiefe Nacht um sie.

Als sie wieder zu sich kam, spürte sie zunächst ein kribbelndes Stechen. Sie war nicht sofort voll bei Bewußtsein. Sie hatte einen schrecklichen Schock erlitten, und sie mußte aus ziemlicher Höhe abgestürzt sein. Das Prickeln wurde immer unangenehmer und schmerzhaft. Ihr Gesicht und ihre Hände waren zerschunden, ihre Schulter tat weh. Plötzlich hörte sie Sid leise und vorsichtig ihren Namen rufen. Sie lag mucksmäuschenstill und sah einen Lichtkegel in ihrer Nähe vorbeitanzen. Er suchte also mit einer Taschenlampe nach ihr. Das Zeug, das so prickelte, war Ginster. Sie war an der Steilwand der Grube abgestürzt und lag nun zwischen zwei Ginsterbüschen eingeklemmt. Die Büsche schirmten sie gegen den Lichtkegel ab, der weiter die Wand der Kiesgrube entlanghuschte. Sie lag zusammengerollt unter den Ginsterzweigen und flehte mit bebenden Lippen zu Gott, daß der Lichtkegel nicht noch einmal über sie hinwegstreifen möge.

Vielleicht würde Gott in seiner Güte verhindern, daß Sid sie entdeckte.

Mirrie zog sich langsam, ganz langsam in die Höhe. Haut und Glieder schmerzten, aber es schien nichts gebrochen zu sein. Als sie zwischen den Büschen hindurchspähte, sah sie, wie der Lichtkegel links neben ihr den Ginster ableuchtete. Sid entfernte sich also von der Stelle, wo sie abgestürzt war. Er ging am Rand der Grube entlang, die Taschenlampe senkrecht nach unten gerichtet, und rief ihren Namen:

»Mirrie, du kleiner Dummkopf, wo steckst du? Ich habe doch nur Spaß gemacht. Du hast doch hoffentlich keine Angst vor mir. Du brauchst nur zu rufen, und ich helfe dir herauf. Du wirst mich doch nicht ärgern wollen, hörst du, Mirrie?«

Sie begann, vorsichtig aus den Büschen herauszukriechen. Wenn er am Rand der Grube entlangging und sie in die entgegengesetzte Richtung kroch, konnte sie vielleicht aus der Grube gelangen, sobald er sich auf der anderen Seite befand, und die Straße erreichen. Sie war zum Glück nicht so tief gestürzt, wie sie anfangs geglaubt hatte. Doch wenn Sid sie hörte, kam er zurück und tötete sie mit seinem Messer. Sie wußte, weshalb seine Hand zur Tasche gegangen war – er wollte sein Messer ziehen. Es war ein Klappmesser, das durch einen Federdruck ausgelöst wurde. Sie hatte schon einmal erlebt, wie es aus dem Griff herausgeschossen war, damals, als er ihr die Messerspitze an die Kehle gesetzt hatte. Wenn er sie noch einmal einfangen konnte, würde er es nicht dabei bewenden lassen, ihr einen Schrecken einzujagen. Diesmal würde er gnadenlos zustoßen.

Sie konnte im Mantel nicht kriechen. Also zog sie ihn aus und ließ ihn liegen. Die Wand, die sie heruntergestürzt war, war an dieser von Ginsterbüschen bewachsenen Stelle nicht mehr so steil. Mirrie folgte der sanften Schräge und wich bald nach links, bald nach rechts aus, wenn sie auf eine kahle Stelle zu geraten drohte. Sie strebte dem Hang zu, wo viele Büsche wuchsen. Und dort zog sie sich langsam zum Rand der Grube hinauf. Doch als sie schon fast oben war, kamen Sids leise Rufe und der Lichtkegel zu ihr zurück.

Sie schob erst das eine Knie über den Rand der Kuhle, dann das andere. Wenn sie sich aufrichtete, würde er sie sehen. Das tanzende Licht würde sie einfangen, und dann – sie wußte, was dann kommen würde.

Sie rappelte sich auf und rannte schreiend den Fahrweg hinunter. Sie spürte, wie holprig die Fahrspur unter ihren Füßen war. Aber sie durfte nicht stolpern oder ausrutschen und hinfallen, sonst hatte sie ein Messer im Rücken! Sie hielt die Hände vor sich hingestreckt, als könnten sie einen Sturz verhindern. Sie bewahrten sie aber nur davor, daß sie in den Wagen hineinrannte. Sie schrie auf, als sie gegen das Heck prallte und ihre Hände über den Lack glitten. Aber sie fiel nicht hin, und durch ihren rasselnden Atem hindurch vermochte sie die Schritte hinter sich zu hören. Sie machte eine letzte verzweifelte Anstrengung, dem Messer zu entrinnen, indem sie sich vom Auto abstieß und um den Wagen herumstolperte. Sie tastete sich an der Motorhaube entlang und taumelte weiter in die Dunkelheit hinein.

Sie taumelte direkt in Johnny Fabians ausgebreitete Arme. Er rief freudig:

»Mirrie! O *Mirrie!*« Und sie sagte immer wieder seinen Namen, als könnte sie nicht damit aufhören. Als wäre er eine Garantie ihrer Sicherheit, klammerte sie sich an seinen Namen. Sie standen am Rand des Fahrweges und hielten sich umschlungen.

Miss Silver, die etwas bedächtigeren Schrittes nahte, sah die beiden. Sie hatte ihre Taschenlampe eingeschaltet, lenkte den Lichtkegel jedoch nicht auf die beiden, sondern in Richtung Kiesgrube. Und dann, ganz plötzlich, heftete er sich auf etwas, und sie rief:

»Mr. Fabian – der Wagen! – Er bewegt sich! – Vorsicht!«

Ihr Warnruf wurde vom Aufheulen eines Motors übertönt. Johnny riß Mirrie zur Seite und warf sich zusammen mit ihr zwischen das Heidekraut. Die schwarzen Umrisse eines Autos glitten an ihnen vorbei und erreichten die Straße. Dann leuchteten Scheinwerfer auf, und mit schliddernden, quietschenden Reifen kurvte das Auto haarscharf an Johnnys Wagen vorbei, erreichte die Asphaltdecke und raste davon.

Miss Silver, die sich ebenfalls ins Heidekraut geworfen hatte, kam nun wieder hervor. Sie trat zu Mirrie Field und sagte:

»Mein liebes Kind! Sie sind hoffentlich nicht verletzt? Es war wahrhaftig ein Wink der Vorsehung, der Mr. Fabian hierherführte. Jetzt sind Sie absolut sicher, und Sie sollten versuchen, sich zu beruhigen. Wir müssen sofort die Polizei verständigen.« Nun wandte sie sich an Johnny: »Ich wollte mit meiner Taschenlampe das Nummernschild ausleuchten, als der Wagen an mir vorbeifuhr. Die Zulassungsnummer war jedoch, zweifellos ganz bewußt, mit Lehm verschmiert und unleserlich gemacht.«

Johnny zuckte die Achseln.

»Er wird versuchen, den Wagen so rasch wie möglich

wieder loszuwerden. Da er ihn mit Sicherheit gestohlen hat, brächte uns die Zulassungsnummer auch nicht weiter. Und eine Verfolgungsjagd wäre sinnlos. Er hat sich einen superschnellen Wagen besorgt, den ich niemals einholen könnte.«

Sie stiegen gemeinsam in Johnnys Rostlaube und fuhren nach Field End zurück. Ungefähr um dieselbe Zeit, als sie in die beleuchtete Halle traten und die Tür hinter ihnen zuschwang, raste Sid Turner mit überhöhter Geschwindigkeit aus der Jessop Lane heraus und knallte gegen den Bus nach Hexton, der Vorfahrt hatte. Zum Glück war der Bus nur schwach besetzt. Der Fahrer blieb wie durch ein Wunder unverletzt. Von den wenigen Fahrgästen wurde keiner ernsthaft verletzt, nur die alte Mrs. Bazely büßte durch den Aufprall ihre oberen Schneidezähne ein, als die Prothese auf den Boden fiel und von ihrem Schwiegersohn zertreten wurde. Sie behauptete allen Ernstes, er sei absichtlich mit dem Fuß daraufgetreten. Während der Bus einigermaßen glimpflich davongekommen war, war der gestohlene Wagen nur noch ein Schrotthaufen, und Sid Turner hatte den Zusammenstoß nicht überlebt.

43

Anthony rief von Lenton aus an. Schon bei Johnnys erstem Wort wußte er, was dieser ihm sagen wollte: Mirrie wäre wiedergefunden, einigermaßen wohlbehalten, und in Sicherheit.

»Und du solltest dich lieber mit der Rückfahrt beeilen, weil sonst nichts mehr zu essen da ist. Wir warten nicht länger, und ich könnte einen ganzen Ochsen allein verzehren.«

Anthony legte auf und trat aus der Telefonzelle. Er hatte nicht damit gerechnet, daß Georgina immer in seiner Nähe blieb. Sie hatte jedoch darauf bestanden, mitzukommen, und sie hatten kaum ein Wort gewechselt, bis sie ihn am Ärmel faßte und fragte:

»Was ist?«

»Sie ist in Sicherheit. Sie haben sie nach Field End zurückgebracht.«

Nur einen Augenblick standen sie so dicht beieinander. Ihre Hände ruhten auf seinen Schultern, das Gesicht war ihm zugewandt, während das grünliche Licht der Straßenbeleuchtung ihre Haare in Silber verwandelte. Sie hatte den Mantelkragen hochgestellt, und nichts an ihr hatte etwas Farbe – weder das Gesicht noch die Lippen. Schon gar nicht die Augen, die dunkel auf sein Gesicht gerichtet waren. Sie sagte:

»Gott sei Dank!« Dann nahm sie die Hände von seinen Schultern, trat einen Schritt zurück und begab sich auf die andere Seite. Beide stiegen ins Auto und fuhren zurück.

Doch kaum waren sie aus der Stadt heraus, als sie sagte:

»Anthony, ich will mit dir reden. Kannst du nicht mal anhalten?«

»Nicht hier – nicht jetzt. Sie erwarten uns zum Essen.«

Sie schwieg einen Moment, ehe sie fragte:

»Ist das so wichtig?«

»Ich denke, wir sollten sie nicht warten lassen.«

Georgina hatte das Gefühl, eine unwiederbringliche Chance zu verpassen. Deshalb fragte sie erneut:

»Anthony, würdest du anhalten, wenn ich dir sagte, daß es sehr wichtig für mich ist?«

Sie waren sich lange so nahe gewesen, daß sie spüren konnte, wie er sich ihr zu widersetzen versuchte. Doch dann, ganz plötzlich, gab er seinen Widerstand auf, der Wagen wurde langsamer und rollte an der Böschung aus. Er sagte, ohne sich ihr zuzuwenden:

»Ich fahre morgen wieder nach London. Ich bin nur zurückgekommen, um meine Sachen zu holen.«

»Ja, das dachte ich mir schon. Hast du nicht das Gefühl, daß du mir etwas sagen solltest?«

»Ich wollte es dir schreiben.«

»Du hattest Angst, zu mir zu kommen und mir zu sagen, du habest dich zu etwas hinreißen lassen, was du gar nicht empfunden hast. Daß dein Gefühl nicht so war, wie ich es mir vorstellte.«

»Du weißt, daß das nicht stimmt.«

»Ich weiß nur, daß du gesagt hast, du würdest mich lieben. Aber das tust du in Wirklichkeit gar nicht, nicht wahr? Du hast das nur gesagt, weil mir Onkel Jonathan so weh getan hat. Du wolltest mich damit trösten. Und jetzt brauche ich natürlich keinen Trost mehr.«

»Georgina!«

»Machen wir uns nichts vor, das bringt uns nicht weiter. Du bist Anthony, und ich bin Georgina – und ich dachte, du würdest mich lieben. Du dachtest das auch. Ich möchte nur wissen, wann du aufgehört hast, mich zu lieben. Hast du dich in eine andere verliebt?«

»Du weißt, daß das nicht der Fall ist.«

Ein wenig Wärme durchflutete ihre Stimme und brachte sie zum Beben:

»Natürlich weiß ich das! Ich würde nicht so mit dir reden, wenn ich das nicht wüßte. Du hast mich lange geliebt. Ich wußte, wann es begann, und ich wüßte auch, wenn deine Liebe zu Ende gegangen wäre. Du hast nicht aufgehört, mich zu lieben. Nur dein Stolz steht zwischen uns. Und das ist schrecklich, grausam und völlig sinnlos.«

»Du verstehst das nicht.«

»Ich verstehe es nur zu gut. Jeder versteht es, nur du nicht. Onkel Jonathan hat es verstanden. An seinem letzten Abend, als wir miteinander sprachen, sagte er, es wäre schon immer sein Wunsch gewesen, daß wir eines Tages heiraten sollten. Er sagte, er glaube, daß wir sehr glücklich miteinander würden, und er hat dir etwas in seinem Testament vermacht, um dir zu zeigen, daß er dir vertraut.«

Nun sah er sie zum erstenmal richtig an.

»Das hat er zu dir gesagt? Bist du sicher, daß es so gemeint war? Ich dachte ...«

»Was dachtest du?«

»Ich dachte ... Nein, es ist nicht wichtig. Es klingt ...«

»Du dachtest, er hat dir diesen Vertrauensposten als Vermögensverwalter gegeben, um dich von mir fernzuhalten?«

»Nein, nein – natürlich nicht ...«

»Ich wußte es doch. Hör mal, ich weiß immer, was du denkst – jedenfalls bisher wußte ich es. Und als du anfingst, die Türen zu verriegeln und dich einzuschließen und ich nicht mehr an dich herankonnte ...« Ihre Stimme brach.

Er konnte sehen, wie sie sich abwandte und das Gesicht in den Händen verbarg. Wenn er sie nun berührte, würde er nicht länger an sich halten können. Er brauchte sie nur in seine Arme zu nehmen, und sein halsstarriger Stolz würde dahinschmelzen. Aber er blieb sitzen, wo er war, und hörte ihr Schluchzen.

Nach einer Weile hatte sie sich wieder gefangen. Sie richtete sich auf, straffte sich und lehnte sich zurück. Dann sagte sie:

»Ich glaube nicht, daß deine Liebe zu mir sehr groß ist. Ich wollte dir nur sagen, daß die Kröte wirklich nicht so groß gewesen wäre, die dein Stolz hätte schlucken müssen. Mr. Maudsley sagt, ich kann Mirrie nichts vom Kapital abgeben, ihr nur eine Apanage von fünfhundert Pfund zukommen lassen, wenn ich will. Also werde ich das tun. Ich weiß nicht genau, was übrigbleiben wird, wenn die Erbschaftssteuer bezahlt ist und das Legat für Kusine Anna. Mr. Maudsley weiß es ebenfalls noch nicht. Aber er meint, ich müßte die Einkommensteuer für die Apanage bezahlen, die ich Mirrie aussetze. Leb wohl, Anthony.«

Sie hatte in einem leisen, müden Ton gesprochen – ohne jede Erregung. Mit dem letzten Wort öffnete sie die Autotür und stieg aus. Da er sich abgewendet hatte, merkte er erst, was geschehen war, als sie vom Wagen weg in die Dunkelheit hineinging.

Zorn und Wut gesellten sich zu dem Widerstreit in seiner Seele hinzu. Sie hatte ihn verlassen – würde drei Meilen in dünnen Abendschuhen von Lenton nach Field End gehen, statt noch ein bißchen bei ihm zu sitzen und ihm zu gestatten, sie nach Hause zu bringen. Wußte sie denn nicht, daß es für sie beide unmöglich war, daß der eine den anderen verließ? Er hatte mit Leib und Seele dagegen revoltiert, nur um herauszufinden, wie verflucht unmöglich das war. Er stieg aus, schmetterte die Tür hinter sich zu und hatte sie eingeholt, ehe sie völlig in der Dunkelheit verschwunden war.

Georgina hörte ihn kommen. Sie ging weiter, ohne den Schritt zu beschleunigen oder zu verlangsamen. Er faßte sie am Arm, doch sie wandte sich nicht um.

»Komm zurück und steig ein.«

Ihr Herz begann zu pochen, als sie ihn in diesem wütenden Ton sprechen hörte. Wenn das ein Schlachtfeld sein sollte, konnte sie kämpfen und verlieren oder kämpfen und gewinnen. Es war das Alleinsein und die Einsamkeit in einer kalten Wildnis, die sie bis zum Äußersten getrieben hatte. Sie fürchtete Anthony nicht, wenn er zornig war. Sie fürchtete nichts auf der Welt, solange er da war – nicht wie jetzt Lichtjahre entfernt in einer Eiseskälte, die er sich selbst erschuf.

»Hast du gehört, was ich gesagt habe? Komm sofort zurück!«

»Vielen Dank, ich gehe lieber.«

Ihr Ton machte ihn zu einem wildfremden Mann.

»Georgina, bist du wahnsinnig geworden?«

»Ich weiß nicht. Was ginge das dich an, wenn ich es wäre?«

»Benimm dich nicht wie eine verdammte Närrin!«

Sie fragte mit flüsternder Stimme:

»Du darfst von mir weggehen, aber ich nicht von dir?«

»Du darfst nie von mir weggehen! Ich kann das nicht ertragen! Georgina, ich *kann es einfach nicht*!«

Da lachte sie plötzlich sehr verhalten und sanft.

»Liebling, du mußt ja nicht. Nur, wenn du unbedingt willst.«

Er lehnte seinen Kopf an ihre Schulter, und so standen sie lange traumverloren da, bis das Scheinwerferlicht eines sich nähernden Wagens sie in die Realität zurückholte und sie sich auf den Nachhauseweg begaben.